007/ロシアから愛をこめて

イアン・フレミング

「恥辱を与えて殺害せよ」――ソ連国家保安省内の殺害実行機関SMERSH《スメルシュ》へ、死刑執行命令が下った。標的は英国秘密情報部の腕利きのスパイ、007のコードを持つジェームズ・ボンド。かつてソ連側に敗北をもたらした彼を陥れるために、SMERSHの作戦計画立案者が送りこんだのは、英国秘密情報部が飛びつくに違いない、魅力的な餌を抱えた国家保安省の美女だった。ヨーロッパとアジアが交わる混沌の都市イスタンブールやオリエント急行を舞台に、巧妙に張りめぐらされた二重三重の罠。最大の危機がボンドを襲う！　新訳で贈るシリーズ最高傑作。

登場人物

ジェームズ・ボンド……………英国秘密情報部員
M…………………………………秘密情報部の責任者。ボンドの上司
ダルコ・ケリム…………………秘密情報部トルコ支部長。"G"
ルネ・マティス…………………フランス参謀本部第二局局長
グルボザボイスチコフ…………ソ連SMERSH長官
スラーヴィン……………………ソ連陸軍参謀本部情報総局局長
ヴォズドヴィシェンスキー……ソ連外務省情報部部長
ニキーチン………………………ソ連国家保安省情報部部長
ローザ・クレッブ………………SMERSH作戦遂行部の責任者
クロンスティーン………………SMERSHの作戦立案官
ドノヴァン・グラント…………SMERSHの首席死刑執行官
タチアナ・ロマノヴァ…………国家保安省中央資料室
英語翻訳セクション伍長

007/ロシアから愛をこめて

イアン・フレミング
白　石　　　朗　訳

創元推理文庫

FROM RUSSIA WITH LOVE

by

Ian Fleming

1957

目次

第二部　作戦実行

007／ロシアから愛をこめて

作者のノート

さして重要ではないが、本書の背景の大部分は事実に即している。ＳＭＥＲＳＨ《スメルシュ》――〝スパイに死を《スメールチ・シュピオナム》〟を縮めたもの――は実在しているし、今日にいたるもなおソビエト政府内において、もっとも秘密に包まれた組織である。

本書が執筆された一九五六年の初頭の時点で、ソ連国内および国外におけるＳＭＥＲＳＨの構成員はおおむね四万人、その頂点にすわっているのはグルボザボイスチコフ将軍だ。将軍の風貌にまつわるわたしの描写は正確である。

今日ＳＭＥＲＳＨの本部があるのは、本書の第四章で作者が書いたようにモスクワのスレテンカ通り《ウーリッツァ》一三番地である。会議室の描写は現物に忠実であり、会議のテーブルを囲む各情報機関の長官たちは、わたしが本書で描いたものと類似した目的で会議室にたびたび呼びだされる実在の官僚の面々である。

Ｉ・Ｆ（一九五六年三月）

第一部　謀略

1　薔薇の国《ローズランド》

プールのかたわらにうつぶせに横たわっている裸の男は、死んでいるといわれてもおかしくなかった。

プールで溺死《できし》したあとで引きあげられ、いまは警察なり肉親なりの到着を待ちがてら乾かされている死体であっても不思議はない。男の頭の横の芝生には私物が小さな山をつくっていたが、これも救出した者がなにかを盗んだと勘ぐられないように注意を払って、わざとよく見えるようにならべたと見えないこともなかった。

きらきら輝く私物の山から察するに、男は――生死にかかわらず――金持ちのようだった。そこにあったのは、裕福な男たちだけが入会できるクラブの典型的な会員証《バッジ》ともいえる品々だった――かなり厚い札束をはさんでいるメキシコの五十ドル銀貨でつくられたマネークリップ、つかいこまれた〈ダンヒル〉の金のライター、楕円形の金のシガレットケースは、波形の畝《うね》模様と控えめなトルコ石のボタンから名匠ファベルジェの作と知れた。さらに、いかにも金持ちの男が庭に出るにあたって本棚から抜きだしそうな小説が一冊――万民に愛されるP・G・ウッドハウスの『小さな金塊』だ。つかいこまれた鰐《わに》革ベルトがついている大ぶりの金時計。この種の機械仕掛《ガジェット》けを愛する人々むけに、スイスの時計メーカーであるジラール・ペルゴがつくったモデルで、文字盤にふたつある小窓が日付と月相《げっそう》を表示していた。この時計が語るところによれば、いまは六月十日の午後二時三十分、月は上弦と満月の中間だった。

庭の奥にある薔薇《ばら》の茂みから青と緑のとんぼがさっと飛びたち、男の背骨の基部から十センチほどの高さで宙にとどまった。男の尾骶骨《びていこつ》の上にある細いブロンドの体毛が六月の日ざしを受けて金色にきらめき、そのきらめきに引き寄せられたのだった。海からそよ風が吹き寄せた。体毛がつくる小さな草原が風にそよぐ。とんぼは警戒もあらわにすかさず横へ飛んで、今度は男の左肩の上に浮かんだまま停止して下に目をむけた。男のひらいたままの口の下で芝がかすかに揺れ動いていた。肉づきのいい鼻の横を大粒の汗が伝い落ち、きらきら輝きながら芝に落ちていった。それだけ見れば充分だった。とんぼは薔薇の茂みのあいだをすばやく抜け、庭を囲む高い塀の上に埋めこまれたガラスの破片を飛び越えて去っていった。旨《うま》い餌かと思ったものが動いたからだ。

男が横たわっている庭は約四千平方メートルの広さがある芝生からなり、三方が土手のように土を高く盛った薔薇の茂みに囲まれている。茂みからは蜂の羽音がこやみなくきこえていた。眠気を誘う蜂の羽音の裏から、庭のいちばん端にある崖の下の静かな潮騒《しおさい》がここに届いていた。

庭からは海はいっさい見えなかった——見えるのは四メートル弱の高い塀よりも上にの

ぞく空と雲だけだ。じっさい屋敷の敷地の外を目にしようと思ったら、このプライバシーが厳重に守られる庭の第四の壁をなしている別荘の二階の寝室から見るほかはなかった。二階の窓に立てば、眼前に果てしなく広がる青い大海原や、近隣の別荘の二階の窓や庭木――地中海沿岸の常緑性オークやイタリアカラカサ松、常磐御柳《ときわぎょりゅう》などのほか、ぽつぽつパームツリーもある――の樹冠《じゅかん》がのぞめた。

別荘はモダンな様式だった――低くずんぐりした印象のある横に長い建物で飾り気がない。庭に面しているのは一面がピンクに塗られたファサードで鉄枠の窓が四カ所にあり、中央にガラスの扉があった。扉から出てきたところは薄緑色の化粧タイルが敷かれた小区画で、その先で芝生に溶けこんでいた。埃っぽい道路から数メートル奥まった建物の裏側も、つくりはほぼ同一だった。しかしこちら側にある四つの窓には防犯用の面格子がとりつけられ、中央の扉はオーク材づくりだった。

この別荘の二階には中程度の広さの寝室がふた部屋あり、一階には居間とキッチンがあった。キッチンの一部は壁で仕切られて、そこにトイレがあった。バスルームはなかった。

昼下がりの眠気を誘う贅沢な静けさが、道路を近づいてくる車の物音で破られた。ついで車のドアが閉まる金属音と、車が走り去っていく物音がつづいた。ドアベルが二回鳴った。プールのかたわらに横たわった裸の男は身じろぎひとつしなかったが、ドアベルの音や走り去る車の音がきこえると、一瞬だけ両目を大きく見ひらいた。動物の耳が音をとらえたときのように、両の瞼《まぶた》がぴくんと動いたかのようだった。男はたちどころに自分の居場所や、きょうが何曜日でいまが何時かを思い出していた。音の正体はいずれもわかった。砂色の短い睫毛《まつげ》に縁《ふち》どられた瞼がまた眠たげに垂れおち、すこぶる淡いブルーの瞳の曇ったような目——自分の内面ばかりを見ているような目——を覆い隠した。酷薄そうな小さな唇があごの関節もはずれそうなほど大きなあくびにひらき、口のなかに唾液を誘いだした。男は芝生に唾を吐いて待った。

白いコットンシャツと短いだけで野暮ったい青のスカートという服装の若い女が、網目の粗《あら》いネットバッグを手にしてガラスのドアを抜け、男のような大股の足どりで化粧タイルと芝生の上を歩いて男に近づいてきた。男から二、三メートル離れたところでいったん足をとめ、ネットバッグを芝生に落としてすわり、いささか埃をかぶった安物の靴を脱いだ。それから立ちあがってシャツのボタンを外して脱ぎ、几帳面に折り畳んでからネットバッグの隣に置いた。

女はシャツの下になにもつけていなかった。肌は目にも美しく日に焼け、肩も形のいい乳房も健康そのものの艶《つや》やかさを見せていた。スカートのサイドボタンをはずすために腕を下へむけて伸ばした拍子に、腋《わき》の下から毛が小さな房になってのぞいた。すこやかで野性的な田舎娘という印象が、スカートを脱いだときにあらわれた褪《あ》せた紺色のメリヤスの水着に包まれた豊満な尻と太く短い太腿《ふともも》から伸びた足でいっそう強められた。

女はスカートをシャツの横に置くと、ネットバッグの口をひらき、ねっとりした感じの透明な液体のはいった古いソーダ水のガラス瓶をとりだし、男にむかって上体をかがめながらすぐ横の芝生に膝《ひざ》をついた。それから瓶の中身の液体——色の薄いオリーブオイルで、世界のこのあたりの品の例に洩《も》れずに薔薇の香りをつけてある品だった——を男の肩胛骨《けんこうこつ》のあいだに垂らすと、ピアニストよろしく指を曲げ伸ばししてから、男の首の裏側の僧帽《そうぼう》筋《きん》と胸鎖乳突筋《きょうさにゅうとつきん》をマッサージしはじめた。

　体力の必要な仕事だった。男はおそろしいほどの剛力であり、うなじから肩につづく膨れあがった筋肉は、女が両肩の重みをすべて二本の親指に集中させてぐいぐい押しても、ほとんどへこまなかった。男のマッサージをおえたときには、いつも全身が汗まみれになって体力を最後の一滴までもつかいはたし、ばったりプールに倒れこんで、そのあとは日陰に横たわって、迎えの車が来るまでひと眠りするのがつねだった。しかし、男の背中全体に両手を機械的に動かしていくあいだ女が気にかけるのは、そんなことではなかった。気になるのは、見たことがないほど完璧な肉体に本能が感じている恐怖だった。

　女性マッサージ師の冷静で無表情な顔には内心の恐怖はいささかものぞいていなかったし、切りそろえた短く剛《こわ》い黒髪の下の吊りあがっている黒い目は油膜のようにうつろだったが、胸の奥では動物が情けなく鼻声をあげて縮こまり、計ろうと思えばだが、脈搏《みゃくはく》が平常よりも速くなっているはずだった。

　過去二年間には珍しくなかったが、女はあらためて自分はなぜこのすばらしい肉体を憎むのだろうかと思い、あらためてこの嫌悪感を漠然とながら分析しようと試み、今回ばかりはそんな嫌悪感を捨てられるのではないかと思った——客によっては自分が性欲を刺戟《しげき》されることがあるが、それよりもこの嫌悪感のほうがプロらしくない感情であることは、女自身がうしろめたさとともに自覚していた。

まずは些細な部分から片づけていこう——男の髪だ。女は逞《たくま》しい頸部《けいぶ》に支えられた小ぶりで丸い頭を見おろした。頭は小さく波打っている赤みがかった金髪で覆われていた——その髪のようすから、以前に目にしたギリシア彫刻の様式化された髪の毛を連想したとしても不思議はなかった。しかし、男の髪のカールはなぜかきつく巻かれすぎているばかりか、あまりにも窮屈に押しあいへしあいして、頭皮にへばりついているようだった。見ているとパイル地に爪を立てたときのように歯が浮く不快な感覚をおぼえた。おまけにこのカールした金色の髪はうなじのかなり低いところにまで生えていた——それこそ第五頸《けい》椎《つい》のあたりにまで（と、女は専門用語で考えた）。そこに達したところで、金色の短い剛毛が横一直線のラインをつくって途切れていた。

女は両手をいったん休ませ、ぺたんと尻をついて芝生にすわった。美しい上半身は早くも汗でぬらぬらと輝いていた。前腕の外側をひたいにこすりつけて汗を拭《ぬぐ》い、オイルのボトルに手を伸ばす。男の脊椎の基部にある柔毛の生えた小さな高原めいた箇所にティースプーン一杯分のオイルを垂らすと、女は指を屈伸させながらふたたび身を乗りだした。臀部《でんぶ》の谷間のすぐ上にある金色の柔毛に覆われた未発達の尻尾ともいうべき尾骶骨——これが恋人の体なら心も浮き立って昂奮《こうふん》もさせられようが、この男の場合には野獣めいたものに思えるだけだった。いや、爬虫類《はちゅうるい》だ。しかし、蛇なら体毛はないはずだ。それでも、この思いはいかんともしがたい。女には爬虫類としか思えなかった。女は両手を左右で盛りあがった臀筋へと滑らせた。たいていの客は——とりわけサッカー・チームに所属する若者たちは——マッサージがこの段階に達するとジョークを口にしはじめる。女がうっかり気をゆるめていると、下心を感じさせる言葉が出てくる。そんなときは強く圧迫して、座骨神経を刺戟することで黙らせもする。また——客の男がとびきり魅力的に思えたときなどには——くすくす笑いまじりの交渉があり、組んずほぐれつのひと幕ののち、つかのまの甘美な降伏のひとときにつながることもある。

相手がこの男の場合はちがった——異常なほどちがっているとさえいえた。最初のときから、この男はまるでじっとしたまま動かない肉の塊《かたまり》のようだった。この二年間、男が話しかけてきたことは一度もない。背中のマッサージをひととおりおえて仰向けになってもらう段になっても、男の目にも肉体にも女への関心は少しも見あたらなかった。女が肩を軽く叩いて合図をすると、男はただごろりと仰向けになり、半眼に閉じた瞼の隙間から青空を見あげているばかりで、ときおり体を震わせるような長いあくびをするのが、この男も人間らしい反応を見せることがあるという唯一のしるしだった。

女はすわる場所を変え、今度は右足を次第に下のアキレス腱《けん》へむかってマッサージしていった。アキレス腱にまで達したところでふりかえり、いま一度見事な肉体をながめた。自分が嫌悪を感じるのは、男の肉体の外見だけが理由なのか？　ミルクのように白いはずの素肌が日焼けして赤らみ、ローストした肉のような見た目になっているせいだろうか？

それともつやつやした表面に深い毛穴が大きな間隔をあけて散っている、肌の質感のせいか？　それとも、左右の肩にびっしりと散っているオレンジ色のそばかすのせいか？　あるいは、この男が放っている性的な空気のせい？　傲慢《ごうまん》なくらい盛りあがっているすばらしい筋肉にのぞく無関心さのせいだろうか？　あるいは、精神面の理由かもしれない――極上の肉体に邪悪な人間が潜んでいることを、動物としての本能が教えてくれているのでは？

マッサージ師はいったん立ちあがると、頭をゆっくりと左右にめぐらせ、肩の筋肉を伸ばした。両腕をまっすぐ左右に伸ばしてから頭の上に伸ばし、しばしその姿勢をたもったのち、手にあつまった血液を下へ流した。それからネットバッグに近づいてハンドタオルをとりだし、顔と体の汗を拭った。

引き返すと、男は仰向けのまま、片方の手のひらを枕がわりに頭に敷き、うつろな目で空を見あげていた。なにも用を果たしていないほうの手は芝生に投げだされ、女を待っていた。女は男に近づくと頭のうしろの芝に膝をついてすわり、両手にオイルをすりこんだ。それから指が中途半端に力なくひらいている男の手をもちあげ、ずんぐりと短い指を捏《こ》ねるようにマッサージしはじめた。

女はそわそわと横目をつかって、きつくカールした金色の髪という冠の下にある赤褐色の顔を盗み見ていた。うわっ面だけ見ればなんの問題もなかった――ふっくらしたピンクの頬、上をむいた鼻、丸みをおびたあごといったその顔は、肉体労働者タイプの男前だった。しかしつぶさに見ていくと、きつく閉じられた口というよりはもとから薄い唇には冷酷さがのぞき、上をむいた鼻の広がった鼻翼は強欲な豚を思わせ、きわめて淡く青い目にかぶさっている空虚な色あいは、目ばかりか顔全体にも影響をおよぼして、死体置場に安置された溺死体の雰囲気を男に与えていた。なんだか——女は思った——だれかが陶器の人形をもってきて、人を怖がらせようとこんな色に塗ったみたいだ。

　マッサージ師は腕を上へむかって揉みながら、逞しい上腕二頭筋に達した。この男はいったいどこで、ここまで発達した筋肉を得たのだろう？　ボクサーだったのか？　これほど傑出した筋肉をつかって、男はなにをしているのか？　ここは警察の別荘だという噂もあった。ふたりいる男の使用人は料理や家事いっさいをこなしてはいるが、護衛の役目を果たしていることは明らかだった。男は月に一度、数日間ほどここを留守にする。そのあいだ女はここへ来るなと申しわたされる。ときには一週間、あるいは二週間、さらには一カ月はここへ来るなといわれることもあった。そんなふうに留守にしたあるとき、帰ってきた男の上半身が打ち身だらけになっていたことがあった。また別の機会には、心臓のあたりを覆うように胸に装着されたギプスの下のへりから、治りかけの赤い傷痕の隅の部分がのぞいていたこともあった。病院や町で男のことを人にたずねる勇気は女にはなかった。最初にこの別荘へ派遣されてきたとき、女は使用人のひとりから、ここで見聞きしたことを口外したら牢屋行きだと警告された。病院にもどると、それまで女の存在さえ認めなかった院長に呼びつけられて、おなじ警告をされた。牢屋行きになるぞ、と。女の力強い指が、肩関節を盛りあげている立派な三角筋におずおずとめりこんでいった。国家保安省《MGB》がらみだということは前々からわかっていた。このすばらしい肉体に嫌悪を感じる理由はそこだったのかもしれない。男がどういった人間なのか、女の処遇についてどんな命令をくだせる立場なのか、そんなことに考えがおよぶと、女は力いっぱい瞼を閉じた。しかし、すぐに瞼をひらく。いまの動作を男に見とがめられたかもしれない。しかし、男はうつろな目で空を見あげているばかりだった。

いよいよ——女はオイルに手を伸ばした——顔のマッサージだ。

女の左右の親指が男の閉じた瞼に触れるか触れないかというタイミングで、屋内の電話機が鳴りはじめた。呼出音は苛立《いらだ》ちもあらわに、静かな庭にまで手を伸ばしてきた。男はすかさず体を起こすと、スターターピストルの合図を待つ陸上選手のように地面に膝をつく姿勢をとった。しかし、それだけで前へ進もうとはしなかった。呼出音がとまった。低い話し声がきこえてきた。女には言葉まではききわけられなかったが、うやうやしく指示を受けているような口調だということはわかった。話し声が途絶え、ドアから男の使用人がちらりと姿をあらわし、芝生の男を室内に招くような手ぶりをしただけで、すぐ引っこんだ。使用人の手ぶりがまだおわらないうちから、男は走りだしていた。女が見ているうちにも、褐色の背中が一瞬でドアをくぐって見えなくなった。男が屋内から外へもどってきたとき、この場所にとどまっている姿を見られるのはまずい——と、女は思った。なにもしていなければ、聞き耳を立てていたと思われるかもしれない。女は立ちあがると二歩ほど歩いてコンクリートづくりのプールのへりに立ち、優美なフォームで飛びこんだ。

男の正体を知れば、女も自分がマッサージしている肉体に本能的な嫌悪を感じる理由が解明できたかもしれないが、男の正体を知らないことが、かえって心の平穏に役立っているともいえた。

男の本名はドノヴァン・グラント、通称〝赤の《レッド》〟グラントだった。しかし過去十年間の名前はクラースノ・グラニトスキであり、コードネームは〝グラニト〟だった。

そしてこの男は国家保安省内の殺害実行機関であるＳＭＥＲＳＨ《スメルシュ》の首席死刑執行官であり、まさにいまこの瞬間、モスクワの国家保安省から直通ホットラインで指令を受けているところだった。

2　殺《さつ》戮《りく》者《しゃ》

グラントは受話器をそっと架台にもどすと、すわったまま電話機を見つめた。のしかかるようにして近くに立っている、頭が弾丸のような形の護衛がいった。「すぐに出発されたほうがいいでしょう」

「今回の任務について、なにか話をきいているかね？」グラントはロシア語を流暢《りゅうちょう》に話したが、訛《なま》りはかなりきつかった。ソ連のなかでもバルト海沿岸地域なら、どこの出身だといっても通用しただろう。話し声は高く平板で、本の退屈な一節を音読しているかのようだった。

「いえ。わたしがきかされたのは、あなたにモスクワまで来てほしいということだけです。飛行機がこちらへむかっています。給油のために三十分は必要ですが、そのあとは三時間ないし四時間——そのあたりは、あなたが途中のハリコフでいったん着陸するかどうかによります。いずれにせよ、日付の変わる時間までにはモスクワに着けるでしょう。あなたは荷造りをなさってください。わたしは車の手配をします」

グラントはそわそわと立ちあがった。「そうだな。おまえのいうとおりだ。しかし、電話の相手はこれは作戦任務かどうかも話していなかったのか？　ふつうは知りたがるだろう？　秘話回線だぞ。ヒントくらいよこしてもいいはずだ。いつもはそうするのに」

「今回はありませんでした」

グラントはゆっくりとガラスの扉を通って芝生に出た。プールの反対のへりに腰かけているマッサージ師に目をとめたのかもしれないが、そんな気配はいっさいうかがわせない。グラントは上体をかがめ、仕事で勝ちとった黄金のトロフィーともいうべき高価な品々や本を拾いあげてから屋内へとってかえすと、階段で二階の寝室へあがった。

殺風景な寝室だった。家具と呼べるものは鉄パイプ製のベッド——乱れたシーツが片側から垂れて床に届いている——と籐の椅子、白木のままの衣類戸棚、それにブリキの洗面器が置いてある安いつくりの洗面台だけだ。床にはイギリスやアメリカの雑誌が散らばっていた。窓の下の壁ぎわには、けばけばしい表紙のペーパーバックやハードカバーのサスペンス小説が積まれていた。

グラントは体をかがめ、くたびれたイタリア製の布ばりのスーツケースをベッドの下から引きだした。衣類戸棚をあけ、きれいに洗濯されている見苦しくない安物の服をとりだしてスーツケースに詰めていく。ついで冷たい水と、例によって例のごとく薔薇の香料が添加された石鹼《せっけん》で手ばやく体を洗い、ベッドにかかっていたシーツで体を拭った。

戸外から車の音がきこえた。グラントは、先ほどスーツケースに詰めたのと同様の目立たない地味な服を手早く身につけ、腕時計をはめ、それ以外の所持品をポケットにしまいこんでからスーツケースをつかみあげて階段を降りていった。

正面玄関はあいていた。見ると、ふたりの護衛がくたびれたスターリン記念工場《ZIS》製のセダンの運転手と話をしていた。

《度しがたい馬鹿どもめ》グラントは思った（いまでも考えごとの大部分は英語ですませていた）。《どうせ、おれが飛行機に乗るのをきっちり見届けろとか命令してるんだろうよ。てめえたちのちんけな国に住みたがる外国人がいるとは想像もできまいな》

グラントは冷ややかな目であたりをさぐってスーツケースを戸口のあがり段におろすと、キッチンドアのフックにかかっている何着もの上着をかきわけて自分の〝制服〟――くすんだ茶のレインコートとソビエト官僚の黒い布の帽子――をさがしあてた。一式を身につけてから、スーツケースをとりあげて外に出た。それから護衛のひとりを荒っぽく肩で押し退《の》けて車に乗りこみ、私服姿の運転手の隣にすわった。

ふたりの男はうしろにさがった――どちらも無言だったが、けわしい目つきでグラントをにらんだままだった。運転手がクラッチから足を離すと、すでにギアがはいっていた車はたちまち加速しながら埃っぽい道を別荘から遠ざかっていった。

別荘があるのはクリミア半島の南東部、おおまかにフェオドーシヤとヤルタの中間にあたる土地だった。間近にまで山が迫る海岸線のなかでも〝ロシアのリヴィエラ〟と呼ばれて人気のあるこの地域には多くの政府関係者むけの公用別荘《ダーチャ》があり、そのうちの一軒だった。モスクワ郊外の気が滅入るような住宅ではなくこの地に住まわせてもらえるのが、どれほど大きな特権であるかはレッド・グラントもわきまえていた。車が山中へとあがっていくあいだグラントは思った——政府は精いっぱい手を尽くして自分を厚遇しているが、快適な暮らしを自分にさせようという配慮の裏には別の意図がある、と。

シムフェロポリの空港までの六十五キロばかりの道のりには一時間ほどかかった。道にはほかに走る車も見あたらず、たまに葡萄《ぶどう》畑から荷車が出てきても、グラントの車がクラクションを鳴らすと、あわてて側溝へ逃げこんでいった。ソビエトのどこへ行っても事情は変わらないが、自動車はすなわち政府公用車であり、政府はすなわち危険を指す。

道中はずっとどこにでも薔薇の花が咲いていた。薔薇の咲く花畑と葡萄畑が交互にあらわれ、道路ぎわにはずっと薔薇の生垣があり、さらに空港への進入路にさしかかれば、巨大な円形の花壇に赤と白、それぞれの花を咲かせる薔薇が植えられて、広大な白を背景として赤い星印を浮かびあがらせていた。グラントは薔薇にはすっかり食傷しており、一刻も早くモスクワに到着し、この甘ったるいにおいから逃れたくてたまらなかった。

車は〈一般旅客機用空港〉に通じる入口の前を走りすぎると、高い塀に沿ってさらに一キロ半ほど走って、この空港《エアロドローム》の軍用サイドにたどりついた。高い金網フェンスのゲート前で、運転手はサブマシンガンをかまえたふたりの歩哨に通行証を見せ、その先にあるタールマカダム舗装のエプロンへと車を進めた。数機の航空機が待機していた——迷彩塗装がほどこされた大型の軍用輸送機、双発の小型訓練機、それに海軍所属のヘリコプターが二機。運転手はいったん車をとめて、オーバーオール姿の男にグラントが乗るはずの飛行機はどこかとたずねた。たちまち管制塔からがんがんと金属音が響き、つづいて拡声器が一行を怒鳴りつけてきた。「左へ行け。左へ曲がってまっすぐ進め。V‐BOだ」

運転手が指示に従ってタールマカダム舗装に車を走らせていると、ふたたび例の鉄の響きを帯びた声が怒鳴ってよこした。「とまれ！」

運転手がブレーキを踏みこむと同時に、一行の頭上で耳もつぶれそうな悲鳴があがった。グラントと運転手がともに反射的に首をすくめて頭を低くすると同時に、沈みゆく夕日のなかから四機のMiG《ミグ》‐17戦闘機があらわれ、着陸にそなえて四角いエアブレーキのフラップを出した態勢で頭上をかすめ過ぎていった。戦闘機は一機また一機と広大な滑走路に着陸しては機首下部の前輪から青い煙を噴きあげ、ジェットエンジンを咆哮《ほうこう》させつつ滑走路の遠い境界線まで地上走行してから反転し、管制塔と格納庫のほうへ引き返してきた。

「前進せよ！」

そこからさらに百メートル弱進むと、V‐BOという認識コードが機体に書かれた双発の旅客機、イリューシン12に行き着いた。キャビンのドアからアルミニウム製の梯子《はしご》がおろされていて、車はその横にとまった。クルーのひとりがドアから姿を見せて梯子を降りてくると、運転手の通行証とグラントの身分証明書類を丹念に調べた。それがすむとクルーは手をふって運転手を帰らせ、グラントには自分について梯子をあがれと合図してきた。クルーはスーツケースを運ぼうとはいわなかったが、グラントは本一冊程度の重みしかないようなしぐさでスーツケースをかかえて梯子をあがった。グラントがのぼりきると、クルーは梯子を機内に引きあげて幅広のハッチを勢いよく閉め、操縦室へむかった。

機内では二十席の好きなところへすわれた。グラントはハッチに近い座席をえらんでシートベルトを締めた。操縦室のひらいたままのドアから、管制塔との雑音まじりの短い会話がきこえてきた。二基のエンジンがうなりをあげて咳きこみ、火を噴いたかと思うと、旅客機はまるで一般の自動車のようにいきなり方向転換して、南北に延びる滑走路のスタート地点へむかって、それ以上の準備手続もせず一気に滑走路を走って、離陸していた。

グラントはシートベルトをはずし、吸口に金色の紙がつかわれている紙巻きタバコの〈トロイカ〉に火をつけると、シートにゆったり体をあずけて、おのれの過去のキャリアに楽しく思いをめぐらせ、さらに近い将来のことを考えもした。

ドノヴァン・グラントは、ドイツ人のプロの重量挙げ選手と南アイルランドのウエイトレスが真夜中のひとときをともにした結果として生まれた。ふたりがともにしたひとときを具体的にいえば、ベルファスト郊外に張られたサーカス天幕裏の濡れた芝生の上での十五分間である。行為がおわると父親は母親に半クラウンをわたし、母親は鉄道駅近くのカフェの調理場内にあった自分のベッドへと幸せな気分で帰っていった。やがて妊娠が明らかになると、女は南との国境に近い北アイルランドのオーナクロイという小さな町に住むおばのもとに身を寄せ、半年後に五千四百グラムの立派な男の子を産み落としたが、直後に産褥熱《さんじょく》で世を去った。死ぬ前に女は男の子をドノヴァンと命名し（重量挙げ選手は〈怪力オドノヴァン〉と自称していた）、さらに自分の姓であるグラントを名乗ってほしいと言い残していた。

不承不承ながらおばが世話をしたおかげで、ドノヴァン・グラントはすこやかに成長した——ずばぬけた力もちになったが、きわめて口数のすくない静かな少年だった。友人はいなかった。ほかの子供たちと意思を通じあうことを拒み、なにか欲しいものがあるときには、拳骨をつかってほかの子供からとりあげた。地元の学校では一貫して恐れと憎しみの対象だったが、地元の祭りで開催されるボクシングやレスリングの試合で名をあげることになった——血に飢えたような激しい怒りで攻撃するばかりか狡猾《こうかつ》な策まで弄《ろう》するグラントは、もっと年上で体も大きな少年たちにも勝利をおさめたのである。

そのグラントの戦いぶりに目をつけたのが、オーナクロイの町を南北の行き来のための要衝《ようしょう》に利用していたシン・フェイン党員たちであり、この小さな町をおなじ目的で利用していた密輸業者たちだった。学校をやめたグラントはこの両組織の用心棒になった。どちらの組織も気前のいい報酬を払いはしたものの、できるかぎりグラントと顔をあわせないようにしていた。

このころ、満月の時期になるとグラントの肉体が奇妙な暴力への衝動を感じるようになってきていた。グラントがひそかに自分だけで〝あの気分〟と呼びならわしているものをはじめて実感したのは十六歳のときの十月——そのときは外へ出て猫を絞め殺した。この行為をすませると、そのあとひと月は〝爽快な気分〟でいられた。十一月は大型の牧羊犬、クリスマスには真夜中に隣人の畜舎へ忍びこんで、乳牛ののどを切り裂いた。こうした行為はどれもグラントを〝爽快な気分〟にさせた。しかもまるっきりの馬鹿ではなかったので、もうじき村人たちが動物たちの不自然な死を不審に感じはじめるはずだとわかっていた。そこでグラントは自転車を買い、月に一度、夜中に野山を自転車で走った。目的を達するためにはかなり遠くまで足を伸ばさなくてはならないことも珍しくなく、二カ月ばかり鵞鳥《がちょう》や鶏《にわとり》で飢えをしのいだのちに、ようやく好機に恵まれて、寝ている浮浪者ののどを切り裂いたこともあった。

やがて人々が夜間の外出を控えるようになると、グラントは早めに家を出発してはるか遠くの地にまで自転車を走らせるようになった。そうすれば遠くの町や村でも、畑仕事からひとりで家へ帰る人がいたり、あるいは若い女が密会のために家を出たりする夕暮れどきに到着できるからだった。

たまに若い女を殺しても、どんな流儀であれ〝暴行する〟ことは一度もなかった。その方面のあれこれは話として耳にいれたことはあれ、どうにも理解できなかった。グラントを〝爽快な気分〟にさせてくれるのは、殺人というすばらしい行為だけだった。ほかにはなかった。

十七歳の一年がおわるころになると、ファーマナやティローン、アーマーの一帯に不気味な噂が広まっていた。そしてひとりの女が真っ昼間に首を絞めて殺され、死体が無造作に干し草の山に投げこまれて捨てられるという事件が起こるなり、噂は一気に燃えあがってパニックになった。あちこちの村で自警団が組織され、警察には警察犬ともども増援部隊が送りこまれ、〈月夜の殺人魔〉の噂がこの地域にジャーナリストを呼び寄せた。ドノヴァンは自転車に乗っているときに何度か呼びとめられて質問されたが、オーナクロイの町に有力な庇護者がいる身であり、ボクシング向きの引き締まった体をたもつため、トレーニングとして自転車で走っているという話はかならず裏がとれた――というのもいまやグラントは町の誇りであり、北アイルランドのヘヴィウェイト級チャンピオンの有力候補となる選手だったからだ。

このときもグラントは本能に救われ、悪行が露見する前にオーナクロイを出てベルファストへ行き、グラントをプロボクサーに育てたいという落ち目のプロモーターの手におのれを委ねた。ボクシングジムはみすぼらしかったが、厳格な規律が課せられた。その厳しさは牢屋も同然であり、血管のなかで例の血が初めて沸き立ったときにも、スパーリングパートナーのひとりを半殺しの目にあわせることしかできなかった。リングでの対戦相手から力ずくでグラントを引き離すしかないという事態が二回もあったが、それでもプロモーターから見捨てられなかったのは、ひとえにグラントがチャンピオンの座を勝ち取ったからだった。

グラントがチャンピオンになったのは一九四五年、十八歳の誕生日だった。義務兵役制度のもとで徴兵されたグラントは、英国陸軍通信部隊の運転手になった。イングランドでの訓練期間のおかげで、ずいぶん正気をとりもどした――というか、例の〝あの気分〟のときには以前より慎重な行動を心がけるようになった。満月を迎えると、代わりに酒を飲むようになったのだ。そういうときにはウィスキーのボトルを手に訓練基地のあるオールダショット周辺の森にはいって、自身の衝動を冷静に見つめながら一本まるまる飲み干して、人事不省になるのをひたすら待った。そして翌朝早くに、足をよろめかせて訓練キャンプに帰りつく。あの衝動はせいぜい半分しか抑えられなかったが、もう危険な領域ではなくなっていた。歩哨に見つかっても一日だけの外出禁止処分ですんだ。部隊長はグラントを陸軍チャンピオンにしたいという下心があり、そのためグラントに媚《こ》びていたのだ。

しかしグラントが所属していた輸送セクションは、急遽ベルリンに派遣された——ベルリンの分割管理をめぐってソ連とのあいだにトラブルが勃発し、これによってグラントがチャンピオンになる夢も潰《つい》えた。ベルリンでは絶えず立ちこめている危険の香りがグラントを誘惑し、これまで以上にグラントを慎重かつ狡猾にしていった。満月を迎えると酒を飲んで酔うことに変わりはなかったが、それ以外のときにはひたすら観察して策を立てた。ロシア人について耳にした話のすべてが気にいってもいたので——残酷さ、人命の軽視、そして権謀術数——やがてソ連に行こうと思うようになった。しかしどうやって？　手土産にはなにをもっていけばいい？　連中が欲しがるものはなんだ？

ソ連への亡命を最終的にあと押ししてくれたのは、英国陸軍ライン軍団によるボクシングの選手権大会だった。試合はたまさか満月の夜に開催された。グラントは英国陸軍の代表として出場したが、ホールディングやローブローといった反則で警告を受けたあげく、それでもしつこく反則プレイをつづけた結果三ラウンドの途中で失格とされた。リングをあとにするグラントにスタジアムじゅうから激しい罵声《ばせい》が浴びせられた――ひときわ激しく罵倒したのがグラント自身の所属連隊の面々だった。翌朝、部隊長がグラントを呼びだし、次回の兵員補充時に交替させて本国に送還する、と申しわたした。同僚の運転手たちはグラントを仲間はずれにし、輸送任務でいっしょに車を運転しようという者もいなくなったため、結局は本人の希望どおり、オートバイ伝令隊に配置換えをするしかなかった。

この配置換えはグラントにとってはまたとなく好都合だった。数日待ったのち、グラントはドイツ帝国宰相広場《ライヒスカンツラープラッツ》にあるイギリス軍諜報本部からその当日に発送される郵便物をまとめてあつめると、ソ連占領地区におもむいた。その場でエンジンをかけたまま待っているうちに、一台のタクシーを通過させるためにイギリス検問所のゲートがひらいた。グラントはゲートが閉まりかけたところを狙って時速六十五キロで強引に突破、ソ連軍の軍事境界線駐屯地《ちゅうとんち》にあるコンクリートづくりのトーチカ横にバイクを急停止させた。

グラントは衛兵の詰所へ荒っぽく引きこまれた。デスクの反対側にすわっている無表情な士官がなんの用だとたずねた。

「ソビエト諜報部の人間と会いたい」グラントは平板な口調でいった。「トップの人間に」

士官は冷ややかにグラントを見るばかりだった。ついでロシア語でなにか話した。先ほどグラントを引き立てた兵士たちが、またグラントを室外へ引きずりだそうとした。グラントは兵士たちをあっさりとふり払った。兵士のひとりがサブマシンガンをかまえた。

グラントは忍耐づよく、はっきりした発音を心がけながら話した。「おれは機密文書を大量にもってる。外にね。バイクにくくりつけた革バッグのなかだ」そこで名案がひらめいた。「その書類を諜報部に届けなければ、おまえもひどいトラブルに巻きこまれるだろうな」

士官が兵士たちになにかいった。兵士たちはうしろへさがった。

「わが国に諜報部は存在しない」士官は尊大な口調の英語でいった。「そこにすわって、この書類に記入したまえ」

グラントは椅子に腰かけてデスクにむきあい、東側地区を訪問しようとする人物への質問が列挙された長い書類に記入していった——氏名、住所、職業などをたずねる質問だ。やがて士官は受話器をとりあげ、静かな声で手短にだれかと話をした。

グラントが書類の記入をおえると、さらにふたりの兵士——くすんだ緑の略帽をかぶり、カーキ色の軍服に緑色の階級章をつけた下士官——が部屋にやってきた。軍事境界線警備担当の士官が、中身に目を通しもせずに書類を下士官のひとりに手わたした。グラントは外へ引き立てられ、乗ってきたバイクともども有蓋《ゆうがい》トラックの後部荷室に乗せられて扉を施錠された。十五分ほど猛スピードで走ったのち、トラックは停止した。荷室からおろされたグラントが見まわすと、新築の大きなビルの裏の中庭だった。グラントはビルのなかへ連れていかれてエレベーターに乗せられ、窓のない小部屋にひとり残された。鉄のベンチが一脚あるだけの部屋だった。一時間後——この一時間であいつらは機密文書に目を通していたのだろう、とグラントは見当をつけた——今度は快適なオフィスへ連れていかれた。オフィスのデスクの反対側にすわっていたのは、三列の略綬と金色の大佐の肩章をつけた人物だった。

デスクの上には、薔薇を盛ったボウルがひとつ置いてあるだけだった。

それから十年後のいま、グラントは飛行機の窓から地上に視線をむけ、六千メートル下の地表に広がっている灯火の群れを見おろした。あれがハリコフの街だろう——そう思いながらグラントは、パースペックス樹脂の窓に映ったおのれの顔にむけて陰気な笑みをのぞかせた。

薔薇。あの瞬間から、おれの人生は薔薇以外のなにものでもなくなった。薔薇、薔薇、とにかくひたすら薔薇。

3　卒業後の勉学

「つまり、ソビエト連邦で働きたいというのがきみの希望なのだね、ミスター・グラント？」

かれこれ三十分が経過し、国家保安省の大佐は面接に飽きていた。目の前にいるかなり不愉快なイギリス人兵士から、多少なりとも意味のある軍事情報は残らず引きだしおえたように感じていた。兵士が持参してきた公文書行囊《こうのう》がもたらしたふんだんな秘密情報について二、三の礼の言葉を述べたら、本人を牢屋に閉じこめ、いずれはヴォルクタかどこかの強制労働収容所に送りこむことになる。

「ああ、あんたたちの国で働きたくてね」

「そうはいうが、きみにはどんな仕事ができるのかな、ミスター・グラント？　とりたてて特技のない労働者は掃いて捨てるほどいるし、トラック運転手も必要ない」そういって大佐はちらりと微笑《ほほえ》んだ。「ボクシングをするというのなら、こちらにもボクシングの心得のある者は大勢いる。たまたまそのなかには、オリンピックの金メダル候補者がふたりばかりいてね」

「こう見えておれは人殺しの達人だ。得意技なんだよ。好きこそものなんとやらだ」砂色の睫毛《まつげ》の下にある、きわめて淡いブルーの瞳の奥で一瞬だけ紅蓮《ぐれん》の炎がゆらめいたのを大佐は見逃さなかった。男の言葉に嘘はない——大佐は思った。男は不愉快なだけではなく頭もいかれている。大佐は冷ややかにグラントを見ながら、はたしてこいつにヴォルクタの収容所で食事を出すような無駄金をつかう値打ちはあるのだろうか、と考えていた。いっそ射殺させてしまったほうがいいのかもしれない。あるいは英国軍管理区に投げもどして、あとの心配はこの男の国の連中にまかせてしまおうか。

「おれの言葉を信じてないんだな」グラントは苛立《いらだ》ちもあらわにいった。この男では話にならないし、ここは話をつけにいくべき部門ではなさそうだ。「こっちの国じゃ、だれが荒事《あらごと》をこなしてる？」ロシア人たちにも殺人を専門にするセクションがあるはずだ。だれもがそう話していたではないか。「そっちを担当してる連中と話をさせてくれ。連中からいわれれば、だれでも殺してやる。殺してほしいやつがいればだれでもね。さあ、早く」

大佐は仏頂面でグラントを見つめた。この件は上へ報告したほうがいい。

「ここで待っていろ」大佐はそういって部屋を出ると、ドアをあけっぱなしにした。すかさず衛兵がやってきて戸口に立ち、拳銃に手をかけたままグラントの背中を見張りはじめた。

大佐は隣室にはいっていった。部屋は無人で、デスクには三台の電話機があった。大佐がとりあげたのは、モスクワの国家保安省直通のホットラインの受話器だった。軍所属の電話交換手が出ると、大佐はひとこと、「SMERSH《スメルシュ》」といった。SMERSHにつながると、大佐は作戦部長を呼んだ。

十分後、大佐は受話器をもどした。なんという幸運か！　単純で建設的な解決法だ。どちらへ転んでも、いい結果に通じる。あのイギリス人が首尾よく成果をあげれば万々歳。万一あいつが失敗しても、西側諸国の管理区にトラブルを起こしてやれる。グラントはイギリス人なのだからイギリス軍にとってはトラブル。ドイツ人からすれば、こちらの作戦の試みが連中の数多いスパイを震えあがらせるのでやっぱりトラブルだ。アメリカ人にとっても同様である。というのも、バウムガルテンとその一味に資金を提供しているのはもっぱらアメリカであり、そのアメリカがバウムガルテンの保安警備に穴があると考えるようになるはずだからだ。大佐は満足を覚えながら自分のオフィスへ引き返すと、グラントとさしむかいの椅子に腰をおろした。

「さっきの言葉に嘘はないな？」

「当たり前だ」

「物覚えはいいほうか？」

「ああ」

「イギリス軍管理区に、バウムガルテン博士というドイツ人が住んでいる。住所はクアフュルステンダム通りの二二番地の五号フラット。どこだかわかるか？」

「わかる」

「今夜、おまえは乗ってきたバイクともどもイギリス軍管理区にもどされる。ただし、そのときにはナンバープレートは新しいものに交換される。おまえの仲間たちがおまえの行方をさがしているはずだからな。おまえはバウムガルテン博士のもとに封筒を運ぶ。封筒には、直接配達郵便と記載される。イギリス軍の軍服を着ていて、封筒にその記載があれば、配達は造作もないはずだ。おまえは、きわめて機密性の高いメッセージなので余人をまじえず博士と会いたい、と先方に申しいれる。会えたら博士を殺せ」大佐はいったん言葉を切り、眉毛をぴくんとあげてたずねた。「わかったか？」

「わかった」グラントはうっそりと答えた。「もし巧《うま》くこなせたら、そのあとも似た仕事をやらせてもらえるかな？」

「考えられないではないね」大佐は無関心な声で答えた。「とりあえずおまえは、自分にスキルがあることを見せる必要がある。この仕事を達成してソビエト管理区にもどれたら、ボリス大佐を呼ぶように」

大佐が呼び鈴《りん》を鳴らすと、私服の男が入室してきた。大佐は手ぶりで男をさし示した。

「この男がおまえに食事を用意する。そのあと、先ほど話した封筒とアメリカ製の鋭利なナイフをおまえにわたす。極上の武器だ。では、幸運を」

大佐は手を伸ばして鉢から一本の薔薇《ばら》を抜き、うっとりと香りを堪能した。

グラントは立ちあがると、「ありがとうございます、大佐」と鄭重《ていちょう》にいった。

大佐はなにも答えず、そもそも薔薇から目をあげもしなかった。グラントは私服の男について部屋をあとにした。

飛行機は轟音《ごうおん》とともにロシア中心部を飛行していた。ウクライナ東部スターリノ周辺にある熔鉱炉が噴きあげている炎はすでに東の彼方へ去り、西を見れば銀の筋になって伸びているドニエプル川が、川に面した工業都市ドニエプロペトロフスクで枝わかれしているさまも見えた。ハリコフ周辺で見えたきらびやかな街の灯火がウクライナの境界を示しており、それより小さなクルスクの街の燐光めいた輝きもすでに後方へ去った。いまグラントにはわかっていた——一面に墨を流したように切れ目なく広がる眼下の闇のなかで、何十億トンものロシアの穀物がささやきかわし、しだいに熟しつつある、と。これから約一時間は——モスクワまでの最後の五百キロ弱を飛びきるまでは——光のオアシスを目にすることはない。

いまではグラントもロシアについての広い知識を身につけていた。西ドイツの大物スパイを鮮やかな手ぎわで迅速に殺害することに見事な成功をおさめたあと、軍事境界線を越えてソ連側にもどり、なんとか〝ボリス大佐〟のもとにたどりつくなり、グラントは休む間もなく私服に着替えさせられ、髪の毛を隠せる飛行士用の帽子をかぶらされて、ほかにだれも乗っていない国家保安省さしまわしの飛行機に押しこまれ、一路モスクワへと連れていかれた。

一年は半牢獄状態だった——そのあいだは体のコンディションの維持に努め、ロシア語を学んだが、まわりには人々がひっきりなしにあらわれては去っていった。尋問官、密偵、医師などだ。一方イングランドと北アイルランドに潜伏中のソ連のスパイたちは、苦労してグラントの過去をさぐっていた。

この年がおわるころには、グラントは政治的には問題ない人物だという、ソ連国内にいる外国人が得られる範囲ではいちばんきれいな証明書を付与された。グラントの供述が事実どおりであることを、スパイたちが裏づけたのだ。イギリス人やアメリカ人の密偵たちは、この男は世界のいかなる国の政情にも社会慣習にもいっさい関心をむけていないと報告した。また医者と心理学者は、グラントが満月がめぐる周期にあわせて躁《そう》状態と鬱《うつ》状態をくりかえす性質《たち》だという点で見解の一致を見た。彼らはまたグラントが自己陶酔者《ナルシシスト》であり、セックスへの関心も欲求もない無性愛者《アセクシャル》であり、痛みへの強力な耐性をそなえている、との意見を添えた。こうした特異な点を別にすれば、グラントの健康状態は卓越したものだった。教育程度は救いがたいほど低かったが、生まれついての狡猾《こうかつ》さは狐にもひけをとらなかった。グラントは社会的には危険因子であり、隔離して閉じこめるべきだというのが衆目の一致した意見だった。

やがて手もとに人事考課書がまわってくると、国家保安省の人事部長は欄外の余白に《殺害せよ》と書きこもうとして……考えなおした。

ソビエト社会主義共和国連邦内では大量殺戮《さつりく》の必要があった。平均的なロシア人が残酷な人間だからではない。なるほど、ロシア人のなかには全世界でもいちばん残酷な連中がいるのは事実だが、殺人が多かったのは、それが政治の一手段だったからだ。国家に仇《あだ》なす者は、すなわち国家の敵であり、国家には敵の居場所はない。なすべき仕事は多く、一方時間はあまりにも貴重であり、国家の敵に割く余裕はない——そのため、しつこく目ざわりでありつづける敵は殺された。人口が二億を数えるこの国家なればこそ、一年に数千人単位で殺したところで惜しまれることもない。過去二回の大規模な粛清のときのように年間百万の人間を殺さざるをえなくなっても、甚大な損失とはいえなかった。深刻な問題になったのは死刑執行人の不足である。死刑執行人の〝寿命〟は短かった。彼らは仕事にうんざりしがちだった。死刑の執行という仕事が彼らの魂を病ませた。十人、二十人、そして百人もの臨終の喘鳴《ぜんめい》をきかされていくうちに、その人間——どこまで人間以下の人でなしであれ——の体には（おそらく死そのものがそなえている滲透《しんとう》作用によって）〝死の病原菌〟がはいりこみ、癌《がん》のように心身を食らっていく。そういった執行人は憂鬱症におちいって大酒にふけり、おそるべき倦怠感にとらわれて目がどんより濁《にご》り、動作は緩慢になって仕事をきっちり正確にこなせなくなる。こうした徴候が見えてきたら、雇い主に選択の余地はない——その死刑執行人を処刑して、代わりを見つけるほかはないのだ。

　国家保安省の人事部長はこの問題を意識していたので、優秀な暗殺者を常時さがしていたばかりか、ありふれた人殺しをもさがしていた。そしてついに、いずれの殺害行為においても卓抜した手腕をそなえているとおぼしき人材が見つかった。しかもこの人材は殺人というおのれの得意技に一身を捧げているばかりか、医師たちの見解を信じるなら、殺人のために生まれてきたような男だった。

人事部長はグラントの人事考課書の余白に辛辣《しんらつ》な短評を書きこむと、《SMERSH、第二課》と記して既決書類箱に投げこんだ。

SMERSHの第二課——諜報作戦と死刑執行の担当部署——がドノヴァン・グラントの身柄を引きうけてロシア流にグラニツキーと改名させ、名簿に追加した。

それからの二年間は、グラントにとってつらいことつづきだった。そのあいだグラントはふたたび学校に通わされた。それも、波形トタン板のバラックにささくれだらけの松材の机がならび、少年たちの体臭がこもっていて、眠気を誘う青蝿《あおばえ》の羽音が響いていたかつての学校——グラントが学校といわれて思い描ける唯一の場所——さえもが懐かしく思われるところだった。レニングラード郊外にある外国人の情報機関職員の養成学校ではドイツ人やチェコ人、ポーランド人、バルト人、中国人、それに黒人の生徒たちがぎっしり詰めこまれ、みな真剣な表情で勉強に打ちこんではノートに猛然とペンを走らせているなか、グラントはいくつものちんぷんかんぷんな学科に苦戦を強《し》いられた。

〈一般政治教養課程〉は、いくつかの講座にわかれていた。労働運動の歴史、世界各国の共産党や産業面での国力の歴史の講義があり、マルクスとレーニンとスターリンについての講義があり、いずれにもグラントには正確に綴《つづ》れない外国人の名前がどっさりと出てきた。〝われわれが戦う階級の敵〟についての講義があり、資本主義とファシズムについての講義もあった。〝戦略、煽動、プロパガンダ〟の講義に数週間が費やされ、少数民族や植民地の民族、黒人やユダヤ人についての講義がさらに数週間つづいた。月末ごとに試験があった。グラントも試験を受けたが、あらかた忘れたイギリス史や、綴りまちがいの共産主義スローガンなどの断片が散見されるだけで、無学まるだしの無意味な解答しか書けず、お話にならない解答用紙をクラス全員の前でびりびりに破られたことさえあった。

しかしグラントは粘りぬいた。やがて講義が〝技術面課題〟にさしかかると成績が向上してきた。暗号通信の初歩はたちまち理解した――本人が理解を望んだからだ。情報連絡法の授業でも優秀だった――連絡者、仲介者、密使、そして郵便ポストなどがつくりだす迷路をたちどころに把握し、それぞれの学生が独自に計画を立案し、レニングラードの市街地および周辺の郊外にてダミーの任務を遂行する〝現場実習〟ではすぐれた成績をおさめた。そして最後には、警戒度、慎重度、安全第一性、冷静沈着度、そして〝勇気および冷血度〟など、いずれの評価においてもグラントは全校トップの成績を獲得した。

この年の末にSMERSHへフィードバックされた成績報告書の結論部分には、こう記載されていた。《政治的価値――ゼロ。作戦遂行上の価値――最高度》――これこそ、SMERSHが求めていた評価だった。

翌年は、モスクワ郊外のクチノにあるテロリズムおよび攪乱《かくらん》行為教習校で過ごした。ロシア人の教習生は数百人いたが、外国人はグラント以外にはふたりしかいなかった。この学校でグラントは現代ソビエトのスパイの父として有名なアルカージイ・フォトイエフ大佐の総監督のもと、柔道とボクシング、体操、写真術と無線の各講座をどれも優秀な成績でおえ、さらにソビエトのライフル競技のチャンピオンであるニコライ・ゴドロフスキー中佐の指導のもと、小火器の訓練課程を修了した。

この一年間に二度、いずれも満月の夜、事前連絡いっさいなしに国家保安省の車がグラントを迎えにきて、モスクワに複数ある刑務所のひとつへ連れていった。刑務所でグラントは黒いフードをかぶらされ、さまざまな武器をつかって死刑を執行することを許された──ロープ、斧《おの》、サブマシンガン。死刑執行の前と執行の最中、および執行後のそれぞれにおいて、心電図や血圧といった医学的な検査がおこなわれた。しかし、検査の目的や結果がグラント本人に開示されることはなかった。

全体としていい一年だったし、グラントは自分がまわりを満足させていると──正しく──感じていた。

一九四九年と五〇年の二年間、グラントはソ連の衛星国家において機動部隊──あるいは潜行前線班《アヴァンポスツ》──とともに小規模な作戦行動への参加を許された。ソ連のスパイや諜報機関職員のうち、敵への寝返りやそれ以外の逸脱行為の嫌疑をかけられた者を拷問したり、あるいはあっさり殺したりする任務だった。グラントはこうした数々の任務を手ぎわよく正確に、かつ目立たない流儀で完遂した。自分がたえず綿密に観察されていることはわかっていたが、要求されている標準的な手順からわずかなりとも逸脱したことは一度もなかったし、性格や技術面での弱点をのぞかせたこともなかった。単独任務期間中の満月の夜に殺人を命じられたら、事情は変わったかもしれない。しかし上官たちは、満月の夜のグラントが自分たちはおろか当の本人にも制御不能になることを知っていて、任務を割りふるのに安全な日を選んだのである。満月の夜に命じられるのは、刑務所における殺戮《さつりく》行為に限定されていた――冷酷無慈悲に任務を成功させたグラントへの、いわばボーナスとして、おりおりに許されていたのである。

一九五一年から五二年にかけて、グラントが有用な人材であることはますます広く、また公然と知られるようになってきた。仕事のすばらしい実績――とりわけ東ベルリン地域での活躍――が認められ、ソ連の市民権を与えられると同時に昇給も実現した。一九五三年の時点でグラントは月給五千ルーブルの高給とりになっていた。同年には少佐の地位を与えられ、同時にかつて〝ボリス大佐〟と初めて接触した日を起点とする将来の年金受給資格も付与された。ふたりの専属護衛もつけられた。ひとつにはグラントの身を守るためであり、ひとつにはグラントの〝ひとり立ち〟――というのは転向をあらわす国家保安省の隠語だ――を事前に阻むためだった。さらにひと月に一回は刑務所に連れていかれ、候補者が払底《ふってい》しないかぎり好きなだけ死刑を執行することを許された。

当然のことながらグラントには友人がいなかった。接触相手からは憎まれるか恐れられるか、あるいは羨《うらや》ましがられるかのどれかだった。人目を忍ぶ用心深さを旨《むね》とするソ連の官僚世界でも、ふつうの友人関係だと見なされるような同業者同士のつきあいすら、グラントには無縁だった。しかし、たとえその事実に気づいたところで本人は気にもかけなかったはずだ。グラントが関心をいだく相手は、自身の標的に限定されていた。仕事をしていないときには、グラントは自分の内面に引きこもった。その内面世界にはグラント自身のさまざまな思考がふんだんに生い茂って、感興を誘うのだった。

そしてもちろんグラントにはSMERSHがあった。ソ連国内に住んでいてSMERSHを味方につけてさえいれば、友人の有無だろうとなんだろうと気に病む必要は少しもなかった——気にとめているべきなのは、SMERSHの黒い翼の庇護のもとにいることだけだった。

上司たちとどうつきあっていけばいいのかとグラントがぼんやり考えていたころ、飛行機はモスクワ市街を示す赤い灯火のすぐ近くにあるツシノ空港のレーダーの電波ビームを受信して、降下しはじめた。

いま自分は専門分野という樹のてっぺんにいる——SMERSHの首席死刑執行官というこの地位は、すなわちソビエト連邦内では最高位ということだ。このうえなにを狙えばいいのか？　さらなる昇進か？　いま以上の収入か？　もっと金製品が欲しいのか？　それとも重要人物を標的とする任務をもっとこなしたいのか？　暗殺テクニックのさらなる向上か？

いまとなっては、目ざすべき目標もすでに存在しないように思えた。それとも他国には自分が名前を一度もきいたことがなくても、この分野で世界一の地位につきたければなんとしても排除しなくてはならないような、そんな人物がいるのだろうか？

4　死の大立者

SMERSH《スメルシユ》はソビエト連邦政府内にある公的な殺人専門機関である。活動範囲は国の内外を問わず、一九五五年の時点では四万人の男女職員で構成されていた。SMERSHという名称は、〝スパイに死を《スメールチ・シユピオナム》〟というロシア語の文句を縮めたものだ。ただしこの名称をもちいるのは、スタッフとソ連政府の官僚たち関係者だけだ。まっとうな頭をもった民間人なら、この語を自分の口にのぼらせようとは断じて考えもしないはずだ。

SMERSH本部があるのは、スレテンカ通り《ウーリツア》にある醜悪な現代風の大きなビルだ。ビルはこのうら寂しい雰囲気の大通りの一三番地にあって、巨大な両開きの鉄扉《てつぴ》に通じる幅を広くとった正面階段の左右両側にサブマシンガンをかまえた歩哨が立ち、前を通る通行人はみな地面に目を伏せた。ここがなんの建物かを間にあうように思い出した人は、通りをわたって反対側の歩道を歩くのがつねだったが、思い出さなくても無意識に反対側を歩く人もいた。

SMERSHの各種の命令は、建物三階から出される。三階でもっとも重要な部屋は、かなりの広さのある明るい部屋だ——壁は世界いたるところの政府のオフィスに共通する特徴の淡いオリーブグリーンに塗られている。防音扉の反対側はふたつの大きな窓で、建物裏手にある中庭を見おろせる。床にはあざやかな色づかいの極上のコーカサス絨緞《じゅうたん》が隙間なく敷きつめてある。部屋の左隅にはオーク材の堂々としたデスク。デスクトップには赤いビロードの布がかかり、その上に分厚い大きな板ガラスが載っていた。

デスク左側には未決と既決の書類を入れるバスケット。右側には四台の電話機。

デスク中央からまっすぐ部屋の反対側に届くようなかたちで——ちょうどアルファベットのTの字をつくるように——会議用のテーブルが伸びている。このテーブルには、合計八脚の背もたれがまっすぐな椅子が寄せてある。この会議用テーブルもおなじく赤いビロードがかけてあったが、保護用のガラスマットは置かれていない。テーブルには灰皿がいくつか置いてあるほか、二本のどっしりした水のピッチャーがあって、そのそばにグラスもならんでいる。

部屋の壁には、金の額縁《がくぶち》におさまった大きな肖像画が全部で四枚かかっている。一九五五年の時点では、ドアの上にかかっているのはスターリンの肖像だ。ふたつの窓にはさまれたところにはレーニン、それ以外の二面の壁にむかいあうようにかかっているのは、片方がニコライ・ブルガーニン、そして一九五四年一月十三日までベリヤの肖像画がかかっていた場所にいまかかっているのは、国家保安委員会議長をつとめるイワン・アレクサンドロヴィッチ・セロフ陸軍上級大将の肖像画だった。

左側の壁、ブルガーニンの肖像画の下には大型のテレビ受像機《テレバイザー》——つまりテレビ——が磨きこまれた美しいオーク材のキャビネットにおさめて置いてある。このキャビネットにはテープレコーダーが隠してあり、デスクから遠隔操作でスイッチのオンオフがおこなえるようになっていた。このレコーダーにつながれたマイクが会議用テーブルの下のいたるところに配されていて、それぞれのケーブルはテーブルの脚に隠されている。テレビの隣の小さなドアの先には個人用のトイレと洗面所があるほか、秘密フィルムを見るための小さな映写室ももうけられている。

セロフ陸軍上級大将の肖像画の下には書棚があり、最上段にはマルクスやエンゲルス、レーニン、スターリンの著作がずらりとならんでいた。もっと本を手にとりやすい段にはスパイ活動や対スパイ活動、警察の捜査方法や犯罪学についてのあらゆる言語による著作がならんでいた。書棚とならぶ場所には細長いテーブルが壁に押しつけてあり、金の箔押《はくお》し文字で日付が記された革表紙の大判写真アルバムが何冊も置いてある。アルバムにおさめてあるのは、SMERSHによって暗殺された市民や外国人の写真だ。

グラントが乗った飛行機がちょうどツシノ空港の滑走路に着陸したころ――すなわち夜の十一時半少し前――いかつい顔だちに逞《たくま》しい体軀《たいく》の五十歳ほどの男がこのテーブルの前に立って、一九五四年と記されたアルバムのページを繰《く》っていた。

この男はSMERSH長官をつとめるグルボザボイスチコフ上級大将、この建物のなかではもっぱら〝G〟の一文字で通っている男だった。いまはこざっぱりしたカーキ色の詰襟の短上着《チユニツク》を着て、サイドに細く赤いラインが二本はいっている濃紺の乗馬用スラックスを穿《は》いていた。スラックスの裾は、徹底的に磨かれた柔らかな黒革の乗馬用ブーツに吸いこまれていた。チュニックの胸には授かった勲章を示す略綬が三列にならんでいた。レーニン勲章が二個、スヴォーロフ勲章、アレクサンドル・ネフスキー勲章、赤旗勲章、赤星勲章が二個、精勤二十年勲章、そしてモスクワ防衛とベルリン陥落への功績を讃える勲章。その下には三等勲爵士を示すローズピンクとグレイの二色のリボンと、アメリカ勲功章を示す赤紫と白のリボン。こうした略綬すべての上に、ソ連邦英雄の金星章が吊ってある。

チュニックの詰襟の上にある顔は細く鋭角的だった。両目の下の肉はたるんで袋をつくっている。目は丸くて瞳は茶色、黒々とした濃い眉毛の下から磨いたおはじきのように飛びだしていた。頭はきれいに剃《そ》りあげてあり、天井中央に吊られたシャンデリアの光にぴんと張った白い頭皮が輝いていた。深い裂け目のあるあごの上には、いかにも酷薄そうな大きい口。まとめるなら、恐るべき権力をそなえた、意志強固で妥協を許さない顔だった。

デスク上の電話機の一台が静かにベルを鳴らしはじめた。Gはきびきびと正確な歩調で、デスクの裏にあるおのれの椅子に歩み寄って腰をおろし、受話器を手にとった。電話機本体には白い文字で《V. Ch.》と記されていた。これは高周波をあらわすロシア語の短縮形だ。高周波電話の交換台に通じている電話をそなえているのは、約五十人の政府高官にかぎられる——いずれも国務大臣クラスか、選《え》りすぐりの各政府部局の長官クラスばかりだった。この電話システムを操作しているのはクレムリン内の小さな交換所で、ここには保安関係の専門職員が詰めていた。電話での会話は、その職員たちにも傍受不可能だったが、会話は一言一句録音されていた。

「はい?」

「セロフだ。けさの最高会議幹部会の会合以降に、どのような対応策がとられたのかな?」

「こちらの会議室であと数分後から会議をはじめる予定です、同志大将——外務省情報部《RUMID》、陸軍参謀本部情報総局《GRU》、それにもちろん国家保安省《MGB》の面々による会議です。会合のあとで行動案に承認が得られたら、作戦遂行部と作戦立案部それぞれの部長と話しあいをもつことになります。粛清の実行が本決まりになった場合にそなえて、わたしは早手まわしに必要とされる工作員をモスクワに呼び寄せています。ホフロフ事件の轍《てつ》を踏むわけにはいきませんからね」

「ああ、そうに決まっている。最初の会合がおわった時点で電話をくれ。あしたの朝、わたしから最高会議幹部会に報告を入れたいのでね」

「かしこまりました、同志大将」

G上級大将は受話器をもどすと、デスク下にあるベルを押した。同時にテープレコーダーのスイッチを入れる。Gの専属副官をつとめる国家保安省所属の大尉が入室してきた。

「出席者たちはもう来ているかな?」Gはたずねた。

「はい、同志大将」

「では一同を部屋に通してくれ」

数分後に六人の男たち——そのうち五人までが軍服姿だった——が一列になってドアを

くぐって入室してきた。男たちはデスクの男にはろくに目もむけないまま、会議用テーブルのそれぞれの場所に着席した。このうち三人はそれぞれの所属部局の責任者である高級将校であり、三人のそれぞれが副官をともなっていた。ソ連では、単身で会議に出席する者はいない。ひとつには保身のため、またひとつには所属部局を安心させるために、決まって立会人となる人物を同行させる。そうすれば所属部局の面々は、会議の席上どんな話が出たかを——とりわけ部局を代表して、この場でどんな発言がなされたのかを——責任者以外の第三者の口からきけるからだ。のちのち捜査が必要になった場合には、これが重要になる。会議の席で手書きの心覚えが作成されることはないし、決定事項は口伝えで部局へフィードバックされる。

テーブルの反対側にすわっているのは、陸軍参謀本部情報総局の局長をつとめるスラーヴィン中将で、隣に副官として大佐をすわらせていた。テーブルのいちばん端には外務省情報部のヴォズドヴィシェンスキー中将が、中年の私服姿の男をしたがえてすわっている。そしてドアを背にした席には国家保安省のニキーチン大佐——ソビエトの秘密警察である国家保安省情報部部長——がすわり、かたわらに副官の少佐をすわらせていた。

「こんばんは、同志諸君」

三人の軍高官の口から、鄭重で用心深さをうかがわせる低い返事の声が洩《も》れた。三人ともこの部屋では音声が録音されていることを知っていたし、知っているのは自分だけだと思いこんでもいた。また三人とも——副官に打ち明けてはいなかったが——国家のよき秩序とその要請と足なみをあわせるために必要最小限の言葉以外は、断じて口にすまいと心に決めてもいた。

「まずは一服しようか」

G大将は〈モスクワ・ヴォルガ〉の箱をとりだして紙巻タバコを一本抜きだし、アメリカの〈ジッポー〉のライターで火をつけた。テーブルのまわりからもライターの着火音があがった。G大将は自分のタバコの長い厚紙の吸口をつぶして平らにすると、口の右側に突っこんで歯でくわえた。それから口を大きくひらいて歯を剥《む》きだしながら、歯切れのいいセンテンスを連発しはじめた——その言葉といっしょに、歯と上向きになったタバコのあいだから〝じゅっ〟という空気の音が飛びだしてきた。

「同志諸君、われわれがこうして一堂に会したのは、セロフ同志大将の指令によるものだ。セロフ大将は最高会議幹部会を代表して、諸君にある重要な国策を周知徹底させるようわたしに命じてきたのだ。われわれはこれから議論をかわし、くだんの国策と軌を一にしつつ、その助力となるような行動計画を進言することになる。この場では迅速に決断をくだすことが肝要だ。しかし、われわれのここでの決定は国家にとって最重要なものになる。そのため、正解以外の決断は断じて許されるものではない」

G大将はここでいったん言葉を切り、みずからの発言の重要性を一同の頭にしっかりと刻みこませていった。高級将校の顔をひとりずつゆっくりと、さぐるような目で見つめていく。三人とも感情のまったくこもらない視線を返してきた。この最重鎮といえる男たちも内心では狼狽《ろうばい》していた。自分たちはこれから熔鉱炉の扉の内側をのぞくことになる。国家の秘密情報を知ることになる――その知識がいずれ自分たちに、これ以上はない危険な結果を招くかもしれない。静かな会議室にいるにもかかわらず、彼ら三人はソビエト連邦のあらゆる権力の中枢――すなわち最高会議幹部会――が発する白熱光を浴びているような気分になっていた。

G大将のくわえタバコの先端から、最後の灰がぽろりとチュニックに落ちた。大将は灰を手で払い落とし、厚紙製の吸口をデスク横に置いてある機密文書用のごみ箱に投げ捨てた。ついで新しいタバコに火をつけ、煙を吸いながら話をつづけた。

「われわれが答申する決断は、今後三カ月以内に敵領土内にて実行するテロ行為にかかわるものだ」

無表情な三対の目が言葉の先を待ちかまえながら、SMERSH長官を見つめていた。

「同志諸君」G大将は椅子の背もたれに体をあずけると、説明口調になって先をつづけた。

「ソビエト社会主義共和国連邦の対外政策の方針は新たな段階にはいった。従来の方針は強攻策、つまりは〝鉄の政策〟だった〔と、大将は〝鉄の男《スターリン》〟にひっかけた洒落をあえて口にした〕。この方針はそれなりの効果をあげていたことは事実だが、その一方では西側諸国――なかんずくアメリカ――における緊張を高めたことも事実であり、またその緊張が危険な域に迫ってもいる。アメリカ人というのは、なにをしでかすか予想がつかない。ヒステリックな性格だ。わが国の情報機関による報告は、われわれの圧力のせいでアメリカがいまやソ連国内への宣戦布告なき核攻撃に踏み切ってもおかしくない状態になっていることを示唆《しさ》しはじめている。諸君もそういった報告書に目を通しているのであればこそ、わたしの言葉が事実だとわきまえてもいるだろう。そのような戦争はわれらが望むところにあらず。戦争になるのなら、いつ火蓋を切るかを決めるのはあくまでもわれわれであるべきだ。そして権力をそなえた一部アメリカ人――とりわけラドフォード提督に率《ひき》いられている国防総省《ペンタゴン》グループ――は煽動という陰謀を推進するにあたって、われわれの〝強硬策〟が目覚ましい成功をおさめたことを逆に利用しているのだ。こうしたことに鑑《かんが》みて、目標こそあくまでも堅持するものの、そろそろ方針を転換するべきだとの決定がくだされ、新たな方針が打ちだされた――〝硬《ハード》と軟《ソフト》の併用〟方針だ。この方針を最初に採用したのがジュネーブの一件だよ。あのときわが国は〝ソフト〟な対応をとった。中国は金門島や馬祖島《マツ》を脅《おびや》かしている。これには〝ハード〟で応じる。わが国はまた、彼らのなかに多くのスパイがいることも承知したうえで、たくさんの新聞人や俳優や芸術家をそれぞれの最前線へと送りだしてもいる。われらが指導者たちはモスクワでひらかれるレセプションの席では声をあげて笑い、ジョークを飛ばす。そして数々のジョークのさなかに、前例のないほど巨大な試作品の爆弾を落とす。同志ブルガーニンと同志フルシチョフ、それに同志セロフ大将〔と、G大将はテープレコーダーの録音をあとで聞く面々のことをおもんぱかって、ぬかりなくお歴々の名をあげた〕はインドやアジアを訪問して、イギリスを思うさま罵《ののし》った。そののち帰国した面々はイギリス大使と友好的に話しあい、近づくロンドンへの親善訪問の打ちあわせをした。そんな具合だよ——鞭《むち》と人参、微笑みと渋面。それで西側世界は混乱するわけだ。緊張はさらなる硬化を招く間もないうちに緩和してしまう。かくしてわが国の敵どもの反応はぶざまになり、戦略は支離滅裂になる。そうこうするあいだにも、一般大衆はわれわれのジョークに笑い、わが国のサッカー・チームに声援を送り、さらにはわが国がもう食事も出したくなくなったという理由で、わずか数名の戦争捕虜を釈放してやれば、それだけで随喜の涙にかきくれるのだ！」

テーブルをかこむ面々が喜びと誇りの笑みをのぞかせた。なんとすばらしい方策であることか！　われわれは西側諸国の連中を、どれほどこけにしてやれることか！

「同時に——」G大将は自分の言葉が喜びを引きだしたことにうっすらと笑みで応じながら、言葉をつづけた。「われわれはいまもなお、あらゆるところで忍びやかに敵の先まわりをしつづけてもいるよ——モロッコの革命、エジプトへの武器供給、ユーゴスラビアとの友好関係、キプロスでの紛争、トルコの暴動、イギリスのストライキ、そしてフランス政界での大幅な勢力拡大。この世界のどこをさがしても、わが国がひそやかに前進をつづけていない前線はひとつとして存在しないのだ」

G大将がテーブルを見まわすと、一同は目を貪婪《どんらん》にぎらつかせていた。男たちの緊張がほぐれている。となれば、ここは強く出るべき間合いだ。そろそろ連中に、新しい政策をその肌で感じさせてやるべきタイミングだ。そうなれば、各情報機関は現在演じられているこの壮大なゲームにおいて、それぞれを代表して務めを果たすことになるだろう。G大将はなめらかな動作で身を乗りだすと、左肘《ひじ》をしっかりデスクに据え、拳をぐいっと宙に突きあげた。

「しかし、同志諸君」大将の声は静かだった。「ソビエト社会主義共和国連邦がその国策を遂行するにあたって、いったいどこに失敗があったのか？　われわれが断固として強硬になりたいと思っているあいだに、ずっと柔弱だったのはどこのだれだ？　わが国のほかのあらゆる部門部局のもとに勝利がもたらされていながら、敗北を喫していたのはだれなんだ？　その愚《おろ》かしい失態のせいで、ソビエト連邦が世界からとんだ愚か者の弱虫に見られてしまう理由をつくったのはだれだ？　どこのだれなんだ？」

声は怒号近くにまで高まっていた。内心G大将は、自分が最高会議幹部会から要請されたこの公然たる非難を、じつに巧みに伝達しているものだと思っていた。セロフ大将のためにこの録音が再生されるときには、この発言がどれほどすばらしく響くことだろうか。

G大将は会議用テーブルを囲む、青ざめて期待に満ちた顔をにらみおろすと、いきなり握り拳を前のデスクに強く叩きつけた。

「このソビエト連邦におけるすべての情報関係機関だよ、同志諸君」G大将の声はいまや激怒をはらんだ咆哮《ほうこう》だった。「だれかと問われれば、それはわれわれ、怠惰な者たちであり妨害活動家であり、裏切り者たるわれわれだ！　栄光に満ちた壮大な戦いのさなかにあるソビエト連邦の足を引っ張っているのは、ほかならぬわれわれだ！　われわれなんだよ！」さっと片腕をふって会議室全体を示す。「そう、われわれすべてだ！」ここで声は普通にもどり、口調も落ち着いたものになった。「同志諸君、記録を見たまえ、クソったれ《スーキン・シン》が「大将はここであえて下劣な卑語を口にした――字義どおりに訳せば〝売女の息子《サン・オブ・ア・ビッチ》〟となる」。記録を見ろ！　最初にうしなったのが大使館員だったイーゴリ・グゼンコだ。それからカナダの情報機関をすっかりうしない、物理学者のクラウス・フックスをうしなった。アメリカの情報機関はすっかり〝清掃〟され、おまけにトカエフのような科学者もうしなった。そのあとに起こったのがスキャンダラスなホフロフ事件で、わが国は大きな損害をこうむった。つづいてオーストラリアでのペトロフ夫妻の一件――あれを大失態といわずしてなにが大失態か。この手のリストには際限がない。敗北につぐ敗北だ。しかも、これでもまだ半分も数えあげていないときている」

Ｇ大将はいったん言葉を切り、これ以上ないほどに静かな声音で先をつづけた。

「同志諸君、これだけはいっておかなくてはならない――今夜のうちに偉大なる情報部が勝利するための答申をまとめられなかった場合、あるいは答申が承認されたとして、われわれが答申どおりの正しい行動をとれなかった場合には、すこぶる困ったことになるだろう、とね」

　大将は、具体的に明示せずに脅迫の意図をあますところなく伝えられる表現を頭のなかでさがし、目あてにかなう言葉を見つけた。

「そんなことになれば」大将は間を置いて、わざとらしいほど落ち着いた顔でテーブルに目を落とした。「不興を買うことになるだろうね」

5　極秘作戦《コンスピラツィア》

会議室の農奴《ムージク》たちはノックアウトを食らっていた。G大将は彼らに傷を舐《な》め、いましがたくだされた政府お墨つきの鞭《むち》打ち刑のショックから立ち直るための時間を与えた。

自己弁護の言葉を口にする者はいなかった。自身の所属する組織を代表して口をひらく者も、数回の失態に対比してしかるべきソビエト情報機関がかちえた無数の勝利について話そうとする者もいなかった。さらにいえば、SMERSH《スメルシュ》の長官にはこうして罪悪感を分かちあって、恐るべき懲戒の言葉をくだす権利があるという点に疑義を呈する声もあがらなかった。いまの言葉は〝玉座〟から下された〝託宣〟であり、G大将は託宣を伝える代弁者に選ばれた。G大将にとって代弁者に選ばれるのは大きな恩賞であり、神の恵みであり、きたるべき昇進の先触れであり、この場の全員が用心深く以下の事実を心にしかと留めおいた——情報諸機関のヒエラルキーにおいて、SMERSHを配下にしたがえているG大将が山の頂点に昇りつめたのだ、と。

テーブルのいちばん端にすわっている外務省情報部のヴォズドヴィシェンスキー中将は、吸っている〈カズベク〉の紙巻タバコの先端から立ちのぼる紫煙の螺旋《らせん》を見つめながら、かつてベリヤが処刑されたおりに、ヴャチェスラフ・モロトフがG大将はいずれ権力の階段をのぼりつめるだろうと耳打ちしてきたことを思い出していた。ただしこの予言も、たぐいまれな先見の明とはいえなかったな――ヴォズドヴィシェンスキーは思った。ベリヤはG大将を毛ぎらいし、Gが昇進しようとすればいつも決まって足を引っぱり、権力の中央階段から横道に逸《そ》れさせて、当時の国家保安省でも重要視されていなかった部局に動かした。そればかりかベリヤはスターリンの死去に乗じ、保安省長官としての立場を利用してGの異動先の部局を廃止した。一九五二年まで、Gは同省の某局長専属副官をつとめた。しかしこのポストも廃止されると、Gはもてるエネルギーを注ぎこんでベリヤの失脚を画策しはじめ、侮《あなど》りがたきセロフ大将――さしものベリヤも手出しのできない赫々《かっかく》たる経歴のもちぬし――の秘密指令のもとで動くことになった。

セロフ大将はソビエト連邦英雄の称号をもち、国家保安省の先駆となった名高い諸機関――反革命サボタージュ取締非常委員会《チェーカー》、合同国家政治保安部《OGPU》、内務人民委員部《NKVD》、そして内務省《MVD》――をわたり歩いた古強者《ふるつわもの》で、あらゆる面でベリヤを上まわる大物だった。百万もの死者を出した一九三〇年代の大粛清を裏で直接指揮していたのはセロフだった。モスクワでおこなわれた派手な公開人民裁判において〝演出家《メトウール・アン・セーヌ》〟をつとめたのもセロフ。一九四四年二月の中央コーカサスにおける血塗られた集団大虐殺の立案実行もセロフなら、バルト海沿岸諸州からの集団強制移送を発案したのも、ドイツから原子物理学者をはじめとする科学者たちを誘拐する計画を発案し、結果的に戦後のソ連で科学技術の飛躍的発展を実現させたのもセロフだった。

　ベリヤとその一味徒党が処刑によって始末されたのち、G大将はその功労への報償としてSMERSHを与えられた。イワン・セロフ陸軍大将はどうかといえば、いまではブルガーニンとフルシチョフの両名ともどもロシアの支配者となっている。あるいはいずれ、ひとりだけで頂点に立つ人間かもしれない。とはいえ——ヴォズドヴィシェンスキー中将はテーブルから目をあげ、ビリヤードの球を思わせる剃《そ》りあげたG大将の頭を見ながら思った——そのときにはセロフからさほど離れていない後方にGが控えていることだろう、と。

　剃りあげた頭がひょいともちあがって、飛びだし気味の茶色の瞳がテーブルの先にいるヴォズドヴィシェンスキー中将の両目をまっすぐに見すえた。ヴォズドヴィシェンスキー中将が見かえした目はなぜか平静で、わずかながら賞賛の光さえこもっていた。

　あいつは腹の底が読めない男だ——G大将は思った。よし、やつにスポットライトをあててやり、サウンドトラックにつける演技を見さだめてやろう。

「同志諸君」G大将が議長にふさわしい笑みをのぞかせると、ひらいた口の左右の口角に金歯のきらめきがのぞいた。「腰が引けすぎにならぬようにしようではないか。ならぶもののなき巨木でも、根元では伐《き》り倒すための斧《おの》が待っているという。われわれもまた自分たちの率《ひき》いる組織があらゆる批評をも越えるほどの成功をおさめてきたなどとは、一度たりとも思ったことはない。わたしが諸君に伝達するよう命じられた話の内容とても、われわれのだれにとっても意外ではないはずだ。それゆえわれわれはこの挑戦をこころよく受け入れ、仕事をはじめようではないか」

この陳腐な文句に応じるような笑みは、テーブルをかこむ面々からはまったく出なかった。G大将もそんな反応を期待してはいなかった。タバコに火をつけて話をつづける。

「先ほどわたしは情報活動分野におけるテロ行為を早急に立案して答申しなくてはならないといったが、計画を実行するのがわれわれの組織のひとつになることは——はっきりいえば、わたしが率いる組織になることは——まずもってまちがいのないところだ」

耳につかない程度の低い安堵の吐息が会議用テーブルをめぐった。なにはともあれこの件の責任をとるのはSMERSHになる！　ありがたい。

「しかし標的の選択は簡単な問題ではないし、唯一無二の標的を選択するというわれわれの共同責任はきわめて重いものになるだろうな」

軟《ソフト》と硬《ハード》、硬《ハード》と軟《ソフト》。かくしてボールはこの会議の面々のもとへ打ちかえされた。

「本件は、どこかのビルを爆破するとかどこかの首相を狙撃するとかというだけの問題ではない。そのたぐいの俗物じみた馬鹿騒ぎははなから考慮の外だ。われわれの作戦は緻密で巧妙、西側諸国の情報諸機関の中枢を狙い撃ちにするものでなくてはならん。そして敵の機関に甚大な損害を与えてやる必要がある——もしかすると損害は隠蔽《いんぺい》され、一般大衆が知ることなくおわるかもしれないが、それでも政府関係者のあいだではひそかに囁《ささや》きかわされることになる。しかし、同時に世間に広く知られて壊滅的な打撃をもたらす醜聞となり、全世界がわれわれの敵の恥と愚《おろ》かしさを舌なめずりして味わうような、そんな作戦でなければならない。当然、各国政府にはそれがソビエトの極秘作戦《コンスピラツィア》であることは知れるだろう。それはかまわない。これは強攻策のひとつになるからだ。そして西側諸国の工作員やスパイたちにもわかるはずだし、彼らはわれわれの鮮やかな手ぎわに驚嘆し、さらには震えあがるだろうよ。裏切り者や内心で亡命を考えている連中は考えを改めるだろう。われわれの配下の工作員たちは刺戟《しげき》をうける。われわれの実力と機略を見ることで、彼らは鼓舞され、従来以上に励むことだろう。しかし、それがどんな作戦であれ、われわれは知らぬ存ぜぬで押し通すことになるし、またソビエト連邦の一般人民にはわれわれの関与をいっさい知らせないことが望ましい」

G大将はいったん言葉を切って、テーブルの先にいる外務省情報部の代表者に目をむけた。ヴォズドヴィシェンスキー中将は無表情な視線を返した。

「さて、われわれがどの組織に攻撃をくわえるかを決め、さらにはその組織内のどのような人物を特定の標的とするかを決めようではないか。ヴォズドヴィシェンスキー中将、きみはこれまで中立公平な立場から外国の情報活動の現場を観察しているので［この部分は、陸軍参謀本部情報総局と国家保安省情報部のあいだの悪名高い競争心への痛烈な皮肉だった］、われわれにその知見を披露してくれそうだ。ぜひ西側諸国の情報機関の概況をわれわれにご教示いただきたい。きかせてもらったうえで、どこの機関がいちばん危険であり、どの組織ならわれわれが最大の打撃を与えられるかを決めたいと思う」

G大将は背もたれの高い椅子に体をあずけた。両肘《ひじ》を左右の肘かけについて、組みあわせた両手の指であごを支えるポーズをとる。それは、これから生徒による長い訳読をきこうとしている教師にも見えた。

ヴォズドヴィシェンスキー中将は、割り当てられた仕事にもうろたえはしなかった。かれこれ三十年、それもその大半は外国で情報機関に奉職してきた身である。マクシム・リトヴィノフのもと、ロンドンのイギリス大使館の〝ドアマン〟として勤務したこともある。ニューヨークではタス通信特派員として働き、いったんロンドンにもどったのち、国営のアムトルグ貿易会社で働いた。またストックホルムのソ連大使館では優秀な外交官として名を馳《は》せていたマダム・アレクサンドラ・コロンタイのもとで大使館づき武官として五年にわたって勤務した。さらには傑出したソ連スパイのゾルゲが東京に派遣されるにあたって、その教育係もつとめた。戦時中はスイス《スイッツランド》――あるいはスパイたちが内輪でおどけてつかうドイツ語にならえば〝染み汚れの国《シュミッツラント》〟――で過ごし、支局長として働いて世間が驚くほどの成功をおさめつつ、悲劇といえるほど利用法をまちがわれた反独組織〈ルーシー・スパイ網〉設立のために種子を播《ま》きもした。共産主義者たちのスパイ網〈赤いオーケストラ〉への密使としてドイツへも数回足を運び、抹殺されそうになってからくも脱出したこともある。戦後は外務省へ異動になり、〈ケンブリッジ・ファイヴ〉と呼ばれたイギリス国内のソ連スパイ網のうちバージェスとマクリーンにかかわる作戦に参画したほか、西側諸国の外務省の壁を突破するための数えきれないほどの作戦にもたずさわってきた。

いわば頭のてっぺんから爪先まで本物のスパイであり、これまでの歳月で剣をまじえてきたライバルたちにまつわる意見なら、いつでも述べる用意はできていた。

隣席に控えていた副官は、中将ほど安心してはいなかった。こんなふうに外務省情報部だけが——部局全体への情況説明もないまま——とりあげられることに不安を禁じえなかった。副官は頭をきれいに整理し、一語もきき洩《も》らすまいと耳をそばだてた。

「この問題では——」ヴォズドヴィシェンスキー中将は慎重に口をひらいた。「人物とその人物の所属組織を混同させてはなりません。どこの国にも優秀なスパイがいますし、そういったスパイを多数抱えていたり、あるいは最優秀のスパイを抱えたりしているのが超大国だとはかぎりません。しかしながら、情報機関には金がかかります。良質な情報を得る活動のためには諸分野が一致協力する必要がありますが、小国ではその費用を捻出《ねんしゅつ》できません——文書偽造を専門にする部門、無線通信網、記録作成部門、さらには工作員たちが寄せる報告の内容検討や相互比較という、いわば〝消化〟をおこなう分析部門などが必要だからです。ノルウェーやオランダ、ベルギーといった国、さらにはポルトガルにも単身で行動する工作員がいますし、それぞれのスパイがもたらす報告の価値を見抜いて適切につかわれたら、われわれにはすこぶる厄介なことにもなりかねません。しかし、彼らはそうしていません。それぞれが得た情報をもっと強大な国家へ伝達したりせず、後生大事に抱えこんで大物気分を味わっているだけです。ですから、いま名前をあげたような小国を気に病む必要はありません」いったん言葉を切る。「ただしスウェーデンとなると、事情が異なります。あの国はわれわれを何世紀もスパイしつづけています。連中は以前から、バルト海沿岸諸州についてはフィンランドやドイツあたりよりも詳細な情報をつかんでいます。スウェーデン連中は危険ですね。できることなら、あいつらの活動にストップをかけたい」

G大将が口をはさんだ。「同志、スウェーデンではスパイをめぐる醜聞がらみの事件がしじゅう発生しているじゃないか。そこにまた事件がひとつ追加されたところで、世界が注目するものか。さあ、話をつづけたまえ」

「イタリアは考慮せずともよいでしょう」ヴォズドヴィシェンスキー中将は話を中断されたことにも気づかない顔で先をつづけた。「イタリアのスパイたちは優秀で活発に動いていますが、われわれに害をなすことはありません。連中は自分たちの裏庭と地中海の情勢にしか興味がないのです。スペインにもおなじことがいえますが、あの国の対情報活動はわれらが党にとっては非常に目ざわりになっています。あの国のファシストたちのせいで、わが国は幾多の優秀な人材をうしないました。しかし、彼らに対抗して作戦行動に出たとしても、さらなる人的犠牲が出るだけだと思われます。得るものがほとんどありません。あの国の人々は革命を起こすほどには成熟していないのです。フランスに目を転じれば、かの国の情報組織の大半にはわれらが手の者をもぐりこませてありますが、参謀本部第二局はあいかわらず狡猾《こうかつ》で危険な存在です。率いているのはルネ・マティスという男です。首相をつとめていたピエール・マンデス゠フランスが任命した男です。標的とするのに魅力的な人物ですし、フランス国内なら活動を進めるのも容易でしょう」

「フランスはフランス人どもに勝手にやらせておけばいい」G大将はコメントした。

「イギリスも同様に問題です。あの国の情報機関には、わたしたちも一目置かざるをえないのではないでしょうか」ヴォズドヴィシェンスキー中将はテーブルを見まわした。G大将を含めて出席した全員が、悔しさに歯がみしながらもうなずいた。「イギリスの情報機関はきわめて優秀です。イギリスは島国ですから、それだけでも保安上すこぶるつきの有利な立場にあるうえに、通称ＭＩ５として知られる陸軍情報部第五課は高度な教育を受けてきた頭脳優秀な人材を雇いいれています。それ以上に優秀なのが、ＭＩ６の通称で知られる秘密情報部です。目ざましい成功をいくつもおさめている部局ですよ。ある種の作戦行動においては、毎度のように彼らがわれわれの先回りをしていることを知らされているほどです。所属の工作員たちは凄腕ぞろい。給料はたかが知れていますが——月給はせいぜい千ルーブルか二千ルーブル程度——みな献身的に働いています。それでも所属工作員たちには、英国国内でいかなる特権も与えられてはいません。税金面で優遇されることもなければ、われわれのようにいろいろな品が特別価格で安く買える専用の店が用意されていることもありません。国外での社会的地位も決して高くはなく、それぞれの妻たちも普通の会社員の妻のような暮らしをするしかありません。退職するまで勲章を与えられることもない。それでいて、この組織に所属する男女はそれぞれの危険な仕事をつづけるのです。奇妙なことといわざるをえません。パブリックスクールや大学の伝統によるものかもしれませんね。冒険を愛する心。それでもなおイギリス人が生まれついての陰謀の達人ではないことを思えば、情報活動というゲームを巧みにこなしているのは奇妙といえます」と話したところで、ヴォズドヴィシェンスキー中将はみずからの発言が過分な褒め言葉にうけとめられるかもしれないと思い、急いで発言の修正にとりかかった。「もちろん、イギリスの連中がそなえる力の大半は神話に由来したものですよ——ロンドン警視庁《スコットランド・ヤード》という神話、シャーロック・ホームズという神話、そして秘密情報部にまつわる神話などですね。われわれがこうしたイギリス紳士たちを恐れる理由はひとつもありません。ただしこのたぐいの神話は足を引っぱる要素でもあるので、片づけておくに越したことはないでしょう」

「ではアメリカ人たちは?」G大将は、ヴォズドヴィシェンスキー中将がイギリス情報機関を褒めそやした自身の発言を修正するのを押しとどめたくて話をさえぎった。パブリックスクールと大学にまつわる先ほどの中将の発言は、いつの日か法廷で大きな意味をもって響くかもしれない。できればこの男には——G大将は内心で思った——国防総省《ペンタゴン》はクレムリンよりも強大だと発言してほしいものだ。

「われわれの敵国のなかでもアメリカの情報機関は最大であり、もっとも豊富な資金をそなえてもいます。科学技術面でいうなら、無線や各種の武器や装備品の面でも世界最高といえます。しかし、アメリカ人には仕事の勘所《かんどころ》がわかっていません。ひとりのバルカン人スパイが自分はウクライナに秘密の機動部隊をもっていると話すと、そのアメリカ人はたちまちこのスパイに夢中になりました。そして配下の面々にブーツを調達してやれといって、このスパイに大金をわたしました。もちろんスパイは金をふところにおさめたその足でパリへ行き、女遊びにつかってしまいました。ことほどさようにアメリカ人は万事、金で解決しようとする。優秀なスパイであれば金だけでは動きません——金だけを動機として動くのは低級なスパイでありますが、アメリカの情報機関の部局のなかには、そういった人材しかいないところもあるのです」

「それでもアメリカ人はいくつか成功をおさめているではないか、同志」G大将は物柔らかにいった。「きみが彼らを過小評価しているともいえないかな」

ヴォズドヴィシェンスキー中将は肩をすくめた。「アメリカ人が成功をおさめていてもおかしくはないですね、同志大将。百万粒の種を播《ま》けば、じゃがいもが一個くらいは収穫できます。個人的な意見ですが、この会合でアメリカ人たちの組織にあえて注目する必要はないと考えます」

外務省情報部を率いる中将は椅子の背もたれに体をあずけると、シガレットケースを無表情な目で見つめた。

「実に興味深い分析だったね」G大将は冷たい声でいった。「スラーヴィン同志中将？」

陸軍参謀本部情報総局のスラーヴィン中将としては、所属機関を代表してこの場に自身を深入りさせたくはなかった。「ヴォズドヴィシェンスキー中将の説明を興味深くうかがいました。わたしからつけくわえることはありません」

国家保安省情報部のニキーチン大佐は、ここで陸軍参謀本部情報総局が考えひとつ思いつかない愚か者であることを明らかにしつつ、同時にこの場の出席者全員の内心の思いと共通しているはずの穏当な提案を口にしても害にはならないだろうと判断した——そもそもG大将もおなじ考えで、その思いが舌先にまで出かかっているはずだ。さらにニキーチン大佐は、これが最高会議幹部会から出された計画であることを勘案するなら、国家保安省も自分をバックアップするにちがいないと見越していた。

「わたしはテロ行為の標的にする組織として、イギリス秘密情報部を推奨します」ニキーチン大佐はきっぱりといった。「わが部局からすれば連中はとうてい好敵手といえる域に達してはいませんが、どんぐりの背くらべめいた諸国組織のなかでは筆頭といえますからね」

G大将には、ニキーチン大佐の威厳たっぷりな声の響きが不快だったし、みずからの熱弁の機会を盗まれたことも不快だった——というのもG大将もまた、イギリスを攻撃対象とする意見を支持すると表明して会合を締めくくりたかったのだ。大将はライターを軽くテーブルに打ちつけて、自分が議長であることを一同に再確認させた。

「では、意見の一致を見たということだね、同志諸君？　テロ行為の標的をイギリス情報部と決定するということで？」

テーブルをかこんだ面々のいずれも、ゆっくりと慎重にうなずいた。

「わたしも賛成だ。では、その組織のどんな人物を標的とするかを話しあおうではないか。わたしがいま思い出しているのは、先ほどのヴォズドヴィシェンスキー中将の発言——すなわち、イギリス秘密情報部がそなえているといわれる力のほぼ大部分が神話由来だという発言だ。どうすればわれわれはその神話を破壊し、それによって目標とする組織の原動力に打撃を与えられるだろうか？　その神話のよって立つところはどこなのか？　一回の攻撃で組織の全職員を倒すことは不可能だ。神話は組織のトップのなかにあるのか？　イギリス秘密情報部のトップはだれなのか？」

　ニキーチン大佐の副官が耳打ちした。ニキーチン大佐はこれが自分に答えられる質問であり、また自分が答えるべき質問だと感じて肚《はら》をくくった。

「トップの座にいるのは海軍将官のひとりです。Mという一文字だけの呼び名で知られています。われわれのもとにはMについての秘密身上調書《ザピースカ》がありますが、内容はないも同然です。酒はあまり飲まない。女を相手にするには年をとりすぎている。一般国民にはその存在すら知られていない。それゆえMを殺害しても、それほどの騒ぎにはなりえません。おまけに殺すのも簡単とは思えません。めったに国外へ出ない。だからといってロンドンの街なかで射殺するのも、あまりあか抜けした手口とはいえません」

「きみの話はいかにももっともだね、同志」G大将はいった。「しかし、こうしてわれわれがあつまっているのは、だれを標的にすればわれわれの目的にかなうのかを見さだめるためだぞ。イギリス秘密情報部には、組織にとっての英雄《ヒーロー》といえるような人物がいないのかね？　賞賛を一身にあつめているような人物、屈辱にまみれて死ねば大混乱が引き起こされることまちがいなしという人物は？　神話は英雄的なおこないと、英雄と呼ばれるにふさわしい人物の上に築かれるものだ。秘密情報部にはそういった人物がいないのかね？」

だれもがそれぞれの記憶を検索するあいだ、テーブルの周囲には沈黙が垂れ落ちてきた。この世界では毎日のように記憶するべきすこぶる大量の名前が行きかい、あまりにも多くの書類の束がつくりだされ、あまりにも多くの作戦が同時進行している。イギリス秘密情報部にははたしてだれがいただろうか？　条件を満たすような人物となると……さて、だれだったか……？

気まずい沈黙を言葉で破ったのは、国家保安省のニキーチン大佐だった。

大佐はためらいがちにいった。「ボンドという男がおります」

6　死刑執行令状

「**ったれめが！」字義どおり解釈すれば母親との性交をそそのかす特段に下品なこの悪罵《あくば》は、G大将のお気に入りだった。大将は手のひらを強くテーブルに叩きつけた。「同志、きみの言葉をそのまま拝借すれば、たしかに〝ボンドという男がおります〟だ」皮肉がしたたる調子で話す。「ジェームズ・ボンド〔ただし大将は〝ジェームス〟と発音した〕。このスパイの名前を、わたしを含めてだれひとり思い出せなかったとは！　なんとも忘れっぽい面々ぞろいだな。情報機関が批判にさらされるのも当然の話だ」

ヴォズドヴィシェンスキー中将は自分と担当部局を弁護する必要を感じ、「ソビエト連邦には数えきれないほどの敵がいます」と異をとなえた。「敵それぞれの名前を知りたくなったら、中央資料室《セントラル・インデックス》に照会します。もちろんボンドという名前は知っていました。さまざまな機会において、われわれが何度も煮え湯を飲まされた男です。しかし、きょうわたしの頭はほかのさまざまな名前でいっぱいでした――きょうの時点で、あるいは今週の時点で、われわれに厄介な手間をかけさせている人物の名前です。わたしはサッカーの愛好者ですが、われらがソ連チームのディナモ相手にゴールを決めた外国人選手の名前をすべて覚えているわけではありません」

「ずいぶん楽しそうに冗談をいうのだね、同志」G大将は相手の場ちがいなコメントを、そんな言葉でことさら強調した。「これはすこぶる重大な問題だ。まずわたしは、この悪名高き工作員の名前を思い出せなかったことを認めよう。ニキーチン同志大佐がわたしたちの記憶を呼びさましてくれるはずだが、このボンドという男がSMERSH《スメルシュ》の作戦を少なくとも二度にわたって妨害したことは思い出した。といっても——」G大将はいい添えた。「——わたしがSMERSHの責任者になる前の話だ。フランスでの一件はカジノがある街でのことだった。ル・シッフルという男がいた。フランスにおける共産党のすぐれた指導者のひとりでね。それなのに愚かにも資金をめぐるトラブルに巻きこまれた。そのままだったらトラブルから無事抜けだせたはずだが、くだんのボンドという男が妨害してきたんだよ。うちの部局がすばやく行動を起こして、このフランス人を始末しなくてはならなかったことはいまでも覚えている。われらが死刑執行人は同時にそのイギリス人も始末するべきだったにもかかわらず、それを怠《おこた》ってしまってね。そのあとは、ニューヨークのハーレムにいたSMERSHの一員の黒人の一件だ。立派な人物だったよ——わが国がもちいた外国人工作員のなかでも指折りに優秀でね。背後に厖大《ぼうだい》な人的ネットワークをそなえていた。この一件には、カリブ海に隠されていた何者かの財宝もかかわっていた。ただし詳細は忘れたよ。ボンドというそのイギリス人は秘密情報部から派遣され、組織のすべてを叩き壊したばかりか、こちらの手の者だった黒人をも殺した。さんざんな敗北だった。ここでもいえるが、わたしの前任者はこのイギリス人スパイへの追及の手をゆるめるべきではなかったのだよ」

ニキーチン大佐がここで口をはさんだ。「われわれにもおなじような経験がありますよ。ドラックスという名前をつかっていたドイツ人とロケットの一件です。あなたもご記憶でしょう、同志大将。これ以上ないほど重要な極秘作戦《コンスピラツィア》でした。参謀本部が深くかかわっていましたね。国家の最優先政策にかかわる作戦であり、成功のあかつきには決定打となる成果があがるはずでした。しかし、このときにもボンドというイギリス人が作戦を頓挫《とんざ》させました。くだんのドイツ人は殺され、わが国は深刻な影響をこうむりました。事件後もしばらくは混乱が残り、修復にかなりの労力が必要でした」

陸軍参謀本部情報総局のスラーヴィン中将は、ここで発言する必要を感じた。ロケット関連作戦は陸軍の担当であり、その失敗の責は情報総局に帰せられていた。ニキーチン大佐はそのあたりの事情をあますところなく知っていた。例によって例のごとく、ニキーチンの国家保安省は情報総局の邪魔立てをしている――この件についての旧聞をわざわざ言《こと》挙《あ》げしているのだから。

「この男については、あなたの国家保安省で対処してほしいとお願いしたではありませんか、同志大佐」スラーヴィンは冷ややかにいいはなった。「しかし、われわれの要請にしたがって、なんらかの行動が起こされたという記憶はありません。もしそちらがきっちり対処していれば、いまさらボンドに手を焼かされることもなかったでしょうに」

ニキーチン大佐のこめかみが激怒にひくひくと脈搏《う》っていた。大佐は自分を抑え、「お言葉を返すようで恐縮ですがね、同志中将」と皮肉な大声で返事をした。「情報総局からの要請といわれても、さらに上のお歴々から承認を得られなかったんですよ。あれ以上イギリスと悶着を起こしたくないというのが上の意向でした。そのあたりの詳細な事情を、中将はお忘れになっておいでででしょうか？　いずれにしても、その種の要請が正式に国家保安省へたどりついていれば、ＳＭＥＲＳＨにむけて作戦実行の指示が出たはずです」

「うちの部局にはそのような要請は寄せられておらぬぞ」Ｇ大将は鋭くいった。「届いていれば、このイギリス男の処刑は迅速に実行されていたはずだ。さはさりながら、過去を再検証している時間の余裕はない。ロケットにまつわる一件は三年前のことだ。国家保安省であれば、もっと最近のこの男の動向をこの場で披露してくれるのではないかな？」

ニキーチン大佐は副官とせわしなく囁きかわしてからテーブルにむきなおり、「われわれのもとには、これ以上の情報がほとんどありません」と弁解がましい口調でいった。「ボンドなる男はダイヤモンドの密輸事件にかかわっていたと、われわれは見ています。昨年です。アフリカとアメリカのあいだで。わが国にはいっさい関係もありませんでした。それ以来、ボンドについての新情報はわれわれのもとに届いておりません。人物情報ファイルを見れば、もう少し新しい情報もあるかもしれません」

Ｇ大将はうなずくと、いちばん手近な電話の受話器をとりあげた。国家保安省内部で〝司令電話《コマンダント・テレフォン》〟と呼ばれるこの電話には中央交換台のようなものは存在せず、それぞれの電話同士で直接通話ができる仕掛けだった。大将はある番号をダイヤルした。

「中央資料室《セントラル・インデックス》か？　こちらはグルボザボイスチコフ上級大将だ。〝ボンド〟についての秘密身上調書《ザビースカ》をたのむ――イギリスのスパイだ。至急だぞ」そういってから、相手がすかさず口にした「すぐお届けします、大将」という返事を耳に入れ、受話器をもどした。ついで威厳あるしぐさで、テーブルの一同を見わたす。「同志諸君、さまざまな視点を考えあわせたところ、いま話題になっているスパイが標的としてふさわしいようだな。話をきくかぎり、わが国にとって危険きわまる敵のようだ。そんな男を抹殺すれば、わが国のあらゆる情報機関のあらゆる部局の利益となるだろう。そうではないかな？」

　出席者がいっせいに、うなるような声で返事をした。

「さらにボンドの死は、かの国の秘密情報部の痛手になる。しかし、それ以上の成果があるだろうか？　あいつらに深刻な傷を負わせることができようか？　これまでわれわれが話題にしてきた神話を打ち砕く一助になるだろうか？　なるほど、ボンドというのは所属組織にとっては英雄だろうが、国民にとってはどうなんだ？」

　このG大将の疑問が、ヴォズドヴィシェンスキー中将には自分にむけられたものに思えて、口をひらいた。「イギリス人はサッカー選手かクリケットの選手、さもなければ競馬の騎手でもないかぎり、英雄などに関心はありません。高い山を制覇したとか、とびきり速く走ったとなれば英雄視する向きも出てきますが、決して大衆全般からそう思われるわけではない。イギリス女王は英雄ですし、チャーチルもまたしかり。しかしイギリス人というのは、軍関係者の英雄にはさほど関心をむけません。このボンドという男も、一般大衆にはまったく知られていません。知られていたとしても、英雄視はされないでしょうね。イギリスでは、オープンな戦争であれ秘密裡の戦争であれ、およそ戦争は英雄と無関係なのです。そもそも戦争について考えることを避ける風潮があり、戦争がいったんおわれば、戦時中の英雄たちの名前もたちまち忘れ去られていきます。この男も秘密情報部内部でこそ内輪の英雄かもしれませんし、そうでもないのかもしれません。本人の外見や個人の資質などに左右されるからです。その点について、わたしはなにも知りません。太っていて脂《あぶら》ぎっていて不愉快な男かもしれません。たとえ職務ではどれほど成功しようとも、そんな男では英雄になれっこありませんね」

ニキーチン大佐が割ってはいった。「われわれが捕えたイギリス人のスパイ連中は、口をそろえてボンドなる男を褒めていました。ですので、秘密情報部内で高く評価されていることはまちがいありません。噂によれば孤高の一匹狼タイプではあるものの、目鼻立ちのととのった狼だ、ということです」

庁舎内の内線電話が静かな呼出音を鳴らした。G大将は受話器を取りあげ、ごく短時間だけ相手の声に耳を傾けたのちに、「ここへもってくるように」と指示した。ドアにノックの音がして、ひとりの副官が厚紙の表紙のついた分厚いファイルをもって入室してきた。副官は部屋を歩いてファイルをG大将の前のデスクに置くと、退出してドアを静かに閉めた。

ファイルにはつややかな黒い表紙がついていた。表紙の右上から左下にかけて太い白地の部分が対角線上にもうけられている。左上の隅には白字で《ＣＣ《エスエス》》とあり、その下にはこの頭文字のもとである《極　秘《セヴエルシエンナ・セクレートナ》》というロシア語が記されていた。表紙中央あたりに白い丁寧な文字で《ジェームズ・ボンド》とあり、その下に《英国諜報員《アングリースキ・シユピオーン》》と説明が記入してあった。

Ｇ大将はファイルをひらいて大きな封筒をとりだし、中身の写真を一枚残らずデスクのガラスマットの上に出していった。それから一枚ずつ手にとって綿密に調べ、ときには抽《ひき》斗《だし》からとりだしたルーペもつかってためつすがめつした。そのあとデスクの反対側にいるニキーチン大佐に写真をまわす。大佐は写真にざっと目を通して、次へまわした。

最初の写真は一九四六年と記されていた。日ざしに照らされたオープンカフェのテーブルについている黒髪の若い男をとらえた写真だった。テーブルのすぐ近いところにはトールグラスと炭酸水のサイフォン。男は右の前腕をテーブルにあずけ、テーブルのへりから無造作に垂らした右手の指のあいだにタバコをはさんでいた。足はイギリス人の男だけが採用する流儀で組まれていた——右の足首を左の膝《ひざ》にのせ、のせた足首を左手でつかむ姿勢だ。無防備にくつろいでいるポーズだった。撮影者は六メートルほど離れたところにいるが、若い男は自分が撮影されていることに気づいていなかった。

次の写真には一九五〇年の記載があった。顔と肩をとらえた写真はピンボケだったが、おなじ男であることはわかった。かなりの近距離から撮影されていて、写真のボンドは慎重になにかを見さだめるように目を細めて、レンズの上にあるなにかを――おそらく撮影者の顔を――見つめていた。超小型のボタン穴式カメラによる写真だろう、とG大将は見当をつけた。

三枚めは一九五一年に撮影された写真だった。左横のかなり近いところから撮影されていた。これまでの二枚とおなじ男がダークスーツ姿で帽子をかぶらず、人けのない大通りを歩いているところの写真。男はシャッターを閉めた商店の前を歩いていた。店の看板にはソーセージやベーコンなどの加工肉をおもにあつかう店を示す《豚肉店《シャルキュトリ》》というフランス語の文字があった。男にはどこかへ急いでいるようすがあった。輪郭の際立った横顔はまっすぐ前方へむけられ、曲げられた右の肘が見えていることから、右手を上着のポケットに入れていることが察せられた。G大将にはこの写真が車内から撮影されたように思えた。男の決然とした顔つきと、意図のあることを感じさせる前のめりの姿勢には危険な雰囲気が感じられた――たとえるなら、これから通りの先で起こる忌まわしい事件の場へ男が急いでむかっているかのような。

四枚めの最後の写真には、《一九五三年以降》とだけ記載されていた。写真の右下の隅にはイギリス政府の印章の一部分が見えていて、その輪のなかにはイギリス外務省という文字の一部らしい《……務省》の文字がのぞいていた。キャビネ判に引き延ばされている写真は、国境での出入国手続のおりか、あるいはどこかのホテルでボンドがパスポートを手わたしたコンシェルジュの手で複製されたものにちがいなかった。G大将はルーペで写真の顔を仔細《しさい》に検分した。

　男は黒髪、輪郭のはっきりした顔だちで、日に焼けた右頰の肌には長さ七、八センチほどの白い傷痕が縦に走っていた。目は大きく、長めの黒い眉毛の下で横一線にきれいにならんでいた。黒髪を左わけにしている──むぞうさに櫛《くし》を入れたのだろう、右眉の上に前髪が読点《コンマ》のかたちをつくって垂れ落ちていた。鼻は長くてまっすぐ、鼻筋の先には左右の短い上唇があり、その下にあるのは大きくて形はいいものの冷酷さをうかがわせる口だった。あごのラインはまっすぐで、くっきりとしている。写真にはさらに、ダークスーツの一部とワイシャツ、および黒いニットタイが写っていた。

　G大将は写真をもったまま腕をまっすぐに伸ばして、しげしげと男の顔を見つめた。決断力、威厳、非情──そういった性格の特質が見てとれた。それ以外に男が内心でなにを考えていようが大将にはどうでもよかった。最後の写真をテーブルの一同にまわすとファイルにむきなおり、すばやく内容に目を通しつつ、荒っぽくページをめくっていく。

　写真がG大将のもとへもどってきた。大将は読みさしの箇所に指をあてて心覚えにすると、ちらりと顔をあげ、「ずいぶん手を焼かされる客のようだな」と、むっつりとした口調でいった。「こいつ自身の経歴が裏づけてくれる。これから拾い読みをしてみよう。そのあとで決断をくださなくては。もう夜も遅くなったことだし」

　それから大将はファイルの最初のページにもどり、目をとめた箇所を声に出して読みあげはじめた。

「ファーストネーム：ジェームズ。身長：百八十三センチ。体重：七十六キロ。痩せ型。目：ブルー。髪：黒。傷痕：右頬、および左肩。右手の甲に整形手術の痕跡あり（詳細については補遺Aを参照）。スポーツ万能。射撃、ボクシング、およびナイフ投げにすぐれる。変装はもちいない。言語：フランス語、ドイツ語。ヘビースモーカー（特記事項：金色の三本線のはいった特注品）。悪癖：飲酒（ただし度を越すことはない）、女。買収は不可能と思われる」

G大将は次の一ページを飛ばして先に進んだ。

「当該人物はいつも決まって二五口径のベレッタ・オートマティックを左腋《わき》ホルスターにおさめて武装している。弾倉には弾薬八発。左前腕にストラップでナイフを装着していたことが知られている。爪先に鋼鉄キャップを仕込んだ安全靴使用の前歴あり。柔道の基本的な技の心得あり。総じて戦いにおいては粘り強く、また苦痛への高い耐性をそなえている（補遺Bを参照のこと）」

G大将はさらにページを繰《く》っていった――いずれも、これまでに出てきた各種データの引用元になった工作員たちの報告書からの抜粋が記されていた。やがて大将は最終ページへ行きついた――ここからあとには、ボンドが関与してきた数々の事件の詳細が記された補遺しかない。大将は最終ページの最下部に目を走らせて、そこに書いてあった文章を読みあげた。

「結論。当該男性は危険きわまる職業的テロリストでありスパイである。当該人物は一九三八年より秘密情報部勤務であり、現在は秘密情報部内において〝007〟という極秘の番号を与えられている（一九五〇年十二月のハイスミス・ファイルを参照のこと）。ダブル0《オー》のコードは、殺人経験があり、かつ任務遂行中に殺人を実行する特権を付与された工作員であることを示すものだ。この権限を与えられているイギリスの工作員は、ボンド以外には二名が知られているだけである。ボンドというこのスパイが、通例では秘密情報部からの退職者のみに与えられる聖マイケル・聖ジョージ勲章を一九五三年に授与されている事実こそ、この人物の価値を語るものといえよう。工作活動の現場でボンドに遭遇した場合には、事実とその詳細をあますところなく司令本部まですみやかに報告すること（SMERSH、国家保安省、および陸軍参謀本部情報総局、一九五一年発効・永続的服務規定参照）」

G大将はばさりとファイルを閉じ、決意を示すかのように表紙を強く平手で叩いた。

「さてと、同志諸君。われわれは合意に達したかな？」

「はい」ニキーチン大佐が大きな声でいった。

「はい」スラーヴィン中将が倦《う》んだ声でいった。

ヴォズドヴィシェンスキー中将は自分の爪に目を落としていた。内心では殺人にうんざりしていた。イギリスで過ごした日々はじつに楽しかった。「ええ、それでよろしいのではないでしょうか」

G大将は内線電話に手を伸ばして、「死刑執行命令書だ」と、副官にぶっきらぼうに命じた。「対象者の氏名は〝ジェームズ・ボンド〟」と告げてから氏名の綴《つづ》りを添える。「身分：英国諜報員《アングリースキ・シユピオーン》。罪状：国家の敵」大将は受話器をもどし、椅子にすわったまま身を乗りだした。「さてと、次なる問題は適切な極秘作戦《コンスピラツイア》の考案だな。しかも、決して失敗しないものでなくては！」にたりと凄みのある笑みをのぞかせて、「ホフロフ事件の二の舞は断じて許されんぞ」

ドアがひらき、G大将の副官が鮮やかな黄色の用紙を手に入室してきた。副官は用紙を大将の前へ置くと退出した。G大将は書類に目を通すと、書類の下方にある広々とした空白のスペースのいちばん上に《殺害を命じる。グルボザボイスチコフ》と書きこみ、国家保安省情報部部長に書類をまわした。部長は中身に目を通して、《殺害を命じる。ニキーチン》と書き、陸軍参謀本部情報総局局長にまわした。局長は《殺害を命じる。スラーヴィン》と書いた。副官のひとりが書類を外務省情報部の代表者の隣にいる私服の男にまわした。私服の副官は書類をヴォズドヴィシェンスキー中将の前に滑らせ、さらにペンをさしだした。

ヴォズドヴィシェンスキー中将は書類にじっくりと目を通した。ついでおもむろに目をあげ、中将をじっと注視していたG大将の視線を受けとめると、そのまま目を落とすことなく書類のほかの署名の下あたりに《殺害を命じる》と殴り書きし、その下に自分の名前を書きこんだ。それをすませると書類から手を離して立ちあがった。

「話はこれでおわりですかな、同志大将？」いいながら椅子をうしろへ押しやる。

G大将は内心で満足していた。この男にまつわる勘はどうやら当たっていたらしい。あとはこの男に監視をつけ、みずからの疑念をセロフ大将に伝えておかなくては。

「ちょっとだけ待ってくれないか、同志中将」G大将はいった。「この執行令状に書き足したいことがあってね」

例の書類がG大将の手もとに返された。大将はペンをとりだすと、先ほど自分が書いた部分に抹消線を引いた。それからふたたび書類に書きこんでいく——書きこみながら、ゆっくりと内容を読みあげる。

「恥辱を与えて殺害せよ。グルボザボイスチコフ」

ついでG大将は会心の笑みを一同にむけた。

「ご協力に感謝する、同志諸君。これですべて終了だ。われわれの答申を受けて最高会議幹部会が決定をくだしたら、その内容を諸君に伝えるとする。散会」

出席者一同が列をつくって部屋から出ていくと、G大将は立ちあがって体を伸ばし、声を抑えつつも大きなあくびをした。それからふたたびデスク前の椅子にすわり、テープレコーダーのスイッチを切って内線で副官を呼んだ。部屋にやってきた副官は大将のデスクの横に立った。

G大将は副官に黄色い用紙を手わたした。「これをいますぐセロフ大将に届けたまえ。それからクロンスティーンの所在を確かめて、迎えの車を出すように。やつがもうベッドにはいっていようとかまわん。ここに来てもらう必要がある。第二課に問い合せれば居場所はわかるはずだ。それから十分後にクレップ大佐と会いたい」

「かしこまりました、同志大将」副官は退出した。

G大将は高周波電話の受話器を手にとり、セロフ大将を呼んだ。G大将はそれから五分のあいだ静かに話していた。会話のしめくくりに、Gはこう結論づけた。

「それでわたしはこの任務をクレップ大佐と立案担当官のクロンスティーンにゆだねる意向です。わたしどもで適切な極秘作戦《コンスピラツイア》を考案し、明日のうちには詳細をまじえたご提案ができると考えております。その段取りでよろしいでしょうか、同志大将?」

「よろしい」最高会議幹部会を率いるセロフ陸軍大将の静かな声が届いた。「この男を殺せ。ただし、くれぐれも鮮やかな手ぎわでの仕事を頼むよ。最高会議幹部会では、明朝この決定を追認することになる」

電話はそれっきり切れた。内線電話が鳴った。G大将は、「わかった」とだけ答えて受話器をもどした。

一拍置いて副官が大きなドアをあけ、戸口に立ったまま大将にこう伝えた。「クレップ同志大佐がおいでになりました」

レーニン勲章の略綬である赤地のリボンが一本ついているオリーブグリーンの軍服をまとったひきがえるじみた人物が入室し、短い歩幅のせかせかした足どりで大将のデスクに近づいてきた。

G大将は顔をあげ、会議用テーブル近くの手近な椅子を手でさし示した。「こんばんは、同志」

つぶされたような顔が割れ、媚《こ》びへつらいの笑みがのぞいた。「こんばんは、同志大将」SMERSH内で作戦行動と死刑執行を担当する第二課の課長は、スカートを引きあげて椅子に腰をおろした。

7　氷の魔術師

ドーム形のぴかぴか輝くケースにおさまった対局時計《ダブルクロック》のふたつの文字盤が、テーブルのへりから顔を出して試合の趨勢《すうせい》を見まもっている深海の巨大な怪物のまなこのように、チェス盤を反対側からにらみおろしていた。

対局時計のふたつの文字盤は、それぞれ異なる時間を示していた。クロンスティーン側の時計は一時二十分前を表示している。文字盤の下では、長く赤い振子が歯切れよく左右に動いて秒を刻んでいた。一方、試合相手のマハロフ側の時計は静かで振子もとまっていた。ただしこちらの時計は一時まであと五分に迫っていた。試合中盤で時間を浪費したせいで、もち時間があと五分にまで追いつめられていた。つまり〝時間切れ間近〟の状態であり、クロンスティーンが馬鹿げたミスをしでかすという考えられない事態が起こらないかぎりマハロフは負けることになる。

クロンスティーンは背中をまっすぐに伸ばし、身じろぎもせずにすわっていた――意地わるく内心を謎めかした姿が鸚鵡《おうむ》のようにも見える。両の肘《ひじ》をテーブルにつき、両手の拳を頬に押しつけるようにして大きな頭部を支え、結んだ唇をすぼめることで傲岸《ごうがん》なまでの軽蔑をあらわにしていた。幅があって突きだしているひたいの下では、わずかに吊りあがった黒い目が死そのものにも比すべき落ち着きをたたえて、みずからが勝ちつつあるチェス盤をじっと見おろしていた。しかしこの仮面の裏側では、頭脳という発電機で血がどくどく搏動《はくどう》し、右こめかみに蛆虫《うじむし》めいた形に浮いた血管は毎分九十を越える鼓動にあわせて脈搏《う》っていた。過去二時間と十分で流した汗だけで五百グラムは体重が落ちている。おまけに悪手を指してしまうかもしれないという恐怖が、いまもクロンスティーンののどに片手をかけていた。しかしマハロフや周囲の観戦者たちにとっては、クロンスティーンがいまもなお、試合運びを魚の食べ方になぞらえられる〈氷の魔術師〉であることに変わりなかった。この男はまず相手の皮を剝《は》ぎ、骨を抜いて、身を食らうのだ。過去二年は連続で〈モスクワ・チャンピオン〉の座にある。そしていま三度めの決勝戦に臨んでおり、この試合に勝てばグランドマスターの称号に近づける。

　ロープで周囲を囲われたメインテーブルのまわりは静寂のプールになり、きこえる物音といえばクロンスティーン側の時計がせわしなく秒を刻む足音めいた大きな音だけだ。ふたりの審判は一段高い場所の椅子に身じろぎひとつしないですわっていた。マハロフ同様に、審判たちもこれがとどめの一手になると見抜いていた。クロンスティーンはチェスのオープニングのひとつであるクイーンズ・ギャンビット・ディクラインドの変種のひとつ、メラン・バリエーションに斬新なひねりを導入していた。マハロフは食らいついてはいたが、それでも二十八手までだった。マハロフはその一手で時間を食った。それだけではなく、指し手をまちがったかもしれない。三十一手と三十三手でもミスをしたのかもしれない。正確なところがだれにわかるだろう？　とにかくこの試合は、今後何週間もロシア全土で議論されることになるはずだった。

　今回の優勝決定戦を見るために何列にもなってステージ前へ詰めかけている観衆から、いっせいにため息が洩《も》れた。クロンスティーンがゆっくりと右手を頬から離し、チェス盤の上へと伸ばした。ついで親指と人差し指が――ピンクの蟹《かに》の鋏《はさみ》のように――ひらきながら盤へむかっておりてきた。コマをつかんだその手が上へあがり、横に滑ったかと思うと、またおろされた。それから手はゆっくりと顔へもどった。

　壁にかかげられた大きな局面図上で長さ一メートル弱のプラカードが動き、四十一手が再現されると、見ていた観戦者たちからざわめきと囁《ささや》き声があがった。棋譜で記せば《R-Kt8》だ。よし、これで決まりにちがいない！

　クロンスティーンはことさらゆっくり手を伸ばして、対局時計の自分の側の下に出ているレバーを押した。赤い振子が停止した。同時にマハロフ側の振子が息を吹きかえし、仮借ない拍を大きく刻みはじめた。

　クロンスティーンはすわりなおした。両手をぴったり伏せてテーブルに置き、反対側で下をむいている男の脂汗《あぶらあせ》にぬらぬら光っている顔を冷ややかに見つめた。男のはらわたが、いま槍に刺し貫かれたうなぎのように苦悶でのたうちまわっていることもお見通しだった――なんとなれば、自分も敗北の苦しみを嘗《な》めた経験があるからだ。グルジア（現在のジョージア）

のチャンピオン、マハロフ。そう、あしたにはマハロフ同志はグルジアへ帰って、それからもずっとそこで暮らす。今年のうちにマハロフが家族を連れてモスクワに出てくることは、どう考えてもありえない。

私服姿の男がロープをくぐって内側へやってくると、審判のひとりになにごとか耳打ちして白い封筒を手わたした。審判は首を左右にふり、残り時間三分と表示しているマハロフの側の時計を指さした。私服の男はきわめて短いひとことを審判に囁きかけた。審判は不機嫌な顔で会釈《えしゃく》をひとつすると、ハンドベルを鳴らした。

「クロンスティーン同志に緊急の個人的なメッセージが届けられました」審判はマイクにむかってそう告げた。「これより三分間の休憩とします」

ホール内がざわついた。マハロフは礼儀を重んじているかのように盤から目をあげ、じっと動かずにすわったまま、高いドーム天井の奥を見あげているばかりだった。それを見れば観戦者たちにも、マハロフが頭のなかに盤上の情勢を刻みこんでいることがわかった。三分間の休憩は、マハロフにとっては持ち時間に三分間の上乗せがなされたことになる。

クロンスティーンも苛立《いらだ》ちに胸を刺されていたが、審判が椅子からおりて、宛名もなにも書いていない無地の白い封筒を手わたしてきたときも無表情のままだった。親指で封を切ってあけ、おなじく無地の白い用紙を抜きだす。そこにはクロンスティーンもいやというほどよく知っている大きなタイプライターの文字で、《**即刻出頭のこと**》とだけ記されていた。署名も宛名もなかった。

クロンスティーンは用紙を折り畳むと、慎重な手つきで胸の内ポケットへおさめた。後刻、この手紙はとりあげられて処分されるはずだ。クロンスティーンは審判の隣に立っている私服の男の顔を見やった。男は苛立ちもあらわに威圧する目をむけていた。あんな連中のことなど知ったことか――クロンスティーンは思った。あとわずか三分で勝てるというま、なにがあろうと試合を投げるつもりはなかった。そんなことは考えられない。″人民のスポーツ″への侮辱だ。しかし審判にむかって試合を続行する意志をジェスチャーでつたえながらも、クロンスティーンは内心で震えていたし、とぐろを巻いたまま動かないかのようにロープの内側に立っている私服の男の目を避けていた。

ハンドベルが鳴った。「試合を続行します」

マハロフがゆっくりと顔を伏せた。時計の針は一時を通過したが、マハロフはまだ命脈をたもっていた。

クロンスティーンの内面の震えはおさまっていなかった。いましがたのおのれの行為は、SMERSH《スメルシュ》のスタッフのみならず、およそ国家の情報機関に勤務する者たちのなかでも前例のないものだった。上層部への報告事案になることはまちがいない。公然たる命令不服従だ。義務の怠慢。その先にどんな結果が待っているのか？　もっとも軽い罰ですめば、G大将から口頭で厳しく叱責され、秘密身上調書《ザビースカ》に黒星がひとつ残るだけですむ。いちばんの厳罰は？　想像もできなかった。なにがどうなろうと、チェスの勝利の美味もいまでは口中で苦みに変わっていた。

しかし、それもおわった。時計の上で残り時間が五秒になったところで、マハロフが打ちひしがれた目を相手の突きだした唇とおなじ高さにまでかろうじてあげ、頭を小さくさげる型どおりの短い会釈で敗北をみずから認めたのだ。審判がハンドベルをつづけて二回鳴らすと、ホールの満員の観戦者は立ち上がって拍手喝采《かっさい》をした。

クロンスティーンは立ちあがると、試合相手と審判ふたりにお辞儀をしてから、最後に観戦者たちに深々と一礼した。それから私服の男をすぐうしろにしたがえてロープをくぐり、大声で賞賛の声をあげているファンたちをそっけなく乱暴にかきわけて、正面玄関を目指した。

トーナメントホールの外に出ると、いつもどおり広々としたプーシキン広場のまんなかに、なんの標識もないスターリン記念工場《ZIS》製の黒いセダンがエンジンをアイドリングさせて待機していた。クロンスティーンは後部座席に乗りこんでドアを閉めた。私服の男がステップに飛び乗って助手席に体を押しこめると同時に運転手はギアを叩きこみ、車はたちまち道路を疾駆しはじめた。

いまこの場で私服姿の護衛に謝ったところでまるっきり無駄だということは、クロンスティーンにもわかっていた。それはまた服務規定に違反することにもなる。なんといっても自分はＳＭＥＲＳＨの作戦立案部の責任者であり、大佐の名誉階級をそなえた身だ。しかも、組織にとってダイヤモンドに匹敵する価値がある頭脳のもちぬしだ。この苦境からも、自分なら釈明の言葉をならべて逃げだせるかもしれない。車の窓から外に目をむけ、暗い街路の路面がすでに夜間清掃隊の作業で濡れているのを見てとりながら、クロンスティーンは自己弁護の用意をかためた。車が直線道路に出た。道路の突きあたりにはクレムリン宮殿がそびえ、その玉葱《たまねぎ》状の尖塔のあいまから月がぐんぐんと空にのぼっていた。そして車はそのクレムリンに到着した。

クロンスティーンの身柄を副官に引きわたすにあたり、私服姿の護衛は同時に一枚の紙切れも副官に引きわたしていた。副官は紙片にちらりと目を通すと、半分閉じた瞼《まぶた》のあいだから冷たい視線をクロンスティーンにむけてきた。クロンスティーンは無言のまま、落ち着いた視線を返した。副官は肩をすくめて内線電話をとり、到着したことを相手に伝えていた。

ふたりで広々とした部屋へはいっていき、クロンスティーンが手ぶりで椅子をすすめられ、またクレップ大佐がちらりとのぞかせた張りつめた笑みに会釈で応じているあいだにも、副官はG大将のもとに近づいて紙片を手わたしていた。大将は紙片に目を通すと、きびしい目つきでクロンスティーンをにらみつけた。副官がドアに歩み寄って退室していってからも、大将はなおもクロンスティーンをにらんでいた。ドアが閉まると、G大将は口をひらいて静かにいった。「どういうことかな、同志よ?」

クロンスティーンは落ち着いていた。どういう話をすれば相手の心に訴えることができるかはわかっている。そこで物静かでありながら揺るぎない自信をうかがわせる口調で話しはじめた。「同志大将、この国の人民にとってわたしはプロのチェス選手です。そして今夜わたしは、三年連続でモスクワ・チャンピオンになりました。試合の残り時間がわずか三分というとき、たとえ妻がトーナメント・ホールの正面玄関前で殺されかかっているというメッセージを受けとっても、わたしは妻を救うために指一本あげないでしょう。わが人民はそのことを知っています。彼らはわたしにも負けぬほどチェスに一身を捧げているからです。今夜わたしがメッセージを受けとるなりゲームを放棄して、ただちにこちらに来たとしたら、五千人の観戦者たちはこの種の政府筋の命令によるものでしかないはずだと勘づいたでしょうね。そんなことになれば、噂話の猛烈な嵐が巻き起こったはずです。血眼《ちまなこ》で手がかりをさがす人たちによって、わたしの一挙手一投足が穿鑿《せんさく》されたでしょう。そうなったらチェス選手という隠れ蓑《みの》もこれまでです。そこで国家安全保障の観点から、わたしは命令を遂行する前に、あえて三分間待つことにしました。それでも、わたしがあわただしくあの場をあとにしてきた件は、のちのち取りざたされるでしょうね。いずれは子供たちが病気で重態だったとか弁明する必要にも迫られるでしょう。その話が本当だと示すため、子供たちを一週間ばかり入院させる必要もありそうです。命令への服従が遅れたことは衷心《ちゅうしん》から謝罪します。しかし、苦渋《くじゅう》の決断でした。わたしはこれこそ国家保安省のために最善の利益となると判断し、このように行動したのです」

G大将は、クロンスティーンのわずかに吊りあがった黒目の奥をのぞきこんだ。このチェス選手が有罪であることは疑いいれないが、いまの弁明には充分に理がある。大将は罪状の重みをはかるような顔つきで、いま一度紙片の中身に目を通したのち、ライターをとりだして火をつけた。つまんでいたために最後まで燃えのこっていた隅の部分をデスクのガラスマットに落として焼きつくし、灰を横へ払って床に落とす。大将は内心をうかがわせる言葉をひとことも口にしなかったが、クロンスティーンにとって重要なのは証拠を焼却したという行為だけだ。これで、秘密身上調書《ザビースカ》にはなにも記載されずにすむ。心底からの安堵と感謝がこみあげた。これで、みずからの創意工夫の才のありったけを当面の課題へふりむけられる。大将は例外的なほど寛大な処置ですませてくれた。だとしたらこちらは、せいぜい脳味噌を絞ることで恩返しをしよう。

「写真をわたしてやりたまえ、同志大佐」G大将は、いましがたの短時間の軍法会議など最初からひらかれなかったような声でクレップ大佐にいった。「さて、どういった案件なのかをこれから話そう……」

要するに今回も殺しか——G大将が話をつづけるなか、パスポートを引き延ばした写真からまっすぐ視線をむけている意志堅固そうな黒髪の男の顔を検分しながら、クロンスティーンは思った。大将の話を頭の半分だけで耳に入れつつ、重要な事実をピックアップしていく。イギリス人スパイ。派手な騒動を起こすことが望ましい。ソビエトは表むき関与しない。傑出した殺人者。弱点は女（ということはホモセクシャルではないな、とクロンスティーンは思った）。酒（しかし、ドラッグについての言及はいっさいない）。買収は不可能（怪しいものだ。どんな人間にも値段はつけられる）。金に糸目はつけない。必要な装備品や人材のいっさいは全情報機関の全部門より提供される。作戦は三カ月以内に成功させること。現時点で必要なのは作戦の概略。細部はのちに詰めればよろしい。

G大将は鋭い目をクレッブ大佐へむけてたずねた。「いまの時点でいえることはなにかな、同志大佐?」

それまで顔を伏せて考えごとに集中していた女が顔をあげて——その拍子に縁《ふち》なし眼鏡の四角いレンズにシャンデリアの光がきらりと反射した——デスクのさしむかいのG大将を見つめた。ニコチンの色に染まったつやつや光る産毛の下で、血色のわるい濡れた唇が上下にわかれ、せわしなく上下に動きはじめた——女が見解を述べたてはじめたのだ。唇が閉じたり開いたりして四角い口が無表情に動くようすに、テーブルをはさんで女の顔を見ているクロンスティーンは、腹話術の人形のぱたぱた動く箱形の口を連想した。

女の声はしゃがれ、感情がいっさいない平板な響きだった。「……いくつかの側面においてストルゼンバーグの一件に似ていますね。ご記憶と存じますが、同志大将、あの一件も標的の生命にとどまらず、名声をも抹殺することが目的でした。ただし、あの一件では目的の達成が容易でした。あのスパイは性倒錯者でしたから。ご記憶でしょうが……」

クロンスティーンは女の話をきくことをやめた。その種の事例はすべて知りつくしている。その事例の大半において計画を立案した当人であり、チェスの序盤の指し手を整然と頭のなかで整理しているように、それぞれの事例も記憶のファイルに整理されていた。耳を閉ざした代わりに、クロンスティーンはおぞましい女の面相を観察しつつ、この女はこの先いつまでいまの仕事をつづけるのだろうか、と考えた——いいかえるなら、自分はいつまでこの女と仕事をしなくてはならないのか、と。

おぞましい？　クロンスティーンは人間にはまったく興味がなかった――自身の子供たちでも同様だった。〝善人〟と〝悪人〟という分類も、クロンスティーンの語彙《ごい》には存在しなかった。人間はだれでもチェスのコマでしかない。人間で興味があるのは、ほかのコマの動きにどう反応するかという一点だけだ。そして人間の反応を予想するためには――予想こそクロンスティーンの仕事の大部分を占めている――人間個々の性格の理解が不可欠だ。人間の基本的な本能は不変である。生存本能、性的本能、そして群生本能――それもこの順序で。人間の性質は、当人の多血質か粘液質、あるいは胆汁質か黒胆質のいずれかに決まっている。個人の性質は、当人の感情や情緒の相対的な強さをあらかた決定づける。性格はかなりの部分を育ちのいかんに左右され、パヴロフや行動心理学者がどんな高説をとなえようと両親の性格に左右される。さらに、いうまでもないが、人々の生活ぶりや行動は、肉体の強弱によってもある程度は決定づけられている。

クロンスティーンの冷徹な頭脳は、上記のような基本的な分類法を念頭におきつつ、テーブルのさしむかいにすわる女を分析していた。クロンスティーンがこの女の人物概観を作成するのも、これで百回めにはなるだろうか。しかし、ふたりの共同作業が今後数週間はつづく見通しだ――となれば、両者の協調関係に人間的要素がいきなり前ぶれもなく出現するような事態を避けるためにも、ここで記憶をリフレッシュさせておくのがいい。

ローザ・クレッブが強烈なまでの生存本能のもちぬしであることは、いまさらいうまでもない。そうでなかったら、この国家でもっとも強大な権力者のひとりにして、もっとも恐れられる人物のひとりになれたはずはなかった。クレップが最初に頭角をあらわしたのは——クロンスティーンの記憶によれば——スペイン内戦のおりだった。当時のクレップは、マルクス主義統一労働者党《POUM》内で二重スパイとして活動していた——つまりスペイン国内の共産党系情報組織のために働きつつ、同時にモスクワの合同国家政治保安部《OGPU》のもとでも働いていたのだ。POUMでは上司だった有名なアンドレウ・ニンの右腕であり、愛人のような存在だったというもっぱらの噂である。ニンのもとで働いていたのは一九三五年から三七年までだ。三七年にニンは殺害されるが、クレップがモスクワの命令で殺したという噂もささやかれていた。噂の真偽はともかくも、これ以降クレップがゆっくりと、しかし着実に権力の梯子《はしご》をあがりはじめたことにまちがいはない。揺りもどしがあっても生き延び、戦争も生き延び、忠節を偽ったり反乱分子と手を組んだりしたことが一度もなかったがゆえに複数回の粛清をも生き延びたばかりか、さらには一九五三年のベリヤの死とともに、血にまみれた手で梯子の段をまたひとつつかんだ。それも頂点まであと二、三段のところを——すなわち、SMERSHの作戦遂行部の責任者という地位だ。

　しかも、クレップの成功のいちばん大きな要因はといえば——クロンスティーンはさらに考えた——生存本能の次に重要な本能、すなわち性的本能の際立った特異性にあるといえる。というのもローザ・クレップはまちがいなく、あらゆる性的分類のなかでもいちばん稀《まれ》なタイプに属していたからだ。すなわち男女どちらでもない〝中性者〟だ。クロンスティーンはそのことに確信をもっていた。男性との事例にまつわる話はもちろん、女性相手の事例もまた疑問の余地もないほど詳細だった。クレッブがセックスから肉体の楽しみを得ていたとしてもおかしくはなかったが、セックスという手段そのものは重要ではなかった。クレッブにとってセックスは疼《うず》き以上のものではなかった。しかも心理的にも生理的にも中性だということは、すなわちクレッブが多くの人間的な感情や感傷や欲望という重荷から解き放たれていることに通じていた。中性性こそが個人の冷酷さの核になっている。生まれながらにして得られる、きわめて重要ですばらしい特質だ。

クレッブの場合には、群生本能も死んでいた。権力への渇望はクレッブに群れをつくる羊ではなく狼になることを要求してきた。クレッブは孤高の作戦遂行者だったが、決して孤独な者ではなかった。他者との交流というぬくもりなど不要だったからだ。気質分類ではもちろん粘液質になる――沈着冷静にして痛みに耐性をそなえ、そして怠惰。あの女にとっては、ものぐさこそが陥《おちい》りやすい悪徳だろう、とクロンスティーンは思った。朝はぬくぬくとした豚の寝床なみのベッドでぐずぐずして、なかなか起きあがれないにちがいない。私生活での習慣はどれもこれも自堕落で、不潔ですらあるのだろう。だから軍服を脱いで肩の力を抜いているときのクレッブ、そのひとりだけの時間と空間をのぞきこんだら不快になりそうだ、とも思った。クロンスティーンは突きだした唇を歪《ゆが》めてそんな思いから離れると、狡猾《こうかつ》でしたたかに決まっている性格についての考察はもう省略し、そそくさとクレッブの外見についての考察に移行した。

ローザ・クレッブは、おそらく四十代のおわり近い年齢だろう――スペイン内戦が起こった一九三六年を指標に、クロンスティーンはそう推測した。背は百六十センチ程度と低く、ずんぐりした体形だ。短く太い腕も猪首《いくび》も、くすんだカーキ色の靴下に包まれた太い足のふくらはぎも女にしてはずいぶん逞《たくま》しい。クレッブがどのような乳房をもっているのかは神ならぬ身で知るよしもないが、こんもり盛りあがった軍服の胸がテーブルにのっている光景はさながら中身を詰めすぎたサンドバッグのようであり、腰から下が梨のように膨らんでいるその体は、全体として見るならチェロにそっくりというほかはなかった。

　フランス革命時に公開処刑を見物していた通称〝編み物をする女《トリコトゥーズ》〟も、クレッブのような顔だちだったにちがいない――クロンスティーンはそう考えながら、椅子の背にもたれて小首をかしげた。薄くなりかけたオレンジ色の髪の毛をきつくうしろへ引き、ぶかっこうな束髪に結っている。ぎらぎら光る黄褐色の目は、輪郭のくっきりした四角い眼鏡のレンズごしに冷ややかな視線をG大将へむけていた。くさびの形の鼻にはたっぷりと白粉《おしろい》が塗られているが、大きな毛穴が目立つ。口はぬらぬらした罠というべきか――あごの下からワイアで操作されているかのように、ぱくぱくと開閉をくりかえしていた。例のフランス女たち――音を立ててギロチンの刃が落ちる公開処刑をすわって見物しながら、編み物をしては、おしゃべりに花を咲かせていた女たち――も、やはりクレッブのように青白く鶏皮めいた分厚い肌だったにちがいないし、目の下や口角やあごの下の肌に小皺《こじわ》が寄っているところもおなじだっただろう。泥くさい大きな耳もおなじ、ぎゅっと握ると拳に深い窪《くぼ》みができてこぶつき棍棒《ノッブケリー》そっくりになる手もおなじだったのではないか。このロシア女の場合、いまその手はテーブルに敷かれた赤いビロードにどさりとのっている胸のふくらみの左右できつい握り拳をつくっていた。さらにいうなら――クロンスティーンは思った――フランス革命時代のくだんの女たちも、冷酷で残酷でしたたかな性格をうかがわせるこうした表情を見せていたのだろう。そう、この女――クロンスティーンはあえて個人の主観をもとにした形容詞を追加した――おぞましいこのSMERSH女とおなじ表情を。

「ありがとう、同志大佐。きみの現況分析には価値があるね。さてと、同志クロンスティーン、いまの話に追加することはあるかな?　手短に頼むよ。すでに夜中の二時だし、あすはだれにとっても多忙な一日になるのだからね」心労と睡眠不足で赤く充血したG大将の目は小ゆるぎもせず、突きでたひたいの下にある底知れぬ深みをたたえた暗褐色の池のようなクロンスティーンの瞳をデスクの反対側から見つめていた。この男に話を手短にせよと命じる必要はなかった。もとよりクロンスティーンは口数がきわめて少なく、簡潔な発言の一語一語はほかのスタッフのスピーチなみの値打ちを秘めていた。

　クロンスティーンはすでになにを話すかを決めていた。そうでなければ、クレップという女についての考察にこれほど長い時間を費やしていたはずはない。

　クロンスティーンはゆっくり顔をあげ、天井の虚空《こくう》に視線を飛ばした。話しはじめた声はすこぶる穏やかだったが、それにもかかわらず、だれもが熱心にききいるような権威の響きを帯びていた。

「同志大将、あなたの先駆者ともいえるフランス人のジョゼフ・フーシェの卓見を引けば、だれかを殺害しても、その人物の名声も同時に破壊しなければ意味がありません。もちろん、ボンドというこの男を殺すだけなら簡単だ。ブルガリア人の暗殺屋を金で雇って、あとは適切な指示さえくだせば事足ります。ただしこの作戦の第二段階、つまりボンドという男の人格を破壊する任務のほうが重要であり、より困難になるでしょう。現時点でわたしにきっぱりと断言できるのは、作戦遂行がイギリス本土以外の土地でなくてはならないこと、それも、新聞やラジオなどにわが国の息がかかっているような土地でなくてはならないということだけです。では、標的の男をいかにしてその地にまでおびき寄せるかとおたずねになるなら、いまのわたしにはこうとしか答えられません——それなりに重要な餌を用意できれば、そして餌をつかまえる役がこのボンドという男にしかできないようにすれば、そのときボンドが世界のどこにいても、任務のために派遣されてくるはずです。これが罠だと見抜かれないようにするために、餌には奇矯《ききよう》さを、つまりは尋常でない要素をひと匙《さじ》だけくわえようと思います。イギリス人というのは、自分たちの奇矯なところを誇りにしています。ですので、奇矯きわまる提案をかえって挑戦するべき課題だと受けとめます。イギリス人がボンドという重要な工作員を派遣して餌を追わせるようにするために、わたしはあの国の連中の心理のこうした洞察にある程度まで依拠したいと考えています」

クロンスティーンは言葉を切って顔を伏せた。ちょうどG将軍の肩から先が見とおせるようになった。

「では、そうした罠の考案にとりかかるとしましょう」クロンスティーンは無関心な口ぶりでいった。「いまの時点でわたしにいえるのは、餌が首尾よく獲物をおびき寄せたら、次は英語を完璧につかえる暗殺者が必要になりそうだ、ということだけです」

クロンスティーンは前のテーブルに敷かれた赤いビロードに目を落とすと、これこそ問題の核心だといいたげな口調でいい添えた。

「それから、信頼できる最高の美女がひとり必要になります」

8　美しき囮《おとり》

ひと部屋だけの自宅の窓ぎわにすわり、静かな六月の夕方の空に目をむけながら――通りの反対側にある建物の窓が夕焼けの訪れを告げる薄紅色の光を反射し、遠くの教会の玉葱形の尖塔が、モスクワ市街の建物群がつくるふぞろいな地平線上に高くかかげられた松《たい》明《まつ》のようにあかあかと燃えている――国家保安省所属のタチアナ・ロマノヴァ伍長はこれほど幸せだったことはないとの思いを噛みしめていた。

　タチアナが感じていた幸福感は恋愛由来ではなかった。これから恋愛がはじまるというときの天にも昇る心もち――地平線のかなたに最初の涙という小さな雲があらわれる前、その何日も何週間も前の気分――とはなんの関係もなかった。安全な暮らしが確保され、自信をもって将来のことを考えられる立場にあるという静かで落ち着いた幸福感だった――それをさらに強めていたのは、つい最近のあれこれの事柄だった。たとえばそれは、きょうの午後デニキン教授の口から出たちょっとした褒め言葉であり、電熱器で調理中の夕食から立ちのぼるおいしそうなにおいであり、モスクワ国立交響楽団の演奏でラジオから流れているムソルグスキー作のオペラ〈ボリス・ゴドゥノフ〉の前奏曲というお気に入りの一曲だったが、そんなあれこれすべてをひっくるめているのは、長かった冬と短かった春がおわって、いまが六月だという事実だった。

　小さな箱も同然のこの部屋は、サドヴァヤ－チェルノグリアズスカイ通り《ウーリツァ》に面した現代風の大きなアパートメント・ビルのなかにあった。国家保安省の女性職員むけの宿舎である。建造には刑務所の受刑者が動員されて、一九三九年に竣工《しゅんこう》した。瀟洒《しょうしゃ》な八階建ての建物に二千室が用意されていた。三階にあるタチアナの住まいと同様の部屋――電話があり、水と湯が供給され、電灯はただひとつ、おまけにバスルームとトイレはフロア中央の共用施設を利用する――もあれば、最上階とその下の階には専用バスルームつきの二間あるいは三間の部屋もあった。そういった部屋は、階級の高い女性職員用だった。建物内での部屋の高さは純粋に階級によって定められる。ロマノヴァ伍長が八階の大佐フロアという楽園にたどりつくには、軍曹、少尉と中尉と大尉、そのあと少佐と中佐という具合にどんどん上へあがっていくほかはなかった。

　しかし、タチアナはいまの立場に心から満足していた。千二百ルーブルの月給（ほかの省庁に勤務した場合よりも三割は多い金額だ）、自分専用の部屋、建物の一階にある〝職員専用商店〟で安価に買える食料品と衣料品。毎月少なくとも二枚は至急される省庁割りあてのバレエやオペラの鑑賞券。そして年に二週間の有給休暇。おまけに、将来まで安定が見こまれる職についてモスクワに暮らしている――何カ月も何カ月ものあいだなにも起こらず、朝ベッドから起きだす理由といえば、新作映画の到来かサーカスの巡業程度しかない、どこかの鄙《ひな》びた田舎町ではなく。

もちろん、国家保安省に勤務することで支払わざるをえない代償もあった。軍服を着ているると世間のほうが離れていく。人々から恐れられるという、若い女たちにとっては都合がよくないこともある。いきおい、つきあう相手は国家保安省のほかの職員にかぎられるし、いずれそういう年齢になれば保安省で働きつづけるために内輪同士で結婚しなくてはならない。しかも職員たちは仕事中毒だ――週に五日半、朝八時から六時までの勤務、おまけに昼休みには食堂での四十分の食事が認められているだけだ。しかし出される昼食はしっかりした本物の料理であり、だからこそ夕食は軽くすませることができた。おかげで、いずれは着古したシベリア狐のコートの代わりに黒貂《くろてん》の毛皮のコートを買えるだけの金も貯まりそうだ。

夕食のことを考えたついでに、ロマノヴァ伍長は窓べに置いた椅子から離れ、夕食にするつもりの濃いスープのようすを確かめにいった――数切れの肉と粉末マッシュルームを入れたスープだ。あとひと息で完成するところで、旨《うま》そうな香りをただよわせていた。電気こんろのスイッチを切り、鍋は煮立たせておいたまま、手を洗って身だしなみを整えることにした。食事の前にはそうしろと、もう何年も前に教わっていたのだ。

洗った手を拭きながら、洗面台のシンク上にかかった大きな楕円形の鏡で自分の姿を確かめた。

昔つきあったボーイフレンドのひとりが、タチアナは若いころのグレタ・ガルボに似ていると話したことがある。馬鹿も休み休みいってほしい！　そうはいっても、今夜のタチアナはなかなかの美人だった。つややかな暗褐色の絹のような髪は、秀でたひたいからまっすぐうしろへかきあげられ、豊かさをたもったまま垂れ落ち、いま少しで肩に届きそうなところで小さく跳ねていた（ガルボが似たようなヘアスタイルにしていたこともあり、ロマノヴァ伍長はそれを真似たことを認めるにやぶさかではなかった）。頬骨のあたりでは、肌理《きめ》のこまかな色白の柔らかな肌が象牙色の輝きを帯びている。まっすぐで自然なひたいの下にある、左右で高さがそろった間隔のあいた目はこれ以上ないほど深みをたたえたブルー（タチアナは片目ずつつぶって確かめた——よし、両方とも睫毛《まつげ》の長さはちょうどいい！）。すっきり鼻筋が通ったちょっと偉そうな鼻——それから口だ。口はどうだろう？　少し大きすぎないか？　そう、とりわけ微笑《ほほえ》んだりすると、やたらに大きく見える。タチアナは鏡のなかの自分に微笑みかけた。たしかに口は大きい——でも考えてみればガルボだって口が大きかったではないか。少なくとも唇はふっくらしていて、輪郭がくっきりしている。口角はわずかに笑みをつくっているかのようだ。これを冷たい感じの唇だという者はいないはずだ！　そして楕円形の顔。長すぎることはないだろうか？　それに、あごはほんの少し尖りすぎでは？　タチアナは顔をさっとふり動かして、横顔を確かめた。その拍子にずっしりしたカーテンのような髪が前へ揺れ動いて右目にかかったので、うしろへかきあげなくてはならなかった。そう、たしかにあごはつんとしているが、鋭く尖っているわけではなかった。ふたたび鏡に正面から顔をむけてブラシをとりあげ、まっすぐな長い髪にブラシをかけはじめた。グレタ・ガルボ！　ということは、それなりに美人なのか。そうでなければ、あんなに多くの男たちが美人だといってよこすはずはない——いや、男たちばかりか、しじゅうタチアナのところへやってきては、それぞれの顔のことで助言を求めていく女たちにもいわれた。しかし映画スター、それも有名なスターになぞらえてもらえるなんて！　タチアナは鏡の自分にむかって顔をしかめ、夕食をとりにいった。

たしかに、タチアナ・ロマノヴァ伍長はかなりの美人だった。顔だけではなく、すらりと上背《うわぜい》のある締まった体の動きがまた美しかった。レニングラードのバレエ学校に一年ほど通っていたこともある——バレリーナになるのをあきらめたのは、身長が規定で定められた上限の百六十七センチを越えて百七十近くになってしまったからだ。この学校では姿勢を保つことや美しく歩くことを教えこまれた。しかもすばらしく健康そうな外見をたもっていたが、これは一年を通じてディナモ・アイススタジアムでフィギュアスケートの練習に励んでいるからであり、その甲斐あってディナモの女子スケート選手チームの一員になれた。両腕にも乳房にも疵《きず》ひとつなかった。ただし尻だけは、口うるさい完璧主義者から不合格にされるかもしれない。トレーニングを積んだことで臀部《でんぶ》の筋肉が固く発達し、女性らしいなめらかな下向きの曲線をうしなって、いまではうしろが丸く膨らんでいるのに左右側面は硬く扁平《へんぺい》になり、そのせいで男の尻のように突きでてしまっていた。

ロマノヴァ伍長の評判は、所属している国家保安省中央資料室《セントラル・インデックス》の英語翻訳セクションの枠を越えて広がっていた。上級将校がタチアナに目をつけ、強権をふるっていまの地味なセクションから引きぬいて愛人として囲うか、あるいは必要に迫られれば妻として迎えることになるのもそう遠いことではない——それが衆目の一致した見解だった。

タチアナは濃厚なスープを小さな陶器のボウルに注ぐと——ボウルのへりには早駆けをしている橇《そり》を数頭の狼が追いかけている絵がはいっていた——黒パンをちぎって落とし、窓べの椅子に引き返して腰をおろした。それから、ぴかぴか輝く上品なスプーンをつかって、ゆっくり食事を進めた。ホテル・モスクワで楽しい夜を過ごしたおりに、このスプーンをこっそりバッグに忍ばせたのは何週間も前のことではなかった。

食事をおえると、タチアナは食器を洗って椅子に引き返し、この日最初のタバコに火をつけ（ロシアのまっとうな若い女なら、レストラン以外の人目につく場所では決してタバコを吸わないし、かりに職場で一服しようものなら即座に解雇されてしまうだろう）、苛立ちをこらえながら、トルクメニスタンのオーケストラの女々しい泣き声めいた耳ざわりな音に耳をかたむけた。ラジオではこの手のおぞましいアジアの音楽をいつも流しているけれど、どうせ辺鄙《へんぴ》な連邦構成国のどれかに住んでいる富農のごきげんとりに決まっている！　どうして、もっと文化的《クルトゥールヌイ》な音楽を流さないのだろうか？　モダンジャズっぽい音楽でもいいし、クラシックでもいい。とにかく、この音楽はおぞましいの一語。それどころか、時代遅れでさえある。

電話が耳ざわりな呼出音を鳴らした。タチアナは電話機に近づきながらラジオの音量をさげて受話器をとりあげた。

「ロマノヴァ伍長かね？」

その声は敬愛しているデニキン教授だった。しかし、ふだんの教授なら、勤務時間以外に声をかけてくるときにはファーストネームのタチアナか、さらには愛称のターニャをつかう。では、この堅苦しい呼びかけにはどんな意味があるのだろうか？

タチアナは大きく目を見ひらいて緊張した。「はい、同志教授」

電話の反対側の声は不可解にも冷ややかだった。「きみはいまから十五分後、すなわち午後八時三十分から、第二課のクレッブ同志大佐による面接をうけることになった。きみは住んでいる建物の八階、一八七五号室の同志大佐の自宅に出頭したまえ。わかったね？」

「わかりました、同志。しかし、理由は？　これはいったい……これはどういうこと……？」

敬愛する教授の、いつもと異なる緊張した声がその言葉をさえぎった。

「用件は以上だ、同志伍長」

タチアナは手にした受話器を耳から離し、惑乱もあらわな目でじっとにらみつけた——そうすれば、黒い受話器の送話口で同心円をつくっている小さなたくさんの穴から、さらなる言葉を絞りだせるとでもいうように。「もしもし！　もしもし！」しかし、受話器はタチアナにむかってあくびをしているばかりだった。強い力で受話器を握っているせいで、手と前腕が痛んでいることに気づく。タチアナはゆっくりと前に身をかがめ、受話器をもとの場所にもどした。

そのあともタチアナはしばし凍りついたように立ちつくし、黒い機械をうつろに見つめていた。電話をかけなおすべきだろうか？　いや、そんなことは問題外だ。教授があんなしゃべりかたをしたのは、この建物あての電話と発信される電話はひとつ残らず傍受されるか録音されていることを知っているからだし、そのことはもちろんタチアナも知っていた。教授が無駄なことをいっさい話さなかったのもおなじ理由からだ。これは国家がらみの問題だ。この種のメッセージを預けられたら、できるかぎり迅速に、そして少しでも少ない言葉をつかって手放してしまうにかぎるし、そのあと手をきれいに拭《ぬぐ》えばいい。忌まわしいカードを自分の手から追い払った。スペードの女王《クィーン》のカードは他人にまわした。だから手はもうきれいになった。

タチアナは電話機を見つめながら、ひらいた口もとにもちあげた拳を噛んだ。自分にどんな用件があるのだろう？　自分はなにをしたのだろう？　藁《わら》にもすがる気持ちで思いを過去にむけ、ここ数日間や数カ月間、さらには数年間の記憶を必死にかきまわす。ひょっとして仕事で致命的なミスをしでかして、その件がついさっき露見したのでは？　もしや国家に反するような言葉をうっかりジョークで口にして、それを通報されてしまったのか？　ありえない話ではない。しかし、どんな言葉だったのか？　いつ？　もし口に出してはならない言葉だったら、その場で罪悪感なり恐怖なりが胸をちくりと刺したはずだ。良心に曇りはない。しかし、本当に？　いきなり思い出した。ホテルから盗んできたスプーンは？　あのことか？　ホテルは国営だからスプーンは政府の財産！　だったら、いますぐ窓から遠くへ――道の反対側なりどこかなりへ――投げ捨ててしまおうか。いや、そんなはずはない。あまりにもちっぽけだ。タチアナはあきらめの心境で肩をすくめ、両腕を力なく垂らした。それから体を起こし、いちばん状態のいい軍服をとりだそうと衣装戸棚に近づく――そのあいだも両目は子供じみた恐怖と困惑の涙にうっすら煙《けぶ》っていた。いや、どれもこれも見当はずれに決まっている。SMERSH《スメルシュ》がそんな瑣事《さじ》で人を呼びだすわけがない。もっともっと深刻な問題に決まっている。

タチアナは涙に曇った目で、安物の腕時計にちらりと目を落とした。指定された時間まであと七分しかない！　新たなパニックがタチアナをとらえた。前腕で目もとをごしごしこすると、観閲式《かんえつしき》用の軍服をつかんで引っぱりだす。用件がなにかはわからないが、遅刻だけはいちばんまずい！　タチアナは着ている白いコットンのブラウスのボタンを荒っぽく外した。

服を着替えて顔を洗い、髪にブラシをかけているあいだも、タチアナはこの忌まわしい秘密の正体をさぐりつづけた――蛇の巣穴を棒でつつきまわす好奇心が強い子供のような真似だった。どんな角度から巣穴をつついても、決まって怒りもあらわな〝じゅっ〟という鋭い声がきこえてきた。

タチアナがどのような罪を犯したかは別にしても、SMERSHが伸ばす触手に触れられるのは――それがどんな触手であれ――言葉に絶する体験だった。そもそもがこの組織の名前さえ人々から嫌悪されて避けられている。SMERSH――〝スパイに死を《スメールチ・シユピオナム》〟。それは不吉な言葉、墓から流れでてくる言葉、死そのものの囁き、オフィスの同僚と内輪で交わす秘密の噂話のなかでさえ、ぜったい口にされない名前。なによりも忌まわしいのは、この恐怖の組織のなかでも第二課――拷問と死の担当部署――こそが恐怖の中枢だ、ということだった。

その第二課のトップにいるのが例の女、ローザ・クレッブだ！　この女については、にわかには事実と信じがたい話があれこれ囁きかわされていた――悪夢にこそ立ちあらわれても、明るい昼間は忘れていられる話のあれこれを、いまタチアナは自分から数えあげていた。

ローザ・クレッブは自分の立会いなしでは拷問をおこなわせないという、もっぱらの噂だった。オフィスには血しぶきの散ったスモックとキャンプ用の低いスツールが常備してあり、そのスモックを羽織って手にスツールをぶらさげたクレッブが地階の廊下をせかせかと急ぎ足で通る姿が目撃されると、たちまちその話が組織内を駆けめぐる。そしてクレッブが自分のオフィスにもどったという知らせが流れるまでは、ＳＭＥＲＳＨのスタッフといえども声を押し殺し、それぞれの書類に顔を近づけて仕事に没頭しているふりをするか、ポケットのなかで指を曲げて隣の指に重ね、ひたすら幸運を祈る者もいるかもしれなかった。

それというのも――あくまでも噂の域を出ないのだが――クレッブは持参したキャンプ用の小さなスツールを、天井から逆さ吊りにされた男女の顔――尋問テーブルのへりの先にぶらさがった顔――の近くへ引き寄せるという話だったからだ。引き寄せたスツールにどっかり腰をすえると、クレッブは、相手の顔をのぞきこみ、「一番」とか「一〇番」とか「二五番」などと静かな声で指示する。尋問官はそれだけでクレッブの意図を察し、仕事にかかる。クレッブは顔からほんの十数センチのところにある犠牲者の目を見つめ、彼らの悲鳴を香水のように吸いこんで玩味《がんみ》する。さらに目の表情を読みとったクレッブが、それに応じて「三六番に変更」とか「六四番に変更」と指示を出すと、尋問官は別の方法に切り替える。犠牲者の目から気概や抵抗心が薄れて、弱々しく懇願する目つきになると、クレッブはやさしい声音で籠絡《ろうらく》にとりかかる。

「ほらほら、わたしの小鳩《こばと》ちゃん。いい子だから、わたしに話してちょうだい。それですっかりおしまい。痛いんでしょう？　わたしだって痛くなってくるくらいだもの。だいたい人は痛みがいやでたまらなくなるもの。痛みがおさまってほしいと願い、安心して横になりたいと願い、痛みが二度とぶりかえしてほしくないと願うものなの。ほら、あなたの横にママがいるのよ。この痛みをとめてあげるために控えてる。ママはあなたが眠れるように、ふかふかの寝心地いいベッドを用意してる。だからあなたはそこで眠って、すべてを忘れて忘れてしまえばいい。さあ、話してちょうだい」クレッブは猫撫で声で囁きかけつづける。「あなたは話すだけでいい、それだけで苦痛から逃れられて楽になれるのよ」

もし相手の目がなおも抵抗を示せば、クレッブはまた甘い声で籠絡しはじめる。

「あらあら、困ったちゃんはほんとにお馬鹿ちゃん。とってもとってもお馬鹿ちゃん。あのね、いままで感じたような痛みなんて、まだまだ序の口。ええ、痛みでもなんでもない！　あら、ママの言葉を信じないのかしら、小鳩ちゃん？　そういうことなら、ママもちょっとだけ……ええ、ほんとにちょっとだけ……八七番をあなたに試さなくちゃいけないみたいね」

指示をききとった尋問官が道具と責めどころを変えると、クレッブはその場に腰をすえて犠牲者の目から生命の光がじわじわ薄れていくのを見物し、そのあげく相手の耳もとで大声で叫びかけるが、それは大声でなくては相手の脳に届かなくなっているからだ。

しかし、SMERSH流儀のこの苦痛街道では、終点に到着できる者はおろか、この時点までたどりつく者さえめったにいないという話だった。やさしい声で苦痛からの解放を約束すれば、尋問はほぼ例外なく成功裡《り》におわった。それもこれもローザ・クレッブには、ひとりの成人の精神が屈服し、母親を求めて泣き叫ぶ子供に変わる瞬間をなぜか正確に見てとる眼力があったからだ。そうなるとクレッブは母親のイメージを相手に与え、男の居《い》丈高《たけだか》な言葉では硬化させてしまうだけの相手の精神を、反対に軟化させるのだ。

そんなふうに、またひとりの容疑者が打ち倒され、ローザ・クレッブがキャンプ用スツールを手に、新たな血しぶきで汚れたスモックを脱いで執務室へ引き返すと、すべてがおわったという話がオフィスに広がって、地階はまたいつもの活発さをとりもどすのだった。

自分の物思いに身を凍りつかせていたタチアナは腕時計にまた目をむけた。指定の時刻まであと四分。タチアナは身につけた軍服を手で撫でて生地を整え、いま一度鏡をのぞいて血色をなくした顔を確かめた。それから体の向きを変え、狭いながらも慣れ親しんだ愛着のある部屋に別れを告げた。はたして、この部屋をふたたび目にできるのか？

　タチアナはまっすぐな廊下を歩いていき、エレベーターのボタンを押した。

　エレベーターが到着すると、タチアナは肩をそびやかしてあごをもちあげ、断頭台へあがっていくような足どりで乗りこんだ。

「八階」エレベーターガールにそう告げると、タチアナはドアのほうへむきなおった。それから、子供のころ以来絶えてつかっていなかった文句を思い出し、胸の裡《うち》で何度もくりかえしとなえた。「神さま――神さま――神さま」と。

9　愛していればこその仕事

クリーム色のペンキが塗られた没個性的なドアの前に立っただけでも、タチアナの鼻は早くも室内の悪臭を嗅ぎつけていた。入室をうながすぶっきらぼうな声をきいてドアをあける。そのあと天井中央の照明の真下にある丸テーブルの反対側にすわっている女の目を見つめるあいだ、タチアナの頭を占めていたのは部屋の悪臭のことだった。

それは、暑い夜の地下鉄《メトロ》に立ちこめる悪臭だった――つまりは、けだものじみた体臭を隠すための安物の香水のにおい。ロシアの人々は香水を浴びるようにふりかける。風呂にはいっていようといまいと関係ないが、おおむねは風呂をつかっていない場合だ。タチアナのように健康で清潔好きな若い女性は、雨や雪がよほど強くなければ、退勤後は歩いて家に帰っていた――電車や地下鉄にこもる悪臭に近寄りたくない一心で。

そしていまタチアナは、そんな悪臭の風呂につかっていた。嫌悪に鼻孔がひくひく痙攣《けいれん》していた。

四角いガラスのレンズごしにタチアナを見つめてくる黄色っぽい目を臆せず見おろせたのも、これほどの悪臭のなかで生活できる人間への嫌悪と軽蔑が背中を押してくれたからだった。しかし、黄色っぽい目からはなにも読みとれなかった。それは情報を吸収する目であり、与える目ではなかった。両目はゆっくり動いてタチアナの全身を舐《な》めるように検分し、カメラのレンズのようにタチアナを吸収していた。

ついでその人物――クレッブ大佐が口をひらいた。「なかなかの美人じゃないか、同志伍長。さ、この部屋を行ったり来たりして歩いてごらん」

この歯の浮くようなお世辞はなんなのか？　新たな恐怖に心を張りつめさせながら――この女の悪名高い個人的な趣味への恐怖だった――タチアナはいわれたとおりにした。

「上着をお脱ぎ。脱いだ上着は椅子に置くこと。両手をまっすぐ頭の上へ伸ばす。もっと上。前屈姿勢をとって両手で爪先を触る。体を起こす。よろしい。おすわりなさい」女は医者のような口調でいい、テーブルの反対側にある椅子をさし示した。それまでじろじろと探るような視線をむけていた目は、テーブルに置かれたファイルへと落とされて、タチアナからは見えなくなった。

あれはわたしの秘密身上調書《ザピースカ》にちがいない――タチアナは思った。ひとりの人間の全生涯を思いのままにできる道具をあんなふうに目にできたら、どれほどおもしろいことか。それになんて分厚いのだろう――五センチ近い厚みがある。あれだけのページにいったいなにが書いてあるのか？　テーブルの反対側でひらかれているファイルを、タチアナは大きく見開いた目で食い入るように見つめた。

クレッブ大佐はファイルを最後のページまでめくると、一気に閉じた。表紙は、オレンジ色の地に黒で斜めのストライプ模様がはいったものだ。あの二色にはどんな意味があるのか？

女が目をあげた。タチアナはなんとか相手の目を臆することなく見返すことができた。

「ロマノヴァ同志伍長」それは権威の声、上級将校ならではの声だった。「おまえの仕事ぶりが優秀だという報告を受けている。記録もまた立派なものだ――職務面においてもスポーツの面でも。われらが国家は、おまえに大変満足しているよ」

タチアナは耳を疑った。いまの言葉に思わず気が遠くなる。いったんは髪の生えぎわまで真っ赤になったものの、すぐに真っ青になった。片手をテーブルのへりにあてがい、つかえがちな弱々しい声でこう答えた。「み……身にあまる……お、お言葉です、同志大佐」

「優秀な働きぶりが認められた結果、おまえは最重要任務の遂行役に選ばれたのだよ。おまえにとっては大いなる名誉だ。そのことはわかるね？」

それがどんな任務だろうと、これまで予想していたあれこれに比べたらいいに決まっている。「はい、身に滲《し》みてわかっております、同志大佐」

「この任務はすこぶる大きな責任をともなう。だからこそ、より高い階級が必要になる。ここでおまえに、昇進のお祝いをいわせてもらおう、同志伍長。本任務完遂のあかつきには、おまえは国家保安省の大尉に任ぜられることになっているのだからね」

二十四歳の女性への処遇としては前例のないことだ！　タチアナは危険を察知した。生肉の下に鋼鉄のあごというべき罠があるのを見てとった獣のように、全身が緊張した。

「このうえなき名誉です、同志大佐」とは答えたものの、自分の声から警戒の響きを完全に消し去ることはできなかった。

ローザ・クレッブはどっちつかずの曖昧《あいまい》な生返事をした。出頭命令を受けたとき、この若い女がどんなことを考えたかは、もうすっかりお見通しだった。クレッブのやさしい歓迎がもたらした効果も、すばらしいニュースを耳にしてショックにも似た安堵を感じていたことも、そのあと内心でふたたび恐怖が覚醒していることも、すべてが手にとるようにわかった。ここにいるのは美しく正直で無邪気な若い女。まさしく今回の極秘作戦《コンスピラツィア》が求めるとおりの女だ。さて、そろそろ女の肩の力を抜いてやる頃合だ。

「しまった」クレッブはごく自然な口調でいった。「わたしとしたことが、なんと迂闊《うかつ》な。昇進のお祝いとなったら、お酒で乾杯しなくては。上級将校だからといって、人間ではないなんて考えないで。いっしょにお祝いのお酒を飲みましょう。ええ、フランスの高級シャンパンをあけるいい口実になる」

ローザ・クレッブは立ちあがるとサイドボードに近づいた。事前に命じておいた品を、当番兵がこの棚にそろえて置いていた。

「わたしがコルク栓と格闘しているあいだ、チョコレートをつまんでいて。シャンパンのコルクが巧《うま》く抜けたためしがなくて。この手の仕事になると、わたしたち女には殿方たちの手伝いがどうしても必要になると思わない？」

そのあと見た目にも美しいチョコレートの箱をタチアナの前に置くあいだも、この女の不気味なおしゃべりはつづいた。クレップはまたサイドボードに歩み寄った。

「スイスからの舶来品よ。最高級品ね。丸い形のほうは中身が柔らかい。四角いほうは中身が硬いの」

タチアナは感謝の言葉をぼそぼそとつぶやいた。手を伸ばして丸い形のチョコレートをひとつとる。こちらのほうが飲みこみやすいと思えたからだ。ようやく罠が目に見えてくると、その罠でぎゅっと首を絞めあげられてしまう瞬間のことを思うにつけても恐怖がつのり、口のなかが乾ききっていた。これだけのお芝居で隠さなくてはならないのだから、さぞや恐ろしいことにちがいない。ひと口かじりとったチョコレートは、チューインガムのように口中にへばりついてしまった。シャンパンのグラスがタイミングよく手に押しつけられた。

ローザ・クレップがすぐそばに立ちはだかっていた。グラスを高くかかげると陽気な声で、「健康を祝して《ザ・ヴァーシエ・ズダローヴィエ》！　同志タチアナ、心からおめでとうをいわせて」といった。

タチアナはぎこちない笑みをなんとか顔に貼りつけると、グラスをかかげて小さく会釈し、「健康を祝して《ザ・ヴァーシエ・ズダローヴィエ》、同志大佐」と乾杯の決まり文句を返すと、ロシアで酒を飲むときのエチケットに従って中身を飲み干し、グラスを前へ置いた。

すかさずローザ・クレップがグラスにシャンパンを注いだ――それも、あふれてテーブルにこぼれるほどなみなみと。

「次は、これからあなたが所属する部局のますますの発展を祝いましょう、同志」そういってグラスをかかげた。砂糖のように甘ったるい笑みが一瞬こわばって、タチアナの反応をうかがっていた。「SMERSH《スメルシュ》に乾杯！」

タチアナは痺《しび》れたようになりながら立ちあがり、シャンパンがたっぷり注がれたグラスを手にとった。「SMERSHに乾杯」といったものの、蚊の鳴くような声しか出なかった。飲もうとしたシャンパンに噎《む》せてしまって、ふた口にわけて中身を飲み干すしかなかった。それからどさりと重たげにすわりこむ。

ローザ・クレッブはタチアナに考える時間を与えなかった。すかさず差しむかいの椅子に腰をおろすと、両の手のひらをテーブルにつけた。「さて、仕事にかかろう、同志」声に命令口調が復活していた。「やるべき仕事はたくさんある」ぐっと前に乗りだして、「この国を出て暮らしたいと思ったことはある、同志？　外国で暮らしたいと思ったことは？」

シャンパンの酔いがタチアナの頭にまわってきた。もっと歓迎できない話がこの先出てくるのかもしれないが、いまは早く出てきてほしい一心だった。

「いいえ、同志。モスクワで満ちたりた暮らしを送っています」

「おや、本当に西側の暮らしがどんなものかと想像したこともないのかい？　たくさんのきれいな服やジャズ、それに最先端の品物のことを？」

「ありません、同志」嘘ではなかった。本当に考えたことすらなかったのだ。

「では、もしわれらが国家から西側で暮らすことを求められたらどうする？」

「もちろん従います」

「喜んで?」

タチアナは肩をすくめ、わずかな苛立《いらだ》ちをのぞかせた。「命令とあれば従うだけです」

クレッブはいったん口を閉じた。次の質問は、女同士の内輪の会話めいた雰囲気があった。

「あなたは処女なの、同志?」

なんということを……タチアナは思った。「いいえ、ちがいます、同志大佐」

湿った唇が照明の光にぬらぬらと濡れ光っていた。

「男性経験は何人?」

タチアナは髪の生えぎわまで真っ赤になった。ロシアの女はセックスについては慎み深く口を閉ざす。ロシアでは性的なるものへの態度は、いまも中期ヴィクトリア朝なみだ。クレッブという女が投げつけてきたこの手の質問にひときわ胸がむかついたのは、これまで会ったこともない国家の役人にこれほど冷たい口調でたずねられたからだった。タチアナはなけなしの勇気を無理にふり絞り、みずからを守りたい一心で黄色い目を見かえした。

「よろしければ、そこまで立ち入った質問をされる理由を教えていただけますか、同志大佐?」

ローザ・クレッブはすっと背すじを伸ばすと、鞭《むち》のように鋭い声でいい返してきた。

「身のほどをわきまえなさい。おまえがここに来たのは質問するためじゃない。どうやらおまえは、だれと話をしているのかを忘れたようだ。さあ、質問に答えろ!」

タチアナは身をすくませた。「三人です、同志大佐」

「いつ？　何歳のとき？」きつい光を放つ黄色い目がテーブルの反対側にすわる女の怯えた青い目をとらえて離さず、命令をくだしていた。

　タチアナはもう泣く寸前だった。「学校にいたときです。十七歳でした。その次の人とは外国語学術院にいたときで、二十二歳でした。三人めは去年です。二十三歳でした。相手はスケートで知りあった友人です」

「では、その三人の名前を教えなさい、同志」ローザ・クレッブは鉛筆を手にとると、メモ帳ともどもタチアナにむけて滑らせてきた。

　タチアナは両手で顔を覆って、わっとばかりに泣きだした。「無理です」しゃくりあげて泣く合間にそういう。「あなたになにをされようと、それぱかりはいえません。そんなことをきく権利はあなたにもないはずです」

「馬鹿も休み休みいうんだね」疳走《かんばし》った耳ざわりな声だった。「わたしが本気を出せば、五分以内にあなたの口から三人の名前を引きだしてみせる——いえ、わたしが知りたいと思えばどんなことでも。おまえはわたし相手に危険な賭けをしているんだよ、同志。わたしの忍耐がいつまでもつづくと思わないように」ローザ・クレッブは言葉を切った。いささか、こわもてに出すぎてしまった。「この件は、さしあたり保留にしよう。でも、あしたには、三人の名前を白状してもらう。三人に危害が与えられることはない。ただ、あなたについて一、二の質問に答えてもらうだけ——ただの型どおりの質問にね。さあ、背すじを伸ばして涙をお拭き。こんな馬鹿げたやりとりはもうたくさん」

ローザ・クレップは立ちあがると、テーブルをぐるりとまわり、立ったままタチアナを見おろした。その声がねっとりと滑らかな響きに変わった。

「さあ、さあ、いい子ね。わたしを信じていいのよ。おまえのささやかな秘密は、わたしがしっかりと守るから。ほら、シャンパンをもっと飲んで、いまの不愉快なひと幕は忘れておしまい。わたしたちは友達同士にならなくては。だって、これからいっしょに仕事をするのだもの。かわいいターニャ――」と、タチアナを愛称で呼び、「これからはお母さまに接するように、わたしに接することを学ばなくてはだめ。ほら、これを飲み干してごらん」

タチアナはスカートのベルト部分からハンカチを抜きだし、目もとを軽く叩いた。それからふるえる手を伸ばしてシャンパンのグラスをとり、うつむいたまま口をつけた。

「いい子だからちゃんとお飲み」

ローザ・クレップは不気味きわまる母あひるのごとくタチアナにのしかからんばかりにして立ったまま、口やかましく励ましの言葉をかけつづけていた。

タチアナはいわれるがまま素直にグラスを飲み干した。逆らおうという気概もすっかり失せて疲れていた。この面接をおわらせ、どこかへ逃げだして眠れるものなら、どんなことでもしたい気分だった。タチアナは思った――尋問テーブルではこれに似たことがおこなわれているのだろうし、クレップは尋問にこんな声をつかうのだろう。たしかに、声は効果を発揮していた。いまのタチアナはもう従順だった。協力する気になっていた。

ローザ・クレッブは椅子にすわると、母親ぶった仮面の裏側から目の前の若い女を値踏みする目つきでながめやった。

「お願いだから、あとひとつだけ、立ち入った質問をさせてちょうだい。女同士の内輪の話よ。あなたは愛の行為が好き？　あれをすると気持ちよくなる？　とっても気持ちよくなるとか？」

タチアナはこのときも両手をあげて顔を覆った。覆った手の裏から、くぐもった声でこう答える。「はい、そのとおりです、同志大佐。愛する人と結ばれれば、それが当たり前で……」と、そこまで話して声が途切れた。これ以上なにがいえただろう？　この女はどんな答えを求めていたのか？

「では、次は相手を愛していない場合を考えてちょうだい。そういう男を相手にした愛のいとなみでも快楽を得られると思う？」

タチアナは煮えきらない態度でかぶりをふった。両手を顔からおろして、その顔を伏せる。髪の毛が顔の左右に重いカーテンのように垂れ落ちた。頭を働かそうとはしたし、大佐の役に立ちたかったが、いまの質問のような場面がどうにも想像できなかった。ただ、いえるのは……。「わたしにいえるのは、相手の男によるのではないか、ということだけです」

「賢明な答えね」ローザ・クレッブはそういうとテーブルの抽斗《ひきだし》をあけて写真を一枚とり

だし、タチアナへむけて滑らせた。「たとえば、相手がこの男だったとしたらどう？」タチアナは、いつ燃えてもおかしくない品を扱うような用心深い手つきで写真を引き寄せた。こわごわと見おろすと、整った顔だちに冷たそうな雰囲気の男の写真だった。タチアナは考えをめぐらそう、想像しようと努めたが……。「なんともいえません、大佐。男前だと思います。この人がやさしければ、あるいは……」いいながらタチアナは不安を覚えつつ、写真を相手へ滑らせてもどした。

「いいの。写真はおまえがもっていなさい。ベッドの横にいつも置いておき、その男のことをあれこれ考えるの。いずれ新しい仕事の場で、その男をもっと深く知るようになる。さしあたっていまは——」四角いレンズの奥で左右の目がぎらぎら光っていた。「その新しい仕事がどのようなものかを知りたくはない？　おまえがロシアのすべての若い女から選ばれたのが、どのような任務のためなのかを知りたい？」

「ええ、もちろんです、同志大佐」タチアナは従順に相手の顔に目をむけた——テーブルの反対側にすわる女の顔は、いまでは猟犬さながらタチアナの顔をとらえていた。

濡れたゴムめいた唇が誘いかけるようにひらいた。「おまえは単純でありながらも喜ばしい任務のために選ばれたんだよ、同志伍長——これこそ本当の〝愛ゆえの仕事〟と呼んでもいいかもしれない。恋に落ちるという仕事。ええ、それだけ。ほかにはなにもしなくていい。おまえの仕事は、写真の男と恋に落ちることだ」

「でも、この男はだれなんです？　会ったこともない男なのに」

ローザ・クレッブの唇が美味をじっくり味わう形になった。いまの質問に答えれば、この馬鹿な小娘も少しは頭をつかって考えだすだろう。

「この男はイギリスのスパイだよ」

「ああ、神さま《ボージェ・モイ》！」タチアナはあわてて片手を口もとにぴしゃりとあてがった——恐怖に思わず口走った罰《ばち》当たりな言葉を封じこめようとしたのだ。タチアナはショックに体をこわばらせてすわり、わずかに酔いのまわった目を大きく見ひらいてローザ・クレッブを見つめていた。

「ええ」ローザ・クレッブは自身の言葉の効果にほくそ笑んでいた。「この男はイギリスのスパイ。そのなかでも、いちばん有名かもしれない。いまこの瞬間を境に、おまえはこの男と恋に落ちる。だから、少しでも早くその立場に慣れたほうがいい。いっておけば、おふざけは禁物だよ、同志。おたがい真剣にならなくては。これはわれらが国家の最重要事であり、おまえはその遂行のために選ばれた人材だ。だから、馬鹿なことはもうしないと腹をお決め。さて、そろそろ具体的に詳細を詰めよう」ローザ・クレッブはいったん黙ってから鋭い口調でつづけた。「いいかげん、その馬鹿丸出しの顔から手をおろしなさい。怖がっている牝牛《めうし》みたいな目つきもやめる。びしっと背すじを伸ばし、わたしの話を真剣にきくこと。そうしなければ、この先もっとわるいことが待ってる。わかったかい？」

「はい、同志大佐」タチアナは急いで背中を伸ばして両手を膝《ひざ》に置いた——情報機関職員の養成学校にいたころそのままだった。頭は上を下への大混乱だったが、いまは自分の問題にかまけているときではない。これまで受けてきた訓練のすべてが、これはわれらが国家のための任務だと告げていた。そう、自分は祖国のために働いている。そして、どうしたことかはいざ知らず、この極秘作戦《コンスピラツィア》の要員として選びだされた。国家保安省職員として、自分は義務を万全に果たすほかはない。タチアナは全神経を集中させ、プロとしての注意力すべてをそそいで話にききいった。

「いまのところは」ローザ・クレッブは形式ばった口調になって話をつづけた。「手短に話すだけにとどめよう。より詳細な話はまたあとで伝える。おまえはこれから数週間にわたって、本作戦のために入念な訓練を受けることになっている——ありとあらゆるシチュエーションにおける適切な行動をおまえが会得するようにだ。外国の生活習慣なども教えられる。美しい衣類も支給される。そしておまえは、誘惑のあらゆる手管《てくだ》を指導される予定だ。そのあとは外国へ——おそらくヨーロッパのいずれかの国へ送りこまれて、例の男と出会う。おまえは男を誘いこむ。そのことで愚《おろ》かしい後悔など無用。おまえの肉体はわれらが国家のもの。おまえが生まれたその瞬間から、国家はおまえを育《はぐく》んできたのだからね。そしていま、おまえはその体で国家に尽くさなくてはならない。ここまでの話はわかったかな？」

「はい、同志大佐」タチアナは答えた。鉄壁の論理につけいる隙はなかった。

「おまえはその後、男ともどもイギリスに入国する。イギリス本土ではまずまちがいなく尋問されるだろうな。ただし、あいつらの尋問など楽に切り抜けられる。イギリス人は苛烈な手段を採用しないからね。おまえには、われらが国家に害をなすことなく尋問を切り抜けるための答え方が教えられる。おまえがカナダへ送られる事態も考えられるね。イギリスでは、ある種の外国籍の囚人をカナダへ移送するんだ。そうなればおまえは救出されて、モスクワに連れ帰られることになる」ローザ・クレッブはタチアナを見やった。タチアナは話のすべてを疑いもせずに受けいれているようだった。「どうだ、ほかと比べれば簡単な任務だろう？　ここまでの話でなにか質問は？」

「そのイギリス男はどうなるんでしょうか。同志大佐？」

「それはわたしたちの知ったことではない。わたしたちにとって、例の男はおまえをイギリスに入国させるための手段にすぎない。本作戦の要諦《ようてい》は、イギリスに虚偽情報を流すことにある。でもね、同志、わたしたちはおまえがイギリスでの暮らしでどんな印象を受けたかを喜んできかせてもらう。だって、おまえのような高度な訓練を受けた知的な女性の報告なら、われらが国家にもすこぶる有用にちがいないからね」

「もったいないお言葉です、同志大佐！」タチアナは重要人物になったような気分だった。ふいに、すべてが心の浮き立つ経験に思えてくる。ただし、自分が首尾よく任務をこなせればの話だ。タチアナはまちがいなく全力を尽くすつもりだった。しかし、それをもってしてもイギリスのスパイを自分になびかせることに失敗したらどうする？　いま一度、男の写真に目を落として、小首をかしげた。たしかに魅力的な顔だちの男だった。先ほどクレッブ大佐が口にした〝誘惑のあらゆる手管〟とは、具体的にはどういうものだろう？

それでなにができるのか？　おそらく役に立つことだろう。

ローザ・クレップは満足顔で立ちあがった。「さあ、もうおたがいに肩の力を抜きましょう。今夜はもう仕事はおわり。わたしはちょっと席を外して着替えてくるから、そのあとはふたりでおしゃべりでもしましょうか。チョコレートをすっかり食べてちょうだい。でないと無駄になってしまうから」ローザ・クレップは手を曖昧に動かすと、なにかに気をとられている表情のまま隣室に姿を消した。

タチアナは椅子の背もたれに体をあずけた。結局はそういうことだったわけか。思っていたほどわるくはなかった。とりあえずひと安心！　この任務に選ばれたのはなんと名誉なことか。それなのに、あんなに怖がっていたのが馬鹿みたいだ！　われらが国家の偉大なる指導者の方々が、骨身をおしまず勤労奉仕している市民、秘密身上調書《ザビースカ》に汚点ひとつない無辜《むこ》の市民に害をなそうと考えるわけがない。ここへきて唐突に、父なる国家への途方もない感謝の念が胸にあふれ、同時にその国家に多少なりとも恩返しのできる機会を手にできたことが誇らしくなってきた。クレップというあの女にしたところで、想像していたほどの悪人ではなかった。

タチアナがなおも喜ばしい気持ちでいまの立場に思いをめぐらせていたとき、ドアがあいて〝クレップというあの女〟当人がそこに姿をあらわした。

「ねえ、いまのわたしをどう思う？」クレップ大佐はぽってり肉のついた両腕を広げ、マネキンのように爪先立ちになったかと思うと、その場でくるりと体を回転させた。ついで片腕をまっすぐ前に伸ばし、反対の腕と肘《ひじ》を曲げ、手を腰にあてがうポーズをつくった。

タチアナの口があんぐりとひらいた。しかし、すばやくその口を閉じて、この場でいうべき言葉を頭のなかでさがしはじめた。

ＳＭＥＲＳＨのクレッブ大佐は、いまオレンジ色で半透明のクレープデシンでつくられたナイトガウンを身にまとっていた。深くえぐれた襟ぐりのネックラインには共布《ともぎれ》で帆立《ほたて》貝の縁《ふち》に似せたスカラップがほどこされ、大きくふくらんだひだ飾りの袖口にも同様のスカラップがほどこされていた。ガウンを透かして見えているブラジャーは、まるでシルクの大きな二輪の薔薇《ばら》だった。下半身にはピンクのサテンでつくられた古風なニッカーズ——膝のすぐ上をゴムで締めるタイプだ。彫像のモデルの基本ポーズをとっているので、片足がナイトガウンの裾を割って外に出ており、そのせいで窪みのある黄ばんだココナッツのような膝頭がにゅっと顔を出していた。足に履いているのはピンクのサテンのスリッパで、駝鳥《オストリッチ》の羽毛でこしらえたポンポン飾りつき。そしてローザ・クレッブは、眼鏡をはずした素顔にマスカラと頬紅と口紅をこってりと塗りたくっていた。

その姿は、いってみれば世界最高齢の世界一醜い娼婦だった。

タチアナは口ごもりながら答えた。「とってもすてきです」

「そうでしょう？」クレッブは囀《さえず》るようにいうと、部屋の隅に置いてある大きなソファに歩みよった。ソファには、けばけばしい民芸調の柄《がら》のタペストリーがかけてあった。壁に押しつけてある背もたれには、いくぶん薄汚れたパステルカラーのサテンのクッションが配してある。

ローザ・クレップは歓喜の黄色い声をあげながらソファに身を投げ、名画で有名な自身のサロンでくつろぐレカミエ夫人のパロディめいたポーズをとった。片手を伸ばし、まがいもののラリック風ガラスの裸女が土台でピンクのシェードがかかったテーブルランプのスイッチを入れた。それから、ソファの自分の隣をぽんぽんと軽く叩いた。

「いい子だから天井の明かりを消して。スイッチはドアの横。消したら、こっちへ来て、ここにおすわり。わたしたちはもっと深く知りあわなくてはならないのだもの」

タチアナはドアに歩みよった。スイッチで天井の照明を消した。ついで片手が意を決したようにドアノブまで落ちた。タチアナはノブをまわしてドアをあけると、ひんやりした空気の廊下に足を踏みだした。前ぶれもなく神経が屈した。ドアを叩きつけるように閉めるとがむしゃらに廊下を駆けだし、追いかけてくる絶叫をきかずにすむように両手で耳をふさいだが、声が追ってくることはなかった。

10　信管点火

その翌朝。

クレップ大佐は、SMERSH《スメルシュ》の本部地下にある広々とした専用オフィスでデスクについていた。オフィスというよりも、作戦本部といったほうがいい部屋だった。壁のひとつは西半球の大きな地図で埋めつくされていた。反対の壁には東半球の大きな地図。デスクの後ろ、手を伸ばせば届くあたりに設置された暗号機〈テレクリプトン〉が、ときおり〝かたかた〟という音とともに暗号電報を平文《ひらぶん》に変換して打ちだしてくる――ビルの屋上に高くそびえる無線用アンテナの下に暗号課の部屋があり、そこにある同一の〈テレクリプトン〉とおなじ動作をしているのだ。おりおりに思いがおよんだときなど、クレップ大佐は長くなりつつある紙テープをちぎって通信文に目を通す。といっても、形ばかりの行為にすぎない。真に重要な用件なら専用電話が鳴るはずだからだ。世界じゅうに派遣されているSMERSHの工作員たちの全員が、この部屋の支配下にあった――一瞬の見逃しもない鋼鉄の支配のもとに。

暗い表情をのぞかせる顔は、肌がくすんで疲れきっているように見えた。羽根をむしった鶏の皮めいた両目の下の皮膚はたるみ、白目は赤く充血していた。

横にある三台の電話のうちの一台が、静かな呼出音を鳴らした。クレッブは受話器を手にとっていった。「その男を通しなさい」

ついでクレッブはクロンスティーンにむきなおった。いまこの男は左側の壁ぎわ、アフリカ大陸の爪先の下にある肘《ひじ》かけ椅子にすわって、なにやら考えこむ顔を見せながら、伸ばしたペーパークリップで歯をせせっていた。

「グラニトスキーよ」

クロンスティーンはゆっくり頭をめぐらせ、ドアに目をむけた。

レッド・グラントが入室し、静かにドアを閉めた。それからデスクまで歩いてくると、その場に立ったまま、自身の上官である大佐の目を従順な――そして飢えているかのような――目で見おろした。男のそのようすにクロンスティーンは、餌をもらうのを待っている屈強なマスチフ犬にそっくりだ、と思った。

ローザ・クレッブは冷徹な目でグラントを値踏みした。「体調は万全で、いますぐ仕事にかかれるか?」

「はい、同志大佐」

「では、おまえの体を確かめよう。服をお脱ぎ」

レッド・グラントは驚いた顔ひとつせずに上着を脱ぎ、周囲を見わたして置き場所をさがしたが、見つからないと床に落とした。それから恥ずかしがりもせずに残りの服を脱いでいき、最後に蹴るようにして靴を脱いだ。金色の体毛をそなえた赤銅色《しゃくどう》のすばらしい体《たい》躯《く》が、くすんだ部屋を明るく照らしたかのようだった。グラントは両手を軽く腰に添え、片膝《ひざ》をわずかに前へ突きだしたポーズ――美術学校で絵のモデルをしているようなポーズ――で、くつろいで立っていた。

ローザ・クレップブは立ちあがり、デスクをまわって裏から出てくると、おりおりにあちこちをつついたり撫でたりして、馬を買う人のように男の肉体を綿密に検分していった。それから男の背後にまわり、つぶさに吟味していく。クロンスティーンは、クレップブが男の前にもどる前に上着のポケットからなにかを抜きだして手に隠したことに気がついた。ちらりと金属のきらめきがのぞいた。

大佐は男の前にもどると、つややかに光る男の腹部のすぐそばまで近づいて右腕を背中にまわし、おのれの目で男の目をしっかりととらえた。

それからクレップブはいきなり恐ろしいほど俊敏に右手をふり動かし、肩の重みのありったけをこめた拳をグラントの鳩尾《みぞおち》へ正面から正確に叩きこんだ――しかもその右手には、真鍮《しんちゅう》製のごついナックルダスターがはめられていた。

ばしっ!

グラントは驚きと痛みに、しゅっと鼻息めいた声を洩《も》らした。膝が崩れかけたが、すぐに体勢をもちなおす。痛みに目をきつくつぶっていたのは、ほんの一瞬だった。ついでグラントは瞼《まぶた》をひらくと、四角い眼鏡のレンズの奥からさぐるように自分を見つめている冷たく黄色い目を、憤激に赤く燃えるまなこで、にらみおろした。なみの男なら地面に倒れて悶絶すること必至のクレッブの一打を食らっていながら、グラントには——胸骨のすぐ下の皮膚に赤い打ち身が浮かんでいる以外は——なんの悪影響も見られなかった。

ローザ・クレッブは凄みのある笑みをのぞかせた。ナックルダスターをはずしてポケットにしまい、デスクまで引き返して椅子に腰を落ち着けると、デスクの反対側にいるクロンスティーンにいささか得意げな顔をむけた。「少なくとも体はそれなりに鍛《きた》えているようね」

クロンスティーンは生返事をした。

裸の男は内心ひそかに満足したのか、にやりと笑っていた。片手をもちあげて腹部をさすっている。

ローザ・クレッブは椅子にもたれ、考え深げな顔でグラントをじっと見つめていた。しばらくしてから口をひらいて——「同志グラニトスキー、おまえに仕事を命じたい。重要な任務だ。おまえがこれまで経験したどんな任務よりも、さらに重要な任務だぞ。成功すれば勲章の授与はまちがいない」この言葉にグラントが目をぎらりと光らせた。「なぜなら標的が一筋縄ではいかない難物で、おまけに危険な人物だからだ。この任務のために、おまえは外国へ行くことになる。それも単身で。その点はわかったな?」

「はい、同志大佐」グラントは昂奮《こうふん》していた。いよいよ、大きく前進できるチャンスだ。どんな勲章がもらえるだろうか? レーニン勲章か? グラントは真剣に相手の話にききいった。

「標的はイギリスのスパイだ。イギリスのスパイを殺すのなら本望だろう？」

「ええ、本望どころじゃありませんよ、同志大佐」グラントの意気ごみは本物だった。イギリス人を殺せるのは願ってもないことだ。あの国のクソ野郎どもに、きっちり借りを返してやらなくてはおさまらない。

「おまえにはこれから数週間の訓練と準備期間が必要だな。今回の任務では、おまえはイギリス人工作員の身分を装うことになっている。いまのおまえは立ち居ふるまいも見た目も野暮ったい。だからおまえには多少なりとも英国――」クレップは小馬鹿にする声音で、わざと珍妙な発音をした「――珍士《チエントルマン》の流儀を学んでもらう必要がある。これからおまえの身柄は、われわれが当地に確保している某イギリス人に委ねられる。もともとはロンドンで外務省に所属していた珍士《チエントルマン》だ。おまえがイギリス人スパイとして通用するように教えこむのが、このイギリス男の仕事だ。わが国ではいろいろな種類の人材を確保しているのだよ。なに、それほどむずかしいことじゃない。おまえにはそれ以外にも多くのことを学んでもらうよ。作戦開始は八月末の予定だが、おまえの訓練はただちに開始される。やるべき課題がどっさりあるからだ。さあ、服を着て副官に報告をしにいきなさい」

「はい、同志大佐」グラントはここで質問をしてはいけないことをわきまえていた。裸身にそそがれているクレップの視線をものともせずに手早く服を身につけると、上着のボタンをかけ、ドアに歩み寄ってからふりかえった。「ありがとうございました、同志大佐」

ローザ・クレップはいまの面接の件をノートに記録していて、返事もしなければ顔をあげもしなかった。グラントは室外へ出ていき、静かにドアを閉めた。

クレップはペンを投げ、椅子の背もたれによりかかった。

「さてと、同志クロンスティーン。計画実行へむけてあらゆる部署をフル稼働させる前に、話しあっておくべきことがまだ残ってはいませんか？　最高会議幹部会が標的の人選を承認し、死刑執行命令書を認可した件は話しておくべきでしょうね。あなたが作成した計画の概略を、わたしからグルボザボイスチコフ同志大将に報告しました。大将は賛成しています。計画実行の詳細な部分については、すべてわたしに一任されています。計画の立案と実行両面にわたる合同スタッフの選出もすでにすませて、いまは仕事にかかるのを待っている状態。さて、最後になにか思いついたことはありますか、同志？」

すわっているクロンスティーンは両手の指先同士を触れあわせたまま、天井を見あげていた。クレップ大佐のへりくだっているような口調にも頓着《とんちゃく》しなかった。こめかみの血管がぴくぴくと脈搏《う》って、精神を集中している状態であることを示していた。

「さっきのグラニトスキーという男だが、信頼できますか？　外国へ送りこんでも大丈夫というくらい信頼できる？　自分勝手に走らないと断言できますか？」

「あの男はもうかれこれ十年近く、ずっとテストされてきたようなもの。脱走するチャンスは、これまでにもたくさんありました。逃げだしたがっている徴候があるかどうか、もうずっと監視されてます。それでも、わずかでも怪しいそぶりを見せたことは一度もありません。あの男がソビエト連邦を捨てるようなことはぜったいにない――麻薬中毒の患者がコカインの供給元をぜったいに捨てないのとおなじです。あの男はわたしの部下のなかではいちばん優秀な死刑執行吏《しっこうり》。あの男以上の人材はいません」

「それからこっちの女。ロマノヴァ。満足できる人材ですか？」

クレップ大佐は悔しさをにじませながら答えた。「まず申し分のない美人です。わたしたちの目的にかなうでしょう。処女ではないけれど上品ぶっていて、まだ性的に熟しきってはいません。命令には従うはず。英語は見事なものです。今回の任務とその目的については、わたしからそれなりの話をきかせてあります。協力的ですよ。仮にためらうそぶりが見えたところで、わたしには未成年者も含めて、あの女の親族たちの住所の手控えがあります。いずれは、あの女が過去につきあった男たちの氏名も割りだせるはず。必要とあれば、任務を完遂するまで、その人たちを人質にとってやると申しわたせばいい。あの子は情愛ゆたかな性格です。だから、そんなふうにほのめかすだけで充分なはず。とはいえ、あの子がトラブルの火種になるとは思っていません」

「ロマノヴァ。これは前時代《ブイヴシー》の人間の苗字じゃないですか――ええ、過去の連中の苗字だ。これほど慎重を要する作戦の実行者に、あのロマノフ家とおなじ苗字の者をつかうのは常道から外れています」

「たしかにあの女の祖父母は、かつてのロマノフ王朝の遠縁にあたっています。でも、あの子自身は前時代《ブイヴシー》の者たちのあつまりに出入りしたりしていません。いずれにしても、わたしたちの祖父母はみんな前時代《プィヴシー》の者たちです。これぱかりは、だれにもどうにもできません」

「まあ、われわれの祖父母はロマノフ姓を名乗っちゃいませんでしたがね」クロンスティーンはそっけなく答えた。「それでも現時点では、あなたは満足しているわけだ」つかのま考えをめぐらせ、「それから標的のボンドという男。もう所在は割りだせたんですか？」

「ええ。国家保安省のイギリス国内情報網から、ボンドはロンドンにいるという報告を受けてます。昼間は本部オフィスに行き、夜はロンドン市内のチェルシーという区域にある自宅フラットで寝ているとのことです」

「それはいい報告だ。このままあと何週間か、おなじような暮らしをつづけてくれればいうことなしですね。そうなれば、特段なんの任務にもついていないということになります。もしそうなら、向こうの組織がにおいを嗅ぎつけたとき、首尾よく目的の男にこちらの餌を追わせることもできましょう。それまでのあいだ──」クロンスティーンの物思わしげな黒い瞳はあいかわらず天井の一点を凝視していた。「──わたしのほうは海外のどの国の支局をつかうのが適切だろうかと考えていました。それで、最初の接触地点としてはイスタンブールが最適だと結論づけました。あそこにはわが党のすぐれた支局があります。イギリスの秘密情報部は規模の小さな出張所にすぎません。責任者はそこそこ優秀な男だと報告されてます。まあ、この男は抹殺してしまいましょう。イスタンブール支局は地理的にもわれわれに好都合です──ブルガリアにも黒海沿岸にも近く、往還しやすいのでね。

そしてロンドンからは比較的遠い。わたしはいま暗殺地点の詳細や、例の女と接触したボンドという男を暗殺地点に引き寄せる方法を考えているところです。フランス国内、あるいはその近傍地がいいでしょうな。フランスのマスコミには、よく働くこっちの手の者をもぐりこませてあります。連中にまかせれば、せいぜい派手に騒ぎ立ててくれますよ――セックスがらみのスパイ活動をセンセーショナルに暴露する記事でね。あとはグラニトスキーを舞台に登場させるタイミングを決めなくてはなりません。こまかい問題もいくつか残ってます。撮影スタッフやほかの工作員を選抜して、隠密裡《り》にイスタンブール入りさせなくては。といっても、支局にあまり多くの工作員が詰めかけるとか人員でごったがえすとか、いつもとちがう活動をするとかいう事態は避けなくてはなりません。それから本作戦行動の遂行中は、トルコ国内との無線通信はぜったいに平時の状態を維持するよう関係部署全部にあらかじめ警告しておく必要もあります。イギリスで通信傍受している連中に、こちらの動きを嗅ぎつけられたらことだ。暗号課からは、暗号機〈スペクター〉の筐体《きようたい》だけなら敵に引きわたしても機密保安上の問題にはならないとの承諾をもらっています。魅力的な餌になるでしょうな。暗号機は特殊機器課にまわされるでしょう。連中は準備のために操作しようとするはずです」

クロンスティーンは口をつぐんだ。その視線がゆっくりと天井からおりてきた。考えこんでいる顔つきで立ちあがると、クレッブ大佐の油断ない食い入るような目をのぞきこんだ。

「いま考えつくことはこれだけですね、同志」クロンスティーンはいった。「この先こまかな問題がたくさん出てくるでしょうが、その都度ひとつずつ対処していけばいい。しかし、作戦そのものは支障なく開始できると思います」

「わたしもおなじ意見よ、同志。これでこの件を実地に前へ進められる。必要な命令があれば、わたしから発令しておきます」耳ざわりで横柄《おうへい》な声がふっとやわらぐ。「あなたの協力には感謝してるわ」

　クロンスティーンは返礼に頭をほんの少しだけ下げた。それから体の向きを変えて、忍びやかに退出していった。

　静寂のなかで、〈テレクリプトン〉がベルのような警報音をあげ、つづいて〝かたかた〟と機械ならではのおしゃべりをはじめた。ローザ・クレッブは椅子にすわったまま体を動かして一台の電話に手を伸ばすと、ある番号をダイヤルした。

「はい、作戦遂行部」男の声が応じた。

　色の淡いローザ・クレッブの目が、部屋の先の壁に貼られた地図でピンクに塗られているイギリスをとらえ、きらりと光った。濡れた唇が上下に割れた。

「こちらはクレッブ大佐。イギリス人スパイのボンドを標的とした極秘作戦《コンスピラツィア》。これより作戦開始」

第二部　作戦実行

11　ぬるま湯暮らし

ぬるま湯暮らしが贅肉たっぷりの両腕になって首に巻きつき、じわじわとボンドを絞め殺そうとしていた。もとより戦いを好む男だからこそ、一定の期間にわたって戦いの機会がないだけで意気が衰えてしまうのだった。

そしてボンドが仕事をする専門の分野では、ほぼ一年近くも平和の治世がつづいていた。その平和がボンドを殺しつつあった。

八月十二日の木曜日、ボンドは朝の七時三十分、キングズロードから少しはずれた街路樹のプラタナスがならぶ一角にある快適なフラットで目を覚ました。目を覚ますなり、きょうもまた徹底して退屈が支配する一日になるという見通しに辟易《へきえき》させられた。世界には少なくともひとつ、〝怠惰〟を大罪の筆頭にあげる宗教があるが、退屈は――とりわけ目覚めるなり退屈を感じるという珍しい立場は――ボンドが心底嫌悪する唯一の悪徳だった。

ボンドは手を伸ばして、ベルを二回鳴らした。得がたいスコットランド人家政婦のメイに朝食を運んできてもいいと伝える合図だった。ついでボンドは一枚きりのシーツを一気に引き剝《は》がして裸身をあらわにすると、足をベッドから床へふりおろした。

退屈への対処法はただひとつ――自分を退屈の外へ蹴りだすことだ。ボンドは床に両手をつくと、ゆっくりとした腕立て伏せを二十回おこなった。一回に時間を充分かけて筋肉に負荷をかける。やがて両腕がこれ以上痛みに耐えられなくなると、今度は仰向けになって両腕を体側《たいそく》に沿って伸ばし、腹筋が悲鳴をあげるまで、両足をもちあげるライイング・レッグ・レイズをくりかえした。そのあとは立ちあがって、両手を爪先につける屈伸運動にとりかかり、さらに深呼吸を組み合わせた腕と胸のエクササイズをつづけているうちに気が遠くなってきた。肉体の酷使にぜいぜいと荒い息をつぎながら、ボンドは白いタイルのバスルームへ行ってガラス張りのシャワーブースにはいり、まず極端に熱い湯を浴びてから、強い水流で冷水を五分ほど浴びた。

そのあとひげ剃《そ》りをすませ、紺青《こんじょう》色の海島綿のノースリーブシャツを着て、ウールトロピカル地の濃紺のスラックスを穿《は》き、裸足《はだし》に黒革のサンダルをつっかけると、ボンドは――一時的とはいえ――体内から汗とともに退屈をも一掃したことに満足しながら、寝室を通りぬけて大きな窓のある居間に足を踏み入れた。

鉄灰色の髪で目鼻立ちのととのった中年のスコットランド人女性のメイが朝食一式を載せたトレイをもって部屋にはいってきて、タイムズ紙ともども窓辺のテーブルに置いた。ちなみにボンドが読む新聞はタイムズ紙だけだ。

ボンドはメイに〝おはよう〟の言葉をかけると、朝食を前にしてすわった。

「おはようございますぅ」（ボンドから見たメイの格別好ましい点は、挨拶につきものの

〝サー〟という敬称を――数年前にこの件でメイをからかったことがあったが、相手がイギリス国王かウィンストン・チャーチルでないかぎり――決してつかわないところにあった。ただし例外として敬意をいだいていることを示すために、メイはおりおりにボンドへの言葉の末尾をわずかに伸ばして、〝サー〟の代わりにしていた)

ボンドが新聞中央のニュースのページをひらいて半分に折り返すあいだ、メイはテーブルの横に控えていた。

「例の男がゆうべまたテレヴィージョンの件といって、こちらへやってきました」

「例の男とはだれのことかな?」ボンドは新聞の見出しにざっと目を通した。

「しょっちゅう、こちらに来る男です。六月からこっち、もう六回もここへ来て、わたしにしつこくつきまとうんです。それで最初に罰当たりな言葉をかけてやりました――そうすれば、もう二度と売りこみに来ないと思うじゃないですか。でも、それどころか分割払いでもいいから買ってくれですよ!」

「その手のセールスマンはしつこいと決まっているからね」ボンドは新聞をおろして、コーヒーポットに手を伸ばした。

「ゆうべはこっちも考えを正直にいってやりました。よそさまを夕食どきに訪ねて邪魔するなんてもってのほかだ、と。なにか書類のようなものをもっているかともたずねました――どこの何者かがわかるような証明書をね」

「それが決め手になって追い返せたわけだ」ボンドは大きなカップのふちぎりぎりまでブ

ラックコーヒーを注いだ。

「ところがその反対。労働組合員証を出してきましたよ。自分は食い扶持《ぶち》を稼ぐためのあらゆる権利がある、なんていってね。電気工事士組合と書いてありました。どうせ共産主義者のあつまりなんでしょうねぇ？」

「ああ、そうだね」ボンドは生返事をした。精神が鋭さを増していた。やつらがこちらの動向を見張っているということがあるだろうか？　ボンドはコーヒーをひと口のんでカップをもどした。「それで、男は正確にはなにをどう話していたのかな、メイ？」なるべく無関心な口調を装いはしたが、質問しながらメイの顔に目をむけていた。

「男は、空き時間にテレビを売り歩いて歩合を稼いでいると話してました。それから、このうちにテレビが要らないというのは本当かともたずねてきました。このあたりで家にテレビがないのはうちだけだ、とも話してました。ほら、あのアンテナとかいうのが屋根に立ってないのを見ればわかる、って。それからいつも決まって、あなたが在宅してるか、家にいるのならひとこと話をさせてほしいともいいます。なんて面《つら》の皮が厚いことか！　あなたが出かけたり帰ったりするのを待ち伏せしようって気を起こしてないのが、かえって驚きなくらいです。だっていつも、そろそろあなたがお帰りになるころか、ってわたしにきくんですからね。ええ、そりゃもちろん、あなたさまの暮らしぶりなんか、ひとことだって話すもんですか。あそこまでしつこくなかったら、それなりにまともで、穏やかな話しぶりなんですが」

ああ、そういうことでもおかしくない――ボンドは思った。ある家の主人が在宅か留守かを確かめる方法はいくらでもある。家の使用人の顔つきや反応――ひらいたドアの隙間へ投げる視線などだ。フラットの主人が留守にしていれば、「旦那さまは留守ですので、あなたは時間を無駄にしてるだけですよ」というあたりが適切な答え方だ。保安課に報告しておくべき案件か？　ボンドは苛立《いらだ》ちまじりに肩をすくめた。どうだっていい。結局はなんでもなかったとなるかもしれない。だいたい、やつらがおれに関心をむける道理があるだろうか？　仮にこの件でなにかがあるにしても、保安課なら引っ越し先のフラットの手配は造作もないことだろう。

「今回はきみのおかげで、男も怖気《おじけ》づいて逃げていったんだ」ボンドは笑顔でメイを見あげた。「金輪際、そいつの顔を見ることもないだろうよ」

「そ、そうですねぇ」メイは疑わしく思っていることが明らかな声でいった。いずれにせよメイは、〝何者かが家のまわりをうろついている〟場合にはボンドに報告するという義務を果たした。メイは古風な黒いメイド服の衣擦《きぬず》れという囁《ささや》き声をあとに残し、せかせかと立ち去った。ちなみにこの炎暑の八月のさなかでも、メイはメイド服をきちんと着るといってきかなかった。

ボンドは朝食を再開した。いつもなら、風に吹かれる藁《わら》のような些細な動きでも、頭のなかでしつこく鳴りやまない〝ちくたく〟という直感の警戒音の引金になったりもする。またほかの日だったら、共産主義者がつくる組合の男がくりかえしこの自宅を訪ねてくる謎を解いておかないことには落ち着けなかったはずだ。しかし数カ月も出番がないまま放置されていた剣は鞘《さや》のなかで錆《さ》びつき、ボンドの警戒心もすっかりゆるんでしまっていた。

一日の食事のうち、ボンドはこの朝食をもっとも好んでいた。ロンドンに滞在しているあいだ、朝食のメニューは変わることがなかった。アメリカのケメックス社のコーヒー豆をニュー・オックスフォード・ストリートの〈デ・ブリー〉で買い、それをきわめて濃く淹《い》れたコーヒー。これをボンドはいつも大ぶりのカップで二杯、砂糖を入れずにブラックで飲む。卵は一個——きっかり三分半茹でたものを、金の縁飾《ふちかざ》りがほどこされた紺青色のエッグカップに立ててもらう。

斑点が散っている茶色い新鮮な卵は、田舎に住んでいるメイの友人が飼っているフランス産のマラン種の鶏《にわとり》が生み落としたものだった(ボンドは白い卵を毛ぎらいするなど、いろいろ細かなことにうるさい男だが、そのくせ、世の中には完璧な茹で卵があるという自分のこだわりについては我ながら妙なものだ、と思っていた)。そのほか、全粒粉のパンの分厚いスライスのトーストを二枚、大きな壺に入れてある濃い黄色のジャージー産バター、いずれも四角いガラス容器におさめたティプトリー社の〈リトル・スカーレット〉という苺《いちご》ジャム、フランク・クーパーズの〈ヴィンテージ・オレンジ・マーマレード〉、そしてフォートナム&メイソンで買い求めたノルウェー産のヒースの花の蜂蜜。コーヒーポットとトレイに載せられた銀器類はアン女王時代の品で、陶磁器はミントン製だ——その紺青と金色と白はエッグカップと共通していた。

この日の朝、ボンドは蜂蜜で朝食をしめくくりながら、いまの無気力で沈んだ気持ちの当面の原因を特定していった。真っ先にあげられるのは数カ月の楽しい日々を恋人として過ごしていたティファニー・ケイスが、ボンドを残して家を出ていったからだし、最後にはティファニーがホテルに逃げこんで出てこなくなり、ボンドに苦しい数週間を過ごさせたあげく、七月末にアメリカへ旅立ってしまったこともある。未練はつのり、ティファニーのことはまだ必死に考えまいとしていた。おまけにいまは八月でロンドンはやたらに蒸し暑い。本来なら休暇をとれるはずだが、どこかへひとり旅をする気分にもなれず、だからといってティファニーの代役として旅に同行させるつなぎの女をさがす気力もなかった。そんなこんなでボンドはいま人員の半分が休暇をとっているような秘密情報部の本部オフィスに顔を出し、昔からの決まり仕事でただ時間をつぶしていた――つまり秘書と軽口を叩きあったり、同僚たちを苛立たせたりしていたのだ。

さしものMでさえ、ひとつ下のフロアの檻《おり》に閉じこめられているこの不機嫌な虎に我慢がならなくなって、この週の月曜日にボンドをトループ主計大佐が率《ひき》いる調査委員会の一員にするという、厳しい語調の手紙をよこしてきた。手紙には、ボンドも秘密情報部所属の上級将校として、そろそろ組織管理上の大きな問題にもかかわったほうがいいとも書いてあった。それに、いまはほかに手のあいている職員もいない。本部は人手不足、００《ダブル・オー》班はひまで無風状態も同然だった。ボンドはこの日の午後二時半に四一二号室に出頭することになっていた。

いちばんやかましく小言をいってよこし、いまの自分の鬱々《うつうつ》たる気分の直接の原因になっているのは――この日最初のタバコに火をつけながらボンドは思った――トループ大佐にほかならない。

大きな組織には、オフィスの専制君主で怪物めいた存在、働くスタッフ全員から心底きらわれている人物がかならずひとりはいる。こうした人物は本人が意識しないまま、どこの組織にもある憎悪や恐怖を一身にあつめる避雷針という重要な役割を果たしている。それればかりか、そのたぐいの人物は周囲の憎しみや恐れを自分ひとりに集中させることで、その種の感情の破壊力という影響を抑制しているのだ。通常その任につくのは、総支配人や管理部門の責任者などである。当人はこまごました物事に目を光らせる番犬という、必要欠くべからざる人材だ――少額の現金、暖房や照明、洗面所のタオルや石鹼《せっけん》、備品の文房具や食堂、休暇のローテーション、それにスタッフの勤務時間管理など。またオフィスの快適さやそのための設備などの実権を握っているのもその人物だし、その権限は組織に所属する男女の私生活や個人としての習慣にまでおよぶ。こうした職につくことを望み、必要な資質をそなえているとなれば、その人物は他人を苛立たせたり消耗させたりする特質のもちぬしにちがいない。さらにはけちで、やたらにこまかい点にまで目が行き届き、穿鑿《せんさく》好きで几帳面。四角四面の規則好き、おまけに他人の意見など耳に入れない。小さな独裁者そのものだ。うまく動いている組織には、その種の人物がひとりはいる。秘密情報部においては、元海軍主計局の大佐で管理部長をつとめているトループがその人物であり、本人の言葉を引けば〝この組織をすっきりきれいに整頓すること〟こそ使命なのだそうだ。

トループ大佐の職務の性質上、大佐と組織の大半の面々とのあいだに葛藤《かっとう》が生じるのも、やむをえないことだった。しかしMがこの特異な委員会の議長を選任するにあたっては、ほかにだれもおらず、トループ大佐にするしかなかったことは、ひときわ不幸なめぐりあわせだったといえよう。

というのも今回の調査委員会の審問対象は、扱いに慎重を要する複雑な問題であるバージェス&マクレーン事件であり、またそこからどのような教訓が得られるかという点だったからだ。Mは五年前にこの事件についての自身のファイルを閉じて調査をおわらせたが、いまさら調査の再開をいいだしたのは、ひとえに一九五五年に首相が命じた枢密院委員会による秘密情報部の調査を手加減させるための、いわばご機嫌とりでしかなかった。

そのおりにボンドは、秘密情報部に〝知識人たち《インテリ》〟を雇いいれるかどうかという問題でトループを相手にした勝ち目のない取っ組みあいにたちまち巻きこまれた。

ボンドはひねくれた性格そのままに——おまけに相手を苛立たせると百も承知のうえで——以下のような提案をした。もし陸軍情報部第五課《MI5》と秘密情報部が本気で原子力時代の〝知識人スパイ〟のことを案じているのなら、両組織は彼らに対抗するためにもそれなりの人数の知識人たちを雇いいれる必要がある、と。

「インド派遣軍の将校あがりには——」ボンドはそう公言した。「バージェスやマクレーンのような連中の思考プロセスは、逆立ちしても理解できないね。だいたいあの手合いは、あのふたりのような人種が世の中にいることも知らない——ましてや、知識人たちのあつまりに頻繁に出入りして、彼らの友人たちの顔ぶれや秘密までも把握するなんて最初から考えもしない。バージェスやマクレーンがひとたびロシアへ行ったあとで彼らに連絡をとるとか、万一彼らがロシアに飽き飽きしたとして二重スパイに仕立てあげようとしたら、ふたりときわめて親しい友人たちをモスクワなりプラハなりブダペストなりへ送りこみ、あとは連中が石の城塞から脱出して連絡してくるのを待てと命じておくしかない。いずれふたりのどちらか——おそらくバージェスだろう——[原注]が孤独に耐えかねてか、だれかに身の上話をしたい一心で連絡をとろうとしてくるだろうよ。それでもあのふたりだったら、トレンチコートを着てカイゼルひげもどきをたくわえた平均以下の知性しかない連中の前に姿をあらわそうと思うはずはないね」

「お説まことにごもっとも」トループは氷のように冷たい声でいった。「つまりきみは、われらが組織に長髪のなよなよした変人どもを雇いいれるべきだと主張しているわけか。まったくもって独創的な卓見であることよ。わたしはてっきり、ホモセクシュアルは保安上のリスクのなかでも最悪だという点で意見の一致を見るものとばかり思っていたのだがね。アメリカ人が、浴びるように香水をつけているホモの男たちに原子力がらみの機密情報を気前よく横流ししているとはどうしても思えん」

「知識人すべてがホモセクシュアルとはかぎらないね。そもそも知識人の大半は、長髪どころか禿《はげ》だ。まあ、わたしがいっているのはただ……」

とまあ、過去三日のあいだ議論はそんな具合に散発的につづき、ほかの委員たちは、程度の差こそあれトループに同調していた。そして迎えたきょう、委員会では提言書をまとめなくてはならず、ボンドは少数意見書の提出という不人気な真似をあえてするべきかどうかと考えていた。

　午前九時、自宅フラットを出て階段を降り、車にむかいながらボンドは思った——そもそも自分はこの問題について、どこまで真剣に考えていたのか？　ちっぽけなことにこだわり、へそを曲げていただけではないか？　自分を〝ひとりだけの反対者〟の立場においたのも、なにかに嚙みつきたかったからにすぎないのでは？　退屈が高じるあまり、所属組織内でみずから〝目の上のたんこぶ〟役を買ってでるよりましなことを思いつけなかったのでは？　ボンドは心を決めかねていた。気持ちが落ち着かず優柔不断になっていた。しかもそのすべての裏側には、原因をはっきり特定できないまま、しつこくつづく胸騒ぎのようなものが宿っていた。

　セルフスターターのスイッチを押し、二本ならんだベントレーの排気管が〝ばたばた〟といううなり音とともに目を覚ますと、ボンドの頭にどこからともなく、まがいものの名句じみた言葉が浮かんできた。

「神々はその滅ぼさんとするものとして、まず退屈をつくりたまえり」

原注　一九五六年三月執筆（I・F）。

12　たやすい仕事

結局、ボンドが委員会の最終提言書の件で決断を迫られることはなくなった。

秘書が着てきた新しい夏物のワンピースを褒め、そのあと夜のあいだに届いた電報のファイルに半分ほど目を通したところで、Mかその首席補佐官にしか通じていない赤い電話機が、静かだが拒絶を許さない呼出音を鳴らしはじめたのだ。

ボンドは受話器をとりあげた。「はい、007号」

「いま上へ来られるかな?」首席補佐官の声だった。

「Mか?」

「いかにも。しかも長くかかりそうだ。トループには、きみが委員会には出席できそうもないと伝えてある」

「用件の見当はつくかい?」

首席補佐官は含み笑いを洩《も》らした。「まあ、それなりに見当はついてるよ。だが、きみが直接ボスから話をきくほうがいい。思わず背すじが伸びるぞ。ずいぶん突拍子のない話なんだ」

上着に袖を通して廊下に足を踏みだし、力まかせにドアを閉めながら、ボンドはスタートの合図の銃が発砲されて無為の日々がおわったにちがいない、と強く感じていた。最上階へあがっていくエレベーターのなかにも、Mづきスタッフのオフィスにむかうべく歩いた静かな長い廊下にも、これまで例の赤い電話が鳴ったときと同様、なにか重大なことになる雰囲気が満ちていた——そして赤い電話は、Mが選んだ世界の遠い目標地点めがけて、爆薬を積載したミサイルよろしくボンドを発射する合図にほかならなかった。Mの個人秘書をつとめるミス・マネーペニーは、きょうも内心の昂奮《こうふん》と秘密を心得たといいたげな光を目にのぞかせながらボンドに笑顔をむけ、インターフォンのボタンを押していった。

「007号がまいりました」

「通したまえ」金属的な声がいい、入室禁止を示すドアの上の赤いライトがともった。

ボンドはそのドアを通り抜け、静かにドアを閉めた。部屋はひんやりとしていた——いや、窓にかかったヴェネチアンブラインドが冷たさを感じさせているだけか。ブラインドは光と影の縞《しま》模様を暗緑色のカーペットに投げかけ、その模様が部屋中央にある大きなデスクのへりで途切れていた。日光が途切れているので、デスクの反対側に控えている静かな人影は緑色の影で満たされた池に沈んでいた。デスクの真上の天井では最近Mの発案で設置された二枚羽根の大きなシーリングファンがゆっくりと回転し、リージェンツ・パークを見おろせるこの高さにあっても、なおむせかえるように熱い八月の空気を——一週間つづいている熱波の影響でねっとりと澱《よど》んだ空気を——かきまわしていた。

Mは赤い革のデスクマットをはさんで反対側にある椅子をさし示した。ボンドは椅子に腰をおろすと、デスクの反対側にいる海の男の皺《しわ》だらけの顔にのぞく穏やかな表情をまっすぐ見つめた――ボンドが愛して崇敬してやまず、その命令には逆らえない男だ。

「ジェームズ、プライバシーに立ち入った質問をしてもいいだろうか?」Mが部下の私生活がらみの質問をしたことはないので、どんな質問が出てくるのか、ボンドにも見当がつかなかった。

「ええ、かまいません」

Mは大ぶりの銅の灰皿からパイプを手にとり、刻みタバコを詰めはじめた――なにやら考えをめぐらせている顔で、タバコを扱っている指先を見つめている。ついでMはきつい語調で話しはじめた。「無理に答える必要はないが、質問はきみの……その……友人であるミス・ケイスの件だ。知ってのとおり、ふだんのわたしはこの種の問題には関心をもたない。しかし、きみとこの女性が例のダイヤモンドがらみの一件以来……ええと……ずいぶん頻繁に会っているという話をたまたま小耳にはさんでね。きみたちが結婚するんじゃないかと話す向きもあるらしい」ちらりと目をあげてボンドを見てから、また視線を下へ落とす。タバコを詰めたパイプをくわえ、火をつけたマッチを近づける。揺れ踊る炎をパイプへ吸いこむようにしながら、Mは口の端だけを動かしてつづけた。「その件について、わたしに話す気はあるかな?」

これはどうしたことだ? ボンドは思った。オフィスでの噂話にはうんざりだ。ボンドは無愛想に答えた。「ええ、順調な交際でしたよ。いずれは結婚してもいいかもしれないとも思っていました。ただ、そこでミス・ケイスはアメリカ大使館のある男と出会いましてね。大使館づき武官。海兵隊の少佐です。きくところでは、その男と結婚するつもりらしい。それどころか、ふたりはもうアメリカへ帰国ずみです。こうなって、かえってよかったのでしょう。国際結婚というやつは、巧《うま》くいくほうが珍しい。相手の男も気立てがいいという話です。ミス・ケイスにとっても、そのほうがロンドン暮らしよりもいいんです。こっちでは心からくつろげることがありませんでした。いい子なんですが、いささか神経質な面があるんです。ずいぶん喧嘩もしました。まあ、わたしがわるいんでしょう。いずれにせよ、過ぎたことです」

Mは口もとではなく、もっぱら目を輝かせる例の笑みをちらりとのぞかせた。

「別れたとは気の毒だったね、ジェームズ」そういったMの声に同情の響きはなかった。もとよりMはボンドの〝女道楽〟を決して快く思ってはいなかったが、一方ではそんな偏見が、ヴィクトリア朝に生まれ育った者ならではの過去の遺物であることもわかっていた。しかしボンドの上司としては、この部下がひとりの女のスカートだけに永遠に縛りつけられてしまう事態はとうてい歓迎できなかった。「しかし、それがいちばんよかったのかもしれないぞ。われわれのような稼業の者は、神経質な女とかかわりあうものじゃない。きみにわかるかどうかは知らないが、その手の女は〝銃をかまえる手にぶらさがる〟ような真似をしかねない。こんな質問をしたわたしをどうか大目に見たまえよ。新たにもちあがった件を話す前に、まずその答えをきいておかなくてはならなくてね。じつに奇妙な事態なんだ。きみがもうじき結婚するとか、それに類した立場だったら、どうにもこうにも任せにくい仕事のはずだからね」

ボンドは頭を左右にふり、話のつづきを待った。

「それならいい」Mはいった。声に安堵の響きがあった。ついで椅子にもたれ、せわしなく数回つづけてパイプを吸って火が消えないようにした。「なにがあったかを話そう。きのうイスタンブールから長文の電報が届いた。火曜日にトルコ支部の支部長がタイプライターで打たれた匿名《とくめい》の手紙を受けとったという内容だ——手紙には、午後八時にガラタ橋を出発するボスポラス海峡行きのフェリーに往復チケットで乗船せよと書いてあった。ほかにはなにも書かれていなかった。支部長はなかなか冒険心のある男でね。当然、そのフェリーに乗って、船首あたりの手すりにもたれて待っていた。出航から十五分ばかりしたころ、若い女がふらりとあらわれて隣に立った。女はロシア人で、支部長がいうには、なかなかの美人だったそうだ。ふたりはしばらく景色だのなんだのを話題にしていたが、女が途中でいきなり会話を別の方向へむけ、にわかには信じられないような話をきかせてきた、ということだ」

Mはいったん言葉を切り、またしてもマッチの炎をパイプへむけた。ボンドは口をはさんだ。「トルコ支部長はなんという男ですか？　これまでトルコで仕事をしたことがないもので」

「ケリム、ダルコ・ケリムという男だ。父親はトルコ人で母親はイギリス人。すばらしく仕事のできる男でね。戦前から支部長をやってる。世界のどこをさがしても、あれだけ優秀な人材はめったにいないね。いい成果をあげている。この仕事に惚れこんでる。きわめて知的で、あのあたりのことは掌《たなごころ》を指すように知りつくしてもいる」そこまで話すと、Mはパイプを横へぐいっと動かして、ケリムの話をおわらせた。「で、女の話にもどれば、女は国家保安省所属の伍長だと自己紹介したというんだ。学校を出て以来、国家保安省でずっと働き、最近になって暗号係としてイスタンブール支局に異動になった、とね。しかもその異動自体みずから仕向けたもので、なぜかといえば、とにかくロシアから西側に亡命したかったからだ、とも話した」

「それはいい」ボンドはいった。「ソ連の暗号係の女なら、こっちにひとり引きこんでおくのもいいでしょう。しかし、女はなぜこっちに亡命したがっているんです?」

Mはデスクの反対からボンドを見つめながら、「その女が恋をしているからだよ」といっていったん言葉を切り、穏やかにいい添えた。「女はきみに恋をしている、と話しているんだ」

「わたしに恋をしている?」

「そう、きみにだ。とにかく女はそう話してる。名前はタチアナ・ロマノヴァ。心当たりは?」

「あるものですか! いいえ、本当に知りません」そう答えたボンドの複雑な表情に、Mはにやりと笑った。「しかし、その女はなんのつもりなんです？　わたしと会ったことがあるんですか？　そもそも、どうやってわたしのことを知ったんです？」

「まあね」Ｍはいった。「なにからなにまで腑《ふ》に落ちない話だよ。しかし、ここまでいかれた話だと、逆に真実でもおかしくない。女はいま二十四歳。国家保安省に入省以来、ずっと中央資料室《セントラル・インデックス》に勤務していたようだ――われわれの組織の記録部のような部署だな。勤務先はそこのイギリス局。勤めだして六年になる。そして業務で処理したファイルのひとつが、きみについての資料だった、とね」

「その資料なるものをひと目見たいものです」ボンドはいった。

「女の話をそのまま伝えれば、向こうの連中が撮影したきみの写真にひと目惚れしたんだそうだ。きみの顔が好みだとかなんとかいってる」Ｍは酸《す》っぱいレモンを食べたかのように、口をへの字に曲げた。「そこできみがかかわった事件についての資料にすっかり目を通した。その結果、きみがすばらしい男だという結論に達したそうだ」

ボンドは鼻であしらうような表情になった。Ｍはポーカーフェイスをたもっていた。

「女はさらに、自分がこんなにもきみに心惹かれるのは、ひとえにレールモントフとかいうロシア作家の本の主人公を思わせるからだ、とも話していた。よほどその本が好きとみえる。主人公は賭博が大好きな男で、周囲としじゅう諍《いさか》いを起こしている。ともかく、女にとってきみはこの主人公を思わせる男というわけだ。そして気がつけばきみのことしか考えられなくなって、ある日ふと名案を思いついた――首尾よく外国の支局に配属がえになれば、きみに連絡をとることもできるだろうし、そうすればきみがやってきて自分を救いだしてくれるかもしれない、と」

「そこまで突拍子もない話はきいたこともありません。もちろん、トルコ支部長はそんな話を鵜《う》呑《の》みにしたわけじゃないですよね」

「まあ、もう少し待ちたまえ」Mの声に苛立ちがのぞいた。「これまで経験していないようなことだからというだけで、あわてて結論に飛びつくような真似は控えるべきじゃないのか。たとえば、きみがいまの特殊な稼業ではなく映画スターだったとしたらどうだ？世界じゅうの女たちから、ろくでもない手紙がどっさり届くんだよ――あなたなしでは生きていけないとかなんとか、その手のたわごとがぎっしり詰まっているだろうな。そしてここにいるのは、モスクワで秘書の仕事をしている頭のよろしくない娘だ。うちの記録部とおなじく、部署の全員が女なのかもしれないね。おなじ部屋にうっとり見とれていられる男ひとりいない。そんなところへもってきて、目を通しておけとひっきりなしにまわってくるファイルで、たまたまきみの……なんというか……魅力的な顔とご対面したわけだ。それで娘はその顔写真に、世にいう〝ひと目惚れ〟をした――世界じゅうの秘書たちが雑誌に載っているおぞましい顔に惚れこむのとおなじことだ」Mはパイプを横にふって、そういった忌まわしい女ならではの趣味には不案内だということを示した。「わたしがその手のことに暗いのは事実だが、きみならそういったこともあると認めてくれるね」

助力を求めるこの言葉にボンドは笑みで応じた。「まあ、正直に打ち明ければ、この件にも多少の理があるように思えていますよ。ロシアの若い女がイギリスの若い女なみの愚《おろ》か者ではないとする理屈は、ひとつもありませんからね。しかし、いまの話のような真似をしたとすると、ずいぶん剛胆な娘にはちがいない。かりに露見した場合に自分がどんなことになるのかを女が理解していたかどうか、トルコ支部長はどう話していましたか？」

「女は死ぬほど怯えていた、と話していたよ」Ｍはいった。「船上にいるあいだじゅう、だれかに見張られているかどうかを確かめているみたいに、あたりをきょろきょろ見ていたとね。ただ、まわりにいたフェリーの乗客は常連の農民や通勤客ばかりで、どのみち遅い時間の便だったので、もとから乗客は多くなかったらしい。ただ、もう少し待ってくれ。話はまだ半分もおわってない」

Ｍは長々とパイプの煙を吸いこんでから、頭上でのろのろとまわりつづけているシーリングファンめがけて煙を吹きあげた。ボンドが見ていると、煙はファンの羽根にからめとられ、散り散りになって消えていった。

「女はケリム支部長に、きみへの恋心がつのるにつれて、だんだん病的な嫌悪感がふくらんできたと話したそうだ。ロシアの男たちの姿を見るのもいやになってきた、とね。それがやがて、あの国の政治体制への嫌悪につながり、とりわけ国家保安省で命じられている仕事への嫌悪が強まった——そういった仕事は、いってみればきみに敵対するためのものだからね。そこで女は外地への転勤願を出した。語学に堪能だったこともあって——英語とフランス語だ——暗号課への配置がえを受け入れるならイスタンブールに転勤させる、という話をもちかけられた、と。ただこの場合、給与は減らされるそうだ。長い話をかいつまんでいうと、半年の訓練期間ののち、いまから三週間ばかり前にイスタンブールに赴任した。それからあちこち調べて、ほどなくわが国の支部長であるケリムの名前をつかんだ。なにせ、あの地に昔からいる男だから、いまではトルコのだれもがケリムがどんな仕事をしているのかを知っているわけだ。本人はそんなことも気にかけていないし、むしろわれわれが折にふれて送りこむ特別なスタッフから人目を逸《そ》らす役にも立っているわけでね。ああいった土地では、表看板めいた人物をおいても損にならない場合もある。どこへ行って、だれに話せばいいのかが周知されていれば、それだけわれわれのもとを訪ねてくる客も増えるわけだ」

ボンドは意見を述べた。「時間とエネルギーを費やして人々の目から姿を隠そうとしている工作員よりも、人目に立つ工作員のほうがいい仕事をすることは珍しくありません」

「そこで女はケリムに手紙を送った。そしていま女は、ケリムが助けてくれるかどうかを知りたがってる」Mはいったん言葉を切り、考え深げな顔でパイプを吸った。「むろんケリムの最初の反応はきみと変わらなかったし、あちこち調べて罠が隠されていないかどうかを調べもした。しかし、この若い女をわれわれに引きわたすことでロシア人たちがどんな得をするのかはわからなかった。ふたりが話しているあいだにもフェリーはボスポラス海峡にぐんぐん近づき、方向転換してイスタンブールへもどっていく時間が近づいていた。ケリムが女の話に穴がないかどうかを検討しているあいだ、女はどんどんせっぱつまったようすになってきた。そして――」デスクの反対側でMはボンドへむけて控えめに目を光らせた。「出てきたんだよ、決め手のひとことが」

Mの目がきらきら輝いている――ボンドは思った。いつもは冷たい灰色のMの瞳が、こんなふうに内心の昂奮と貪欲《どんよく》を輝きであらわにしてしまう瞬間のことなら、ボンドはよく知っていた。

「女は切り札を最後の隠し玉にしていた。エースのカードだと知ってのことだ。こちら側に亡命させてくれたら、自分たちの暗号機を持参してもいい、といってよこしたんだよ。最新機種の〈スペクター〉をね。前々から、どんな手段をつかってでも手に入れたいと願っていた機械だよ」

「それはすごい」ボンドは低い声を洩らした。獲得できる賞品の大きさに頭がくらくらする。〈スペクター〉！　その機械が手にはいれば、どんな最高機密文書でも解読することができる。紛失が即座に判明して設定が変更されたり、世界各地のソ連大使館やスパイの活動支部で〈スペクター〉の使用が停止されるかもしれないが、機械の入手それ自体が途方もない勝利になるはずだ。ボンド自身は暗号学をそれほど詳細には知らなかったし、万一敵につかまった場合の情報漏洩《ろうえい》のリスクを減らすためにも、暗号がらみの秘密情報の知識は最低限に抑えておきたかったが、それでも〈スペクター〉の紛失がロシアの情報機関にとっては大災厄に数えられるはずだということは知っていた。

ボンドは納得させられた。若い女の話がどれほど突飛に思えても、それをMが信じているという事実をそのまま受けいれた。ロシアの人間がそれだけの贈物を携えてくるとなったら——恐ろしいほどの危険を犯してまで運びだしてくるとなったら——よほど追いつめられての必死の行動にちがいない。いや、お好みなら狂恋のあまり見境をなくした者の行動といってもいい。女の話が真実かどうかはさておき、このギャンブルはあっさり辞退するには惜しいほど見返りが大きかった。

「これでわかったかね、007号？」Mは穏やかにいった。両目にのぞく昂奮の色を見れば、ボンドがなにを考えているかはたやすく読みとれた。「わたしがなにをいいたかったかもわかってもらえたね？」

ボンドはこの質問をかわした。「しかし、女は自分がどうやるかという具体的な話をしたんでしょうか？」

「あまりはっきりとは話してない。しかしケリムは、女が決意を固めたようだといっているよ。夜勤のときにどうにかするらしい。週のあいだに、たったひとりで夜勤をする機会があるらしいし、そういうときはオフィスにある折り畳み式の小型ベッドで眠るといっていた。運びだせることには疑いはないらしい一方では、だれかにこの計画を察知されたら、それだけで即座に射殺されてもおかしくないとわかってもいる。それだけじゃなく、支部長のケリムがこの一件をわたしに報告することにも心配していてね。かならず自身で暗号化処理をおこなったうえで、一回限り暗号帳《ワンタイム・パッド》を使用して送信し、決して控えを作成しないようケリムに約束させたとのことだ。もちろんケリムはいわれたとおりにした。女がはっきりと〈スペクター〉の名前を話に出したので、ケリムにも先の戦争以来もっとも重要な成功が近づきつつあって、それに自分が一枚嚙んでいることがわかったからだ」

「それからどうなりました?」

「フェリーがオルタキョイというところに近づきつつあった。女はそこで下船するといった。ケリムは、なるべく早く電報を送信すると約束した。女はそれ以降はもうケリムからいっさい接触しないでくれと申しわたし、もしわれわれがやるべきことをきっちりこなせば、自分も約束は守るとだけいった。そのあと女は〝おやすみ〟の挨拶をして、タラップを降りていく下船客の群れにまぎれ、それっきりケリムの前に姿をあらわすことはなかった」

ここでMがいきなりすわったまま身を乗りだし、真剣な目でボンドを見すえた。

「しかし、いうまでもなくケリムにはわれわれが取引の約束をかならず守ると保証することまではできなかった」

ボンドは口をつぐんでいた。どんな話が出てくるかは、おおむね予想できた。

「例の女は約束を果たすにあたって、ひとつだけ条件をつけてきた」Mの目が細くなっていき、強烈な光を放つ意味深な隙間になった。「きみがイスタンブールへ行き、女と暗号機をイギリス本土にまで運ぶこと――という条件だよ」

ボンドは肩をすくめた。それだけなら造作もない仕事だ。しかし……。ボンドは遠慮せずにMの目をにらみかえした。

「それだけなら、たやすい仕事でしょうね。わたしが見たかぎり、問題点はひとつしかないようだ。その女はわたしの顔写真を見て、わたしの派手な手柄話をどっさりと読んだだけです。もし直接顔をあわせたときに、女にとって生身のわたしが期待外れだったとしたらどうしましょうか?」

「そこが仕事の腕の見せどころだ」Mはむっつりといった。「きみにミス・ケイスのことを質問した理由もそこにある。きみは自分の責任で、みずから、、、を女の期待に添うような人物にするのだよ」

13　「あなたを運ぶ英国欧州航空《BEA》機……」

先端をまっすぐ切り落としたような羽根《ブレード》をそなえた四基の小型プロペラがひとつずつゆっくりまわりはじめ、やがて音をたてて風を切る四つの深い渦潮《うずしお》の模様になった。タービンエンジンの音が、低いハム音から耳をつんざくような一定のうなりに高まった。特徴あるこのエンジン音も機体がまったく震動しない点も、これまでボンドが搭乗してきたあらゆる飛行機と異なっていた――ほかの飛行機はどれもつかえがちの咆哮《ほうこう》めいた音をあげ、苦しげにいきみながら馬力をあげていた。バイカウント機がロンドン空港の熱気ゆらめく東西滑走路へなめらかな動きで出ていくと、ボンドは高価きわまる機械仕掛けのおもちゃに乗っている気分になった。

機体がいったん停止し、チーフパイロットが四基のタービンエンジンの回転数をあげると、伝説の女妖精バンシーが人の死を予告して泣き叫んでいるような音が出てきた。ついでブレーキが解放されると機体がいったん前へがくんとつんのめってから、午前十時三十分発の英国欧州航空《BEA》一三〇便（ローマ、アテネ経由イスタンブール行き）はぐんぐん加速しながら滑走路を疾走し、たちまちふわりと離陸した。

十分後、機は高度二万フィートに達し、イギリスから地中海方面へつながる広い空路を南下していた。エンジンの金切り声はおさまり、いまは低く眠気を誘うような口笛に変わっていた。ボンドはシートベルトを外してタバコに火をつけた。ついで横の床に置いてある、いかにも高価そうな薄手のアタッシェケースに手を伸ばしてエリック・アンブラーの『ディミトリオスの棺《ひつぎ》』をとりだし、サイズに比してかなり重いアタッシェケースを隣席に置いた。ロンドン空港のチェックインカウンターにいた職員はこのケースを〝小型手荷物〟としてノーチェックで通したが、実際に重さを確かめたら驚いたことだろう。次に通った税関でも、係員がケースの重さを気にとめてX線手荷物検査装置に通していたら、彼らもさぞや興味をかきたてられていたはずだ。

この瀟洒《しょうしゃ》な外見の小型アタッシェケースは、秘密情報部のQ課が組み立てた特製の品だった——スウェイン&アドニー製ならではの丹念な手縫いをいったんほどいて分解、底面の革と内張りの布のあいだに二五口径弾薬の五十発パックをふたつ、平らに並べて隠してあった。一見したところなんともない両サイドには、それぞれ刀剣メーカーのウィルキンソン社がつくった薄い投げナイフがひとふり納まっている。投げナイフの柄《え》の端は、角にほどこされている縫い目で巧みに隠されていた。またボンドは笑い飛ばして思いとどまらせようとしたのだが、Q課の職人たちはアタッシェケースの把手《ハンドル》に隠しポケットをつくるといって譲らず、ある特定の箇所を強く押すと致死量の青酸カリの錠剤が手のなかに転がり出てくる仕掛けを組みこんだ（ただし完成したアタッシェケースを受け取ると、ボンドはすぐ錠剤をすべてトイレに流して捨てた)。それよりも大事なのは洗面道具ケース内にある、なんの変哲もないようなパーモリーブ社製の太いシェービングクリームのチューブだ。チューブの首部分がスクリューキャップになっていて、ここを取りはずすと、コットンに包んで内部におさめてあるベレッタ用のサイレンサーを抜きだすことができた。また現金が必要になった場合を想定し、アタッシェケースの蓋には一ポンド金貨が五十枚おさまっていた。縁《ふち》に縫いこまれた細革を横へ引けば、金貨がざらりと出てくる仕掛けだった。

やたらに手のこんだこの種の仕掛けがボンドの笑いを誘ったが、たとえ三キロ半を超えるくらい重くなっても、商売道具一式をこうして携行できるのは便利だと認めざるをえなかった。これがなければ、どの道具も身に帯びて隠さなくてはならなかったのだから。

旅客機には、ほかに雑多なとりあわせの乗客が十二人いるだけだった。ボンドが加われば乗客が十三人になるとわかって、秘書のロエリア・ポンスンビーがどれほど怯えたかを思い出し、ボンドは微笑を誘われた。前日にボンドがMの執務室を辞去して自分のオフィスへもどり、旅客機の予定を組もうとすると、ロエリアは十三日の金曜日に出発するのはもってのほかだと猛反対したのだ。

「そうはいうが、飛行機の旅には十三日がいちばんいいと昔から決まっているよ」ボンドは辛抱強く説明した。「乗客はいないも同然だから機内でゆったりくつろげるし、ふだん以上のサービスも受けられる。だから、日程を選べるときには十三日を選ぶんだ」

「そうですか」ロエリアはあきらめたようにいった。「まあ、不幸な目にあうのはあなたですからね。それでもわたしは一日じゅう、あなたの無事を願って気をもむことでしょう。どうかお願いですから、きょうだけは梯子《はしご》の下をくぐって神さまのごきげんを損ねるような不吉な真似を慎んでください。あなたがどんなお仕事でトルコへ行くのかは知りませんし、知りたくもありません。でも、骨の芯《しん》から不吉な予感がするんですよ」

「ああ、きみのその美しき骨よ！」ボンドは秘書をからかった。「ここへもどってきたら、美しき骨のもちぬしをその日の夕食に誘うとしよう」

「どうせ、口約束でおわるんでしょうけど」秘書は冷ややかにいった。しかし、そのあとで急に親しみをのぞかせ、ボンドに別れのキスをした。これで百回めにもなるのだが、ボンドはだれよりも愛らしいこんな秘書がいながら、どうして自分はほかの女に手を出したりするのだろうかと頭を悩ませた。

飛行機は絶え間なく歌いながら、果てしなく広がるホイップクリームのような雲海——万一エンジンが故障しても着陸できそうなほど堅牢《けんろう》に見えている——の上を飛んでいた。その雲が途切れて、機の左手のはるか遠くに見えてきた青い靄《もや》がパリだった。それから一時間ばかり、飛行機は炎暑に焼かれたフランスの野山のはるか上空を飛んだ。やがてディジョンを通過するころには、大地は薄い緑色から濃い緑色に変わりながらしだいに傾斜を増し、ジュラ山脈につながっていた。

昼食が運ばれてきた。ボンドは読んでいた本と、本のページと自分のあいだにくりかえし割りこんできた思考を脇へ押しやって、レマン湖の冷たい鏡のような湖面を窓から見おろしながら食事をとった。標高があがっていくにつれて、それまでの松林は美しく磨かれた歯がならんでいるようなアルプス山脈と、山のあいまにのぞく積雪に変わった。ボンドは若いころのスキー旅行を思い出していた。旅客機は犬歯のようなモンブランのすぐ近くを――機体左側からわずか数百メートルしか離れていなかった――飛んでいた。汚れた灰色の象の皮膚めいた氷河を見おろしていると、このときも自分の姿が見えてきた――それも十代のころの自分が。腰にクライミングロープを巻きつけ、同行者だったジュネーヴ大学の学生ふたりがなめらかな斜面をじりじりと時間をかけて自分めがけて登ってくるあいだ、〝赤き針峰群〟という意味のエギュイユ・ルージュの山頂にそそりたつ煙突めいた岩の塔を足がかりに踏んばっていた姿だった。

そしていまは？　ボンドはパースペックス樹脂の窓にうつる自分に苦笑をむけた。飛行機は山地を離れ、畝《うね》の多いグログラン織を思わせるロンバルディア地方の台地の上空を飛んでいる。もし街であの若きジェームズ・ボンドがいまの自分に近づいて話しかけてきたら、目の前にいる清潔で熱意あふれる十七歳の若者がかつての自分だとわかるだろうか？　その若き日の自分は、いまの自分――秘密情報部員のジェームズ・ボンド――をどう思うだろう？　何年分もの裏切りや冷酷な行為や恐怖ですっかり汚された外面《そとづら》の下に自分を見てとるだろうか？　冷ややかで傲慢《ごうまん》な目をもち、頬には傷痕が残り、左の腋《わき》の下では服が拳銃で平たくふくらんでいるこの男を見て、そんなことがわかるだろうか？　見ぬけたとして、若き自分はいまの自分をどう思うだろう？　いまのボンドが背負わされている任務をどう思うだろう？　世界をまたにかけて颯爽《さっそう》と活躍する秘密情報部員が、これまでいちばんロマンティックな新しい任務――なんとイギリスのために、ひとりの女をたらしこむという任務――についている姿をどう思うのか？

ボンドは帰りこぬ青春についての思いを頭から押しだした。過去のことをあれこれ考えても詮はない。〝あのときああしていれば、こうなったかもしれない〟などと考えるのは時間の無駄だ。みずからの宿命に従い、いまの自分に満足し、中古車のセールスマンや、全身にジンとニコチンが滲《し》みわたったようなタブロイド新聞の記者にならなくてすんだことをありがたく思えばいい――あるいは、体のどこかが不自由になってもいないこと、ましてや死んだりしていないことをも。

焼けつくような日ざしを浴びているイタリアのジェノヴァとその郊外や地中海のやさしげな青い水面を見下ろしながら、ボンドは過去へむいていた内心の目をきっぱり閉ざし、直近の課題に目をむけた。現下の任務、すなわち先ほど自分が苦々しくも〝イギリスのために、ひとりの女をたらしこむ〟と形容した仕事である。

それ以外にどう形容しようとも関係ない――いまボンドは、まさにその仕事にむかって移動している。一度も会ったことのない女、きのう初めて名前を耳にした女を手っとり早く誘惑するという仕事。しかも、いくら相手の女が魅力的でも――ちなみにトルコ支部長は〝なかなかの美人〟といっていたようだ――ボンドは女のことだけではなく、女が携えてくる品――いわば女が運んでくる持参金――のことも頭のなかで同時に考えなくてはならない。財産目当てに金持ち女と結婚するようなものだ。はたして自分にそんな役がこなせるのか？　もっともらしい顔つきで、もっともらしい言葉をならべることならできそうだ。しかしおのれの肉体は秘密の思考から離れ、愛の告白の言葉に釣りあう愛の行為をそつなくこなせるだろうか？　相手の女の銀行預金のことで頭がいっぱいになっている男は、どうやってベッドで疑われないようにふるまうのか？　もしかすると、黄金の詰まった袋を掠奪《りゃくだつ》していると思うことで性的刺戟《しげき》が得られるのか？　しかし、掠奪の目当てが暗号機だったら？

下ではエルバ島が後方へ去り、旅客機は約八十キロあるローマへの進入空路に滑りこんだ。早口でまくしたてるスピーカーの声をききながらチャンピーノ空港で過ごす三十分のあいだに極上のアメリカーノ・カクテルを二杯飲んだのち、ふたたび離陸した旅客機がイタリアという長靴の爪先へむかって着実に進んでいくあいだ、ボンドはふたたび、時速四百八十キロ以上のスピードで近づきつつあるランデブー本番の細部を検討しはじめた。

このすべてがソ連の国家保安省による複雑な策謀であり、自分にはその鍵を見つけられずにいるということは考えられないか？　自分はいま、さしものMの天邪鬼《あまのじゃく》な頭でさえ見抜けないような罠に足を踏み入れようとしているのでは？　これが罠かもしれないとMが思い悩んだかどうかは神のみぞ知る。判明している事実については、考えられるかぎりの角度から——有利な方向からも不利な方向からも——仔細《しさい》に検討された。しかもMのほかにも各局の局長クラスをあつめておこなわれた正式な作戦会議の席で、きのうの午後から夜まで充分な時間をかけて検討されたのだ。しかし、今回の事案のどこをどの角度から検討したところで——今回の件でロシアがなにかを狙っているとしても——あの国にどんな利益があるのかが判然としなかった。ボンドを拉致して尋問しようとしているのかもしれない。しかし、どうしてボンドなのか？　ボンドは現場工作員であり、秘密情報部全体の動きには関与していない。ボンドの頭のなかには、ロシアに有益な情報はないに等しい——例外といえるのは目下の任務にまつわる情報であり、くわえて一般的な背景情報がそれなりに詰まってはいるが、後者は重要な情報とはいえなかった。それとも、復讐としてボンドを殺そうとしているのか？　とはいえ、ボンド自身はもう二年もロシアを敵とする活動をしていない。それにボンドを殺すことだけが目的なら、ロンドンの街路なり自宅フラットなりで射殺するか、車に爆弾を仕掛けるだけで事足りる。

こういったボンドの物思いは客室乗務員によってさえぎられた。「シートベルトをお締めください」

その言葉が口から出ているそばから旅客機は気分がわるくなるほどの急降下をしたかと思うと、無理をしているエンジンの耳ざわりな悲鳴とともにいきなり機体が急上昇した。窓外の空がいきなり真っ暗になった。雨粒が窓を激しく叩いてきた。目もくらむような青白い稲光がひらめいたかと思うと、高射砲の砲弾が機体に命中したかと思うような雷鳴が轟《とどろ》きわたった。アドリア海への入口で待ちかまえていた激しい雷雨のただなかに突っこんだ飛行機は、いきなり突きあげられたり、がくがく揺さぶられたりしながら飛びつづけた。

ボンドは危険のにおいを嗅ぎつけていた。それも実体のあるにおいだ——遊園地のアーケードに立ちこめているような、汗と電気が入り交じったにおい。ふたたび雷が窓の外でその腕をうち振った。どかん！　まわりをすっかり雷鳴に囲まれているかのような轟音《ごうおん》だった。いきなり旅客機が信じがたいほどちっぽけで、はかない存在に思えてきた。十三人の乗客！　十三日の金曜日！　秘書のロエリア・ポンスンビーの言葉を思い起こすにつけても、シートの肘《ひじ》かけに置いた手がじっとりと湿ってきたのが感じられた。この旅客機の機体は何年ものだろう？　金属疲労という名の死を予告する忌まわしい虫が翼にはいりこんでいるのでは？　その虫は翼の力をどこまで食い荒らした？　イスタンブールには行き着けそうにない。このぶんだと、つい一時間前に達観の思いで眼下にながめていたコリントス湾に墜落する運命になりそうだ。

ボンドの胸の奥には〝ハリケーン部屋〟があった——いわば、昔ながらの熱帯地方の屋敷にあった〝最後の砦〟のような避難部屋だ。小さくて頑丈なつくりの避難部屋があるのは一階部分の中央、屋敷のいちばん奥まったところであり、基礎を掘って地下につくられることもあった。暴風雨で屋敷が倒壊しかねないとなると、家の主人は家族をともなってこの小部屋に引きこもり、危険な嵐をやりすごす。ボンドが〝ハリケーン部屋〟にこもるのは、情況が自分の手に負えず、もう打つ手がひとつもないときにかぎられた。いまボンドは〝最後の砦〟に逃げこみ、心の目をぎゅっと閉ざして、恐ろしい轟音や激しい機体の揺れを頭から押しだすと、前のシートの背もたれにある縫い目のひとつだけに精神を集中させつつ、ゆったりと落ち着いた気分のまま、英国欧州航空《BEA》一三〇便がたどるべき運命——それがどんなものであれ——の訪れを待った。

　そしてほぼ突然、キャビンが明るくなった。パースペックス樹脂の窓に叩きつけていた雨がやみ、エンジンの騒音がふたたび落ち着いた一定の口笛にもどった。ボンドは〝ハリケーン部屋〟の扉をひらいて外に踏みだした。ついでゆっくりと頭をめぐらせ、好奇心のおもむくままに窓の外を見やると、はるか下方に見えるコリントス湾の静かな海面を旅客機の小さな機影がすばやく走っているのが見えた。ボンドは深々と安堵の吐息を洩《も》らすと、尻ポケットに手を伸ばして砲金製のシガレットケースをとりだした。ライターをとりだし、〈モーランズ〉特製の金のラインが三本はいったタバコに火をつけたが、そのあいだ自分の手が少しも震えていないとわかって安心した。秘書のロエリア・ポンスンビーには、予言が的中しかけたと教えるべきだろうか？　ボンドはイスタンブールで相応に悪趣味な絵葉書を見つけたら、そのむねを書き送ろうと決めた。

　うっすら翳《かげ》った空が死にかけたイルカのような色になり、薄暮のなかでイミットス山が青くなって見えてきた。きらめく街の灯が広がるアテネ市街の上空を飛びながら高度をさげたバイカウント機は、標準的なコンクリート舗装の滑走路に着陸すると、力なく垂れて無風状態を示している吹き流しや、学校を出て以来ボンドがほとんど見ていない、踊っている人のような奇妙な形のギリシア文字の標識のあいだを進んでいった。

　ボンドは、青ざめて口数も少ない数名の乗客とともに飛行機を降り、トランジット客用のラウンジを通ってバーにたどりついた。ウーゾをタンブラーで注文して一気に飲み干すと、チェイサーとして氷水を口いっぱいに含んで飲みくだす。えぐみのあるアニス味に隠れて、ぴりっと舌を刺す刺戟があった。強い酒がたちまち小さな炎になってのどを流れくだり、胃にたどりつくのが感じられた。グラスを置き、お代わりを注文する。

スピーカーから再搭乗をうながすアナウンスが流れるころには空はすっかり宵闇に包まれ、街の灯の上空高くまで昇った半月が冴え冴えと光っていた。あたりの空気は夜のやさしい雰囲気を帯びて花の香りをはらみ、そこに搏動《はくどう》を思わせる蟬《せみ》の声――じいっ・じいっ・じい――と、遠くにいる男の歌声がきこえていた。澄んだ声は悲しげな響きで、歌は挽歌調だった。空港の近くでは、知らない男の体臭を嗅ぎつけたのだろうか、一頭の犬が昂奮したように吠えていた。ボンドはふいに、自分がひと晩じゅうでも番犬が吠えつづける東の地にやってきたことに気づいた。なぜかはわからなかったが、そう気づいたことで喜びと高揚感がちくりと胸を刺してきた。

闇に包まれたエーゲ海とマルマラ海をわたってイスタンブールまでは、わずか九十分のフライトだった。二杯のドライマティーニとカルヴァート社の赤ワインのハーフボトルまでついた極上のディナーのおかげで、十三日の金曜日に飛行機に乗ることへの懸念や任務についての不安が頭から消え去り、楽しい期待がこみあげてきた。

しばらくして、旅客機は目的地に着いた。四基のプロペラの回転が遅くなり、イスタンブール市街地から車で一時間の距離のイェシルキョイにある近代的で立派な空港の建物の外で完全に停止した。ボンドは客室乗務員に別れの言葉と快適なフライトへの礼を述べ、小さいがずっしり重いアタッシェケースをさげて出入国管理を通りぬけ、税関に足を踏み入れて、スーツケースが貨物室から運びだされてくるのを待った。

ということは、ここにいるような色黒で醜く、せせこましい身ごなしの小柄な役人たちが現代のトルコ人なのか。ボンドは彼らの声に耳をかたむけ――母音がやたらに目立ち、そこに控えめな歯擦《しさつ》音と変母音の〝ウ〟が混じる――穏やかで丁寧な話しぶりにそぐわない黒い目を見つめた。よく光る、怒りをたたえた残忍な彼らの目は、山地出身者たちに特有のものだった。ボンドにはその人々の目の歴史がわかるように思えた。羊の群れを見張ったり、はるか遠くの地平線にのぞく微小な動きの意味を読み解いたりする修錬を何世紀も積んできた人々の目。相手に悟られずにナイフをもった相手の手をつねに視界におさめる目、穀物の粒をひとつひとつまで数え、硬貨についた小さな傷を数え、商人のすばやい指の動きも見逃さない目。鋭い目、まわりを信じない嫉妬深い目。ボンドが好きになれない目だった。

税関を抜けると、黒いひげをだらりと垂らした長身瘦軀《そうく》の男が物陰から姿をあらわした。こざっぱりしたダスターコートを着て、運転手の帽子をかぶっていた。男は敬礼をすると、ボンドに名前をたずねもしないままスーツケースを手にとり、車体がぴかぴかの高級車のほうへ案内していった――車体の一部に籐《とう》のバスケットを模した模様が描きこまれた、古い黒のロールスロイス・クーペ・デ・ヴィルだった。一九二〇年代にどこぞの百万長者が特注でつくらせた車にちがいない、とボンドは見当をつけた。

車が空港から外に出ると、運転手は顔をうしろへむけ、非の打ちどころのない英語で語りかけてきた。「ケリムさまから、あなたさまが今夜はお休みになりたがるだろうとうかがっています。明朝は九時にお迎えにあがります。どちらのホテルにお泊まりになりますか?」

「クリスタル・パラスにしよう」

「かしこまりました」車はごく低い音をたてながら、近代的な幅の広い道路を走っていた。

ボンドは車の背後、空港駐車場にまだらに落ちている影のなかからバイクのエンジンのスタート音がきこえたように思った。とはいえ、ボンドにはなんの意味もない音だったので、腰を落ち着けてドライブを楽しむことにした。

14　ダルコ・ケリム

翌朝早く、ペラ地区の丘に建つクリスタル・パラスの薄汚れた客室で目を覚ましたジェームズ・ボンドは、ぼんやりした頭のまま手を下へ伸ばし、右腿《みぎもも》の外側の痛痒《いたがゆ》いところを指でさぐった。夜のあいだに虫かなにかに刺されたらしい。その部分をいらいらと指で掻く。案の定というべきだった。

ゆうべこのホテルに到着して、スラックスに襟なしシャツという服装で仏頂面を見せていた夜勤のコンシェルジュに出迎えられた。玄関ホールをさっと見まわし、銅製の鉢に植えられたパームツリーの周囲に蠅《はえ》がぶんぶん飛んでいるようすだの、床や壁のムーア式タイルが変色しているようすだのを見たが、それだけで、どんなところへ来たのかは知れた。ほかのホテルへ行こうと思いかけたことも事実だ。しかし乗りかかった船だったし、古風な大陸風ホテルにつきものの安っぽい情事の雰囲気を好ましく思う天邪鬼な気分もあって、ここに泊まることに決め、コンシェルジュのあとについて歩き、ロープの反対側に錘《おもり》がついているような旧式のエレベーターで四階まであがったのだった。

早合点もいいところだった。バスルームへはいっていって湯の蛇口をひねると、奥深くから吐息めいた音がこみあげ、つづいて恨めしげな咳の音が出てきて、最後に小さなムカデが洗面台のシンクに飛びだしてきた。ボンドは水の蛇口をひねり、かろうじて出てきた細い筋のような茶色い濁《にご》り水でムカデを流した。こんな目にあったのも――ボンドは暗い気分で思った――名前がおもしろいとか、大きなホテルが提供する安逸な暮らしを避けたいとかいう理由でホテルを選んだからだ。

しかし熟睡することはできた。殺虫剤を買い求めるという用事こそあるものの、とりあえず居心地のよさは忘れて、きょうという日をはじめよう。

ボンドはベッドから出ると、赤い厚手のフラシ天のカーテンを引きあけ、鉄の手すりにもたれかかるようにして世界でいちばん有名な景観をながめた――右を見れば静かな海面を見せる金角湾、左側にはひらけた空のもとにあるボスポラス海峡の波が躍っていた。その両者にはさまれているのは、崩れ落ちそうな屋根の家々とイスラム寺院の空を衝《つ》くような光塔《ミナレット》と、うずくまっているようなペラ地区の礼拝堂《モスク》。このホテルを選んで正解だったらしい。この絶景だけでも、南京虫の大群や多くの不快な点を補ってあまりある。

それから十分ほどもその場にたたずみ、ヨーロッパとアジアを隔てて煌《きら》めいている水の境界線をながめたのち、ボンドは日ざしがさんさんと射しいるようになった客室へ引き返して電話で朝食を注文した。英語はあまり通じなかったが、フランス語に切り替えて、やっと話が伝わった。それから冷たいシャワーを浴び、我慢して水でひげを剃《そ》りつつ、注文した異国風の朝食が大失敗でないことを祈った。

失望させられることはなかった。青い陶器の鉢に盛られたヨーグルトは深みのある黄色で、クリームなみにこってりと濃厚だった。すぐ食べられるように皮を剝《む》いてある薄緑のいちじくは熟しきって弾けんばかり、トルココーヒーは漆黒《しっこく》で、焦げくさい味は豆が挽《ひ》きたてであることを示していた。ボンドはひらいた窓に寄せたテーブルで美味なる朝食をとった。眼前にひろがるふたつの海で、蒸気船やこのあたりの海で見られるクリークという細長い櫓櫂船《ろかいせん》が水面をさかんに行き交う光景をながめながら、ボンドは支部長のケリムのことを考え、どんな新しいニュースがもたらされるのだろうと考えていた。

きっかり九時に、例の優美なロールスロイスが迎えにやってきた。ボンドを乗せると、車はタクシム広場を抜け、混雑したイスティクラル・アヴェニューを走ってアジア側をあとにした。交差した錨《いかり》をかたどった商船隊の優雅なマークをつけた蒸気船が出航を待つあいだに噴きあげている濃い黒煙が、ガラタ橋の最初の区画にかかり、自転車や路面電車の合間をぬってロールスロイスが向かいつつある対岸の光景を隠してしまっていた。運転手は歩行者を轢《ひ》かないように、古風なバルブ式のチェアホーンで趣《おもむ》きある〝ぱふぱふ〟という警告音を鳴らしづめだった。ついで煙が晴れると、幅が広い五百メートルばかりの橋の終端に古くからのイスタンブールのヨーロッパ地区がその輝きを見せてきた——何本ものほっそりした光塔《ミナレット》が空を突き刺し、塔の足もとには形のいい豊満な乳房のような礼拝堂《モスク》のドームがうずくまっている。アラビアン・ナイトの世界そのまま……と、いえるはずだったが、そうした光景を見たのが路面電車の屋根ごしだったり、川岸にひしめく広告看板という傷痕の上だったりしたせいで、かつての美しい映画のセットを現代トルコが横へ投げ捨てたようにも見えてしまった。代わりにトルコが手にいれたのは、いまではボンドたちの背後になったペラの丘陵でのっぺりと輝いている、鋼鉄とコンクリートのアイロンを立てたようなイスタンブール・ヒルトンホテルの建物だ。

橋をわたりきると、車はウォーターフロントと並行して延びている狭い丸石舗装の道に折れて進み、やがて高い屋根がついた木造の車寄せの前にとまった。

へりが擦《す》りきれたカーキ色の服を着た屈強そうな守衛が、ずんぐりした顔を笑みにほころばせながら詰所から出てきて敬礼した。それから車のドアをあけ、手ぶりだけでボンドについてくるよう伝えてきた。詰所にもどる守衛についていき、室内のドアをあけて通り抜けると、砂利が熊手できれいに整えられた小さな中庭に出た。中庭の中央には枝のねじくれたユーカリの木があり、根元近くで二羽の白い鳩がくちばしで地面をつついていた。街の騒音はここでは遠雷程度にしかきこえず、あたりは静かで平和な雰囲気だった。

ふたりで中庭の砂利を突っ切ってまた小さなドアをくぐると、その先はドーム天井のある広い倉庫の片方の端だった。壁の高いところにならぶ丸窓から日ざしが埃のつくる柱になって斜めに射しいり、商品をおさめた多くの包みや袋を照らしていた。あたりはひんやりとしていて、スパイスとコーヒーの埃っぽい香りが立ちこめていた。ボンドが守衛のあとから中央通路を歩いていくと、いきなり強烈なミントの香りの波が押し寄せてきた。

細長い倉庫のいちばん奥に、一段高くなった舞台のような手すりに囲まれた場所があった。そこに五、六人の若い男女が高いスツールに腰かけてすわり、分厚い旧式の帳簿になにやら忙しげに記入していた。ディケンズの小説に描かれる会計事務所のような光景で、それぞれの背の高いデスクの上にはインク壺とならんで、つかいこまれた算盤《そろばん》が置かれていることにボンドは気づいた。ボンドがデスクのあいだを歩いていっても、ひとりとして顔をあげなかったが、細面《ほそおもて》に思いがけず青い目をした上背のある浅黒い男がいちばん遠くのデスクから前に進みでてきて、守衛からボンドの案内を引き継いだ。男は抜けるように白い歯をボンドに見せつけて愛想よく微笑《ほほえ》むと、壇の奥へと案内した。それからエール錠つきの上質なマホガニーの扉をノックし、返答を待たずに扉をあけてボンドを通してから、扉を静かに閉めた。

「やあ、わが友よ。こっちへ来たまえ」見事な仕立てのタッサーシルク製のスーツを着こなしたかなり大柄な男がマホガニーのデスクから立ちあがり、片手を差し伸べながらボンドを出迎えに近づいてきた。

親しみのこもった大声の裏側に権威の響きをききとって、ボンドはこの男こそトルコ支部長だと察しとった——いまの自分はほかの男の領分に足を踏み入れ、司法管轄権から見れば相手の命令下にある。単なるエチケット上のことだが、念頭に入れておくべきことでもある。

握手した支部長のダルコ・ケリムの手は、すばらしく温かく乾いていた。どの指もよく動く手による力強い西欧流の握手——バナナの皮を握ったような感触に、あとで上着の裾で指を拭きたくなるような東洋流の握手ではなかった。しかもその大きな手はまだ余力が隠されていることをうかがわせ、その気になればもっともっと強く握って手の骨を砕くこともできるぞ、とほのめかしていた。

ボンドは身長百八十三センチだが、ケリムは少なくとも五センチは高く、そのうえ体の幅も厚みもボンドの二倍はありそうな印象があった。ボンドが見あげると、左右の間隔があいている青い目が微笑んでいた——その目があるのは大きくてつややかな茶色い顔で、鼻が曲がっていた。目はうるみ、赤く充血している。しょっちゅう猟に駆りだされ、あまりにも頻繁に銃火の近くで体を低くしていた猟犬の目のようだった。ボンドはそれが疲れを知らぬ遊蕩《ゆうとう》者の目であることを見ぬいた。

カールした豊かな黒髪をいただき、鼻筋が歪《ゆが》んでいて、強烈な自負心がのぞくその顔は、どことなく漂泊の民のジプシーを思わせた。右の耳朶《じだ》のほっそりした黄金のイヤリングが、金のためならなんでもする傭兵《ようへい》のような雰囲気を強めていた。それにしても思わずはっとするほど大時代な顔だちだった——生気に満ち、酷薄さをたたえ、遊蕩ぶりをうかがわせている。ひとりの人間の顔にここまでの生命力と温情を見たことはないはずだ——ボンドは思った。まるで太陽のそばに身を置いたようだった。力の強い乾いた手を放しながら、ボンドは初対面の相手にはめったに感じたことのない親愛をおぼえつつ笑顔をむけた。

「ゆうべは、わざわざ迎えの車を寄越してくれてありがとう」

「いやいや！」ケリムは愉快そうにいった。「お礼なら相手方にもいってもらわんとね。

われわれと敵の両者がきみの出迎えにいっていたよ。わたしが車を空港へやるとなると、連中は決まって尾行をつけるんだ」

「ヴェスパかランブレッタのスクーターかな？」

「音に気がついたか？　ランブレッタだ。連中はちびの男どもが乗るためのスクーターを、軍隊みたいにそろえている――わたしは連中を〈顔のない男たち〉と呼んでる。だれもかれもおなじような顔で区別がつかない。ちびのギャングども……ほとんどはブルガリア人の下衆《げす》どもで、敵さんの下で汚れ仕事をこなしてる。しかし、ゆうべの男は距離をおいていなかったか？　前にわたしの専属運転手が急ブレーキを踏んだあげく、フルスピードでバックしてやったことがあって、その日からこっち、連中はうちのロールスにあまり接近しないよう気をつけてる。ま、こっちのボディは傷だらけ、車体の下側は血まみれになったが、ほかの連中にはいい薬になった」

ケリムは自分の椅子に歩み寄りながら、デスクをはさんで差しむかいにある同様の椅子をさし示した。ついで、タバコがおさめられている白く平たい箱をデスクの上に滑らせてよこす。ボンドは椅子に腰かけてタバコを一本とり、火をつけた。ボンドが味わったこともないほど美味《うま》いタバコだった――トルコ産のうち口あたりも甘さも最上級の葉が、優美な金色の三日月のマークがある白く細い楕円筒に詰められていた。

広々とした正方形の部屋は壁が磨かれたマホガニー材だったが、ケリムの椅子の背後にだけは天井から東洋風のタペストリーが吊られていて、裏側にはひらいた窓があるのだろうか、微風に吹かれて静かに揺れていた。いや、外の光は壁のずっと高いところにある三つの円窓から射しいっているのだから、裏が窓になっているとは考えにくい。タペストリーの裏には金角湾を見わたせるバルコニーがあるのではないか――そういえば、外壁のずっと下のほうを叩く波の音もきこえる。右手側の壁の中央には、イタリアの画家アンニゴーニの筆になるエリザベス女王の肖像画の複製が金の額縁《がくぶち》におさめてかけてあった。向かいの壁にやはり立派な額縁におさめて飾ってあったのが、戦時中のウィンストン・チャーチルをとらえたセシル・ビートンの写真だった――執務室のデスクについているチャーチルは、人を小馬鹿にしているブルドッグにそっくりだった。また別の壁の前には幅のある書棚が配され、それと向かいあう位置にはクッションですわり心地のよさそうなソファがあった。そして部屋の中央には磨かれた真鍮《しんちゅう》の把手《とって》類が輝く大きなデスク。乱雑なデスクには銀のフォトフレームが三個あり、そのほかボンドが横目で見たところ、柏葉敢闘章を二回と大英帝国勲章を一回授与されたことを示す、流麗なカッパープレート書体の証書もあった。

ケリムが自分のタバコに火をつけて、壁にかかったタペストリーのほうへ頭をぐいっと動かし、「きのう、われらが友人たちが訪ねてきた」と、こともなげな調子で話しはじめた。「外の壁に吸着爆弾とやらを貼りつけてくれた。わたしがデスクについている時間に爆発するようにセットしていきおった。ところがわたしは幸運にも、そこのソファで若きルーマニア人女性とくつろぎのひとときを過ごしていてね――ああ、いまでも男は愛と引き換えに情報を明かすはずだと信じている女だったよ。で、いよいよクライマックスという瞬間を狙ったように爆弾が爆発した。わたしとしては、爆発ごときで行為を中断したくなかったが、相手の女にはいささか重すぎる経験じゃないかという危惧《きぐ》もあってね。わたしが解放してやると、女はヒステリーを起こしたよ。いまにして思えば、わたしの愛し方が総じて激しすぎると感じていたのかもしれないな」ケリムは詫《わ》びるようにシガレットホルダーを振った。「しかし、きみの到着に間に合うように部屋をこうして整えるには大車輪の作業が必要だったぞ。窓や額縁のガラスを新品に交換したし、部屋はペンキのにおいがするしでね。それはそれとして――」いいながら椅子の背もたれに体をあずけるケリムは、うっすらと顔をしかめていた。「こうしていきなり平和が破られたのが腑《ふ》に落ちない。これまでイスタンブールでは、両者がじつに友好的に共存してきた。どちらの側も、みなそれぞれの仕事にいそしんでいたわけだ。親愛なる同僚諸氏《シエール・コレーグ》がこんなふうにいきなり宣戦布告してくるなど前代未聞だ。じつに心配だよ。結局は、われらがロシアの友人たちが困る事態が待っているだけだからね。わたしだって、こんな真似をした犯人の素性が明らかになったら、その人間に報復せずにいられん」ケリムは頭を左右にふった。「わけがわからないとはこのことだ。これが、われわれの今度の仕事とは無関係であることを祈るばかりだな」

「しかし、わたしの当地到着をここまで大々的に宣伝しなくてもよかったのでは？」ボンドは穏やかな口調でたずねた。「あなたをこっちの一件に巻きこむことだけは避けたくてね。どうして空港へロールスロイスを寄越したんです？　あれじゃ、わたしとのつながりを公言するようなものだ」

ケリムは磊落《らいらく》に笑った。「わが友、どうやらきみが知っていて当然のことがらを、ここでわたしから説明しなくてはならないようだね。われわれもロシア人もアメリカ人も、みんなそれぞれの手の者をあらゆるホテルに配置している。三者すべてが警察本部内の秘密警察の役人に賄賂《わいろ》を贈り、返礼としてこの国に——飛行機であれ列車であれ船であれ——入国してくる外国人全員についての情報をカーボンコピーで入手しているんだ。あと数日の余裕をもらっていれば、きみをこっそりギリシアに密入国させることもできた。しかし、その目的は？　きみがこの街に到着したことは敵側にも知られているはずだから、きみのご友人はきみに連絡をとれるはずだ。そもそも、向こうの女が提案したことだから、落ちあう段取りは女が整えればいい。ひょっとしたら女はこちらの機密保持を信じていないのかもしれない。本当のところはだれにわかる？　しかし、女はそのあたりのことには自信をもっていたし、まるでわたしが知らないかのように、きみが当地に到着すれば即座にその情報が支局に知らされると話してくれた」ケリムは逞《たくま》しい肩をすくめた。「だったら、女に余計な手間をかけさせることもあるまい。わたしはただきみの便宜をはかり、快適に過ごしてほしいだけだ。ひとえに、当地での滞在をきみに楽しんでもらいたいんだよ——たとえ成果があがらなくてもね」

ボンドは笑った。「さっきの話は全部撤回しよう。バルカン流の仕事の進め方を忘れていたよ。ともあれ、ここではわたしがあなたの命令を受ける立場だ。なんなりといってもらえれば、そのとおりにするよ」

ケリムは手をふってこの話題を遠ざけた。「快適に過ごすという話のついでだ――泊まったホテルはどうだった？　きみがクリスタル・パラスを選んだときいて驚いたよ。あそこは売春宿も同然のホテルだ。フランス人が〝連れこみ宿《ベソドローム》〟と呼ぶたぐいのね。おまけにロシア人たちもよく出入りしている。といっても、それはどうということもないが」

「そう捨てたものでもなかった。イスタンブール・ヒルトンや、あの手の高級ホテルには泊まりたくないだけなんでね」

「理由は金か？」ケリムは抽斗に手を入れ、緑色の未使用紙幣の薄い束をさしだしてきた。「百トルコポンドある。実際の貨幣価値は――闇レートもおなじだが――イギリスポンドの二十分の一か。公定レートなら七分の一。足りなくなったらいってくれ――必要なだけ用立てる。精算は仕事がおわってからでいい。どうせ紙くずだ。世界史上最初の億万長者にして金貨の発明者、かのリュディア王国最後の王であるクロイソス以来、金の値打ちはさがる一方だよ。貨幣につかわれる顔も、値打ちと足なみそろえて下降の一途だ。最初のうち、硬貨につかわれたのは神々の顔だった。それが王たちの顔に変わった。それから大統領たち。いまじゃ、人の顔なんかつかわれない。こいつを見てみろって！」ケリムは札束をぽんとボンドのほうへ投げた。「現代じゃ、ただの紙だ。役所の建物の絵が印刷されて、銀行の出納係《すいとう》だかのサインがはいっているだけときた。紙くずだ！　まだこれで買物ができるのが奇跡だね。それはいい。ほかには？　タバコはどうだ？　吸うのならこの銘柄にしたまえ。入り用なら二、三百本まとめてホテルへ送ろう。この銘柄が最高だ。〈ディプロマット〉。簡単には手にはいらないぞ。あらかた省庁や大使館に流れてしまうからだ。そのほか仕事にかかる前に片づけておきたいことはあるか？　食事や余暇については心配ご無用。どっちもわたしが面倒を見る。なに、わたしだって楽しめるしね。だからきみさえ許せば、ここでの滞在中にはなるべくきみのそばにいるようにしたいね」

「さしあたり、ほかにはないね」ボンドは答えた。「ただ、いずれはあなたにもロンドンまで来てもらいたいものだ」

「お断わりだよ」ケリムはにべもなく答えた。「陽気も女も冷えこんでる街だ。それにきみを当地へ迎えられたことが誇らしくてね。戦時中のことを思い出すよ。さてと——」そういってデスクの上のベルを鳴らす。「コーヒーはブラックかな、それとも砂糖を入れる？　ここトルコでは、真剣な話しあいの場にコーヒーかラクが必要不可欠だ。あいにく、ラクのような強い酒を飲むにはまだ日が高すぎる」

「ブラックで」

ボンドの背後のドアがあいた。ケリムが大声で注文を伝えた。ドアが閉まると、ケリムは抽斗《ひきだし》の鍵をあけてファイルをとりだし、自分の前に置いて手でぱんと叩いた。

「わが友」ケリムは重々しい声でいった。「この事件については、なにをどういえばいいのかもわからない」背もたれに体をあずけ、後頭部で両手を組みあわせる。「どうだろう、われわれの仕事は映画の撮影に似ていると思ったことはないかな？　関係者全員をロケ現場にあつめて、これならカメラをまわしはじめられると思うことはしょっちゅうある。ところが天気だったり役者だったり、事故だったりで問題が起こる。それ以外にも、映画をつくるとなると決まってもちあがるあれこれがある。いろいろな形や組み合わせで恋愛関係ができあがることもある。最悪なのは――今回の件のように――主役級のスター同士の恋愛だ。今回の一件で、わたしにとってはいちばん厄介に思え、しかも不可解な要素がそこだ。相手の女は本当に資料を見ただけで、本気できみに惚れこんだのか？　本物のきみと会ったうえでも、やはりきみを愛するだろうか？　さらに、きみはその女をちゃんとかわいがって、こちら側に亡命してもいい気分にさせられるのか？」

　ボンドは無言をつらぬいた。ドアにノックの音がして、主任書記官がふたりの前に、繊細な金の線条細工が一面にほどこされた、きわめて薄い磁器のコーヒーカップをおいて退出していった。ボンドはひと口飲んでカップをおろした。味はよかったが、かなり粉っぽくてどろりとしている。ケリムは自分のぶんをひと息に飲み干すと、タバコをホルダーに入れて火をつけた。

「しかし、色恋沙汰《ざた》については、われわれにできることはひとつもないな」ケリムはあいかわらず、なかばひとりごとのように話をつづけた。「できるのは様子見をして待つことだけだ。その一方、そちらとは別件の話もあってね」

　ケリムはデスクに体を寄せて身を乗りだすと、いきなり真剣で抜け目ない光をたたえた目をデスクごしにボンドへむけた。

「敵側の陣営でなにかが進行中のようだ。いや、わたしを消そうという企みに限った話じゃない。すいぶん人の出入りがある。いくつか把握した事実もあるしね」ケリムは大きな人差し指を立てて鼻の横にあてがった。「しかし、わたしにはこいつがある」いいながら、犬を撫でるように指で鼻を撫でる。「こいつはわが最上の友で、わが信頼の友でもある」そういって手を意味深にゆっくりとおろし、静かな声でこういい添える。「しかし、これほど大きな賭けではなかったら、きみには『くにへ帰れ、わが友。帰るんだ。ここにあるものから逃げて離れるのがいい』といいたいところだよ」

ケリムはまた背もたれに寄りかかった。声から緊張がふっと消え、耳ざわりな笑い声をあげた。

「しかし、わたしもきみも臆病な老嬢じゃない。それに、そもそもこれが仕事だ。だから、わたしの鼻のことは忘れて実務にかかろう。まず、きみがまだ知らないことで、わたしが教えてやれそうなことはあるか？　先に送った電報の時点からこっち、例の女からの接触はないし、わたしもあれ以上の情報はつかんでいない。しかし、きみならわたしが女と会ったときのことで、なにか質問でもあるんじゃないかと思ってね」

「知りたいことがひとつだけ」ボンドはいった。「問題の女のことをどう思う？　女の話をあなたは信じてる？　わたしについての話を？　それ以外はどうでもいい。つまり、女がわたしに正気とは思えないほどの恋心を燃やしているという話が事実でなければ、この一件すべてが崩れ去って、すべてはソ連の国家保安省による複雑怪奇な策謀——わたしたちには理解できない策謀——だということになる。どうだろうか？　女を信じたのか？」

ボンドは急迫した声でたずねながら、ケリムの表情を視線でさぐった。

「ああ、わが友」ケリムは頭を左右にふり、両腕を大きく広げた。「それこそ、わたしが女と会ったとき自分に問いかけた疑問だし、その後もずっと自分に問いかけている疑問だよ。しかし女がこの手のことで嘘をついていても、だれに見抜ける？　女の目は輝いていた——そう、あの邪気のかけらもない美しい目はね。唇は見るからにしっとり濡れ、わずかにひらいて、えもいわれぬ口もとをつくっていた。声は張りつめていたし、自分のしていることや話の中身に感じている恐怖があらわだった。甲板の手すりをつかんでいる手は関節が白くなっていた。しかし、内心でなにを考えていたのか？」いいながらケリムは両手をもちあげて、「だれにもわからんさ」と、あきらめ口調でいい、両手を力なく落とした。それから広げた手のひらをデスクについて、ボンドを見すえた。「女が男を本気で愛しているかどうかを確かめたければ、手だてはひとつしかないし、その場合でもよほどの達人でなければ見抜けまいよ」

「ああ」ボンドは生返事をした。「なにをいいたいかはわかる。ベッドで確かめるしかないということだね」

15　スパイの背景事情

コーヒーのお代わりが運ばれ、そのあともさらにコーヒーがふるまわれた。ふたりの男が手がかりになる情報の断片をとりあげ、解剖するように分析しては片づけることをくりかえすうち、広々とした部屋にタバコの煙がこってりと立ちこめてきた。一時間が経過すると、ふたりの話しあいは出発点に逆もどりしていた。つまり、問題解決はひとえにボンドの手腕にゆだねられており、ボンドが女の話に満足したら、その身柄と暗号機械を国外へ運びだすことになる。

事務手続などの雑務はケリムが引きうけた。手はじめにケリムは受話器をとりあげて懇意の旅行代理店に電話をかけ、今後一週間のあいだに国外へ飛ぶあらゆる旅客機——英国《B》欧州《E》航空《A》、エール・フランス、スカンジナビア航空《SAS》、それにトルコ航空のすべてのフライト——におのおの二名分の座席を予約した。

「さて、きみにはパスポートが必要になるね」ケリムはいった。「一冊あれば充分だろう。ロシア女はきみの妻ということにして同行させればいい。うちの部下がきみの顔写真を撮影し、例の女とそこそこ顔だちが似通っている女の写真をさがしだすはずだ。現実問題として、グレタ・ガルボの若いころの写真でも用が足りそうだな。両者はかなり似ているからね。部下が新聞のバックナンバーからそれらしい写真を掘りあてるはずだよ。総領事にも話を通しておこう。よくできた男でね、わたしの〝外套《がいとう》と短剣〟流儀のスパイ活動を好んでいるんだ。パスポートは、きょうの夕方までには用意できる。希望の名義はあるか？」

「適当に決めてくれ」

「では、サマセットにしよう。母がサマセットの出《で》でね。デイヴィッド・サマセット。職業は〝会社経営〟というところか。どんな意味にもとれる無意味な文句だ。女は？　キャロライン。うむ、いかにもキャロラインといった感じの顔だちだ。旅行が趣味の、どちらもスタイル抜群のイギリス人夫妻。所持通貨申告書？　わたしにまかせろ。旅行者小切手《トラベラーズ・チェック》で八十ポンドと記載しておく。きみがトルコ滞在中に五十ポンドを両替したことにして、銀行の受領証もつくっておこうか。税関？　なに、あいつらの目は節穴だ。外国人がこの国でなにか買物をすれば、それだけで大喜びだよ。〝トルコの喜び《ターキッシュ・デライト》〟の異名がある名物菓《ロク》子《ム》を買ったと申告すればいい——ロンドンの友人への土産だ。急遽《きゅうきょ》この国を出る必要に迫られたら、ホテルの料金精算だの荷物だのはわたしにまかせてくれ。クリスタル・パラスのスタッフはわたしとも顔なじみだ。さて、ほかには？」

「いまはなにも思いつかないな」

　ケリムは腕時計を確かめた。「十二時だ。きみを車でホテルまで連れ帰るにはちょうどいい時間だな。ホテルにメッセージのひとつも届いているかもしれない。留守中にだれかが探りを入れたかもしれないから、身のまわりの品を丹念に調べたほうがいい」

　ケリムはベルを鳴らし、部屋にやってきた主任書記官に機関銃のような早口で指示をくだしはじめた。そのあいだ書記官は立ったままケリムを注視し、細面《ほそおもて》の顔をホイペット犬のようにぐいっと前に突きだしていた。

　ケリムはボンドを部屋のドアまで送ってきた。ここでも、ぬくもりと力のこもった握手がくりかえされた。

「車はきみをまず昼食の場へ連れていく。エジプト広場《バザール》の異名もあるスパイス市場《バザール》近くの小さな店だ」いいながらケリムは楽しげにボンドの目をのぞきこんだ。「きみとこうしていっしょに仕事をすることができて、じつに喜ばしいよ。しくじることもあるかもしれないが、なにはともあれ、こんな言葉があるだろう？」にやりと大きく相好を崩しつつ、「〝仕上げが雑でも早いは取柄《ジュオン・マル・メ・ジュオン・ヴィット》〟だ」とフランス語でいった。

　ケリムの首席補佐官役とおぼしき主任書記官がボンドをともなって次のドアを抜け、一段高い壇になった部屋に出た。スタッフはあいかわらず帳簿に没頭していて、だれも顔をあげなかった。そのあとは左右に小部屋がならぶ短い廊下。主任書記官はボンドをそのうちのひとつに通した。申しぶんなく設備がととのった暗室兼実験室だった。十分後、ボンドは街頭にもどっていた。ロールスロイスがじりじり進んで狭い路地をあとにし、ふたたびガラタ橋をわたった。

　クリスタル・パラスへもどると、新顔のコンシェルジュがデスクについていた。黄色い顔にうしろめたそうな目をした、妙に腰の低い男だった。男はデスクの裏側から出てくると、謝罪のしるしに両手を広げた。「これはこれは、旦那《エッフェンディ》さま、このたびはたいへん申しわけございませんでした。当ホテルのスタッフが手ちがいでお客さまを不適当な部屋へご案内してしまいました。それもこれも、お客さまがケリムさまのご友人だと存じあげなかったがゆえのご無礼です。お荷物はすでに十二号室へ移してあります。当ホテルの最高級客室です」コンシェルジュは言葉をつづけた。「新婚旅行でいらっしゃるカップルのお客さま専用のお部屋です。快適にお過ごしになれるように設備がととのっております。あらためましてお詫びいたします、旦那《エッフェンディ》さま。ゆうべのお部屋は格式あるお客さまには不似合いでございました」男はぺこぺこ頭をさげ、揉み手をしながら謝罪した。

ボンドに耐えきれないものがひとつあるとするなら、おべっか屋が舌で靴を舐《な》めるときの音にほかならなかった。ボンドはコンシェルジュの目をのぞきこんだ。「なるほど」相手が目を逸《そ》らす。「では、部屋を見せてもらおう。ただし、気にいらないかもしれないぞ。ゆうべの部屋でなんの不満もなかったのだし」

「さようでございますか、旦那《エッフェンディ》さま」男はお辞儀をして、エレベーターに乗るようボンドをうながした。「しかし、あいにく昨夜の部屋では配管工が作業中でして。水道の調子がよろしくないもので……」そこで声が尻すぼみになって消えた。エレベーターは三メートルばかり上昇し、二階で停止した。

配管工が作業をしているという話はもっともだ——ボンドは思った。それに、あらためて考えてみれば、ホテルの最高級の部屋をつかっても損になることはひとつもないだろう。

コンシェルジュは高さのあるドアの鍵をあけると、一歩うしろへさがった。

さしものボンドも認めるほかはない部屋だった。小さなバルコニーにつながっている幅の広い両びらきのドアからはふんだんに日ざしが射しいっていた。色調はピンクとグレーで統一され、フランス帝政様式を模倣したスタイルだった。長い歳月でいささかくたびれてはいたが、それでも世紀の変わり目にあった優雅な雰囲気はあらかた残っている。寄木細工の床には上等なブハラ絨緞《じゅうたん》が敷いてあり、凝《こ》った装飾が施された天井からはきらびやかに輝くシャンデリアがさがっていた。右の壁ぎわには巨大なベッドが置いてあった。ベッドの頭側の壁は、金の額縁《がくぶち》におさめられた大きな鏡にほぼ占領されていた（ボンドは愉快な気分になった。なるほど、新婚旅行用の部屋か！　だったら天井にも鏡を配するべきだろう）。隣接しているバスルームはタイル張りで、ビデやシャワーをはじめ、あらゆる必要な設備がととのっていた。ボンドのひげ剃《そ》り用品もきれいにならべられていた。

ベッドルームへもどるボンドのあとから、コンシェルジュもつき従ってきた。ボンドがこの部屋に泊まると申しでると、コンシェルジュはうれしそうにお辞儀をして退出していった。

なにか問題があるだろうか。ボンドはいま一度、室内を一巡した。今回は壁やベッドまわりや電話などを丹念に調べる。この部屋に宿泊すべきでない理由があるだろうか？　盗聴マイクや秘密のドアがあるなら、はたしてどんな理由で？　そんな手間をかけてなんになる？

　ボンドのスーツケースは衣類用の整理簞笥《だんす》の隣にあるベンチに置いてあった。ボンドは膝《ひざ》をついた。錠前周辺に引っかき傷は見あたらない。留金《クラスプ》の隙間にわざと仕込んでおいた綿毛はそのまま残っていた。ボンドはスーツケースを解錠して、小さなアタッシェケースをとりだした。こちらにも不正に手をくわえられた痕跡はない。ボンドはアタッシェケースに鍵をかけて立ちあがった。

　顔を洗って部屋を出たボンドは、階段を降りていった。いえ、旦那《エッフェンディ》さまあてにお預かりしているメッセージはございません。コンシェルジュがお辞儀をしながら、ボンドのためにロールスロイスのドアをあけた。この男の目から決して消えないうしろ暗さの奥に、陰謀をうかがわせる光がなかったか？　そのとおりでも、ボンドは気にかけないことに決めた。なんであれ、このゲームにはつきあうという選択肢しかない。客室の変更が先方の第一手だというのなら、それでいい。どこかでゲームを開始するしかないのだ。

　車がスピードをあげながら丘をくだりはじめると、ボンドの思いはダルコ・ケリムにむかった。トルコ支部長のケリムはなんという傑物か！　発育不良の小男どもがこそこそ動きまわっているこの国では、あの巨体だけでも威信を得るには充分だし、途方もない行動力や生への情熱のおかげで、だれもがケリムの友人になる。この意気盛んで抜け目ない海賊じみた男はどこから来たのか？　どんな経緯《けいい》があってイギリスの秘密情報部で働くようになったのか？　ケリムはボンドが惚れこむ男という、めったにお目にかかれないタイプの人物だったし、すでに半ダースほどの本物の友人リストにケリムをくわえるのが適切だと考えるようになっていた。〝顔見知り〟程度の知りあいもいないボンドにとって、本物の友人とはすなわち誠意をもって応対する相手の謂《いい》だった。

　車はふたたびガラタ橋をわたり、スパイス市場《バザール》の丸屋根つきアーケードの前でとまった。運転手のあとから石段がすり減った短い階段をあがっていくと、いかにも異国風の各種の香りがつくる霧と、物乞いや多くの袋をかかえた荷運び《ポーター》作業員たちに投げつけられる大声の悪罵《あくば》のなかへ出た。市場《バザール》の入口をくぐった運転手は、せかせか歩きながらしゃべっている人々の流れから離れて左へ曲がり、ぶあつい壁にもうけられた小さなアーチ状の入口を示した。その先で、尖塔内にあるような石づくりの螺旋《らせん》階段が上へ延びていた。

「旦那《エッフェンディ》さま、ケリムさまが左手いちばん奥の部屋でお待ちです。ひとこと申しつけてくださるだけでけっこうです。ケリムさまのことはだれもが存じあげております」

　ひんやりした階段をボンドがあがっていった先は、狭い控えの間だった。待っていたウエイターはなにもたずねず、ここから先のボンドの案内役になって先に立ち、いずれも色とりどりのタイルで飾られた狭い丸天井の部屋がつくる迷路を抜け、市場《バザール》の入口の上にあたる角のテーブルにまで案内した――ケリムがこのテーブルについていた。ケリムは大仰な言葉でボンドを歓迎し、きらきらと氷がきらめく白濁した飲み物のグラスを左右にふりたてていた。

「よく来た、わが友！　さあ、とりあえずはラクを飲みたまえ。観光でさぞや疲れていることだろう」そういうと、早口でウェイターに注文を伝えた。

ボンドはすわり心地のいい肘《ひじ》かけ椅子に腰をおろすと、ウェイターが差しだした小さなタンブラーを手にとり、ケリムにむかってかかげてラクという酒を味見した。ギリシアのウーゾと似た味だった。中身を飲み干すなり、ウェイターがグラスにお代わりを注いだ。

「さて、きみの昼食を注文しよう。トルコの連中は、屑《くず》みたいな食材を腐ったようなオリーブオイルで炒《いた》めたものしか食べやしない。それでもこのエジプト市場《エジプシャン・バザール》、トルコ語でいうムスル・チャルシュスで食べる屑料理がいちばんましだ」

にたにたと笑っているウェイターが、おすすめの料理を述べ立てていた。

「こいつは、きょうのドネルケバブは断然おすすめだといってる。この男のことは信じちゃいないが、旨《うま》くてもおかしくないね。生まれたて同然の子羊の肉を炭火で炙《あぶ》り焼きにしたものに、風味のいいライスが添えてある。玉葱《たまねぎ》もたっぷりだ。それとも、なにか好みの料理があるとか？　ピラフか、この国の連中が好んで食べるピーマンの詰め物料理のたぐいか？　それならそれでいっこうにかまわん。最初のひと皿にはサーディンの紙包み焼きがおすすめだ。かろうじて食べられるしろものだよ」それからケリムはウェイター相手に長々と述べ立てた。話しおえると、椅子にもたれてボンドに微笑《ほほえ》みかける。「ここのろくでなし連中をあしらうには、あれしか方法がなくてね。なにせ連中、がみがみいわれて蹴り飛ばされるのが大好きなんだ。連中の頭でもわかるのはそれだけさ。そういう血が流れてるんだ。この手の見せかけだけの民主主義というやつが、連中の息をつまらせてる。連中が本心で望んでいるのは君主《スルタン》であり、戦争や掠奪《りゃくだつ》や娯楽なんだな。ストライプのスーツを着て山高帽子をかぶっていても、中身は惨《みじ》めな蛮人さ。哀れむべき連中だよ。そのくらい、ひと目でわかる。そうはいっても、連中のことはどうでもいい。なにか新情報は？」

ボンドは頭を左右にふり、ホテルの客室が変更になったことやスーツケースに手を触れられた形跡のなかったことを話した。

ケリムはグラスのラクを飲み干し、手の甲で口もとを拭《ぬぐ》うと、ボンド自身も考えていたことを口にした。「いずれにしても、いつかはゲームをはじめなくちゃならん。わたしもちょっとした手を打っておいた。あとは静かに様子見だ。昼食をおえたら、ふたりで敵の領地に少し踏みこんでみよう。きみも興味深いと思うよ。いやいや、やつらに姿を見られるわけにはいかん。だから物陰に身を潜めて地下活動をするわけだ」ケリムは自分の機知あふれる言葉にうれしそうに笑った。「よし、それ以外の話をすませておこう。トルコは気にいったか？　いやその答えは耳にしたくない。もっとほかの話はないのか？」

そこへコースの最初のひと皿が運ばれてきて、ふたりの会話は中断された。ボンドのサーディンの紙包み焼きは、ほかのサーディンと変わらない味だった。ケリムは生魚を薄く削《そ》いだとおぼしきものがならぶ大皿にとりかかったが、ボンドの興味深そうな顔つきに気づいて説明した。

「生魚だよ。これを食べたら生の肉とレタスを食べ、そのあとはヨーグルトだ。といってもわたしは流行に流される男じゃないが、昔はプロレスラーとして訓練されたこともあってね。トルコではいい稼ぎになるんだよ。人々に人気がある。そのトレーナーが生もの以外は口にするなと強くいってよこした。そのときの習慣がいまも残ってる。わたしの健康にはいい習慣だ。とはいえ――」フォークを左右にふりたてて、「――万民にとっていい習慣だというふりはせんよ。他人がなにを食べようと、本人が楽しんでいれば口を出すつもりは毛頭ない。耐えられないのは楽しまずに沈んだ顔で食べ、沈んだ顔で飲む手あいだ」

「なぜレスラーの道をあきらめた？　こちらの稼業に鞍替《くらが》えしたのはどうして？」

　ケリムは生魚の薄切りをフォークですくいあげると歯で嚙みちぎり、タンブラー半分のラクとともに飲みくだした。それからタバコに火をつけ、椅子にもたれた。「まあね……」と苦笑しつついう。「なにを話してもいいが、わたしの身の上話でもいいんだね。それにきみも、『この頭のいかれた大男はどうした風の吹きまわしでイギリス情報部で働くようになったんだ？』と首をひねっていることだろう。よろしい、手短に話してやろう――長い話になるからね。退屈したら、いつでもさえぎってくれ。いいな？」

「わかった」ボンドは〈ディプロマット〉に火をつけ、テーブルに肘をついて身を乗りだした。

「わたしはトラブゾンの出身だ」ケリムは螺旋をえがいてただよいのぼるタバコの煙をながめながら、トルコ北東部の港町の名前を口にした。「何人もの母親がいる大家族のひとりだよ。父は、いわゆる女が抵抗できないたぐいの男でね。もとより女は、力ずくで抱きあげられるのを心中望んでいる。男の肩にかつがれて洞窟に連れこまれ、強引にものにされるのを夢想しているんだな。で、父は女どもをそう扱ったわけだ。父は凄腕の漁師で、黒海沿岸一帯に名前が知れわたっていたよ。追いかけていたのはメカジキだ。釣るのがむずかしく、戦いの相手としては手ごわい魚だが、メカジキ釣りにかけては、父はずっとほかの漁師なんか目じゃなかった。女は自分の男が英雄になるのが好きなんだ。そして父は——男はタフであるべしという伝統があったトルコのあの地方では——英雄だった。巨漢であり、色ごとの達人めいた雰囲気もただよわせていた。だから、どんな女でも望むがままにものにできた。父自身もあらゆる女を手に入れたがり、ときには女欲しさにほかの男をあやめたことさえあった。当然、血をわけた子供も多かった。われわれ子供たちは、まとまりもないまま建て増しされたような広い廃墟みたいな家で、たがいに折り重なるようにして暮らしていたものだよ——そんな家を住める場所にしてくれていたのが、〝おばさんたち〟だ。〝おばさんたち〟は、それこそハーレムなみの人数だった。そのひとりが、父がイスタンブールにサーカス見物にいったときに見そめたというイギリス人の家庭教師だ。父は女教師にひと目惚れ、女も父にひと目惚れさ。で、父はその晩さっそく女を漁船に乗せ、ボスポラス海峡をわたってトラブゾンに帰ってきた。それでも女はそのことをいっぺんも後悔してなかっただろうよ。それどころか、父以外のあらゆる世界を忘れてしまっていたと思う。女は戦争がおわるとすぐ死んだ。享年六十。子供たちのうち、わたしよりも年長だったのはイタリア女の産んだ子ひとりだけだ——イタリア女はその男の子をビアンコと名づけていた。白い《ビアンコ》肌の子だったからだ。わたしは色黒《ダーク》だったからダルコと呼ばれた。子供は全部で十五人、みんなでそれはそれは楽しい子供時代を過ごした。おばたちはよく喧嘩をしていたし、子供同士の喧嘩もいつものことだった。ジプシーの野営地《キャンプ》みたいな暮らしだったな。全員をひとつに束ねていたのはわたしの父で、機嫌をそこねたときには、わたしたちを――女でも子供でも――容赦なく鞭《むち》でひっぱたいた。しかし、わたしたちが仲よくしていて素直なときには、やさしくしてくれたね。ま、きみにはこうした家族のありようが理解できないかもしれんが」

「いまきいた話の範囲内では理解できるよ」

「ともあれ、そんな感じだった。やがてわたしは父親と肩をならべるような体格に成長し、教育では父を上まわった。母が見てくれていたからだ。父が教えてくれたのは身ぎれいにたもつこと、一日に一回は洗面所へ行くこと、そして、この世界のどんなことであっても恥じる必要はないということだけだ。母はイギリスに敬意を払うことも教えてくれたが、添え物みたいなものだったな。二十歳になるころには、わたしは自前の漁船をもっていて自分で金を稼ぐようになってた。しかし荒くれ者だったよ。大きな家を出て、海辺の小さなふた間の部屋を借りて住みはじめた。母親に知られないところで、自分の女をもちたくなったんだ。ところが、そこで貧乏くじを引いてしまった。ベッサラビア人の性悪なあばずれに引っかかったんだ。もとはといえば、ここイスタンブールの裏の山中で、ジプシー連中と争って手に入れた女だ。ジプシーどもは追いかけてきたが、わたしは女を船に乗せた。ま、乗せる前にぶん殴って気絶させる必要こそあったがね。トラブゾンに帰りついても、女はわたしを殺そうとしてきたものだから、仕方なく部屋に運びこんですっかり服を脱がせ、テーブルの下に鎖でつないでおくしかなかった。わたしが食事をとるときには、犬にやるみたいに残り物をテーブルの下に投げてやった。だれが主人なのかを教えこむ必要があったからだ。女がそう学ぶ前に、母がそれまで例のない行動に出た。予告もなにもないまま、わたしの部屋にやってきたんだよ。母はわたしに、いますぐ父が会いたがっていると伝えにきたんだが、女を見つけてしまってね。母はわたしが見たこともないほどの怒りようだった。いや、怒ったなんてものじゃなかった。完全に逆上していたね。わたしを穀《ごく》つぶしのならず者と呼び、おまえとは親でもなければ子でもない、とまでいってよこした。そして女をいますぐ、もといた土地へ連れて帰れともいった。母は家から自分の服を何枚かもってきた。女は服を身につけたが、いざ出発の時間になったら、女がわたしから離れたくないといいだした」ダルコ・ケリムは豪快に笑った。「これこそ女性心理とやらにまつわる興味つきない教訓だね、わが友。それはともかく、この女の問題はまた別の話だ。母が女のことであれこれ騒ぎたて、女からジプシーの悪口ばかりを返されて胸を痛めていたころ、わたしは父親に呼びだされて会っていた。父はこの話を少しも耳に入れていなかったし、そもそも話をきくたまじゃなかった。母も似たようなものだった。父には別の男が同席していた——背が高くて物静か、片目に黒い眼帯をつけたイギリス人紳士だった。ふたりはロシア人のことをあれこれ話題にしていたよ。イギリス人が知りたがっていたのはロシア人が国境付近でなにをやっているのか、バトゥミの情勢はどうかということだった――バトゥミというのはトラブゾンから二百キロほどの、大規模な石油関連施設と海軍の基地がある町だ。イギリス人はその手の情報に大金を支払ってもいいといった。わたしは英語もわかればロシア語も話せた。目も耳もかなりよかった。自前の船もあった。そのときすでに父は、わたしをイギリス人のもとで働かせようと決めていた。そしてそのイギリス人というのがね、わが友、この支局のわが前任をつとめていたダンシー少佐だ。それからあとのいきさつは――」ケリムはシガレットホルダーをもった手で大仰なジェスチャーをした。「――きみにも想像がつくとおりだ」

「しかし、プロレスラーになるための訓練のほうは？」

「そっちの話か」ケリムはいたずらっぽい口調でいった。「あれはただの副業でね。国境からの入国が許されていたトルコ人は、ほぼ旅まわりのサーカスだけだった。ロシア人というのはサーカスなしじゃ生きていられないんだな。単純な話だ。わたしは鎖を引きちぎったり、歯でロープをがっちりくわえてウェイトをもちあげたりする芸をしていた。ロシアの村へ行っては、その地方の力自慢の男どもとレスリング試合をした。グルジアには巨漢がいるんだよ。好都合なことに、総身に知恵がまわりかねる巨漢ばかりだったんで連戦連勝だった。試合のあとは酒盛りだ。酒がはいれば決まっておしゃべりと噂話。そんなときわたしは馬鹿のふりをして、話が理解できないふりをする。そしておりおりに、やくたいもない質問を口にする。すると連中はわたしの愚《おろ》かさを笑って、答えを教えてくれるという寸法だ」

コースの二皿めが運ばれてきた。料理といっしょに、この国のカヴァクリデレ社のワインがボトルで運ばれてきた——バルカン地方のほかのワインとおなじく、芳醇《ほうじゅん》で野趣に富む赤ワインだった。ケバブは美味で、ベーコンの脂《あぶら》と玉葱の味が効いていた。ケリムはタルタルステーキの一種を食べていた——細挽《ほそび》きにした生肉に胡椒《こしょう》とチャイブをまぶし、つなぎに卵の黄身をつかって大きく平たい形にととのえたハンバーグだ。ケリムはボンドにもひと口味見をさせた。おいしかったので、ボンドはそう答えた。

「きみはこいつを毎日食べるべきだな」ケリムは熱心にいった。「女と頻繁に一戦まじえたいと願う男にはおすすめの料理だ。まあ、おなじ目的のために、ちゃんとこなすべきエクササイズもある。男には大事だ。いやまあ、少なくともわたしにとってはね。父とおなじで、わたしもずいぶんな人数の女をこなしてきた。しかし父とちがうのは、酒とタバコをやりすぎていることだ。このふたつは色恋の道とは相性がよろしくない。相性がよくないのは仕事もおなじだ。やたらにストレスがたまるし、やたらに考えごとが増える。そうなると血がもっぱら頭にあつまって、愛の行為のためにいちばん肝心な部分に流れこまなくなってしまうんだ。そうはいっても、わたしは人生の楽しみに貪欲《どんよく》でね。いつでもなんでも、ついやりすぎてしまう男だ。ある日突然、わが心臓がおしゃかになるんだろうね。父がやられたみたいに、〝鉄の鉤爪《かぎづめ》〟に心臓をわしづかみにされるわけだ。だからといって〝鉤爪〟を怖がってはいないぞ。少なくとも、名誉になる病で死ねるんだからね。そうだな、墓碑銘には《生き急いだがゆえに死せる男ここに眠る》とでも刻んでもらうか」

ボンドは笑った。「あんまり生き急ぐのは禁物だよ、ダルコ。Mが機嫌をそこねちまうからね。Mはあなたを高く評価してるんだ」

「本当に？」ケリムはいまの言葉が真実かどうかをさぐる目つきでボンドの顔を見つめてから、楽しげな笑い声をあげた。「そういうことなら、いましばらくは〝鉤爪〟にこの体を奪われないように心がけるか」そういってから腕時計に目を落とす。「行くぞ、ジェームズ。きみのおかげで自分の仕事を思い出すことができた。コーヒーはオフィスへもどってからだ。無駄にできる時間はないぞ。ロシア人たちは毎日午後二時半に定例会議をひらく。そしてきょう、きみとわたしはロシア人たちの謀議の場に臨席し、われらに拝謁《はいえつ》する栄誉をやつらに味わわせてやるんだ」

16 鼠《ねずみ》のトンネル

涼しいオフィスに引き返し、こういった場になくてはならないコーヒーが運ばれてくるのを待ちがてら、ケリムは壁につくりつけのキャビネットをあけ、整備工が着るような青いつなぎの作業服をとりだした。ついでケリムは服を脱いで下着一枚になり、作業服に着替えてゴムの長靴を履いた。ボンドは自分の背格好にまずまず合う作業服と長靴をえらんで、着替えはじめた。

主任書記官がコーヒーといっしょに二本の強力な懐中電灯をもってきて、デスクに置いていった。

主任書記官が退出すると、ケリムがいった。「いまのは息子のひとり——長男だ。向こうにいたほかの連中も、みんなわが子だよ。専属運転手と警備スタッフはどちらもおじでね。血のつながりこそ身を守る最上の手段だ。おまけに、このスパイス稼業がけっこうな隠れ蓑《みの》になってくれる。Mがわたしをこの仕事につけたんだ。ロンドンの金融街《シティー》にいる友人たちに声をかけてくれてね。おかげで、いまじゃわたしはトルコきってのスパイス商人だ。Mからは金も借りたが、ずいぶん前にきれいに返しおわった。息子たちはスパイス商売の株主になった。みんな、なに不自由なく暮らしてる。外聞をはばかる仕事に迫られて助けの手が必要になると、その仕事にいちばんむいている息子を見つくろうんだ。それぞれ別々の秘密仕事をするので、そのための訓練をほどこしてある。みんな頭がよく切れる剛《ごう》の者だ。わたしのために殺しに手を染めた息子もいる。だれもがわたしのためなら命を投げだす——Mのためにもね。あいつらには、Mは神さまの次に偉い人だと教えてきたよ」ケリムは自分の話を打ち消すかのように手をふり動かした。「まあ、これはきみがいま有能な人材の手に身を委ねられていると、きみに教えるための話でもあるわけだが」

「ああ、そんなことだろうと想像していたとも」

「ほう！」ケリムはどっちつかずの声を出すと、懐中電灯を手にとってボンドに手わたした。「さあ、仕事にかかるぞ」

ケリムはガラス扉がついている幅の広い書棚に歩み寄ると、裏に手をさし入れた。かちりと音がして、書棚が壁に沿って音もなくするすると左へ滑った。書棚の裏の壁に小さな扉がぴたりと嵌《は》めこまれていた。ケリムが片側を押すと扉は奥へひらき、まっすぐ地中へ下っていく石段の暗いトンネルが見えた。かすかに動物園めいたにおいの混じる湿った悪臭が部屋にはいりこんできた。

「きみが先に行け」ケリムがいった。「階段を降りきったら、そこで待っていてくれ。わたしはこの扉を元どおりにしなくては」

ボンドは懐中電灯のスイッチを入れて入口を通り抜け、慎重に階段を降りていった。懐中電灯の光は、細工されて間がないとおぼしき石材の壁を照らした。さらに六メートルばかり下方で、光を反射して水面《みなも》がきらめいていた。階段を降りきると、光っていたのはこの古い石づくりのトンネルの床中央に設けられた溝を流れていく水だったことがわかった。トンネル右手は急勾配ののぼり坂になっていた。左はくだり坂になっている。おそらく行きつく先は金角湾の海面下だろう、とボンドは思った。

ボンドの懐中電灯の光が届く範囲の外側から、かさこそという小さな音が絶え間なくきこえていた。闇に目をむけると、針でつついたような小さな光の粒が何百となく輝いては動いていた。のぼり坂の側もくだり坂になっているほうも変わらなかった。どちら側も二十メートル弱離れたところから先に数千匹もの鼠《ねずみ》が群れていて、ボンドをじっと見つめていた。鼠たちは鼻をうごめかせ、ボンドの体臭を嗅いでいた。小さな牙の近くからぴょんと上に反《そ》っている鼠のひげのようすが思い出された。懐中電灯が消えたら鼠たちはどう出るだろうかという思いが、ちらりと頭をかすめた。

ケリムがいきなり隣に出現した。「ここから長いのぼり坂だ。十五分はかかる。きみが動物好きであることを願うよ」ケリムがあげた笑い声が、トンネル内の坂をのぼっていくように響いた。鼠の群れがかさかさと音をたてて蠢《うごめ》いた。「あいにく、動物の好みについては応じかねる。いるのは鼠と蝙蝠《こうもり》だけだ。その数といったら大隊をつくれるくらい……いや、師団レベル……というか全陸軍、全空軍に匹敵するね。この先は連中を追い飛ばしながら先へ進むしかない。のぼり坂がおわるあたりだと、やつらがさらに増えて密集している。さあ、出発だ。空気には問題ない。それに水流の左右を歩くかぎり、足もとの地面は乾いてる。ところが冬になると洪水でトンネルが冠水するんで、潜水工作兵の装備が必要になる。懐中電灯の光は足もとへむけておけ。髪の毛に蝙蝠がはいりこんだら手で払えばいい。めったにあることじゃないがね。蝙蝠のレーダーは高性能だから」

ふたりは急勾配の坂道をのぼりはじめた。鼠のにおいや、蝙蝠が地面に落とす排泄物の悪臭は強烈だった――たとえるなら動物園の猿小屋と鶏舎《けいしゃ》をあわせたような臭気だ。この悪臭を追い払うには何日もかかりそうだな、とボンドは思った。

天井には蝙蝠の群れがびっしりとぶらさがっていて、それが大量の萎《しな》びた葡萄《ぶどう》のように見えた。おりおりにケリムかボンドの頭がその一匹をかすめると、蝙蝠たちはいっせいに闇のなかで〝きいきい〟と疳高《かんだか》い声をあげた。坂道をあがるにつれ、中央の排水溝の両側で森のようにひしめきあっては鳴いている鼠の群れの針でつついたような小さな赤い目の輝きは、どんどん密度を増した。ときおりケリムが懐中電灯を前方へむけると、ちらちら光る歯とちらちら光るひげを撒《ま》きちらされた鼠色の野原のような群れが光のなかに浮かびあがった。光をむけられると鼠たちはまた一段と狂乱し、いちばん手前にいる鼠どもが光から逃げようとして、背後の仲間の体に飛び乗っていた。その一方、取っ組みあう鼠たちの灰色の体が転がりながら中央の排水溝を滑り落ちてきたほか、トンネルの高いところにいる鼠の大群から伝わる圧力がぐんぐんと強まり、後方で口から泡を吹いている鼠の群れとの距離がしだいに縮まってきた。

懐中電灯を銃のように水平にかまえて光を後列の鼠の群れにあてたままにしているうちに、ふたりはたっぷり十五分かけてトンネルの坂道をあがりきり、目的の場所にたどりついた。

そこはトンネルの側壁に新しく煉瓦《れんが》を嵌めこんでつくられた、奥行きがあるアルコーブだった。防水シートに包まれた太い筒状の物体が天井から垂れていて、左右にベンチが置いてあった。

ふたりはアルコーブに足を踏み入れた。あのまま数メートルも坂をのぼったら、トンネルのさらに先にいる数千匹の鼠が集団ヒステリーを起こしたにちがいない、とボンドは思った。鼠軍団が襲いかかってくることも考えられる。空間を求める圧力が高まったというだけの理由から、鼠どもは懐中電灯の光に立ちむかい、電気の光というぎらぎら光る二個の目玉や危険を感じさせる臭気をものともせず、ふたりの闖入者《ちんにゅうしゃ》にいっせいに襲いかかってきたことだろう。

「気をつけろよ」ケリムがいった。

ひとときの静寂が訪れた。まるで号令でもかけられたかのように、トンネルの先のきいきいという鳴き声がいっせいに熄《や》んだ。次の瞬間、トンネルの床は三十センチほどの深さがある鼠色の奔流《ほんりゅう》に埋めつくされた——鼠の大群がいっせいに方向転換して急いで坂道をくだりはじめた結果、きいきいという鳴き声が途切れなく響くなか、たくさんの灰色の体があたふたと突き進む大波をつくりだしていたのだ。

つやつや光る鼠色の川がアルコーブの外のトンネルを流れだしてから数分もすると、鼠の数はだんだん減ってきて、やがて病気や怪我をした鼠たちがあたりをさぐりながら、足を引きずってトンネルの坂をぽつぽつおりてくるだけになった。

大群があげる金切り声はしだいに川のほうへ遠ざかるにつれ、ゆっくりと小さくなっていき、最後には飛んで逃げていく蝙蝠の鳴き声がたまにきこえてくるだけになった。

ケリムが曖昧《あいまい》なうめき声を洩《も》らした。「いずれは、あの鼠どもが死にはじめるんだろうよ。そうなると、イスタンブールでまたペストが大流行だ。当局にこのトンネルのことを教えてやってすっかり消毒させればいいんだが、それができずに黙っていることでは罪の意識を感じないでもない。しかし、ここの真上にロシア人たちがいるかぎり、トンネルのことを教えるわけにはいかなくてね」ケリムは天井へむけて頭をぐいっと動かし、腕時計を確かめた。「あと五分ある。それからやつらは椅子を引いて腰かけ、それぞれの書類をばさばさめくりだす。三人の常連も顔を見せるはずだ——国家保安省の連中だ。あるいは陸軍参謀本部情報総局の三人か。それ以外にも三人ばかり出席する。ふたりは二週間前にこっちへ来た者たちだ。ひとりはギリシア経由、もうひとりはペルシャ経由だ。月曜日にも別の男が到着した。素性はわからんし、当地へ来た目的もわからん。それから例のタチアナという女が、電報を手にして部屋にはいってきては出ていくこともある。きょうは女の顔を拝めることを期待したいね。きみも目を丸くするぞ。なにせ、なかなかの美人だ」

ケリムは上に手を伸ばすと、縛っていた紐をほどいて防水シートを引きおろした。ボンドは事情を察した。防水シートは、潜水艦に装備されるような潜望鏡のぴかぴか光るシャフトを覆って保護するためのものだった。潜望鏡はいま完全に引きさげられていた。あらわになった下部ジョイントの分厚く塗られたグリースに結露が光っていた。ボンドは含み笑いを洩らした。「いったいこんなものをどこで調達してきたんだ、ダルコ?」

「トルコ海軍。余剰物資だ」ケリムの声音は、それ以上の質問を促すものではなかった。「いまロンドンのQ課が、これに音声傍受用のケーブルを仕込もうと鋭意努力中だ。そう簡単にはできそうもない。こいつの最上部の直角に曲がった部分についているレンズは、タバコのライターほどのサイズしかない。わたしがこいつを上へあげると、そのレンズが連中の部屋の床の高さになる。レンズがあがっていくのは部屋の隅で、われわれはその部分に鼠が行き来するくらいの小さな穴を穿《うが》った。細工は流々だ。前にここへ来てのぞいたら、最初に目に飛びこんできたのが大きな鼠捕りだったことがあったよ——ちゃんとチーズのかけらが仕掛けてあった。とにかく、レンズごしだと大きく見えたわけだ」ケリムは短い笑い声をあげた。「しかし、集音性能のいいマイクをレンズの横にとりつけるのはスペースの関係でむずかしい。おまけに連中の建物にこれ以上なにか細工しようにも、また侵入できる見込みはない。この潜望鏡をとりつけられたのも、ひとえに公共事業局に知人がひとりいて、その口ききでロシア人たちを建物から数日間立ち退《の》かせることができたからでね。丘をのぼっていく路面電車が建物の基礎を震動させている、という口実をつかったよ。その件を調査をする必要がある、とね。この作戦のためには、ざっと数百ポンドの金を要所要所のポケットに滑りこませなくちゃならなかったよ。公共事業局は左右にならんだ五、六軒ばかりの別の建物も調査し、目的の建物は安全だという宣言を出した。それまでに、わたしと家族は建物への細工を全部おえていた。ロシア人たちはひどく疑っていたよ。いざもどったときには、連中は建物をしらみつぶしに調べたにちがいない——盗聴マイクだの爆弾だのなんだのがないかと目を皿にして。だが、そんな小細工は二度とつかえない。Q課がとびっきり巧妙な手段を思いつかないかぎり、ロシア人たちの姿を見ているだけで満足しているしかないんだ。いずれは連中もこっちに役立つ情報を洩らしてくれるかもしれない。たとえば、われわれが関心をむけている人物を尋問するとか、その手のことだ」

アルコーブの天井に設置されている潜望鏡の基部の隣に、サッカーボールの二倍ほどの大きさがある金属製の半球形の物体が突きだしていた。

「あれはなんですか?」ボンドはたずねた。

「爆弾の下半分だよ——大型爆弾だ。わたしの身になにかあった場合、あるいはロシアとの戦争が勃発した場合には、わたしのオフィスから遠隔操作で起爆できるようになっている。胸の痛むことだが——」ケリムはさして胸が痛んでいない顔つきだった。「——大勢の罪のない人々もまたロシア人の道連れになって死ぬだろうね。ひとたび血が沸き立てば、われら人間も大自然とおなじく情け容赦をなくすのだよ」

潜望鏡の基部からは左右にハンドルが突きだしており、ケリムはハンドルにはさまれたカバーつきの接眼レンズを磨きおえていた。いまケリムは腕時計を確かめてから、左右のハンドルを握って、自分のあごの高さにまでゆっくり引きあげた。潜望鏡の光沢あるポール部分が、上昇機構の〝しゅうっ〟という作動音とともに、アルコーブ天井に設置されたスチール製の鏡筒へ吸いこまれていく。ケリムは頭を低くして接眼レンズをのぞきながら、ハンドルをなおも少しずつ引きあげて、体をかがめずにすむ高さに調整した。ついで潜望鏡を慎重にまわし、レンズの焦点をあわせてから、ボンドを手招きした。「きょうは六人だけだ」

ボンドはケリムに近づき、ハンドルを握った。

「よく見ておきたまえよ」ケリムはいった。「わたしはもう連中を知っているが、きみは連中の顔をしっかり頭に入れておいたほうがいい。テーブルの上座が支局長だ。その左のふたりが支局長の部下。ふたりと向かいあっている三人が新顔だ。三人のうち支局長の右の男、いかにも大物然とした男が、いちばん最後にこちらへやってきた。連中が話しあい以外のことをやりはじめたら、わたしに教えてくれ」

ボンドがとっさに思ったのは、ケリムにそのやかましい口を閉じてくれと頼むことだった。ロシア人たちとおなじ部屋にいるような気分だった——それも部屋の隅の、たぶん秘書の席にすわって会議の速記をとっているとしてもおかしくない。

海上の船舶だけではなく航空機をも視認できるように設計された万能広角レンズのおかげで、ボンドの目には奇妙な光景が見えていた。テーブルのへりの下に人間の足がまるで森の木々のように立ちならび、その足のもちぬしがめいめいちがう角度にむけている顔を、床の鼠の視点でながめているような光景だった。支局長とそのふたりの部下は、いずれも見さだめやすい人物だった。しかつめらしく鈍《にぶ》そうなロシア人ならではの顔つきで、特徴もすでにボンドの頭にはいっていた。まず、この支局長のような勉強家肌でプロのスパイらしい顔つき——分厚いレンズの眼鏡、角ばったあご、広いひたい、うしろへ撫でつけた頼りなくなっている髪の毛。左にすわっている男は四角い木彫りのような顔だった——鼻の両側の深い切れこみの奥の目、金髪を短く刈りこみ、左耳から傷痕が走っている。駐在スタッフの三人めは、よく光る抜け目なさそうな吊りあがった目をもつ、アルメニア人風の小ずるい感じの顔だちだ。いまはこの男が話していた。顔には本心と裏腹の神妙な表情を貼りつけていた。口のなかで金歯が光っていた。

　三人の訪問者の姿は、ボンドにはそれほどよく見えなかった。三人をななめうしろから見ているだけだったからで、顔にいたってはいちばん近くにすわっている男——おそらくいちばん年下の男——の横顔がはっきり見えるだけだった。この男の肌も浅黒かった。南部の共和国のどれかの出身だと思われた。あごのひげ剃《そ》りは粗《あら》が目立ち、片方だけ見える黒いげじげじ眉毛の下の目は、牛のように鈍く濁《にご》っていた。鼻は肉厚で毛穴が目立った。鼻の下は長く、その下にあるのは拗《す》ねているような口、さらに下には二重あごがつづいていた。黒い剛毛はきわめて短く刈り込まれ、そのせいでうなじは耳の上端の高さまで青々としていた。バリカンで刈りあげた軍隊流のヘアスタイルだった。

その隣の男で見えているのは、赤いできものがある肉づきのいい無毛のうなじと、艶《つや》のある青い生地のスーツ、それによく磨かれた茶色い靴だけだった。ボンドが監視しているあいだ、男は身じろぎひとつせず、一回もしゃべらなかったようだった。

支局長から見て右側にすわっている年長の訪問者が、椅子に背中をあずけて話しはじめていた。骨格が大づくりなのか、横顔はごつごつした岩山を思わせ、スターリン風に整えた茶色いたっぷりとした口ひげの下のあごは前に突きでていた。さらにボンドにはもじゃもじゃの眉の下にある冷たい灰色の目と、狭いひたいの上の強《こわ》そうな灰茶色の髪も見えた。室内でタバコを吸っているのは、この男だけだった。男は半分になった紙タバコが突き立っている木のパイプをせかせか吸っていた。話のあいまに男はパイプを横へふって、床に灰を落としていた。男の横顔には室内のだれもがかなわぬ威厳が感じられ、そこからボンドはこの男こそモスクワから送りこまれた高位の人物なのだろうと見当をつけた。

ボンドの目が疲れてきた。左右のハンドルをそっとまわし、ぼやけて見える鼠の穴のぎざぎざのへりに邪魔されない範囲で、精いっぱい室内のようすに目を凝らした。とりたてて興味のあるものは見えなかった——オリーブグリーンのファイルキャビネットが二本、ドア近くにある帽子かけには似たような灰色のホンブルク帽が全部で六個かかっていた。サイドボードの上には、どっしりした水のピッチャーと数個のグラス。ボンドは目もとをこすりながら潜望鏡の接眼レンズから離れた。

「声がきこえればいいんだがね」ケリムは残念そうに頭をふりながらいった。「声つきならダイヤモンドなみの値打ちがあるんだが」

「そうなれば多くの問題が解決できるね」ボンドは同意した。それから――「ところで、ダルコ、このトンネルはどうやって見つけた？　そもそも、ここはなんのためのトンネルなんだ？」

ケリムは身をかがめて接眼レンズをちらりとのぞきこみ、すぐに体を起こした。

「地下宮殿《イエレバタン・サラユ》の排水溝の跡だよ」ケリムはいった。「地下宮殿は、いまじゃ人気の観光スポットだ。われわれの頭上、すなわちイスタンブールの丘陵のアヤソフィア大聖堂近くにある。もともとは千数百年も前に、籠城《ろうじょう》戦を想定してつくられた地下貯水池だ。それが地下の巨大な宮殿のようなつくりになっている――貯水槽の長さは百四十メートル近く、幅はその半分程度だ。七万八千立方メートルもの水を貯められるようになっていた。そのあと、いまから四百年ばかり前にペトルス・ギリウスという学者によって再発見された。それであるとき、ギリウスがこの遺跡を発見したときのことを書いた文章を読んでいたら、冬になると〝すこぶる大きな音をたてる大きな管〟から供給される水で満たされる、という記述に行きあたってね。そこで、ふとこう思った――だったらこの都市が敵の手に落ちた場合に、すばやく地下貯水池の水を抜くための〝大きな管〟があるんじゃないか。そこでわたしは地下宮殿まで出かけて警備員に袖の下をつかませ、息子のひとりといっしょにゴムボートを出して、ひと晩じゅう地下神殿の石柱のあいだを調べてまわった。壁をハンマーで叩いて調べたり、音響測深器で水底を調べたりしてね。その結果、貯水池の端のいちばん怪しく思えたところから、内側が空洞になっている音がきこえた。そこで公共事業局の連中にも金を握らせて、地下宮殿を一週間にわたって閉鎖してもらった――〝清掃補修〟の名目でね。そのあいだ、わが少数精鋭チームは忙しく作業を進めたよ」

ケリムはふたたび身をかがめて潜望鏡をのぞきこみ、話をつづけた。

「石壁の水面より上の部分を掘ったところ、アーチの天井部分に行きあたった。そのアーチがトンネルへの入口だったわけでね。われわれはトンネルにはいって、さらに先へ進んだ。自分たちがどこへ出るのかもわからないんだから、わくわくする経験だったね。当然といえば当然だが、トンネルはまっすぐ丘をくだっていたよ。ロシア人たちの根城があるのは古書店街《サハフラル・チャルシュス》の通りだが、まさにその地下を通って、金角湾をわたるガラタ橋のすぐそば、わたしのあの倉庫があるところから二十メートルも離れていないところにつながっていた。それがわかると、われわれは地下宮殿の壁にあけた穴を埋めもどし、わが倉庫の側からトンネルを掘った。それが二年前だ。ロシア人の根城の真下にたどりつくには一年分の時間と厖大《ぼうだい》な下調べが必要だったんだぞ」ケリムは笑った。「それに、どうせロシア人たちはそのうちオフィスの引っ越しを決めるはずだ。そのときには、わたし以外のだれかがトルコ支部長になっていることを祈るよ」

ケリムは体をかがめてゴムで保護された接眼レンズに目を押し当てた。ボンドが見ているとケリムが目に見えて緊張した。急迫した声でボンドにいう。

「ドアがあいた。急いで交替しろ。例の女が来たぞ」

17　ひまつぶし

その夜七時、ジェームズ・ボンドは滞在先のホテルに引き返していた。すでに熱い湯につかり、水のシャワーもすませ、ようやく体に滲《し》みついた動物園さながらの悪臭をこそげ落とせたような気がした。

いまボンドは下着一枚の姿で客室の窓ぎわに腰をおろし、ウォッカ・トニックをちびちびと飲みながら、金角湾の上に広がる勇壮で悲劇の色あいをたたえた夕映えの核の部分に目をむけていた。しかしその目に見ていたのは、尖塔《ミナレット》が飾る舞台の背景をなしている、金色と鮮血の色の布地が引き裂かれたような光景ではなかった——そしてこの舞台の下で、ボンドはタチアナ・ロマノヴァという女を初めて目にしたのだった。

いまボンドの脳裡《のうり》に浮かんでいたのは、くすんだ茶色のドアを抜け、片手に書類をもってダンサーのような大股で入室してきた長身の美女の姿だった。女は支局長のすぐ横で足をとめて書類を手わたした。男たちの全員が女を見あげていた。女は顔を赤らめて目を伏せた。男たちの顔にのぞいていたあの表情にはどんな意味がある？　男が美人を見るときの表情というだけではなかった。男たちは好奇心をのぞかせていた。それは理解できる。

男たちは電報の中身を知りたがり、どうして会議を中断するほどの用件なのかを知りたがっていたはずだ。しかし、それだけか？　男たちの顔には小ずるく、相手を蔑《さげす》んでいる光がのぞいていた——いうなれば、人が娼婦を見るときの目つきだった。

それは奇妙で謎めいた情景だった。あの部屋はきびしい規律で縛られている準軍事組織の一部だった。出席していたのはその組織に仕える高官たちであり、たがいに警戒しあっているはずである。あの若い女は職員のひとりにすぎず、階級は伍長、ただの日常業務をこなしていただけだ。それなのに男たちがそろいもそろって、穿鑿《せんさく》がましい軽蔑の念を隠そうともしていなかったのはなぜなのか？　まるで女が捕まったスパイであり、これから処刑されるような雰囲気だった。男たちは女のことを疑っていたのか？　うっかり本心を明かしてしまったのか？　しかしそのあとの室内での展開を見るに、その可能性はなさそうに思えた。支局長が電報に目を通しはじめると、男たちは女から目をそらし、支局長へ視線を移した。支局長がなにか発言した——おそらく電報の中身をくりかえしたのだろう。男たちは、そんな問題に関心はないといわんばかりに陰気な顔で責任者を見返した。ついで支局長がなにかをたずねる表情で、にこやかに語りかけた。女は頭を左右にふって短く答えていた。ほかの男たちも、このときには顔に関心の色を見せていた。支局長の一語だけの発言の末尾には疑問符がついていたらしい。女はたちまち真っ赤になってうなずき、いかにも従順に目を伏せた。ほかの男たちが励ますような笑みを見せた——小ずるい光があったかもしれないが、みな承認の意を示していたかに見えた。疑いの色はなかった。非難の気配もなかった。このひと幕のしめくくりは支局長から女への短い発言であり、これに女はおそらく「かしこまりました、サー」という意味の言葉を返して、部屋から出ていった。女が退出したあとで支局長が顔に皮肉の色をのぞかせてなにかいうと、まわりの男たちが屈託なく笑い、一同の顔に例の小ずるい表情がもどってきた——支局長が卑猥《ひわい》なことをいったかのように。ついで男たちは仕事にもどった。

そのあとトンネルをくだって帰る途中も、ボンドが目撃した情景についてケリムのオフィスで話しあっているあいだも、ボンドは頭がおかしくなりそうなこのジェスチャーゲームの謎を解き明かそうと脳味噌を搾《しぼ》りに搾っていた。いま、こうして焦点のあわない目で沈みゆく太陽を見ているあいだも、まだ謎は解けていないままだ。

ボンドは酒を飲み干して、次のタバコに火をつけた。とりあえず問題は棚上げし、考えを女ひとりにむけた。

タチアナ・ロマノヴァ。ロマノフ家につらなるひとり。たしかにあの容姿はロシアの王女に通じる雰囲気だ——あるいは、昔から世間で王女らしいと考えられている容姿というべきか。長身で整った骨格をそなえた体は、歩く姿が優美なら立ち姿も美しい。たっぷりと量のある髪の毛は肩にまで垂れ落ち、横顔には静かな気品があった。グレタ・ガルボにも似た非の打ちどころのない面立《おもだ》ちからは、奇妙にも含羞《がんしゅう》まじりの落ち着きが感じとれた。控えめな純潔をうかがわせる深みをたたえた青い大きな目と、情熱を約束している大きめな口のきわだった対比。頰を朱に染めたあのようすと、伏せた目に長い睫毛《まつげ》が覆いかぶさっていったあのようす。あれは処女の慎みか？　いや、そうではあるまい。堂々とした胸や隠れようもなく弾む尻には、愛された経験に裏打ちされた自信が感じとれた――それは、この肉体はつくられた目的を心得ているという宣言だった。

　目にしたことだけから、あの女が写真と資料しか見ていない男に惚れるタイプだと心底信じてもいいといえるだろうか？　そんなことがだれにわかる？　そういう女がいるとすれば、すこぶるつきにロマンティックな性格だろう。両目にも口もとにも夢見るような表情が見てとれた。二十四歳という年齢を考えれば、いくらソビエトの政治機構でもあの女性から豊かな感情を残らず叩きだすにはいたっていないだろう。またロマノフ家の血が、ふだん顔をあわせている現代ロシアの官僚タイプではない男との出会いを女に求めさせていることも考えられる――あの手の男たちは厳しくて冷酷、血も涙もなく、基本的にはヒステリー気質であり、党教育のおかげで死ぬほど退屈な人物に仕上がっている。

　ということは、あれは真実かもしれない。女の外見からは、あの話が嘘だという証拠は見つからなかった。ボンドは話が真実であってほしいと思った。

　電話が呼出音を鳴らした。ケリムだった。「なにか新展開は？」

「とくになにも」

「だったら八時にそちらへ迎えにいく」

「では、用意して待ってるよ」

　ボンドは受話器をもどすと、ゆっくりと服を身につけはじめた。

ケリムは今夜のことについては強情に譲らなかった。ボンドとしてはホテルの部屋で夜を過ごし、先方からの最初の連絡を待っていたかった——手紙でも電話でも、そのほかどんな手段でも。しかし、ケリムから駄目だといわれた。あの女は、時間も場所も自分で選ぶと強硬に主張していた。ボンドが女の都合にあわせて奴隷のような真似をするのはまちがっている、というのだ。

「心理ゲームでは悪手だね」ケリムは強くいった。「口笛ひとつで駆け寄ってくる男を好きになる女はいない。女のいいなりになってばかりいれば、当の女から蔑《さげす》まれるのがおちだ。あの女はきみの顔写真や身上調書から、勝手にきみが冷たい態度の男だと思いこんでいる——それどころか、傍若無人《ぼうじゃくぶじん》だと思っているのかもな。そうであってほしいと望んでいるわけだ。女はきみに求愛したいと望み、そしてきみの——」ボンドにむかってウィンクしながらいう。「——そのいかにも薄情そうな唇のキスを求めているんだよ。いいかい、女が恋心を抱いたのはそういうイメージの相手だ。だからイメージどおりにふるまえ。芝居をするんだよ」

ボンドは肩をすくめた。「なるほど。あなたがいうのなら、そうなんだろうね。どうするのがいいと思う?」

「ふだんどおりにふるまうことだ。とりあえずホテルに帰って風呂をすませたら、一杯やるといい。地元産のウォッカも、炭酸で割ればけっこういける。もしなにも起こらなかったら、八時にわたしが迎えにいこう。ジプシーの友人のところで夕食だ。ヴァヴラという男だ。族長なんだよ。いずれにしても、今夜はヴァヴラと会う予定だったんだ。最上の情報源のひとりでね。わたしのオフィスを爆破しようとしたやつの正体をつかんだといってる。きみのために女の子たちがダンスも披露してくれるぞ。ただし、その女の子のひとりからもっと親密なサービスをうけて楽しむことはおすすめしないね。きみは剣をつねに鋭くしておかなくてはならない立場だ。こんな格言があるだろう？　『ひとたび王になれば《ワンス・ア・キング・オルウェイ》ずっと王《ズ・ア・キング》。しかし、騎士は一回でたくさん《バット・ワンス・ア・ナイト・イズ・イナフ》！』とね」

〝ひと晩に一発でたくさん《ワンス・ア・ナイト・イズ・イナフ》〟か……ボンドがケリムが教えてくれた言葉遊びの格言に思いだし笑いを誘われたところへ、電話の呼出音が鳴った。受話器をとりあげたが、車の到着の知らせにすぎなかった。ホテルから出て数段の石段をくだり、ケリムが待つロールスロイスに歩み寄りながら、ボンドは自分が失望していることを内心で認めていた。

金角湾を見おろすスラムを通り抜けて、さらに丘をのぼっている途中で、運転手が顔をうしろにむけ、曖昧《あいまい》な口調でなにかいった。

ケリムが単音節の返事をしてから、こういった。「ランブレッタのスクーターがあとを追ってきている、と教えてくれたんだ。〈顔のない男たち〉のひとりだな。どうということはない。わたしもその気になれば、動向を秘密に隠し通せる。前にこの車のうしろの座席にマネキン人形を乗せて走らせたら、あいつらが何キロも尾行してきたこともあった。こういう、いかにも怪しげな車にはそれなりの使いみちがあるわけだ。向こうの連中も、このジプシーがわたしの友人だとは知っていても、理由まではつかんじゃいないとにらんである。われわれが一夜、羽を伸ばしにいくことを相手に知られたところで、まずいことはひとつもない。土曜日の夜、はるばるイギリスから知人がやってきたのだから、これ以外の行動をとるほうが不自然だ」

ボンドはふりかえり、リアウィンドウごしに後方のごみごみした道路に目を走らせた。停車中の路面電車の後方から一台のスクーターが姿をあらわしたかと思うと、一瞬でタクシーの陰に隠れた。ボンドは前へむきなおると、ロシア人による各支局の運営方法にちらりと思いを馳《は》せた——彼らは資金と設備を湯水のようにつかっている。その一方イギリス秘密情報部は、わずかひと握りの冒険好きな連中を安い給料で雇うだけでロシアに対抗しようとしている。たとえば、そのひとりがこの男——中古のロールスロイスを乗りまわして息子たちに手伝いをさせている男だ。それでもケリムはトルコ支部を切りまわしている。それを思えば、つまるところ望ましいのは、まっとうな組織以上にまっとうな人材なのかもしれない。

午後八時半、ふたりを乗せた車はイスタンブール郊外にある長く延びた丘陵を半分までのぼり、薄汚れたオープンカフェの前でとまった。歩道にちらほらテーブルがならべてあったが、いずれも無人だった。店の奥には高い石塀があって、その上から木々の梢《こずえ》がのぞいていた。ふたりが降りると車は走り去った。ふたりはそのままランブレッタの出方を待ったが、蜂の羽音のようなエンジン音はすでにきこえなかった。ほどなく、スクーターは方向転換して丘をくだっていった。運転手については、ゴーグルをかけた小柄でずんぐりした男だということしか見てとれなかった。

ケリムが先に立ち、ふたりはテーブルのあいだを縫ってカフェ店内へはいっていった。店内は無人に思えたが、カウンターの背後からひとりの男がさっと立ちあがった。男は片手をカウンターの裏に置いたままだった。来訪者がだれなのかがわかると、男はおずおずと邪気のない笑みを見せた。床になにかが落ちて音をたてた。男はカウンターの裏から出てきて、ふたりを裏口から外へ案内した。そのまま砂利道を進むと、高い石塀につくられたドアの前にたどりついた。男は一度だけノックしてからドアを解錠し、手をふってふたりを通した。

石塀の先は果樹園で、木々の下のそこかしこに厚板づくりのテーブルが配されていた。中央には、一段高い円形のダンスステージがしつらえてあった。ステージをとりかこむように何本ものポールが地面に立てられ、そこに豆電球のケーブルがとりつけてあった――ただし、いま電球は消えていた。ステージの向こう側には細長いテーブルがあり、老若とりまぜて十人ほどの人々が食事をしていたが、いまその面々がナイフをおろしてドアのほうに目をむけていた。テーブルのうしろの芝生では数人の子供たちが遊んでいたが、子供たちもいまは静かになって、こちらを見ていた。あと二、三夜で満ちるはずの月がすべてを明るく照らし、果樹の下に膜がかかったような影を落としていた。

ケリムとボンドは前へ歩いていった。テーブルの上座の男がほかの者たちになにか話してから立ちあがり、ふたりを出迎えにやってきた。残る面々は夕食を再開し、子供たちはまた遊びにもどった。

男はケリムによそよそしい挨拶をした。その場にしばし立ったままケリムに長々となにかを説明し、ケリムは真剣に耳をかたむけつつ、おりおりに質問をはさんでいた。

マケドニア風の衣装に身をつつんだ、芝居の登場人物のように威風堂々としたジプシーの男だった。長袖の白いシャツ、ゆったりしたズボン、ソフトレザー素材の編み上げのトップブーツ。髪の毛はもつれあった黒い蛇にそっくりだった。下に垂れ落ちている大きな黒々とした口ひげが肉厚の赤い唇をほぼ隠していた。かつて梅毒に感染したことをうかがわせる鼻の左右の目は、きつい光をたたえて冷酷そうだった。鋭いあごのラインと高い頬骨に月の光が照りはえていた。親指に金の指輪をはめた右手が、銀の線条細工で飾られた鞘《さや》におさめられた短い彎刀《わんとう》の柄《つか》にかかっていた。

ジプシーの男は話をおわらせた。ケリムがボンドについて手短に話をした――熱のこもったその口調は、明らかにボンドを褒めそやしていた。話しながらケリムは次の演物《だしもの》を紹介するナイトクラブの司会者のように、腕をボンドのほうに伸ばしていた。ジプシーの男はボンドに近づき、あらさがしをするような目でじろじろと見ていたが、唐突に会釈した。ボンドもそれにならった。男は皮肉っぽい笑みをたたえながら数語を口にした。ケリムは笑ってボンドにむきなおった。

「きみが仕事を馘《くび》になったら、自分のところへ来いといってる。ちゃんと仕事を世話する、とね――この人の女を飼いならし、この人に代わって人殺しをする仕事だ。これは〝ガジヨ〟、つまり外国人への最大級の褒め言葉だぞ。きみもなにか返事をするべきだ」
「そういう仕事にかけては、他人の助けを借りる必要はないとお見受けします——そう伝えてもらえるかな?」
ケリムが通訳した。ジプシーの男は歯をのぞかせてにやりと笑うと、なにかいい、両手を強く打ちあわせながらテーブルに引き返していった。ふたりの女が立ちあがって男に近づいた。男がそっけなくなにかいうと、ふたりの女はテーブルにもどって素朴な陶器の大皿をもちあげ、果樹のあいだに消えていった。

　ケリムがボンドの腕をつかんで、わきへ引っぱった。

「どうも今夜来たのはタイミングがわるかったみたいだ」ケリムはいった。「レストランが休業になってね。一族のあいだでトラブルが起こり、それを解決する必要があるらしい。それも派手な流儀で、内輪だけでね。ただわたしは古いつきあいの友人なので、その誼《よしみ》で一族の夕食に招かれた。うんざりする思いをさせられるだろうが、とりあえずラクをとりにやらせた。食事のあと見物してもいいといわれた——ぜったい手出ししないという条件だ。きみにもわかってもらいたいな、わが友」ケリムはボンドの腕にかけた手に一段と力をこめた。「なにを見せられようとも、動いたり口をはさんだりするのは禁物だ。さっき裁判がひらかれ、裁きがくだされることになった——彼らなりの裁きをね。痴情のもつれだよ。ふたりの女が、さっきの男の息子のひとりに懸想《けそう》した。物騒な死の気配がただよっているよ。どちらの女も、男をものにできるなら相手を殺すと脅《おど》してるそうだ。息子がどちらかの女を選べば、負けたほうが息子と勝った女のどちらも殺すと誓っている。八方ふさがりだ。一族のなかでも意見が激しく対立している。そこで息子は山中へ送られ、ふたりの女は今夜ここで命がけの決闘をおこなう運びになった。息子は決闘の勝者といっしょになることに同意してる。ふたりの女はいま別々の天幕に閉じこめられている。お上品な連中向きの見世物にはなるまいが、ちょっとした見ものになりそうだ。その場に同席できるのは、われわれにとっては大きな名誉だ。わかったね？　われわれは外国人《ガジョ》だ。礼節の物差しはとりあえず忘れてくれるな？　手出ししないな？　もしそんなことをすれば、この連中はきみを殺すだろうよ——いや、このわたしをも」

「ダルコ」ボンドはいった。「わたしにはフランス人の友人がいる。参謀本部第二局のマティスという男だ。そのマティスが以前こんな話をしていた——『強烈なスリルが大好きだ』と。わたしもおなじだよ。あなたの名誉を傷つけるものか。男たちが女をめぐって争うのは珍しくない。しかし、男をめぐって女が争うとなれば話は別だ。そういえば爆弾の件はどうなった？　あなたのオフィスに仕掛けられた爆弾だよ。あれについて、さっきの男はなにを話していた？」

「あれは〈顔のない男たち〉の頭目がやったことだ。あいつが自分で爆弾をあそこに仕掛けた。ボートで金角湾をくだってきて、梯子《はしご》をつかって壁に爆弾を仕掛けたとね。あいにくなことに、やつは目当てのわたしを仕留めそこなった。作戦計画はよく練られていたよ。頭目はギャングだ。ブルガリアからの亡命者で、名前はクリレンク。この借りはかならず返してもらわなくてはな。どんな風の吹きまわしで唐突にわたしを殺そうと思いたったのかは謎だが、ふざけた真似をされて引き下がっているわけにはいかない。今夜、遅くにでも手を打ってもいいな。なに、やつの住まいはわかってる。ここのヴァヴラが犯人を知っていた場合にそなえ、さっきの運転手には必要な道具をそろえて、またここへ来るように申しおいたんだよ」

厚手の生地を古めかしいスタイルで仕上げたワンピースを身につけ、首には金貨をつなげたネックレスをかけ、左右の手首それぞれに細い金のブレスレットを十本ずつはめている、目が覚めるほど美しい若い女がテーブルから近づき、ケリムの前でかすかな金属音とともに優美なしぐさでお辞儀をした。女がなにかいい、ケリムが答えた。

「テーブルに招かれたよ。きみが指で上手に食事できればいいんだが。見たところ、今夜はここのだれもがとっておきの服でおめかししているようだ。さっきの若い女は婚礼衣装なみだよ。金のアクセサリーをたくさん身につけていただろう？　あれは持参金だ」

ふたりはテーブルに歩みよった。族長《ていちょう》の左右の席がひとつずつ空けられていた。ケリムが、テーブルに招待されたことへの鄭重な礼とおぼしき言葉を口にした。族長は礼をききいれたしるしに、そっけなくうなずいた。ふたりは席に腰をおろした。それぞれの前には、強烈なにんにく臭のする煮込み《ラグー》の大皿があり、ラクのボトルが一本あり、水のピッチャーと安物のグラスが置いてあった。テーブルにはまだ手をつけていないラクが何本もならんでいた。まずケリムが自分の前のボトルをとってグラスに半分ほどラクを注ぐと、全員がしたがった。ケリムは水で割ってグラスをかかげた。ボンドもおなじようにした。ケリムが熱っぽい挨拶をおえると、全員がグラスをかかげて乾杯した。雰囲気がしだいに打ち解けてきた。ボンドの隣の老女が細長いパンを手わたして、なにかいった。ボンドは微笑んで、「ありがとう」と英語でいった。それからパンをひと口ぶんちぎって、残りをケリムにまわした。ケリムは親指と人差し指をラグーに突っこんでさぐっていたが、ボンドが差しだしたパンを反対の手でうけとり、同時に大きな肉をひときれつまみあげて口に入れ、もぐもぐと食べはじめた。

ボンドもそれにならおうとしたが、ケリムが静かな、しかし鋭い声音で注意してきた。

「ジェームズ、食べ物を口に運ぶのは右手だけだ。この連中のあいだでは、左手をつかうのはある特定の用事のときにかぎられるんだ」

ボンドはいったん中空で静止させた左手を動かして、いちばん手近なラクのボトルをつかんだ。それから自分のグラスにラクを半分ほど注ぎ、右手で食事をしはじめた。ラグーは美味だったが、湯気をあげるほど熱かった。指をラグーに沈めるたびに、ボンドは熱さに顔をしかめた。この場の全員が食事をするふたりを注視していた。隣の老女はおりおりにボンドのラグーに指を突っこんでは、具を選んでくれた。

ふたりがそれぞれの料理をたいらげると、薔薇《ばら》の花弁を浮かべた水を入れた銀のボウルときれいなリネンが、ボンドとケリムのあいだに置かれた。ボンドは指や脂《あぶら》の垂れたあごなどを清めてから招待主にむきなおり、礼儀にのっとって短い感謝の言葉を口にした。ケリムがそれを通訳する。テーブルの面々から賞賛のざわめきがあがった。ジプシーの族長がボンドにむかって軽く一礼して発言し、それをケリムが英語に訳した——自分は外国人《ガジョ》をひとしなみにきらっているが、ボンドは例外であり、友人と呼べることを誇りに思う。つづいて族長が両手を強く打ちならすと、テーブルの全員が立ちあがって、ベンチをテーブルの前から運び、ダンスステージをとりまくように配置しなおしはじめた。

　ケリムがテーブルの前をまわってボンドに近づき、ふたりはいっしょに歩いてテーブルから離れた。「いまの気分は？　連中、例のふたりの女を迎えにいったぞ」

　ボンドはうなずいた。夜のお楽しみを満喫している気分だった。まわりの景色は美しく、雰囲気はスリルに満ちていた——円形に配置されたベンチに腰を落ちつけつつある人々を月の白い光が照らし、だれかが身じろぎするたびに金や宝石がきらきら煌《きら》めいた。一段高いダンスステージはまぶしい光の池のようであり、影という黒いスカートをまとった静かな歩哨を思わせる木々が、その景色のすべてをとりまいていた。

　ケリムはボンドを、族長がひとりですわっているベンチに案内した。ふたりは族長の右隣に腰をおろした。

　緑の目をもつ黒猫がゆっくりとダンスステージを横切り、子供たちのグループにくわわった。子供たちは、まもなくだれかがダンスステージにあがって授業をはじめるのを待っているかのように、静かにすわっていた。猫はぺたんとすわりこむと、胸の毛を舐《な》めはじめた。

高い石塀の反対側から馬のいななきがきこえた。ジプシーのふたりが、馬の言葉の意味がわかるような顔つきで、後方の声の方向へ顔をむけた。だれかがスピードをあげながら坂道をくだってきているのか、自転車のベルの涼しげな音が道路のほうからきこえた。

　身がまえているような静寂を破ったのは、かんぬきが引き抜かれる大きな金属音だった。石塀の扉が一気に引きあけられるなり、ふたりの女が怒れる猫さながらに唾を吐きあっては取っ組みあいながら入口を通り抜け、芝生の上を進んで見物の輪のなかへ飛びこんできた。

18　強烈な刺戟《しげき》

ジプシーの族長が割れ鐘のような声をあげた。ふたりの女はしぶしぶ離れると、ともに族長へむきなおった。族長は強く非難しているような口調で話しはじめた。

ケリムが片手で口を覆い、その裏からこういった。「ヴァヴラはふたりの女にむかって、自分たちはジプシーの偉大なる一族であり、その一族におまえたちは諍《いさか》いの種をもちこんだ、と話してる。自分たち一族がおたがいに憎しみをぶつけあう余地はない、憎しみはすべて外部にむけるべきだ。おまえたちがつくりだした憎しみを払い捨てることなくして、一族がふたたび平和な暮らしをとりもどすことはかなわない。ふたりの女はこれから戦うことになっている。敗者は、たとえ落命しなくても、ここから永久に追放される、と話してる。死刑宣告も同然だよ。この人々は一族のもとを離れたがさいご、あとは病み衰えて死ぬほかないんだ。われわれの世界では生きられないんだよ。たとえるなら、野生のけだものを檻《おり》に閉じこめて飼うようなものだ」

ケリムが話しているあいだ、ボンドは闘技場中央でにらみあう二頭の緊張もあらわな美しきけだものを仔細《しさい》に検分していた。

ふたりはどちらもジプシーらしい浅黒い肌で漆黒《しっこく》の髪を肩まで伸ばし、スラム街の貧民を連想させるぼろの寄せあつめのような服を着ていた——つぎはぎだらけの、くたびれた茶色のシフトドレスだった。片方は骨格も大ぶりで、どう見ても相手より力がありそうだったが、沈んだ顔つきで目の動きも鈍《にぶ》く、身ごなしもあまり速そうではなかった。それでもライオンにも通じる堂々とした雰囲気があり、その場に立って辛抱強く族長の話をきいているあいだ、重たげな瞼《まぶた》がかぶさっている目には鈍く赤い輝きが宿っていた。こっちの女が勝ちそうだな、とボンドは思った。相手よりも一、二センチ背が高く、腕力もまさっているみたいだから。

こちらの女が雌ライオンなら、相手の女は豹《ひょう》だった——しなやかで敏捷《びんしょう》に動き、抜け目なさそうな鋭い目は話している族長を見てはおらず、滑るように左右に動いては距離を見てとっているばかりか、両脇に垂らされた手はどちらも鉤爪《かぎづめ》のかたちになっていた。すらりとした足の筋肉は男にも匹敵するほど硬そうだった。もうひとりの女は豊満な胸をそなえていたが、こちらの女の乳房は小づくりで、ぼろ同然のシフトドレスの布地をほとんど押しあげていなかった。油断のならない雌猫めいた小娘だな、とボンドは思った。最初の一手を奪うのはこちらの女になりそうだ。相手以上に手さばきが速そうだ。

しかし、すぐにボンドの見立てちがいだということが明らかになった。ヴァヴラが最後の言葉をまだ口にしているあいだに、大柄なほうの女——ゾラという名前だとケリムが耳打ちしてくれた——が狙いを定めないまま勢いよく横へ足を蹴りだし、相手の女の腹部をまともにとらえた。たまらず小柄な女がよろめくと、大柄な女はすかさず大きく腕をふるって相手の側頭部に鉄拳を見舞った。小柄な女は石の床に倒れ伏した。

「あらまあ、ヴィーダ」見物人のなかから、嘆くような女の声があがった。しかし、女が気を揉む必要はなかった。ヴィーダなる女が明らかに息を切らしていながらも、地面に倒れたまま芝居をしていることはボンドにも見てとれた。ゾラがあばらを狙って足で蹴りつけているあいだ、ヴィーダは腕を丸めて顔をかばっていたが、腕の陰で目がぎらりと光っているのがボンドには見えていた。

ヴィーダの両手がすばやく前へ突きだされた。両手が片足の足首をがっしりつかむと同時に、頭が蛇そっくりに繰《く》りだされ、ゾラの足の甲に打ちつけられて動きを封じた。ゾラは痛みに悲鳴をあげ、動けない片足を激しくよじった。手おくれだった。ヴィーダが両手で相手の足首をつかんだまま、地面に片膝《ひざ》をついて体を起こし、足首から手を離さないで一気に立ちあがった。ヴィーダが手にした足をさらにもちあげると残る片足も地面から離れ、ゾラは派手にばったり倒れこんだ。

大柄な女が倒れた衝撃で地面がふるえた。ひととき、ゾラは倒れたまま動かなかった。その一瞬をついてヴィーダが野獣めいたうなりをあげながらゾラの上に飛び乗り、爪をたてて引っかきはじめた。

これは驚いた、とんだあばずれ猫じゃないか――ボンドは思った。隣のケリムは歯のあいだから緊張もあらわに息をしていた。

しかし大柄な女のほうは両肘《ひじ》と両膝で身を守りぬき、ようやく足を蹴りだしてヴィーダを突き飛ばすことに成功した。ついでよろけながら立ちあがると歯を剝《む》きだし、すばらしい肉体からシフトドレスのぼろきれを垂らしたままあとずさった。しかし、即座に攻撃を再開した——両腕を前へ伸ばして相手を押さえこもうとする。小柄なヴィーダはひらりと横へ跳んだ。ゾラの片手がヴィーダのシフトドレスの襟をつかんで、そのまま裾まで引き裂いた。しかしヴィーダは間髪をいれずに敵のふところに飛びこんで両腕の下で身をよじり、両の拳と両の膝でゾラを殴ったり蹴ったりしはじめた。

この接近戦法は計算ミスだった。ゾラの剛腕が小柄な女の体をがっちりとつかんだ。その結果ヴィーダの両手は下へ垂れたまま動きを封じられ、敵の目を狙えなくなった。さらにゾラがじわじわと両腕を絞めはじめ、一方のヴィーダは足や膝をむなしく動かしつづけていた。

このときにはボンドは、大柄なゾラが勝ちそうだと考えていた。あとはヴィーダを一気に押し倒して馬乗りになればすむ。ヴィーダは頭をステージの石材に激しくぶつけるだろうし、そうなればゾラのやりたい放題だ。しかし、一瞬にして悲鳴をあげるのはゾラのほうになっていた。ボンドが見ると、ヴィーダがゾラの豊満な胸に顔を深く埋めていた。歯が大活躍していた。ゾラはヴィーダの髪をつかんで顔を引き離そうとし、その拍子に腕の力がゆるんだ。しかし、それで両手が自由になったヴィーダはすかさず大柄なゾラの体をめちゃくちゃに引っかきはじめた。

ふたりの女はさっと離れ、それぞれ猫めいた動きであとずさった。残っているシフトドレスの裂けた布地の隙間から、ぬらぬらと輝く素肌がのぞいていたほか、大柄なゾラのあらわになった乳房は血ぬられていた。

ふたりとも間一髪で攻撃をかわせたことに安堵しつつ、相手の出方を慎重にうかがいながら、ぐるぐるとまわりつづけていた。まわりながら、ふたりは残っていたぼろ布を引きちぎって観客のほうへ投げ捨てた。

汗で濡れ光るふたつの裸身があらわになり、ボンドは思わず息をのんだ。隣のケリムの体が緊張にこわばったのもわかった。輪をつくって見守っていたジプシーたちは、ふたりの女闘士にわずかだが近づいたようだった。月がぎらぎら光る目を輝かせ、あたりには息を弾ませた熱っぽいささやき声が立ちこめていた。

ふたりの女はいまもまだ歯を剥きだし、ぜいぜいと音をたてて息をしながらにらみあって、その場をまわりつづけていた。ふたりの波打つような胸や腹部、そして硬く引き締まった少年のような脇腹が月の光を反射していた。ふたりの足が白いコンクリートに、黒々と濡れた痕を残していた。

そして今回も最初に動いたのは大柄なゾラのほうだった——両手をレスラーのように突きだした姿勢で、いきなり前方へ身を躍らせたのだ。しかし、ヴィーダはしっかり地歩を守った。すかさず右足をフランス式キックボクシングの流儀ですばやく突きだして蹴りつける——足は目標をとらえて、銃声めいた音をたてた。大柄なゾラは痛みにぎゃっと悲鳴をあげて、自分の足をつかんだ。ヴィーダはこの機を逃さず反対の足を繰りだしてゾラの腹部を蹴りつけるなり体当たりをしかけた。

ゾラがガくりと地面に膝をつき、観客たちから低いうめき声が洩《も》れた。ゾラは顔をかばうべく両手をもちあげたが、これも遅きに失した。小柄なヴィーダがゾラに馬乗りになって両手をつかみ、同時に全体重をかけて地面に押し倒した。剝きだしになったヴィーダの歯が、嚙んでほしいといわんばかりのゾラの首に近づいていく。

どかーん！

爆発音が響き、張りつめていた空気が一瞬にして胡桃《くるみ》のように割れた。ダンスステージ裏に広がっていた暗闇が炎の一瞬の閃光《せんこう》で照らしだされ、石塀の破片が〝ひゅん〟と歌いながらボンドの耳の近くをかすめていった。一瞬で果樹園は走りまわる男たちでいっぱいになり、族長は彎刀を前に突きだしたまま、石づくりのダンスステージを進んでいった。ケリムは片手に拳銃をかまえて族長につづいた。目を大きく見ひらいて棒立ちになったふたりの女の横を通りすぎざま、族長はひと声ふたりに叫んだ。ふたりはすぐに木立のなかへ走って姿を消した。ほかの女子供たちは、すでに暗闇に姿を消していた。

ボンドは狙いを定められないままベレッタをかまえ、爆弾が果樹園の石塀の一部を吹き飛ばした結果できた裂け目へケリムのあとから近づきながら、いったいなにが起こっているのかと思案した。

塀にあいた穴とダンスステージのあいだの芝生部分は、争いあったり走って逃げたりしている人々で大混乱だった。ボンドにもいざ格闘の場にたどりつくまでは、普段着姿のずんぐりしたブルガリア人たちと、きらびやかなアクセサリーがくるくる回転しているようなジプシーたちとの区別がつかなかった。ジプシーよりも〈顔のない男たち〉のほうが数で勝っているように見受けられた。人数はほぼ二倍近い。大人数で取っ組みあっている人体の塊《かたまり》にボンドが目を凝《こ》らすあいだにも、そこからひとりの若いジプシーが腹を押さえて弾かれたように離れてきた。若者は痛ましい咳をしながらボンドに近づく。若者を追いかけて、ふたりの小柄で浅黒い男がどちらもナイフを低くかまえてやってきた。

ボンドはとっさに横っ飛びし、ふたりの男の背後に人の群れがいないような位置を確保してから、男たちの膝より上の腿《もも》に狙いをつけた。ボンドの手のなかで拳銃が銃声を二回たてた。ふたりの男は声もあげないまま芝生にうつぶせに倒れこんだ。

つかった弾薬は二発。残りはわずか六発。ボンドはじわじわと戦いの場に近づいた。

一本のナイフが空《くう》を切る音とともにボンドの頭の近くを飛びすぎていき、金属音とともにダンスステージに落ちた。

ナイフは、ふたりの男に追われて群集から飛びだしてきたケリムを狙ったものだった。ふたりめの男が足をとめ、手にしたナイフをかまえて投げようとした。ボンドは腰だめにかまえた拳銃を狙いもつけずに発砲した——男がばたりと倒れるのが見えた。残る男はすかさず向きを変え、木立へ走って逃げていった。ケリムはボンドの横で地面に膝をつき、自分の拳銃と格闘していた。

「掩護《えんご》してくれ」ケリムが叫んだ。「最初の一発が詰まっちまった。癪《しゃく》にさわるブルガリア人どもめ。連中がなんのつもりでこんな真似をしているのか、さっぱりわからない」

一本の手が背後からまわりこんでボンドの口を覆い、そのまま体を後方へ強く引いた。地面に倒れこむまでのあいだ、ボンドは石炭酸石鹼《せっけん》とニコチンのにおいを嗅ぎとった。うなじにブーツを強く押しつけられたのがわかった。芝生の上で体を横へ転がしながら、ボンドはナイフで突き刺される火のような激痛を覚悟した。しかし男たち——全員で三人だった——はケリムを追いかけていた。ボンドがあわてて片膝をついて起きあがると、ずんぐりした小柄な人影が三つ、しゃがみこんでいたケリムにわらわらとのしかかっていった。ケリムは最後に一度だけ、発砲できない役立たずの拳銃を上へ突きあげたが、それっきりあっけなく三人の下敷きになった。

ボンドが一気に身を前へ躍らせて、丸いスキンヘッドに拳銃の台尻を叩きつけると同時に、なにかがすばやく目の前を飛びすぎていった——見ると、ジプシーの族長が手にしていた彎刀が、ふたりめの敵の波打つように動く背中に突き立てられていた。三人めの男はすばやく走って逃げた。塀の裂け目の前に立っている男は、おなじ一語だけをくりかえし叫んでいたし、攻撃者たちはひとりまたひとりと乱闘の場を離れて、男のほうへ走っていき、前を走りすぎて表の通りへ消えていった。

「撃て、ジェームズ、撃つんだ！」ケリムがいった。「やつがクリレンクだぞ」

ついでケリムが走りだそうとした。ボンドの銃が一度だけ銃声をあげた——しかし男は身をひるがえし、塀の向こう側に消えた。いずれにしても、夜間にオートマティックの拳銃で三十メートル先の標的を撃ちぬくのは容易ではない。熱くなった銃をボンドがおろすのと同時に、ランブレッタのスクーター部隊がいっせいにエンジンをかける音がスタッカートになって響きはじめた。ボンドはその場に立ったまま、猛スピードで丘をくだっていく部隊があげる蜂の羽音めいたエンジン音に耳をかたむけた。

あたりは怪我人のうめき声のほかは静かになっていた。石塀の裂け目から引き返してきたケリムとヴァヴラが地面に転がる死体のあいだを歩き、ときおり足で死体をひっくりかえしているさまを、ボンドはぼんやりとながめていた。ほかのジプシーたちも表通りから引き返してきた。暗がりから急ぎ足で出てきた年かさの女たちが、仲間の男たちの手当てをはじめた。

ボンドは頭を左右にふった。いったいなんの騒ぎだったのか？　十人、いや、それ以上の男たちが殺された。なんのために？　襲撃者たちはだれを仕留めようとしていたのか？　ボンドではない。先ほど倒れ、すぐにでも殺しの餌食《えじき》になるというときでさえ、敵はボンドを素通りしてケリムへむかっていった。ケリムが命を狙われるのは、これで二度めだ。ロマノヴァの一件となにか関係しているのか？　両者に関連があるとすれば、どんな関連だと考えられる？

ボンドははっとした。腰にかまえていた拳銃がそのまま二度つづけて火を噴いた。ケリムの背中から、ナイフが害を与えないまま地面に落ちた。死者たちのあいだから起きあがった人影がバレエダンサーのようにゆっくり体を回転させて、うつぶせに倒れこんでいく。ボンドはすかさず走りだした。ぎりぎりで間にあった。たまたま月の光がナイフの刃をとらえ、たまたま妨害物なく撃てる位置にいたからだ。ケリムは地面で痙攣《けいれん》している男を見おろし、頭をめぐらせてボンドと目をあわせた。

ボンドは即座に足をとめて、「救いようのない愚《おろ》か者だな」と、怒りもあらわにケリムにいった。「どうしてもっと慎重に行動しないんだ？ 乳母のひとりもついていないと駄目なのか？」ボンドの怒りの大部分は、ケリムの身辺に死の暗雲を呼び寄せたのが自分だとわかっているがゆえのものだった。

ダルコ・ケリムはばつがわるそうに、にやりと笑った。「いやはや、面目丸つぶれだな、ジェームズ。こんなに何度もきみに命を助けられていたのではね。これまでは対等の友人だったかもしれない。でも、いまではきみとの差が大きくひらきすぎてしまった。わたしを大目に見てくれ――返しきれない大きな借りができているがね」

ボンドは手をふってケリムの言葉を払いのけた。「あんまり馬鹿なことをいうものじゃないよ、ダルコ」とぶっきらぼうにいう。「わたしの拳銃がうまく動いただけだ。そっちの銃は動かなかった。ちゃんと作動する銃を調達したほうがいいぞ。頼むから、いまの騒ぎがなんだったのかを教えてくれ。今夜は多すぎるほどの血が流された。うんざりだよ。一杯やりたくなった。さあ、残っているラクを空けてしまおう」そういってボンドは大男のケリムの腕をとった。

夕食の残りが乱雑に散らばるテーブルにふたりが引きかえすと同時に、耳をつんざくような恐ろしい悲鳴が果樹園の奥深くからあがった。ボンドは銃に手をかけた。ケリムがかぶりをふって、「ほどなく〈顔のない男たち〉がなにを狙っていたのかも明らかになりそうだ」と陰気な口調でいった。「わが友人たちが調べているところだよ。なにが明らかになるのかも見当はつくね。今夜ここへ来たことで、わたしはもう彼らから一生許してもらわたしはもう彼らから一生許してもらえそうもない。なにせジプシー仲間が五人も死んだんだ。

「女もひとり、あやうく死にかけた」ボンドは同情のかけらすらない口調だった。「でも、あんたは女の命を救った。つまらないことをいうな。ここにいるジプシーたちも、あんたに頼まれてブルガリア人たちの動向をスパイしはじめたときから、危険は承知のうえだったはずだ。これはギャングの抗争だよ」そういってボンドは、ラクを注いだふたつのグラスに水を足した。

ふたりはどちらも、ひと口でグラスを空けた。ジプシーの族長がひと握りの雑草で彎刀の先端を拭《ぬぐ》いながら近づいてきた。ベンチに腰をおろすと、ボンドがさしだしたラクのグラスを受け取る。しごく意気軒昂《けんこう》としているように見えた。ひょっとしたら、まだ戦いたりない気分かもしれない――ボンドはそんな印象をうけた。ジプシーが秘密めかした口調でなにかいった。

ケリムは含み笑いを洩らした。「族長は、自分の見立てが正しかったといってる。きみは殺しの達人だ、と。そこで、さっきのふたりの女をきみの手に委ねたいと申してでてる」

「族長には、ひとりでもわたしの手にあまると伝えてくれ。ただし、ふたりともきわめつきの美女だとわたしが思っていることも、同時に伝えてほしい。そして、わたしの顔に免じてふたりの争いを引き分けでおわりにしてくれたらありがたい、とも。それでなくても、今夜はもう族長の仲間たちが大勢死んでいる。一族の者を増やすためにも、先ほどのふたりの女が必要になるだろう、とね」

ケリムがその言葉を通訳した。族長は渋い顔でボンドをにらみ、きつい口調でなにかいった。

「族長は、きみからそんなむずかしい頼みごとをされても困るといっている。また、きみは優秀な戦士でありながら、他人に情けをかけすぎるとも話してる。それでも、きみに頼まれたとおりにするそうだ」

ボンドが感謝の笑みを見せても、族長は無視してケリムに早口で語りかけはじめた。ケリムは真剣な面持ちで話にききいり、おりおりに質問をさしはさんでいた。クリレンクの名前がくりかえし出ていた。次はケリムが話す番だった。その声には深い悔恨の念がみなぎり、族長からの抗議にあっても言葉を途切らせることはなかった。最後にクリレンクの名前がまた出てきた。ケリムがボンドにむきなおった。

「わが友よ」ケリムはそっけない口調だった。「この事件は妙なことだらけだ。まずブルガリア人には、族長のヴァヴラをはじめ、できるだけ多くの男たちを殺せという命令が出されていた。ここまでは単純な話だ。連中は、ジプシーがわたしに協力して動いているこっていたからね。まあ、手口そのものは荒っぽいとはいえそうだ。そうはいってもロシア人は、殺しにかけては洗練とは無縁だ。大量殺戮《さつりく》が大好きときてる。今回の第一の標的はヴァヴラだった。わたしが第二の狙いだな。わたし個人を標的にした宣戦布告なら、まだわからないでもない。しかし、どうやらきみには手を出すなという話だったようだ。きみの人相は正確に伝えられていたから、手ちがいの起こりようはなかった。奇妙なのはその点だよ。外交上の問題に発展するのを避けたかったんだろうか。真相がだれにわかる? ともあれ襲撃計画はよく練られていた。連中は周回ルートで丘の上へあつまり、こっちに音がきこえないようにエンジンを切ったまま、坂道をくだってきた。ここは人里離れているし、警官なんてものは半径十キロ以内にはいない。これまであの連中を軽く見ていたことが、われながら恥ずかしい」

ケリムは困惑していた。おもしろくなさそうな顔を見せている。ついで心を決めたらしく、また口をひらいた。

「しかし、もう日付の変わる真夜中だ。迎えのロールスがおっつけここへ来る。このあと帰ってベッドにはいる前に片づけておきたい、ちょっとした仕事が残ってる。そろそろ、ここを引きあげる潮時だ。ここの連中も明るくなる前にやらなくちゃいけない仕事がいろいろある。たくさんの死体をボスポラス海峡に沈めたり、石塀の修理をしたりといった仕事だ。昼になれば、この騒動の痕跡はひとつ残らず消えているだろうね。われらの友人はきみの無事を祈るといっていた。ぜひまたここへ来てくれ、ゾラとヴィーダのふたりは、乳房が垂れおちるまできみのものだ、ともいってる。きょうの出来事で、わたしを責めるつもりではないともいってくれた。今後もブルガリア人をここへ引き寄せてくれとまで話してる。今夜はブルガリア人を十人片づけたが、族長はもっと呼んでこいといってるよ。さて、これからわれわれは族長と握手をして引きあげる。族長がわれわれに求めているのはそれだけだ。われわれは族長の親しい友人だが、しょせん外国人《ガジョ》だ。それに族長は、自分のところの女たちが死者を悼《いた》んで泣くところを見られたくないんだろうよ」

ケリムがその大きな手を差しだした。ヴァヴラはその手をとると、ぎゅっと握りながらケリムの目をのぞきこんだ。一瞬だったが、族長の迫力ある目がふっと濁《にご》った。それから族長はケリムの手を離してボンドにむきなおった。その手は乾いていて、ざらざらした感触があり、大きな動物の肉球がある肢のような弾力もあった。このときも、その目が濁っていた。族長はボンドの手を離した。ついで、せっぱ詰まった調子でケリムに早口に語りかけたきり、ふたりに背中をむけて、木立のほうへ歩いていった。

ケリムとボンドが石塀の裂け目を抜けて外へ出ても、仕事の手を休めて目をむけてくる者はひとりもいなかった。道の数メートル先、カフェ入口と道をはさんだ反対側にロールスロイスが月明かりに車体を光らせて待っていた。運転手の隣に若い男がすわっていた。ケリムが片手で男をさし示した。

「あれはわたしの十番めの息子だ。名前はボリス。あの息子が必要になるかもしれないと思ってね。どうやらそのとおりになったようだ」

若い男はボンドにむきなおった。「こんばんは、サー」

ボンドにはボリスが、例の倉庫に詰めていた事務員のひとりだとわかった。主任書記官とおなじように浅黒い肌の精悍《せいかん》な男で、目はやはりブルーだった。

車は丘をくだりはじめた。ケリムが運転手に英語で話しかけた。「競馬場広場《ヒッポドローム》から細い通りに折れてくれ。いったんそこまで行ったら、あとは静かに進む。とまる場所はわたしが現場で指示する。制服と道具をもってきたか？」

「はい、ケリムさま」

「けっこう。スピードをあげろ。もうみんな寝ている時間だ」

ケリムはシートに身を沈め、タバコをとりだした。ふたりは車内に腰をすえて、タバコを吸った。ボンドは窓外の陰気な通りをながめながら、街灯が少ないのは貧しい区域であることの証拠だと思っていた。

ケリムはしばらく黙っていたが、やがておもむろに口をひらいてこういった。「あの族長は、われわれのどちらの頭上にも〝死の翼〟が見えるといっていた。それに、わたしには〝雪の息子〟に気をつけろといい、きみは〝月にとらわれた男〟に気をつけるべきだと話してた」ケリムは耳ざわりな笑い声をあげた。「まあ、ジプシー連中ならではの駄弁のたぐいだよ。しかし族長は、クリレンクがそのどちらでもないというんだよ。これはいい話だ」

「どうして？」

「あいつを殺すまで、わたしが枕を高くして眠れないからだ。今夜起こったことが、きみやきみの任務に関係があったかどうかはわからない。しかし、そんなことはわたしにはどうでもいい。理由はどうあれ、宣戦布告はわたしに対してなされた。こちらがクリレンクを殺さなくては、あいつが三度めの正直でわたしを殺す。だからこそ、われわれはやつと会う場にむかっているわけだ」ケリムはおのれをユダヤ教の古い物語に出てくる死神になぞらえ、その死神が向かうはずの地を口にした。「――サマラへね」

19　マリリン・モンローの口

車は人影のない道を走り、天を衝《つ》く尖塔《ミナレット》が下弦の月へむけてそびえる、影に包まれたモスクの前を通り、ローマ帝国時代の水道橋の遺構をくぐり抜け、アタチュルク大通りを突っ切って、グランバザールとも呼ばれる屋根つき市場《カパルチャルシュ》の柵で閉ざされた出入口の北側を走り抜けた。コンスタンティヌスの円柱に行きあたると、車は右に折れ、ごみの異臭がただよう曲がりくねった剣呑《けんのん》な道を進んでいき、その先でようやく、装飾がほどこされた細長い広場にたどりついた。広場には三本の石柱が立ち、星空へむけて発射準備をととのえている三基のロケットのように照明を浴びていた。

「スピードを落とせ」

ケリムが静かな声でいった。車はライムの木が落とす影のなかを走って広場をまわった。車が広場東側から延びる道にはいると、トプカプ宮殿の下方にある灯台が大きな黄色い目でウィンクをしているのが見えてきた。

「とまれ」

車はライムの木の下の暗闇にとまった。ケリムがドアハンドルに手をかけた。

「ジェームズ、われわれはすぐもどる。きみは前の運転席にすわって、もし警官が来たら『ベン・ベイ・ケリムイン・オルタイム』とだけ答えればいい。このトルコ語を覚えていられるか？『わたしはケリムさんの連れです』という意味だ。そう答えれば、それ以上なにかいわれることはない」

ボンドは鼻を鳴らした。「お気持ちはありがたい。しかし、わたしもいっしょに行くといったら驚くかな。わたしを置いて出かければ面倒なことになるぞ。車にすわったまま警官を嘘でごまかす役は遠慮したいね。そう答えても、警官はお返しにトルコ語の集中砲火を浴びせてくるに決まってる。わたしが答えに窮《きゅう》すれば、警官は怪しいにおいを嗅ぎつけるだろうな。異論は受けつけないよ、ダルコ」

「だったら、気にいらない展開になっても、わたしを責めるな」ケリムは気まずい顔でいった。「血も涙もない、ただの殺しになるんだから。眠っている犬どもは見逃してやっても、目を覚まして嚙みついてきたら撃ち殺すのがこの国の流儀だ。犬どもに決闘を申しこんだりはしない。わかったな？」

「おおせのままに」ボンドは答えた。「忘れているといけないのでいっておけば、こっちの銃にはまだ一発だけ残ってる」

「だったらいっしょに来たまえ」ケリムはしぶしぶながらいった。「まだこの先、けっこう歩かなくてはならん。運転手と息子のふたりは別方向からむかう」

ケリムは運転手から革のケースにおさまった長い杖を受けとって、肩にかついだ。それからふたりは下方に見えている灯台の黄色いウィンクの方角へと坂道をくだっていった。ふたりの足音が閉まっている商店の鉄のシャッターに跳ね返って、背後からふたりを追いかけてくる。人っ子ひとりいないばかりか、猫一匹見あたらなかった。灯台という遠くの隻眼《せきがん》へむかう長く寂しい道を単身で歩かずにすんだことが、ボンドにはありがたかった。

そもそもの最初からボンドにとってイスタンブールは、夜になると石のあいだから恐怖が這いだしてくる街という印象だった。何世紀にもわたって、これだけ多くの血と暴力にまみれてきた都市は、昼の光が消えれば、死者の亡霊たちだけが住む地に変わるようにボンドには思えた。ほかの旅行者もおなじだろうが、ボンドにも本能がこう告げてきた——イスタンブールは生きて脱出できれば御《おん》の字の街だ、と。

やがてふたりは悪臭ただよう狭い路地の入口にたどりついた——路地は道から右手に分岐して、急勾配の下り坂になっていた。ケリムは路地に折れ、丸石敷きの道を用心深く進みはじめた。

「足もとに気をつけたまえ」ケリムが静かな声でいった。「わが国の立派な住民たちがこのあたりの路地に投げ捨てているのは、お上品に〝廃棄物〟といいつくろえるしろものじゃないぞ」

濡れた丸石がつくる川のような路面を月が白く照らしていた。ボンドは口をしっかり閉じて鼻で呼吸をしていた。また、雪の斜面をおりていくときとおなじように、片足を地面にきっちり平らにおろしてから次の一歩を踏みだす歩き方を心がけた。ホテルのベッドや、甘い香りをただよわせるライムの木の下にとまっている車のすわり心地のいいクッションを思いつつ、今回の任務ではこの先何回くらい、こういった鼻のひん曲がりそうな悪臭に出迎えられるのだろうかと考えもした。

路地をおりきったところで、ふたりは足をとめた。ケリムは笑みに白い歯をたっぷりとのぞかせて、ボンドにむきなおった。それから、上方に見えている黒々とした影の塊《かたまり》を指さした。「あれがスルタンアフメト・モスク。ビザンチン様式のフレスコ画で有名だ。きみにわが国の美をもっと案内する時間がないのが、かえすがえすも残念だよ」

ケリムはボンドの返答を待たずに右に折れて、安っぽい商店がならぶ埃っぽい道を歩きはじめた。道は下り坂になっていて、その行き着く先にはマルマラ海が光のきらめきになって見えていた。ふたりは十分のあいだ無言で歩いた。ついでケリムが足どりをゆるめ、ボンドを物陰にさし招いた。

「単純な作戦行動になるぞ」ケリムは押し殺した声でいった。「クリレンクはこの先、鉄道線路沿いに住んでいる」いいながら、大通りの突きあたりに多くあつまっている赤と緑の光の方角を大まかに指さした。「住んでいるのは、あの大きな広告看板の裏にある小屋だ。小屋には玄関があるが、それ以外にも広告看板を通り抜ける隠し扉もある。やつは、隠し扉の存在をだれも知らないと思いこんでる。運転手と息子は玄関から突入すれば、クレリンクは広告看板から逃げようとする。そこを、わたしが撃ち殺す。いいな？」

「お好きなように」

ふたりは建物の壁にへばりつくようにして大通りを先へ進んだ。十分もすると、通りを下りきった丁字路に面して立つ高さ六メートルの広告看板が見えてきた。月が看板に隠されているせいで、広告面は暗くなっていた。ここへきてケリムはこれまで以上に慎重に、足音を殺して一歩一歩進みだした。広告看板の百メートル弱手前まで来ると、影が切れて、月明かりが白々と丁字路を照らすようになった。ケリムは大通りのいちばん端にある商店の暗い戸口に踏みこみ、ボンドを自分の胸に引き寄せるようにして前に立たせた。

「さて、ここからは待ちの一手だ」

ケリムがそうささやきながら、なにやら手を動かしている気配がボンドにも伝わってきた。革の杖ケースのキャップがあくときの〝ぽん〟というひそやかな音がした。ついで長さ六十センチほどで両端が膨らんでいる、ずっしり重いスチールの細い筒のようなものがボンドの手に押しつけられた。

「夜間狙撃用の暗視スコープだ」ケリムが耳打ちしてきた。「赤外線レンズ。ドイツ製だよ。暗闇でもよく見える。あそこにある大きな映画の宣伝看板をそいつで見てみるといい。あの顔だ。鼻のすぐ下。隠し扉の輪郭線が見えるぞ。鉄道の信号ボックスを目印にしたら、その真下にあたるところだ」

ボンドは前腕をドアの脇柱について支え、金属の筒を右目の前にもちあげた。筒の反対側に見えている黒い影に目の焦点をあわせる。黒がじわじわと灰色に変化してきた。巨大な女の顔といくつかの文字が見えてきた。ついで文字が読みとれるようになった。そこには《ナイアガラ　マリリン・モンロー&《ヴェ》ジョゼフ・コットン》とあった。その下には《ボンゾ・フトボロウ》という子供むき映画の広告。ボンドはマリリン・モンローの膨らませた巨大な髪からスタートして崖のようなひたいを降下し、六十センチばかりありそうな鼻から、さらに洞窟のような鼻孔にまでスコープを移動させた。広告看板のなかに、うっすらと四角形が見てとれた。四角形は鼻の真下からはじまって、このうえなく蠱惑《こわく》的なカーブを描く唇にかかっていた。高さは九十センチほど。地上からはかなりの高さがあった。

　ボンドの背後から、静かな〝かちり〟という音が何回もつづいてきこえた。ついでケリムが杖を前に突きだした。ボンドが見当をつけていたとおり、杖ではなく銃だった――それもライフル。スケルトン仕様の床尾《しょうび》は、ねじ式にもなっていた。杖ならゴムのキャップがあるべき場所に、ずんぐりと膨らんだサイレンサーが装着されていた。

「銃身はウィンチェスターの新モデル、M88のものだ」ケリムが誇らしげにささやいた。「アンカラ在住の男がわたしのために組み立てた。つかうのは三〇八弾薬。寸法の短い弾だ。三発。スコープをくれ。ふたりの手下が玄関から突入する前に、あの隠し扉に狙いを定めておきたいんだ。きみの肩を支えにつかってもいいかな?」

「もちろん」ボンドはケリムに暗視スコープを手わたした。ケリムはスコープを銃身の上に装着すると、ボンドの肩に銃を滑らせた。

「よし、見えたぞ」ケリムがささやいた。「ヴァヴラがいったとおりの場所だ。この手のことでは頼れる男だな」

ついでケリムが銃をおろすと同時に、丁字路の右の角からふたりの警官が姿をあらわした。ボンドは緊張した。

「心配するな」ケリムが小声でいった。「あれは息子と運転手だ」

それからケリムは指を二本くわえ、かなり低音の指笛を一瞬だけ吹きならした。片方の警官が片手をうなじにあてがった。ふたりの警官は向きを変え、丸石の舗装面にブーツの靴音を高らかに響かせながら遠ざかっていった。

「あと少し待て」ケリムが押し殺した声でいった。「ふたりはあの広告看板の裏側にまわりこまなくちゃならん」

ボンドはライフルの重い銃身が滑って、右肩上の所定の位置におさまるのを感じた。

月明かりが満ちた静寂が、看板の裏にある鉄道用の信号機がたてた〝がちゃん〟という大きな金属音で破られた。信号機の腕木がおろされた音だった。いくつもの赤いライトのなかに、ぽつんとひとつだけ緑のライトがともっていた。ずっと遠くの左側、セラグリオ岬のほうから、低くゆっくりした〝ごろごろ〟という音がきこえてきた。音はしだいに近づき、機関車の苦しげな息づかいと、連結に不具合がある貨物列車の軋《きし》むような金属音が次第に区別できるようになった。左に見えている築堤《ちくてい》に沿って動く、かすかな黄色い光の列が見えてきた。ついで、苦しげに進んでいる機関車が看板の上に見えてきた。

列車はのろのろとギリシア国境までの約二百キロの道のりを走っていた——銀色の海を背景に動く、途切れ途切れの黒い影になって。安物の石炭があげる濃い煙が静かな空気に乗って、ふたりのほうにまでただよってきた。最後尾の緩急車《かんきゅうしゃ》の赤いライトがちらちら揺れて見えなくなると同時に、機関車が線路の切り通し部分に入ると〝ごろごろ〟という低い音がきこえてきた。つづいて、耳ざわりで悲しげな汽笛が二回きこえてきた――線路の一キロ半ばかり先にあるブユックという小さな駅に、自身が近づきつつあることを知らせているのだ。

列車の音が消えていった。ボンドは銃がさらに強く肩に押しつけられるのを感じた。影に包まれた標的部分に目を凝《こ》らす。その中央に、まわりよりもいちだんと濃く暗い四角形が見分けられた。

ボンドは慎重に左手を目もとにかざして月光をさえぎった。右耳のうしろから、鋭く息を吸いこむ音がきこえた。「やつが来るぞ」

暗く影になった巨大な映画広告看板の、恍惚の表情に半びらきになった巨大な紫色の唇のあいだから、黒々とした男の影が這いでてきて、死体の口からずるりと出てきた蛆虫《うじむし》よろしくぶらさがった。

ついで男は地面に身を躍らせた。ボスポラス海峡へむけて進んでいく船の灯火が、夜闇のなかで眠りを知らぬ動物園の野獣の目のように光っていた。ボンドのひたいに汗が浮いてきた。男がそっと歩道に降り立ってボンドたちのほうへ歩きだすと、肩に載っている銃身がさらに強く押しつけられた。

影のへりまで来れば、男は走りはじめるはずだ――ボンドは思った。なにをぐずぐずしているんだ、とっととスコープをもっと下へおろせ。いまだ。男はまぶしいほど明るく白い光が照らす道路を一気に駆け抜けるべく、体をかがめた。いましも影から外へ出てくるところだ。男は右足を前へ出して曲げ、同時に肩をひねって、走りに勢いをつけようとしていた。

ボンドの耳もとでいきなり、斧《おの》を強く木の幹に打ちつけたような強烈な音があがった。男が両腕を大きく広げて、体を前へ躍らせた。鋭い〝ごつん〟という音がつづいたのは、男のあごかひたいのいずれかが路面に強く当たった音だ。

ボンドの足もとに空《から》の薬莢《やっきょう》が落ちて、乾いた音をたてた。次の弾薬が薬室に送りこまれる〝かちゃり〟という音がした。

男はわずかなあいだだけ、指先で舗装の丸石を引っかいていた。靴が路面を打った。それっきり男はぴくりとも動かなくなった。

ケリムがうめいた。ライフルがボンドの肩からおろされ、さらにケリムが銃を折り畳み、暗視スコープを革のケースにおさめている物音がきこえてきた。

ボンドは路面に手足を広げて横たわる死体から目を逸《そ》らした——ついさっきまではひとりの生きた男だったのに、いまはそうではなくなった肉体。つかのま、こんなものを何度も見せられる暮らしを送っていることに憤《いきどお》りを感じた。ケリムを恨みに思う気持ちではなかった。ケリムはあの男に二度までも命を狙われていた。ある意味では、ふたりは長時間にわたる決闘をしていたといえる——その決闘で男は二回発砲し、対するケリムは一発だった。しかしケリムのほうが頭が切れ、冷静で運にも恵まれていたので、このような結果になった。それでもボンドは冷酷無慈悲に人を殺したためしはなかったし、他人が人を殺す場面を傍観していたり手助けをしたりするのが好きだったこともない。

ケリムが無言でボンドの腕をとった。ふたりは急がぬ歩調で現場を離れ、来た道をそのまま引き返した。

ケリムはボンドの内心を読みとっていたようで、「人生は死に満ちているのだよ」と哲学問答めいたことをいった。「そして、ときに人は死をもたらす道具に仕立てあげられもする。あの男を殺したことを、わたしは悔やんではいない。きょうあの会議室で見たロシア人のだれかを殺しても、やはり悔やみはしないね。あいつらはしたたかな連中だ。連中が相手となると、力ずくで奪えないものを慈悲で奪えるわけはない。あいつらは、どいつもこいつもおなじだよ、ロシア人はね。きみの政府もその点を認めて、連中にもっと強く出たほうがいい。たまには今夜のわたしのように、ちょっとしたお仕置をくれてやるだけでもね」

「武力外交の世界においてはね、ダルコ、今夜のあなたのように迅速で鮮やかな手ぎわの仕事の出番はそれほど多くないんだ。忘れないでほしいのは、あなたは連中の支局のひとつを罰しただけ、連中が汚れ仕事のためにいくらでも調達できる下働きのひとりを罰しただけだ、ということだ。ただし、これだけはいわせてくれ」ボンドはいった。「ロシア人については、あなたの意見に全面的に賛成だ。連中の前に人参をぶらさげても理解が追いつかない。あいつらに効くのは鞭《むち》だけだ。基本的に連中はマゾヒストなんだよ。鞭打ち刑を愛してる。スターリンの支配下で国民があんなに幸せだった理由はそこだ。スターリンは国民を鞭で打ったんだ。だが、フルシチョフとその一味から人参のかけらを与えられて、あの国の連中がどんな反応を見せるかはまだわからない。イギリスについていえば、こんにちの問題の根幹にあるのは〝全員に人参を〟という方針が流行になっていることかな。国内でも国外でも。われわれイギリス人はもう歯を剝《む》きだしたりしない——歯が抜けてしまって、見せつけられるのは歯茎しかないからね」

ケリムは耳ざわりな笑い声をあげたが、なんの意見も口にしなかった。ふたりはいま、例の悪臭がこもった路地の坂道をのぼっていたので、話をするのに必要な空気を吸えなかったのだ。坂道をあがりきったところでひと休みしてから、ゆっくり歩いて競馬場《ヒッポドローム》広場の木立へ引き返していく。

「じゃ、きょうのことでわたしを許してくれるな？」いつも騒々しい大男ケリムの大声に、安心させてほしがっている響きをききつけるのは奇妙なものだった。

「あなたを許す？　許すってなにをだ？　馬鹿なことをいわないでくれ」ボンドの声には温情がこもっていた。「あなたにはやるべき仕事があり、その仕事をしただけだ。心から感服した。あなたはここで立派な組織をつくりあげた。だから、謝らなくてはいけないのはこっちだよ。どうやらわたしは、どっさり大量のトラブルをあなたの頭に運びこんでしまったらしい。それでもあなたは見事に対処した。わたしはあとをついてまわっただけだ。

おまけに肝心の自分の任務では、自分のいまの居場所も見えていないありさまだ。これじゃ、Mが痺《しび》れを切らせてもおかしくない。ホテルにメッセージのたぐいが届いているかもしれないね」

しかしケリムがホテルまでボンドを送って、いっしょにフロントまで行っても、ボンドあてのメッセージは届いていなかった。ケリムはボンドの背中を平手で叩いた。

「心配することはないとも、わが友」と、陽気な口調でいう。「希望は朝食のまたとない調味料だ。たっぷり食べろ。また朝に迎えの車をここへ寄越すよ。それまでになにもなかったら、時間つぶしになるちょっとした余興を考えておくさ。銃をクリーニングしたら、枕に敷いてぐっすり寝たまえ。きみにも銃にも休息が必要だ」

ボンドは短い階段で上のフロアにあがり、客室のドアの鍵をあけた。室内にはいってから施錠し、かんぬきをかける。カーテンの隙間から月明かりが射しいっていた。ボンドは室内の奥へ進み、ドレッシングテーブルの上にあるピンクのシェードがついたライトをつけた。服を脱いでバスルームへ行き、シャワーの下に数分ほど立つ。十三日の金曜日よりも、十四日の土曜日のほうがよっぽど波瀾万丈だったな、と考えた。そのあと歯を磨き、強いマウスウォッシュできょう一日の後味を口中から洗い流すと、バスルームの明かりを消して寝室にもどった。

ボンドはカーテンの一枚を引いて高い窓をひらくと、カーテンを手で押さえたままその場にたたずみ、空を滑る月に照らされて巨大なブーメランの形に彎曲《わんきょく》している海をながめた。裸身に浴びる夜風が心地よかった。腕時計に目を落とす。午前二時だった。

ボンドは体をふるわせながらあくびをした。手を離してカーテンが元どおり閉まるにまかせる。体をかがめてドレッシングテーブル上のスタンドのスイッチを切る。そこでボンドはいきなり身をこわばらせた。心臓が鼓動をスキップした。

客室奥の暗がりから、不安まじりの含み笑いがきこえてきたからだ。さらに若い女の声がつづいた。「かわいそうなミスター・ボンド。さぞやお疲れでしょう。さあ、ベッドへいらっしゃい」

20　ピンクの上の黒

ボンドはさっと身をひるがえした。ベッドに視線をむけたが、まぶしい月を見ていたせいで目がきかなかった。部屋を奥まで歩き、ベッド横のピンクのシェードがついたスタンドのスイッチを入れる。一枚きりのシーツの下に、すんなりと長い肢体が横たわっていた。枕に褐色の髪の毛が広がっていた。顔を隠すために引きあげたシーツには、へりをつかんでいる指先だけがのぞいていた。そこから下に目をむけると、左右の乳房がシーツを盛りあげて、雪をかぶったふたつの丘のように見えていた。

ボンドは短い笑い声をあげた。前に乗りだして、髪の毛をやさしく引っぱる。シーツの下から黄色い抗議の声があがる。ボンドはベッドに腰かけた。一瞬の静けさののち、シーツの隅がおずおずと下げられて、片方だけの大きな青い目がさぐるようにボンドを見つめてきた。

「お行儀のわるい格好だこと」と話す声はシーツでくぐもっていた。

「そっちはどうなんだ！　だいたい、どうやって部屋へもぐりこんだ？」

「二フロア分の階段をおりてきたの。ここに住んでいるから」深みをそなえたエロティックな響きの声だった。訛《なまり》はほとんどなかった。

「とにかく、こっちはベッドにはいりたいんだ」

女はシーツをすばやくあごまで下げると、体をずらして頭を枕にのせた。顔が赤らんでいた。「あら、それはだめ。ぜったい」

「しかし、ここはわたしのベッドだ。それにきみも、さっきベッドに来いといったじゃないか」

信じられないほど美しい顔だった。ボンドは冷たい目で観察した。顔がますます赤くなった。

「ただの社交辞令。自己紹介みたいなものよ」

「そういうことなら、お目にかかれて光栄だ。わたしはジェームズ・ボンド」

「わたしはタチアナ・ロマノヴァ」タチアナの〝ア〟と、ロマノヴァの〝マ〟にアクセントを置く発音だった。「友達からはターニャと呼ばれてる」

言葉が途切れ、沈黙のあいだふたりはおたがいを見つめあった。女のほうは好奇心と、安堵であってもおかしくない感情のこもった目で。ボンドのほうは冷徹な推理をめぐらせている目で。

最初に静寂を破ったのは女のほうだった。「あなたは写真とそっくり」そういって、また顔を赤らめる。「でも、なにか着てもらわなくちゃ。目のやり場に困るもの」

「おたがいさまだな。セックスの魔力だ。わたしがいっしょのベッドにはいれば、それも取るに足らないことになる。それはともかく、きみはなにか着ているのか？」

タチアナはシーツをまたほんの少しだけ下げ、首に巻いてある幅が一センチの半分程度の黒いビロードのリボンを見せた。「これよ」

ボンドはからかうような青い瞳を見下ろした。いまその目は大きく見ひらかれ、黒いリボンが〝お行儀のわるい格好〟だろうかとボンドに問いかけているかのようだった。ボンドは自分の肉体が意志で制御できなくなっているのを感じた。

「ふざけるな、ターニャ。ほかの服はどこにあるんだ？　そんな格好でエレベーターに乗ってきたわけではあるまい？」

「まさか。そんな文化的《クルトゥールヌイ》でないことをするはずがないでしょう？　服はベッドの下よ」

「なるほど。まあ、きみがいまのままの姿でこの部屋を出ていくというのなら……」

ボンドはあえてその言葉を最後までいわずにベッドから立ちあがると、普通の上下に分かれたパジャマの代わりに着る、膝《ひざ》まである上衣だけの濃紺の夜着を羽織った。

「そうやって文化的《クルトゥールヌイ》でないことをほのめかすのね」

「おやおや、そうだろうか」ボンドは皮肉っぽくいうと、ベッドに引き返して椅子を引き寄せ、笑顔でタチアナを見おろした。「だったら、ここで文化的《クルトゥールヌイ》なことをきみに教えてあげよう。きみは、この世界屈指の美女のひとりにちがいないね」

女はまた顔を赤らめた。ついで真剣な顔でボンドを見つめる。「でも、それって本当のこと？　自分では口が大きすぎると思ってる。ねえ、わたしも西側の女に負けないほどどきれい？　前にグレタ・ガルボに似ているといわれた。ほんとにそう？」

「ガルボ以上の美人さ」ボンドはいった。「きみの顔のほうが華《はな》がある。口だって決して大きすぎない。過不足ないサイズだよ。そう、わたしにとってはね」

「ええと、なんだっけ……そう、〝顔に華がある〟？　それってどういう意味？」

ボンドとしては、〝きみはロシアのスパイには見えない〟という意味の言葉だった。タチアナにはスパイにありがちな隠し事の雰囲気がひとつもないように思えた。冷徹さもなければ計算ずくな点も見当たらなかった。伝わってくるのは、真心と陽気さがもたらすぬくもりの雰囲気だった。タチアナの両目から、そういった特質の輝きがのぞいていた。ボンドは当たりさわりのない言いまわしを頭のなかでさがした。

「きみの目には楽しさと陽気さが満ちているね」ボンドは煮えきらない返事をした。

タチアナはいぶかしげな顔で、「おかしな話ね」といった。「だってロシアには、楽しいことも陽気なこともほとんどないから。そういうことを話題にする人もいない。それにわたし、人から楽しくて陽気そうなんていわれたこともないし」

陽気？　あんな二カ月間を過ごしたあとだというのに？　タチアナは思った。いまのわたしがどうすれば陽気に見えるというのか。それはそのとおりだが……しかし、心が浮き立つ部分があるのも確かだった。わたしは生まれついてのふしだらなのか？　それとも、いま初めて顔をあわせたこの男に関係していることなのか？　果たすべき任務のことで煩《はん》悶《もん》したあげくに当人と会えたことで、肩の荷をおろした気分になっているのか？　予想よりも、仕事が簡単になることはまちがいない。この男のおかげで仕事が簡単になる――それればかりか、危険という香辛料《スパイス》が添えられることで、仕事が楽しみにもなるだろう。とびきり男前だ。おまけにとても清潔に見える。ふたりでロンドンに到着したあとで真実を打ち明けても、ボンドはわたしを許してくれるだろうか。わたしはあなたを誘惑するために送りこまれた女だと打ち明けても？　何月何日の夜、部屋は何号室とまで指示されたことも？　この人ならさほど気にかけないに決まっている。この人の不利益になることはないのだから。自分にとって、これはイギリスへたどりついて例の報告書を書くための手段でしかない。わたしの目には楽しさと陽気さが満ちている？　まあ、それも当然では？　不思議ではない。ボンドのような男とふたりきりになれて、おまけにそのことで罰せられる心配もないいま、すばらしい自由を実感しているのだから。まぎれもなく胸のときめく経験だった。

「あなたはとても男前ね」タチアナはいい、どんな人物と比べたらボンドが喜ぶだろうと考えた。「まるでアメリカの映画スターみたい」

ボンドの返答にタチアナは驚かされた。「勘弁してくれ！　そのひとことは、男への最悪の侮辱だぞ！」

タチアナは急いで失敗の穴埋めを考えた。褒め言葉をいわれても喜ばないとは奇妙なことだ。西側ではだれもかれも映画スターに似ているといわれたがっているのでは？

「わたし、嘘をついたの」タチアナはいった。「あなたに喜んでほしい一心で。でも、本当のことをいうと、あなたはわたしが大好きな本の主人公にそっくり。レールモントフという作家の本の主人公。いつか、いつか、その人のことを話してあげる」

いつか？　ボンドはそろそろ本題にかかるタイミングだと判断した。

「さあ、話をきいてくれ、ターニャ」ボンドは枕から見あげてくる美しい顔を見まいと努め、視線をあごの先端に集中させた。「おたがいもうふざけるのをやめて、真剣になったほうがいい。いったいなにが目的なんだ？　きみは本気で、イギリスへ帰るわたしに同行したいのか？」

ボンドは視線をあげて、タチアナの目をまともに見てしまった。これが命とりになった。いつしかタチアナは、うしろ暗さを微塵《みじん》もうかがわせない目を大きく見ひらいてボンドを見つめていた。

「ええ、当たり前じゃない！」

「そ、そうか」ボンドは直截《ちょくせつ》な返答に思わずたじろぎ、疑わしい気持ちでタチアナを目でさぐった。「本気でいってるんだな？」

「ええ」タチアナの言葉にいま嘘はなかった。色恋の駆引きはもうおえていた。

「怖くないのか？」

タチアナの瞳を影が横切っていくのが見えた。しかし、その影にはボンドの推測とはちがう意味がこもっていた。いまタチアナは、自分が演じるべき役割を思い出していた。本当だったら、自分がやろうとしている行動に尻込みしていなくてはならなかった。怯えを見せることになっていた。話をしたときには芝居も簡単に思えたが、いざこの場ではむずかしかった。おかしなこともあったものだ。結局、タチアナは中間点で妥協した。

「ええ。怖い。でも、もう前ほど怖くなくなった。あなたが守ってくれるから。わたしを守ってくれるでしょう?」

「ああ、もちろん守ってやるとも」ボンドはふと、ロシアにいるはずのタチアナの親戚のことを思い出したが、すぐにその思いを頭から押しだした。いま自分はなにをしているのか? タチアナを説得して、あきらめさせようとしている? ボンドは女の行動の先に待つ未来を予想し……そっと心を閉ざした。「なにも心配はいらないさ。わたしがきみの面倒を見よう」

いよいよ、これまで避けていた質問をしなくては。ボンドは筋の通らないと、まどいをおぼえた。いざ会った女は、これまでの予想とはまるっきり異なっていた。それゆえ例の質問をすれば、すべてをぶち壊しにしかねない。それでも、たずねなくてはならなかった。

「例の機械についてはどうなんだ?」

果たして見立ては当たった。タチアナはボンドに横っ面を張り飛ばされたような顔を見せた。目に苦痛の色がのぞき、いまにも涙があふれそうだった。

タチアナは口もとをシーツで覆い、その裏からしゃべった。シーツの上にのぞく目は冷ややかだった。

「結局そっちが狙いだったのね」

「ちゃんと話をきけ」ボンドは強《し》いて無頓着《むとんちゃく》な口調をよそおった。「例の機械の件は、きみとわたしにはなんの関係もない。しかし、ロンドンにいるわたしの仲間たちは機械を欲しがっている」そこまで話して機密保持の件を思いだしたボンドは、さりげない口調でい い添えた。「そもそも、そこまで重要な話じゃない。連中も例の機械のことはみんな知っているし、ロシア人のすばらしい発明品だと考えてもいる。仲間の連中は見本をひとつ欲しがっているだけさ。きみたちロシア人も、外国製のカメラだのなんだのを見本から複製しているんだろう?」

いやはや、なんと嘘くさい口実であることか!

「そんな嘘をつくなんて」大きく見開かれた青い目の片方から大粒の涙が、柔らかそうな頬を伝ってシーツへ落ちていった。タチアナはシーツを引きあげて目を隠した。

ボンドはシーツの下へ手を伸ばし、その手をタチアナの腕にかけた。腕は怒りもあらわに、さっと離れていった。

「忌ま忌ましい機械め」ボンドは焦《じ》れったさをこらえて話した。「でも、頼むよ、ターニャ、わかってくれ——わたしにはやるべき仕事がある。どんな話でも、とにかくきかせてもらえれば、あとはもう忘れられる。話しあうべきことがたくさんあるね。旅の手はずについても相談しなくては。もちろん、わたしの仲間連中は機械を欲しがっているよ——そうでなかったら、きみといっしょに機械をイギリスにもち帰るために、わたしをこうして派遣することもなかったはずだ」

タチアナはシーツで目もとをたたいて涙をぬぐうと、無造作な手つきでまたシーツをおろして肩をあらわにした。うっかり仕事を忘れていたことに、いまさらながら気づいたのだ。結局はそういうことだった……。しかし、かまうまい。せめてこの男の口から、機械などどうでもいい、きみがいっしょに来てさえくれれば……という言葉のひとつも出ていればよかった。しかし、それはしょせん叶わぬ夢か。ボンドのいうとおり。ボンドにはやるべき仕事がある。それはこちらもおなじだ。

タチアナは落ち着いた目でボンドを見あげた。「機械は運んでくる。怖い気持ちはこれっぽっちもない。でも、その件はもう二度と話に出さないで。いまからする話をしっかりきいてね」タチアナは枕の上で、さらに頭を起こした。「今夜のうちに出発しなくてはならないの」いいながら、自分が受けた指示を思い起こす。「チャンスはその一回だけ。今夜、わたしは午後六時からの夜勤の予定よ。そのあいだオフィスにはだれもいなくなるから、その隙に〈スペクター〉をもちだすつもり」

ボンドはすっと目を細めた。高速で頭を回転させ、直面するかもしれない数々の問題を検討していく。この女をどこに隠すべきか。女の不在が露見したあとで、最初の飛行機までどうやって連れていけばいいのか。危険ぶくみの任務になる。タチアナと〈スペクター〉を奪回するためなら、ロシアの連中はなにがあってもあきらめまい。空港までの道には非常線が張られる。飛行機に爆弾を仕掛ける。なにがあってもおかしくない。

「それはいい話だね、ターニャ」ボンドの声はさりげなかった。「わたしたちがきみを匿《かくま》って、ふたりであしたの朝いちばんの飛行機に乗ろう」

「馬鹿をいわないで」ここから先の発言にはすこぶる慎重になったほうがいい――タチアナはそう事前に警告されていた。「列車をつかうの。オリエント急行を。出発は今夜の九時よ。まさか、わたしがそういったことを考えていないと思った？　イスタンブールには、もう必要以上は一分だって身を置いてはいられない。あれに乗れば、夜明けには国境を越えられる。切符とパスポートはあなたが用意して。わたしはあなたの妻という身分で旅をするわ」楽しげな顔でボンドを見あげる。「きっと楽しめると思う。前になにかで読んだの。ふたり用の個室をとるの。のんびりくつろげるはず。車輪で走る小さな家みたいに。昼間のうちは、ふたり個室でおしゃべりをしたり本を読んだり。夜になったら、あなたはドアの外に立って警備にあたってもらうわ」

「ああ、そうさせてもらう」ボンドはいった。「ただ、ちょっと待ってくれ、ターニャ。その計画は無茶だ。連中にいずれどこかで追いつかれるぞ。オリエント急行でロンドンまで行くのは四泊五日の旅だ。だから、やっぱりほかの計画を立てたほうがいい」

「いやよ」タチアナはそっけなく答えた。「これ以外の方法だったら行かない。あなたがほんとに凄腕だったら、あいつらなんかに見つからないはずじゃない？」

まったくもう――タチアナは内心思った。なんであの人たちはオリエント急行にこだわったんだろう？　しかし、彼らはてこでも動かなかった。愛をかわすにはもってこいの場所だぞ――そういってよこした。正味四日間あれば、ボンドの心を虜《とりこ》にすることもできるはずだ。首尾よくいけば、いざロンドンに着いたあとのことがタチアナにとって楽になる。ボンドが身を守ってくれるからだ。もし飛行機でロンドンに直行すれば、タチアナは刑務所まっしぐらになる。四日間という時間がすべての鍵だ。それに――タチアナはそう警告されていた――きみが途中で逃げたりしないよう、列車にはこちらの手の者を乗りこませておくぞ、と。だからくれぐれも慎重に行動して、命令どおりにすることだ。ああ、どうしよう。どうしようか。それでもいまタチアナは、車輪で走る小さな家でボンドと四日間を過ごしたくてたまらなくなっていた。おかしい話だ！　受けたのは、ボンドを無理にでも従わせろという命令だった。それなのに、いまではタチアナのほうが四日間をボンドと過ごしたい気持ちに胸を焦がしているとは。

タチアナはボンドの思慮深そうな目を見つめた。ボンドに手を伸ばして、心配することはなにもないという言葉で安心させたかった。自分をイギリスまで連れていくのは、無害な極秘作戦《コンスピラツィア》だといいたかった。ふたりのどちらにも危害が加えられることはない、それはこの作戦の目的ではない、と話したかった。

「まあ、そうきかされても無茶な計画だという思いに変わりはないな」ボンドはこの計画にMがどう反応するだろうかと思いながら答えた。「でも、成功してもおかしくはない。パスポートはもう手もとにある。あと必要なのはユーゴスラビアの査証《ヴィザ》だけだ」きびしい目をタチアナにむける。「ただし、わたしがブルガリアを通過する列車にきみを乗せて連れていくと思うなよ。そんな真似をされたら、きみがわたしの誘拐を企んでいると考えるからな」

「あら、そのとおりよ」タチアナはくすくすと笑った。「あなたを誘拐したいの」

「もう黙るんだ、ターニャ。作戦をきっちり詰めておく必要がある。切符はわたしが手配する。また、仲間の男をひとり同行させよう。万一にそなえてね。腕のたつ男だよ。きみも気にいると思う。きみの名前はキャロライン・サマセットだ。くれぐれも忘れるな。で、きみはどうやって列車に乗るつもりだ？」

「カロリン・シオマセット」タチアナはロシア訛で口にし、頭のなかで何度もくりかえした。「愛らしい名前。あなたはミスター・シオマセットね」そういってうれしそうに笑った。「これっておもしろい。わたしのことは心配しないで。出発寸前に乗りこむから。シルケジ駅でね。駅の場所はわかってる。そう、そういうこと。もう心配することはなにもない。そうでしょう？」

「きみが臆病風に吹かれたらどうする？ あるいは、きみがつかまったら？」ボンドはふいに、この若い女の自信たっぷりな態度が不安になった。どうしてこれほど確信できるのか？ 疑惑の鋭い痛みが背すじを駆けくだった。

「あなたにこうして会うまでは怖くてたまらなかった。でも、いまはもう怖くない」これは真実だ、とタチアナは自分にいいきかせた。たしかに、真実に近いとはいえた。「あなたの言葉を借りれば、わたしは臆病風に吹かれたりしないわ。あいつらにつかまる心配もない。荷物はホテルに置きっぱなしにしておくし、オフィスにはいつものバッグをもっていく。毛皮のコートだけは、あとに残していけないわ。ほんとに気にいってるコートだから。ただきょうは日曜日だから、あのコートを着てオフィスへ行ってもおかしくない。今夜八時半になったら、わたしは歩いてオフィスを出てタクシーで駅へ行く。だから、もうそんなに心配そうな顔をしないで」タチアナは衝動のおもむくままボンドに手を伸ばした――そうせずにいられなかった。「ね、これで満足してもらえたでしょう?」

ボンドはベッドぎりぎりまで近づいた。タチアナの手をとって目をのぞきこむ。本当にこれでうまくいけばいいのだが。この突飛な作戦が成功すればいいのだが。この極上の美女は嘘をついているのか? 真実を話しているのだろうか? 触れこみどおりの女なのか? こうして目をのぞきこんでも、女がいま幸せを感じていることや、ひたすらボンドに愛されたがっていること、そして自分がこうなっていることに本人も驚いていることしか読みとれなかった。タチアナの反対の手が上へ伸びてボンドの首にからみつき、荒々しく引き寄せた。最初こそタチアナの唇はボンドの唇の下でふるえているだけだったが、情熱が高まるにつれて果てしないキスを与えはじめた。

ボンドはベッドにあがって横たわった。口はあいかわらずキスをつづけ、手はタチアナの左の乳房にたどりついて包みこんだ。ボンドの指の下で、頂点の突起が欲望に固くなるのがわかった。さらに手は、引き締まったタチアナの腹部を縦断するように滑りおりた。タチアナの両足が気だるげに動く。その口から静かなうめき声が洩《も》れ、唇がひとりでにボンドの唇から離れていった。閉ざした瞼《まぶた》の下に伸びる長い睫毛《まつげ》が、ハチドリの翼のように小刻みにわなないていた。

ボンドは手を伸ばしてシーツのへりをつかむと、一気に引き下げて、大きなベッドの足もとのほうへ投げた。タチアナは、首に巻いた黒いリボンと足先から膝上までを包む黒いシルクのストッキング以外、なにも身につけていなかった。タチアナはボンドを求めて両腕をもちあげた。


ふたりは知らなかったが、ふたりの頭上――それもベッドの頭側の壁にかかった金の額《がく》縁《ぶち》いりのマジックミラーの反対側――では、SMERSH《スメルシュ》から派遣されてきたふたりのカメラマンが肩を寄せあうようにして、狭苦しい〝のぞき部屋《キャビネ・ド・ヴォワイユール》〟にすわっていた。これまでクリスタル・パラスの特別室に新婚旅行客が泊まるとなると、支配人の友人たちがおなじようにすわっていた部屋だった。

ふたつの肉体がからみあっては離れ、またからみあうあいだ、カメラのファインダーはそのようすを冷静に見つめていた。ふたりの男が半びらきの口から音を立てて息を洩らし、昂奮《こうふん》がもたらす汗がふたりの太った顔を伝って安物のカラーに吸いこまれていっても、映画撮影用のカメラの機械仕掛けはなおも低い音をたてて回転しつづけていた。

21　オリエント急行

ヨーロッパ各地を往還して走る豪華列車はいくつもある。しかしその頂点を行くのは、イスタンブールとパリを結ぶ二千二百五十キロにおよぶ輝くスチールの線路を週に三本、轟音《ごうおん》をあげてひた走っているオリエント急行だろう。

アークライトが投げる光を浴びているドイツ製の車体の長い機関車が、喘息《ぜんそく》で死にかけているドラゴンの苦しげな呼吸を思わせる静かな息切れの声をあげていた。重い息をひとつ吐くたびに次はないように思われたが、やはり次の息が出てくるのだった。客車と客車のあいだの連結部分から細い蔓《つる》のような蒸気が洩《も》れ、温かな八月の大気のなかにたちまち消えていく。イスタンブールの中央鉄道駅と称するこの醜悪で安普請《やすぶしん》のあいだの、あなぐらのなかで、いま息をしている列車は、このオリエント急行だけだった。ほかのホームにとまっているのは、機関車を切り離されて車掌もいなくなった客車——明日を待っている客車——だった。しかし三番線の線路とそのプラットホームだけは、列車の旅立ちにつきものの寂しさまじりの旅情に脈搏《う》っていた。

客車の濃紺の車体側面にはずっしりした青銅の銘板が飾られ、フランス語の文字で《国際寝台車・ヨーロッパ特別急行会社》という社名がはいっていた。銘板の上にある金属スロットに嵌《は》めこまれていたのは、黒い大文字で《オリエント急行》と記された鉄の列車名表示板であり、その下に地名が三行にわけてこう列挙されていた。

イスタンブール―テッサロニキ―ベオグラード
ヴェネツィア―ミラン
ローザンヌ―パリ

ジェームズ・ボンドは、世界でもっともロマンティックな行先表示板を見るともなしにながめていた。腕時計に目をやるが、それももう十回めだ。八時五十一分。ボンドはふたたび表示板に目をむけた。どの都市名もその国の言語で綴《つづ》られているのに、《ミラン》だけが例外だ。どうして《ミラノ》にしなかったのか？　ボンドはハンカチをとりだして顔の汗を拭《ぬぐ》った。あの女はどこにいる？　つかまったのか？　考えなおした？　ゆうべ……いや、きょうの未明というべきだろう……あの大きなベッドで、いささか激しく接しすぎたのか？

八時五十五分。機関車の静かな呼吸の音がやんでいた。よく響く〝しゅうっ〟という音とともに、自動安全弁が過剰な蒸気を排出していた。雑踏の人混みをすかして百メートルばかり先に視線をむけていると、駅長が機関士と機関助手に片手をあげて合図し、前方の三等客車ドアをばたんばたんと閉めながら歩いて近づいてくるのが見えた。乗客の大半は週末にトルコの親戚を訪ねたのち、これからギリシアに帰る農民たちで、いまは客車の窓から身を乗りだし、下のホームでにたにた笑っている人々とおしゃべりをしていた。

それよりもさらに先、アークライトの光が翳《かげ》って途切れ、半円形の駅の出口から濃紺の夜空と星々がのぞいているところで、針の先でつついたような赤いライトが緑に変わるのが見えた。

駅長はどんどん近づいてくる。茶色い制服を着た寝台車係がボンドの腕を軽く叩いて、「どうぞ、ご乗車ください《アン・ヴォワチュール・シル・ヴ・プレ》」と声をかけてきた。いかにも金持ちそうなふたりのトルコ人がそれぞれの愛人にキスをして――どちらの女も妻にしては若すぎた――笑いながら立てつづけにあれこれ指図をくだし、小さな鉄の踏み台に乗ってから、高い二段のステップをあがって客車に乗りこんだ。見たところプラットホームには、ほかの寝台車の乗客はいないようだった。車掌が背の高いイギリス人に苛立《いらだ》たしげな一瞥《いちべつ》をむけてから、鉄の踏み台をもちあげて、そのまま列車に乗りこんでいった。

駅長が決然とした足どりで通りすぎた。さらに二両の寝台車があり、一等と二等の客車がつづく。その先にあるのは最後尾の車掌車だけだ。そこにたどりついたら、駅長はあの汚れた小さな緑の旗をかかげるのだろう。

切符売場を抜けて、プラットホームを急いでむかってくる人影は見あたらなかった。切符売場のずっと上、駅の天井近くに、内側から光っている大きな時計があった。見ているとその長針が目盛りひとつ分進んで、九時になったことを告げた。

ボンドの頭の真上の窓が大きな音とともにおろされた。ボンドは窓を見あげた。とっさに思ったのは、黒いヴェールの生地のメッシュが粗《あら》すぎるということだった。熟《う》れたような唇と昂奮のきらめきを宿す青い瞳を隠そうという試みは、あまりにも素人《しろうと》くさかった。

「さあ、早く」

列車は動きはじめていた。ボンドは目の前を通りすぎかけた手すりをとっさにつかみ、ステップに飛び乗った。係員がまだドアを押さえて閉まらないようにしていた。ボンドは急がずにドアを通り抜けた。

「奥さまは遅れて到着なさいました」係員はいった。「列車内の通路を通っていらっしゃったのです。いちばんうしろの車輛《しゃりょう》からお乗りになったのでしょうね」

ボンドは絨緞《じゅうたん》の敷かれた通路を歩いて、車輛中央の個室へむかった。白塗りされた菱形の金属プレートに、黒い《7》と《8》が縦にならべて書かれていた。ドアはあいていた。

ボンドは個室に足を踏み入れてドアを閉めた。タチアナはもうヴェールをはずして黒いストローハットを脱ぎ、窓ぎわの隅にすわっていた。丈の長いつややかな黒貂《くろてん》のコートの前をくつろげ、生成《きな》りの山東絹《シャンタン》でつくられたプリーツスカートのワンピースと蜂蜜色のナイロンストッキング、それに黒いクロコダイル革のベルトと靴を見せていた。落ち着いた顔つきだった。

「わたしを信用していないのね、ジェームズ」

ボンドは隣に腰をおろした。「ターニャ、ここがあと少し広かったら、きみを膝《ひざ》の上に横に寝かせてお尻にお仕置きをしたいところだよ。きみのせいで、あやうく心臓がおかしくなるところだったぞ。なにがあった？」

「なにも」タチアナはわるびれない顔でいった。「なにか起こるはずがある？ ここに来ると話したとおり、こうやってここに来た。あなたはその言葉を信じていなかった。わたし自身よりもわたしの持参金に興味があるようだからいっておけば、例の機械は上にちゃんとあるわ」

ボンドはさりげなく上に目をむけた。上の網棚に載せた自分のスーツケースの隣に、小ぶりのケースがふたつ置いてあった。ボンドはタチアナの手をとった。「きみが無事で本当によかった」

ボンドの目をかすめた光は、うしろめたい気持ちのあらわれだったのかもしれない――タチアナよりも機械のほうに関心があると、ボンドが自分で自分に認めたのだろうか。その光を目にしてタチアナは安心した。ボンドの手を両手に包んだまま、満ち足りた思いで隅の座席に身を沈めた。

列車は鋭い金属音とともに、セラグリオ岬をゆっくりとまわった。灯台の光が、線路沿いのうらぶれたバラック群を照らしていた。ボンドはあいているほうの手でタバコをとりだして火をつけた。もうじきこの列車は、クリレンコの隠れ家があった大きな広告看板の裏を通るはずだ――ボンドは思った――あれからまだ二十四時間もたっていない。ボンドは一部始終をつぶさに思い返した。白々と照らされた丁字路、ふたりの男の人影、紫色の巨大な唇のあいだから滑りおりてきた、死の運命にあった男。

タチアナは愛おしい気持ちでボンドの顔を見つめていた。この人はなにを考えているのだろう？ あの左右の釣りあいがとれた冷ややかなブルーグレイの瞳の裏で、なにが起っているのだろう？ ときには優しげな光をたたえ、ときには——たとえばゆうべ、タチアナの腕のなかで情熱の炎を焼きつくす前のように——ダイヤモンドのように輝くこともある。いまボンドの瞳は考えごとのヴェールに覆われていた。わたしたちふたりの身を案じているのか？ ふたりの身の安全が不安なのか？ 恐れることはなにもないと、そう打ち明けられたらいいのだが。あなたはわたしがイギリスへわたるためのパスポートにすぎないと、そう話せればいいのだが。ボンドと、きょうの夕方オフィスで支局長からじきじきにわたされた重いケースがパスポートだ。支局長もおなじことをいっていた。

「これがきみをイギリスへ連れていくパスポートだぞ、伍長」支局長は楽しげな声でそういい、「見たまえ」といってケースのジッパーをあけた。「新品の〈スペクター〉だ。大事なのは、きみが目的地に到着するまでは二度とこのケースをあけず、ケースを列車の個室からもちださないことだ。そうでもしなければ、くだんのイギリス男がケースをきみからとりあげ、きみをごみの山に投げ捨ててしまわないともかぎらん。連中が欲しがっているのは、この機械なんだよ。決して敵の手にわたらぬようにしたまえ——敵の手にわたれば、きみの任務は失敗だ。わかったね？」

窓の外に広がる濃紺の薄闇に信号塔が浮かびあがった。タチアナが見ていると、ボンドは立ちあがって窓をあけ、首を伸ばして闇に目を凝《こ》らしていた。ボンドの体がすぐ近くにあった。タチアナは膝を動かしてボンドに触れさせた。ゆうべ裸のまま窓ぎわに立っているボンドを目にした瞬間から胸を満たしている、この熱く燃えるような愛おしい気持ちはどこまで奇妙なのか。あのときボンドは両腕をあげてカーテンを押さえていて、乱れた黒髪の下の月明かりに照らされた顔は真剣そのものだった。つづいて見まわした目が溶けあい、触れあった体がとろけあった。ふたりはどちらも秘密情報部員だ——世界ひとつぶん離れた敵キャンプから当地へ投げこまれて出会い、それぞれ相手の国家の足を引っぱるための策謀にかかわっているという意味では同業の競争相手だが、そんなふたりのあいだに前ぶれもなく燃えあがった炎は、それぞれの政府がふたりに別個にくだした命令とあいまって、ふたりを恋人同士につくりかえたのだった。

タチアナは片手を伸ばしてコートのへりをつかみ、ボンドを引っぱった。ボンドは窓を上へ滑らせて閉め、ふりかえって笑顔でタチアナを見おろした。タチアナの目の表情を読む。ついでボンドは身をかがめ、毛皮のコートごしに両手で左右の乳房をつつみこみながら熱く唇に唇を重ねた。タチアナは体を背後に反《そ》らせて、ボンドを引き倒した。

ドアに控えめなダブルノックの音がした。ボンドは体を起こした。ハンカチを抜きだし、唇からルージュをごしごしと荒っぽく拭う。

「友人のケリムにちがいない」ボンドはいった。「やっと話があるんだ。ついでにベッドメイキングを車掌にいいつけておこう。車掌がその仕事をすませるあいだはここで待ってろ。なに、すぐにもどる。ドアのすぐ外にいるよ」ボンドは前に乗り出してタチアナの手に触れ、大きく見ひらかれた目と悲しげに半びらきになった唇を見つめた。「夜はずっとふたりきりで過ごせる。その前にまず、きみの身の安全を確かめておきたい」

ボンドはドアの鍵をあけて、身を滑らせるようにして外へ出た。

ダルコ・ケリムの巨体が通路をふさいでいた。いまは真鍮《しんちゅう》の手すりにもたれてタバコを吸いながら、憂《うれ》いをおびた顔でマルマラ海をながめていた——その海も、長い編成のこの列車が曲がりくねった線路を走って海岸線を離れ、内陸を北上するにつれてどんどん遠ざかっていく。ボンドはケリムとならんで手すりによりかかった。ケリムは暗い窓ガラスに映りこんだボンドの顔をのぞきこみ、低い声でいった。「あまりいいニュースじゃない。この列車に、連中の手の者が三人いる」

「なんだって!」ボンドの背すじを電流のような刺戟《しげき》が駆けのぼってきた。

「のぞき見た例の部屋にいた、三人の新顔連中だよ。きみとあの女に貼りついていることはまちがいないね」ケリムは鋭い視線を横へ飛ばした。「となると、あの女は二重スパイだな。いや、そうともいえないのか?」

ボンドの頭は冷静だった。つまり、女は餌だったわけだ。それにしても……それにしても、だ。そんなはずがあるか。あれが演技だったはずはない。そんなことはありえない。では暗号機は? もしかしたら、そんな機械はあのバッグにないのかもしれない。

「ちょっと待っていてくれ」ボンドはそういうと体の向きを変えて、静かにドアをノックした。タチアナが鍵をあけてチェーンを外す物音がきこえた。ボンドは個室にはいってドアを閉めた。タチアナが驚いた顔を見せた。どうやら車掌がベッドメイキングに来たとばかり思っていたらしい。

タチアナが輝くような笑顔を見せた。「話はおわったの？」

「すわってくれ、タチアナ。話がある」

ようやくボンドの顔にのぞく冷ややかな表情を見てとると、タチアナの顔から笑みが消えた。すなおに腰をおろして、両手を膝にのせる。

ボンドは間近に立ちはだかった。女の顔にのぞいているのは、うしろめたさか？　それとも恐怖？　いや、そこにあるのは驚きと、ボンド自身の表情に見あう冷たさだけだった。

「話をきいてくれ、タチアナ」ボンドの声は真剣そのものだった。「事情が変わった。あのバッグをあけて、機械が本当にはいっているかどうかを確かめなくてはならないんだ」

タチアナはさも無関心な口調で、「自分でおろして確かめてみれば？」と答え、膝に置いた自分の両手に目を落とした。いよいよ恐れていた瞬間がやってきた。支局長が話していたとおりのことが起こる。連中は機械をとりあげ、わたしを捨てるんだ。この列車から投げ捨てられるのかもしれない。どうしよう！　この男はきっとそのつもりだ。

ボンドは腕を上へ伸ばして重いケースをおろし、座席に置いた。つまみを横へ引いてジッパーをあけ、なかをのぞく。はたして、中身はグレイの漆《うるし》を塗られた金属ケースで、四角いキーが三列に並んでいるところはタイプライターに似ていなくもない。ボンドはバッグの口をひらいたままタチアナに見せた。「これが〈スペクター〉だな?」

タチアナはなにげない顔でバッグの内側へ目をむけた。「ええ」

ボンドはさっとジッパーを閉じてバッグを網棚へもどすと、タチアナの隣にすわった。「この列車に、きみたちの国の国家保安省に所属する三人の男たちが乗っている。三人が月曜までにそちらの支局に到着したことは、われわれも把握ずみだ。三人はここでなにをしているんだ、タチアナ?」ボンドの声は穏やかだった。いまボンドはタチアナを見つめ、五感を総動員してタチアナをさぐっていた。

タチアナが顔をあげた。目に涙がたたえられていた。悪事を見つけられた子供の涙か?しかし、その顔にうしろめたさはなかった。見えたのは、なにかに怯えている表情だけだった。

タチアナは手を伸ばしかけ、すぐ引っこめた。「その機械を手に入れたからといって、まさかわたしを列車からほうりだしたりはしないでしょう?」

「しないに決まってる」ボンドは苛立ちもあらわにいった。「馬鹿をいうな。しかし、いま話した男たちがなにをやっているのかは、ぜひとも知っておきたい。なにがどうなっている? きみは男たちがこの列車に乗ると知っていたのか?」

ボンドはタチアナの表情から手がかりをつかもうとしていた。しかし、顔には心底からの安堵以外なにもなかった。ほかにはなにが? 頭のなかで計算している顔つきか? 隠しだてしている表情？　そう、この女はなにかを隠している。しかし、なにを？

タチアナは心を決めたように見えた。手の甲でぞんざいに目もとを拭ってから、手を前へ伸ばしてボンドの膝にかけた。手の甲に涙の筋がついていた。タチアナはボンドの目をのぞきこみ、なんとしても信じてほしいと強く念じた。

「ジェームズ」タチアナはいった。「その人たちがこの列車に乗ることは、わたしも知らなかった。きょうのうちには出発するときかされていただけ。ドイツへむけて。てっきり飛行機をつかうものだと思ってた。わたしに話せるのはこれだけ。ふたりで無事にイギリスに到着して、わたしの国の連中の手が届かなくなるまでは、もうこれ以上は質問しないで。わたしは、自分がやると話したとおりに行動した。例の機械をもって、ここにいるんだもの。わたしを信じて。ふたりの前途を案じたりしないで。その男たちがわたしたちに危害を与えないのは確か。ええ、百パーセントの確証がある。だから信じて」

（でも、確証があるのは本当だろうか？　タチアナは内心で思った。あのクレッブという女は事実をすべて話してくれたのか？　しかし、自分もまた信じなくてはならなかった――与えられた命令を。三人の男たちは、わたしが列車から勝手に降りたりしないように見張り役として乗りこんできたのだ。危害をくわえる意図はないに決まっている。もっとあとになってロンドンに到着すれば、ボンドがＳＭＥＲＳＨ《スメルシュ》の魔手の届かないところにわたしを匿《かくま》ってくれるから、そうなったらこの人が知りたいことをすべて話してあげよう。そういったことすべてを、タチアナは頭の奥ですでに決めていた。しかし、いまの段階で

〝彼ら〟を裏切れば、どんな恐ろしい結果になるかは神のみぞ知るだった。そうなれば〝彼ら〟はわたしを捕え、ボンドをも捕えるはず。そのことはわかっている。あの連中相手に隠し事はできない。〝彼ら〟には血も涙もない。ただし、わたしが与えられた役割を演じているかぎりは、なんの心配もない)

タチアナは、自分を信じている表情を求めてボンドの顔を目でさぐった。

ボンドは肩をすくめて立ちあがった。「どう考えればいいのか、わたしにはわからないな、タチアナ。きみはずっとなにかを隠している。ただし、きみ自身がその重要性をわかっていないから隠しているのではないかな。それにきみが、われわれふたりの身が安全だと考えていることもわかる。安全かもしれないね。三人の男たちがこの列車に乗ってきたのも偶然かもしれない。とにかく、どう対処すればいいかをケリムと打ちあわせておく必要がある。心配するな。きみの世話はわれわれに任せたまえ。ただし、いまのところは慎重に行動しなくては」

ボンドは個室を見まわした。隣室の個室に通じている連結ドアのノブをまわしてみる。施錠されていた。車掌がベッドメイキングをおえて出ていったら、連結ドアがあかないよう隙間にくさびを差し入れておこう。通路に出るドアにもおなじことをするつもりだった。できることならずっと目を覚ましていよう。列車でのハネムーンなんてこんなものか！

ボンドはひとり苦笑いをしながら、ベルを鳴らして車掌を呼んだ。タチアナが心配そうな顔でボンドを見あげた。

「心配するな、ターニャ」と、最前の言葉をくりかえす。「なにも心配しなくていい。車掌がいなくなったらベッドに横になっていろ。わたし以外の者にはぜったいにドアをあけるな。今夜はわたしがずっと起きて目を光らせている。あしたになれば、もっと楽になれるはずだ。ケリムと計画を立てる。出来る男だよ」

車掌がノックした。ボンドは車掌を個室に通し、入れちがいに通路へ出た。ケリムはまだ通路で外をながめていた。列車は前よりもスピードをあげて夜闇を疾走していた。左右は深い切り通しで、その岩壁に客車の窓から洩れる明かりがちらちら揺れては躍り、耳ざわりで物悲しい汽笛の音をはねかえしてきた。ケリムは身じろぎひとつしていなかったが、窓ガラスという鏡に映っている両目に油断はなかった。

ボンドはいましがたの会話の一部始終を語った。なぜタチアナを信じたのかの説明はむずかしかった。タチアナの目からなにが読みとれたか、自分の第六感がなにを告げてきたかを話していると、窓ガラスに映っているケリムの唇が皮肉の笑みに歪《ゆが》むのが見えた。

ついでケリムは、あきらめのため息を洩らした。「ジェームズ、ここではきみが主役だ。これはきみの側の作戦行動だしね。われわれはそういった点について、きょうのうちにほぼ議論をつくした——列車の危険性、機械を外交用郵袋《ゆうたい》におさめて本国へもちこめる可能性、そしてあの女が触れこみどおりの本物か、そうではないかという点もだ。どうやらあの女はきみに無条件降伏状態らしい。同時にきみも、あの女に心を奪われたことをみずから認めている。心といっても、その一部だろうがね。それでもきみは女を信じることに決めたという。きょうの午前中にMと電話で話したが、Mはきみの決断を支持するといっていたぞ。きみの一存に委ねると。だから、そういうことだ。しかしMは、保安省の男が三人もわれわれのエスコート役になることまでは知らなかった。それをいうなら、われわれも知らなかった。知っていれば、われわれの見解すべてが影響をうけたはずだな。そうだろう?」

「そのとおり」

「となると、やるべきことは三人の排除だ。連中を列車から追い払うことだ。三人がどんな魂胆《こんたん》で乗りこんできたかは見当もつかん。わたしだって偶然なんぞ信じちゃいないことでは、きみにひけをとるものじゃない。しかし、確実にいえることがひとつ——三人の男たちをこの列車での旅の道連れにするわけにはいかない、ということだ」

「いかにも」

「では、この件はわたしに任せてくれ。とりあえず今夜だけでも。ここはまだわたしの担当する国で、わたしにはそれなりの権限もある。くわえて豊富な資金もだ。三人を殺してしまうわけにはいかない。そんなことをすれば列車が遅れる。きみとあの女も巻きこまれてしまう。そこで、わたしが一計を案じよう。三人のうちふたりは寝台車をとっている。口ひげをたくわえて小さなパイプをふかしていた年かさの男はきみの隣室——そう、ここの六号室だ」ケリムはいいながら、頭をうしろへ動かしてドアを示した。「あいつは〝メルキオール・ベンツ〟というセールスマンを名乗って、その名義の西ドイツのパスポートで旅行している。浅黒いアルメニア人は一二号室だ。こいつもおなじく西ドイツのパスポート――名義は〝クルト・ゴルトファルプ〟で、建設技師という触れこみだ。三人ともパリまでの切符を買ってる。三人の書類を見たんだよ。わたしは警察官としての身分証ももっているのでね。車掌は文句ひとついわずに協力してくれた。寝台車の乗客の切符とパスポートを預かって、車掌室に保管しているんだ。三人めの男――あのうなじにできものがあった男――は顔にもできものがあるとわかった。ふた目と見られぬ醜男《ぶおとこ》の鈍物《どんぶつ》だ。やつのパスポートは見ていない。やつは一等車で、ベッドのない座席だけの個室で旅している――わたしの隣の個室だ。国境にたどりつくまではパスポート提出の義務がなくてね。しかし、切符は提出してきたよ」

ケリムは手品師のような手さばきで、上着のポケットからすばやく一等車輛の黄色い切符をとりだして、すぐしまいこみ、自慢の笑みをボンドにむけた。

「いったいどうやった？」

ケリムはくすくすと笑った。「夜になって個室に尻を落ち着ける前に、この牛なみの薄のろ男はトイレに行った。わたしは通路に立っていたんだが、ふいに子供のころ列車にただ乗りした手口を思い出した。わたしはやつに一分ばかり時間をくれてやってから、トイレにつかつかと歩み寄ってドアをがちゃがちゃ揺らし、ドアハンドルを強い力で動かないよう押さえて、『切符をお預かりします』と大きな声でいった。『切符をお願いします』とね。フランス語とドイツ語でもくりかえした。トイレから、なにやらつぶやく声がきこえた。で、やつがドアをあけようとする気配がしたもので、ドアがなにかにつかえたと思いこませようと、いちだんと強くハンドルを押さえてやった。『ごゆっくりなさってください、お客さま《ムッシュー》』と、鄭重《ていちょう》な言葉をかけたよ。『切符はドアの下の隙間から出してください』とね。またドアハンドルをがちゃがちゃ揺らしている気配があって、苦しそうな息づかいもきこえた。それから一拍の間があって、ドアの下からかさかさという音がした。見ると切符が差しだされていた。わたしはとびきり礼儀正しく、『ありがとうございます《メルシー》、お客《ムッシ》さま《ュー》』と声をかけて切符を拾い、連結部分を通り抜けて隣の車輛にはいっていった」ケリムはひらひらと片手をふり動かした。「あのうどの大木野郎は、いまごろすやすや寝ているだろうよ。国境に着けば切符を返してもらえると思いこんでね。勘ちがいもいいところ。そのころには切符は灰となり、灰は四方八方へ吹き散らされてるね」ケリムは窓の外の闇を示した。「あいつがどれだけ金をもっていようとも、必ずこの列車から強制退去させるよ。切符がなくなった事情を調べたり、発券窓口係の証言と本人の話を突きあわせたりする必要がある、といわれてね。そんなこんながおわれば、後続列車への乗車が許されるかもしれん」

ボンドは、ケリムが子供時代のいたずらを再現しているようすを想像して口もとをほころばせた。「あんたもたいしたやつだな、ダルコ。残りのふたりはどうする?」

ダルコ・ケリムは逞《たくま》しい肩をそびやかし、「いずれは策を思いつくさ」と自信たっぷりにいった。「ロシア人を捕まえるとなったら、連中を馬鹿に見せるのがこつだ。やつらに赤っ恥をかかせる。笑い物に仕立てる。ロシア人はその手の仕打ちに耐えられないんだな。なんとか手を講じて、あいつらに脂汗をかかせてやろうじゃないか。任務に失敗したあいつらにつらに処罰をくだすのは、ソ連の国家保安省にまかせればいい。そうなれば、あいつらが仲間の同国人に銃殺されるのはまちがいないね」

ふたりで話しているあいだに、車掌が七号室から出てきた。ケリムはボンドにむきなおって肩に手をかけて、「恐れることはないぞ、ジェームズ」と明るい声でいった。「われわれが連中を始末する。きみは女のところへもどれ。朝になったら、また顔をあわせよう。おたがい、今夜はあまりゆっくり寝られそうもないが、ま、いたしかたあるまい。雰囲気は一夜で変わる。あしたになれば眠れるかもしれんしな」

ボンドが見ていると、大柄なケリムは揺れる通路を苦もなく歩いて遠ざかっていった。列車は左右に揺れているにもかかわらず、ケリムが一度として肩を通路の壁にぶつけていないことに気づかされた。タフで陽気でプロに徹しているケリムというスパイへの敬愛の念が、ボンドの胸を満たした。

ケリムの姿が車掌室に消えていった。ボンドは体の向きを変え、七号室のドアを静かにノックした。

22　トルコ出国

列車は咆哮《ほうこう》をあげながら闇をつらぬいて、ひた走っていた。ボンドは窓外でたちまち後方へと去っていく月光を浴びた風景をながめ、必死になって眠るまいと努めていた。周囲のあらゆるものがボンドを眠らせようと謀《はか》っていた——車輪のせわしない金属音のギャロップ、眠りへ誘うように目まぐるしく飛びすさる銀色に光る電話線、ときおり進路前方への警告の意味で鳴らされる汽笛の物悲しくも心安らぐ響き、通路の端にある連結部分で金属がぶつかりあう眠たげな音、そしてこの狭い個室の木材が軋《きし》む子守歌のような音。ドアの上にある常夜灯の深紫の輝きさえも、こんなふうに語りかけてくるかのようだった。「きみの代わりに、ぼくが目を光らせているよ。ぼくが光っているあいだは、妙なことはなにも起こらない。さあ、瞼《まぶた》を閉じて……お眠り……お眠りよ……」

膝にのっている女の頭から、ぬくもりと重みが伝わってきた。一枚きりのシーツにもぐりこんでみても、タチアナにぴったり身を寄せて太腿《ふともも》の裏に太腿を押しつけ、枕の上に広がる髪の毛のカーテンに頭を埋めるしかなさそうだ。

ボンドはいったん強く瞼を閉じてから、目をひらいた。そろそろと手首をもちあげる。

腕時計は四時を示していた。トルコの国境まで、あとわずか一時間。うまくすれば、昼間に睡眠をとれるかもしれない。ドアのすべてにくさびを入れて固定したら、タチアナに拳銃を託して、見張らせればいい。ボンドは眠っている美しい横顔に目を落とした。ロシアの秘密情報部所属の女でありながら、なんと無垢な顔だちをしていることか――ふっくらとした頬の上べりとなっている睫毛《まつげ》、意識せずに小さくひらいた唇、ひたいにかかっているほつれた長いひと筋の髪――ボンドはその髪をかきあげて、ほかの髪とそろえてやりたくなった――そして、あらわな首すじでゆっくり一定のペースを刻んでいる脈搏《みゃくはく》。愛おしい気持ちが大波となって打ち寄せるがまま、ボンドは寝ているタチアナを抱きあげて、ひしと抱き寄せたくなった。たぶん夢を見ているだろうタチアナの目を覚まさせて口づけをし、もう心配はいらないと告げて、うれしそうにまた眠りにつくタチアナを見まもっていたかった。

　タチアナ自身がこうやって眠りたいと強く主張したのだった。「あなたにしっかりと抱いていてもらわなくては眠りにつけそうもない。あなたがそばにいることを、つねに確かめておきたい。目が覚めて、あなたに触れていないと知らされるなんて恐ろしいことはぜったいにいや。お願いよ、ジェームズ。お願い、最愛の人《ドゥーシュカ》」

　そこでボンドは上着を脱いで隅の席に腰をおろし、両足を伸ばしてスーツケースにのせ、ベレッタをすぐに手が届く枕の下に入れた。タチアナは拳銃については無言だった。それからタチアナは首に巻いた黒いリボン以外の服をすっかり脱ぐと、挑発する気などないふ、りでそそくさとベッドにもぐりこみ、寝心地のいい体勢に落ち着いた。それから両腕をボンドへむけて伸ばす。ボンドは後頭部の髪に手をあてがってタチアナの頭をもちあげて引き寄せ、一度だけの長く激しいキスをした。キスのあとボンドはタチアナに眠るようにいってまた壁によりかかり、自身の肉体がおとなしくなるのを冷静に待った。タチアナは眠たげになにやら不明瞭なつぶやきを洩《も》らすと、片腕をボンドの太腿にかけたまま寝姿に落ち着いた。最初のうちタチアナはボンドにしっかりと腕をかけていたが、やがて腕から力が抜け、眠りこんでいった。

ボンドはタチアナにまつわる思考から荒々しく心を閉ざすと、今後の旅程に注意をふりむけた。

まもなく自分たちはトルコ国外へ出る。しかし、ギリシア国内のほうが楽になるだろうか？　ギリシアとイギリスは決して友好的な関係ではない。ユーゴスラビアは？　チトーはどちらの側に立っている？　おそらく、ふたまたをかけているのだろう。ソ連国家保安省の三人の男がどのような命令を受けてきているのであれ。連中はボンドとタチアナがこの列車に乗っていることをすでにつかんでいるか、そうでなくてもじきに把握するはずだ。ボンドとタチアナは四日間もブラインドをおろした個室にこもりきりで過ごすわけにはいかない。ふたりが乗車している事実は、どこかの駅から電話をかけるという手段でイスタンブールに報告されるだろうし、朝には〈スペクター〉の紛失が明るみに出るはずだ。そのあとなにが起こる？　アテネやベオグラードのソ連大使館を通じて緊急の要請が出されるのではないか？　タチアナは窃盗犯として列車から連行される？　あるいは、そんな単純な話ではすまなくなる？　これが見かけ以上に複雑な話だったら――この件のすべてが謎めいた陰謀、あるいはロシア人たちによる複雑怪奇な策謀の一部だとしたら――自分はこれを回避するべきではないか？　タチアナといっしょにどこかの田舎の駅でこっそりホームとは反対側から列車を降りたら、車を調達して、なんとかロンドン行きの飛行機に搭乗することを目指すべきだろうか？

窓の外では、走るように後方へ去っていく木々や岩々を、夜明けを告げる光が青く縁《ふち》どりはじめていた。ボンドは時計を見た。午前五時。もうすぐウズンキョプリュ駅だ。後方の車輛ではなにが起こっているのだろう？　ケリムの首尾はどうなっているのか？

ボンドはリラックスした気分で背もたれに体を預けた。つまるところ、自分の目下の問題には単純で常識的な答えがある。もし国家保安省の三人の工作員を内々に始末することさえできれば、自分たちは列車に乗ったまま、当初の計画どおりに進められる。始末できなかったら、ボンドはタチアナと機械ともどもギリシアのどこかで列車から降りてイギリスを目指す。しかし、もし勝機があるのなら、ボンドとしてはいまの作戦のまま進めたかった。ケリムはベオグラードに配下の者を派遣して列車の到着を待たせている。それに、いざとなれば大使館がつかえる。

ボンドの頭は忙しく動いて、それぞれの利点と欠点を数えあげていった。こうした計算をしながらも、ボンドは自分のなかにこのゲームを最後までつづけ、真相がどういうものかを見さだめたいという常軌を逸した願望があることを心穏やかに認めてもいた。ボンドとしてはあの連中を打ち負かして謎を解明し、もしこれがなんらかの策謀であれば、その裏をかいてやりたかった。Mからはこの作戦について一任されている。タチアナも機械も手中におさめた。なぜあわてることがある？　あわてなくてはならない要素がどこにある？　ここで背中をむけて逃げるのは正気の沙汰ではないし、ひとつの罠から逃れたところで、しょせん別の罠に落ちこむだけかもしれないではないか。

列車が長い汽笛を鳴らし、速度を落としはじめた。

いよいよ第一ラウンド開始だ。もしケリムがしくじったら。もし三人の男がこのあとも列車に乗りつづけるようだったら……。

苦しげな機関車に牽引《けんいん》された数輌編成の貨物列車が通りすぎていった。車輌用の車庫の影がちらりと見えた。オリエント急行は転轍機《ポイント》を通過した拍子に車体をがくんと揺らし、連結部分から耳ざわりな高い音をたてながら、本線をはずれて進んでいった。窓から外をのぞくと、レールのあいだに雑草が生えている線路が四本と無人のプラットホームが見えた。雄鶏《おんどり》が鬨《とき》の声をあげていた。特急列車は人の歩くスピードほどにまで減速し、やがて――水圧ブレーキの吐息めいた音と、排出される蒸気のやかましい〝しゅうっ〟という音とともに――完全に停止した。タチアナが眠ったまま身じろぎした。ボンドは女の頭をそっと枕に移してから立ちあがり、忍びやかに個室から外へ出た。

典型的なバルカン地方の田舎駅だった――やたらにごつごつした石でつくられた陰気な

ファサードの建物、長く延びた埃っぽいプラットホームは一段高いつくりではなく周囲の地面とおなじ高さだったので、列車から降りるためのステップは長かった。あちこちで鶏《にわとり》が地面をつつき、冴えない風体で無精ひげもそのままの駅員たちがことさら偉く見せようともせず、所在なげにたたずんでいた。列車のうち運賃の安い前のほうの車輛近辺では、荷物の包みや籐《とう》のバスケットをかかえた農民の群れがさかんにおしゃべりをしながら、税関とパスポート審査の順番を待っていた——それをすませればまた列車に這いのぼり、車内に群れている仲間といっしょになれる。

ボンドからプラットホームをはさんで反対側に閉まったままのドアがあり、その上に《警察》という表札が出ていた。ボンドには、ドア横の汚れたガラス窓にちらりとケリムの頭と肩がのぞいたように思えた。

「パスポート！　税関！」

私服姿の男と深緑色の制服を身につけて黒いベルトに銃のホルスターを吊るしているふたりの警官が、列車の通路にはいってきた。この三人に先立って、寝台車の車掌が個室のドアをノックしてまわっていた。

車掌は、怒気をはらんだトルコ語でひとしきり一二号室の前で話しながら、手にしている切符とパスポートの束をトランプの束のように広げて調べていた。車掌が調べおわると、私服の男がふたりの警官を手招きし、気取った手つきでドアをノックした。ドアがひらくと、男は個室にはいっていった。ふたりの警官はその場に立って見張りをしていた。

ボンドは通路をじわじわと先へ進んだ。片言のドイツ語での会話がきこえた。片方の声は冷たく、もうひとりの声は怯えと激昂《げっこう》をあらわにしていた。クルト・ゴルトファルプ氏のパスポートと切符が紛失しています。ゴルトファルプさん、あなたは車掌室から切符とパスポートをもちだしたのですか？　まさか。ゴルトファルプさん、あなたは本当に切符とパスポートを車掌にわたしましたか？　当たり前だ。となると、これは不幸な出来事だ。捜査を進めなくては。イスタンブールのドイツ総領事館に照会すれば問題は解決するでしょう（この提案にボンドは笑みを誘われた）。ただし照会がすむまでは、恐縮だがゴルトファルプさんがこの列車で旅をつづけることはできません。明日になれば出発できるようにもなるはずです。ゴルトファルプさん、服を着ていただきたい。また荷物は駅の待合室に運ばなくてはなりません。

通路に飛びだしてきたのは、例の〝訪問者〟三人のうちでも、肌が浅黒い南部コーカサス地方出身らしい国家保安省の男だった。ただでさえ土気色の顔が、いまは恐怖で灰色になっていた。髪は乱れ、身につけているのはパジャマのズボンだけだった。しかし、血相を変えて廊下を先へ急ぐこの男には滑稽《こっけい》なところはひとつもなかった。男はあたふたとボンドの前を通りすぎ、六号室の前で足をとめると、気を落ち着かせているようだった。それからいかにも緊張したようすでドアをノックした。ドアがチェーンをはずさないままでひらき、ボンドにも大きな鼻と口ひげの一部が見えた。チェーンがはずされてゴルトファルプが個室にはいっていった。室内からは音ひとつきこえない。そのあいだ私服の男は九号室と一〇号室のふたりのフランス人高齢女性の書類を調べ、そのあとボンドの書類を調べにきた。

役人はボンドのパスポートにはろくに目をむけもしなかった。ぱたんと音をたててパスポートを閉じると、車掌に手わたす。「ケリムさんの同行の方だとか？」役人はそうフランス語でたずねてきた。その目はどこか遠くを見ていた。

「いかにも」

「お手数をおかけしました《メルシー》、お客さま《ムッシュー》。旅のご無事を《ボン・ヴォヤージュ》」役人は敬礼をして体の向きを変え、六号室のドアをきびきびした動きでノックした。ドアがあいて役人は室内にむかった。

五分後、そのドアがさっとひらいた。私服の男はいまやすっくと背すじを伸ばして威厳もあらわにふたりの警官を手招きし、いかめしいトルコ語で話しかけてから個室に顔をむけた。「ご自身は逮捕されたものとお考えください、お客さま《マイン・ヘル》。公務員への贈賄《ぞうわい》未遂はトルコでは重罪にあたりますぞ」

ゴルトファルプの下手なドイツ語には怒りの気配が満ちていた。そのドイツ語をロシア語の簡潔な一句が断ち切った。さっきとは別人のようなゴルトファルプ、正気をうしなった者の目をしたゴルトファルプが個室から出てきたかと思うと、周囲が見えていないような足どりで通路を歩いて一二号室へはいっていく。ひとりの警官がそのドアの前に立って待っていた。

「あなたの書類を拝見しますよ、お客さま《マイン・ヘル》。前へ進みでていただけますかな。こちらの写真と見くらべて確認する必要がありまして」私服の男は緑の表紙がついている西ドイツのパスポートを明るいところへ掲げた。「一歩前へお願いします」

ベンツを自称している国家保安省の男は肉づきのいい顔を怒りで蒼白にしながら、派手なブルーのシルクの部屋着姿で廊下に進みでてきた。眼光鋭い茶色の瞳がまっすぐボンドの目を見つめているが、ボンドをまったく無視している。

私服の男はパスポートをぴしゃりと閉じて車掌にわたした。「あなたの書類には問題ありませんな、お客さま《マイン・ヘル》。さて、もしよろしければ、お荷物を拝見いたします」

私服の男につづいて、ふたりめの警官も個室へはいっていった。国家保安省の男は青いシルクに包まれた背中をボンドにむけ、捜索のようすを見まもっていた。

ボンドは男の部屋着の左腋《ひだりわき》の下がふくらんでいることと、服の下に締めているベルトが腰のあたりを畝《うね》のように盛りあげていることに気がついた。この件を私服の男に耳打ちするべきだろうか？　そう思ったが、黙っていることに決めた。話したら目撃証人として連れていかれるかもしれない。

荷物の検査はおわった。私服の男は冷ややかに敬礼をしてから廊下を先へ進んでいった。国家保安省の男は六号室にもどり、荒っぽくドアを閉めた。

残念だな——ボンドは思った。ひとりは仕留めそこねた。

ボンドは窓にむきなおった。うなじに痛々しいおできがあって、グレイのホンブルク帽をかぶった男が、《警察》という表札の下のドアから室内に連行されていくところだった。

通路の先でドアが閉まる物音がして、ゴルトファルプが警官に付き添われて列車から降りていった。ゴルトファルプはうなだれたまま埃っぽいプラットホームを横切り、おなじドアをくぐって姿を消した。

機関車が汽笛を鳴らした。これまでと異なる汽笛だった——ギリシア人機関士による、勇壮で疳高《かんだか》い汽笛だ。寝台車のドアがばたんばたんと閉じられていった。私服の男ともうひとりの警官が駅舎へむかって歩いていく姿が見えた。列車最後尾に立っている車掌が腕時計を確かめて旗をあげた。車輛ががくんと前のめりに揺れ、機関車が立てつづけに爆発するような荒い息を吐き、その音がしだいに低くなるなかで、オリエント急行の前方車輛だけが動きはじめた。〈鉄のカーテン〉を抜けて北まわりの路線を走り、ブルガリア国内の国境近くの町ドラゴマンを通る予定の車輛はこの駅に残されて、出発を待つ予定だ。

ボンドは窓をおろし、これで見納めとばかりトルコ国境をふりかえった。あそこでは、いずれ先ほどのふたりの男たちが死刑を宣告され、殺風景な部屋にすわらされる目にあうのだろう。かくして二羽の鳥は仕留めた——ボンドは思った。三羽のうちの二羽。勝ち目はますます増えてきたようだった。

鶏がうろつき、車掌の小さな黒い人影が見える死んだような埃っぽいプラットホームをふりかえって見ているうちに、長い編成の列車が転轍機《ポイント》を通過して大きく揺れ、一本だけの本線にはいっていった。ボンドはひからびたような見苦しい田舎の光景から、さらにその先、トルコ平野にのぼってくるギニー金貨のような朝日に目をむけた。きょうも好天に恵まれた一日になりそうだった。

ボンドはひんやりとして甘い香りに満ちた朝の空気から頭を引っこめ、音をたてて窓を閉めた。

肚《はら》は決まっていた。自分はこのまま列車に乗りつづけて、この顚末《てんまつ》を最後まで見とどけよう。

23　ギリシア出国

ピシオ駅のわびしい売店でホットコーヒーを買った（食堂車が連結されるのは昼になってからだからだ）。ギリシアの税関による検査とパスポート審査はなんなくおわり、個室の寝台が片づけられていくあいだ、列車は高速で南へ――エーゲ海北端にあるエネズ湾へ――むかっていた。窓外の景色には、これまでにない光と色彩が増えていた。空気はより乾いてきた。小さな駅や野山で見かける人々の姿もあか抜けてきた。日ざしを浴びて、ひまわりやとうもろこし、葡萄《ぶどう》、それに乾燥ラック上の葉タバコなどが実りを告げていた。ダルコが前にいっていたように、雰囲気は一夜にして一変していた。

ボンドは、タチアナの愉快そうな目に見つめられながら顔を洗って、ひげを剃《そ》った。ボンドがヘアオイルをつけないことが、タチアナのお眼鏡にかなったようだった。

「あれは不潔な習慣よ」タチアナはいった。「ヨーロッパではヘアオイルをつける人がたくさんいるときかされた。ロシアでは、そんな習慣を身につける人なんていない。だいたい枕が汚れるし。でも、あなたたち西側の人が香水をつかわないのは不思議ね。ロシアではどんな男も香水をつけるのに」

「われわれは体を洗うからね」ボンドはにべもなく答えた。

タチアナの猛反論のさなか、ドアにノックの音がした。ケリムだった。ボンドはケリムを招きいれた。ケリムは女に会釈をした。

「なんとまあ、うるわしき家庭ならではの光景だね」ケリムは巨体をドア近くの隅に落ち着けながら、陽気な口調でそう話した。「こんなに美男美女のスパイ・カップルには、お目にかかったこともない」

タチアナはケリムをにらみつけ、冷ややかにいった。「まだ西側のジョークに慣れてないの」

ケリムの笑い声には人の警戒心を解く作用があった。「きみにも、そのうちわかるさ。イギリスにいる連中はみんなジョークの達人だ。あの国ではね、どんなものでも笑い飛ばすのがまともなふるまいだと考えられているぞ。社会の潤滑油だな。わたしも、けさはずいぶん笑わせてもらったよ。ほら、ウズンキョプリュ駅でつかまった哀れなふたりの男だ。警官がイスタンブールの西ドイツ総領事館に電話で照会する場には、ぜひとも居合わせたかったね。あんなにお粗末な偽造パスポートは初めてだ。パスポートの偽造はそれほどむずかしくないが、出生証明書の偽造はまず不可能だ――証明書の発行元とされている国の記録にあたらなくてはならないからね。あんたの同国人のおふたりのキャリアは、このぶんだと悲しい結末を迎えそうだぞ、ミセス・サマセット」

「どんな手をつかった?」ボンドはネクタイを結んだ。

「金とコネだ。車掌には五百ドルつかませた。警察には大仰な話をきかせた。われらが友人が役人に賄賂《わいろ》をつかませようとしたのも追い風になったな。残念だったのは、ここの隣にいる抜け目ないベンツを――」いいながら壁を指し示す。「――いっしょに仕留められなかったことだ。パスポートのトリックはもうつかえない。ほかの手でやつを排除しなくては。おできの男は簡単だったよ。あの男はドイツ語がちんぷんかんぷん、おまけに無賃乗車は由々《ゆゆ》しき犯罪だ。まあ、そういう次第で、きょうは実に爽快なスタートを切ったわけだ。第一ラウンドはわれわれの勝利。しかし隣室のわれらが友は、これからずいぶん用心深くなるだろうね。なにを念頭に置くべきかがわかったわけだから。そいつが、こっちにはいちばん有利かもしれない。きみたちふたりが一日じゅう身を隠していなくてはならないとなったら困りものだ。でも、いまはもう自由に動きまわれるぞ――いっしょにランチをとりにいってもいい。例のお宝をもち歩いてさえくれたらね。あとは、やつがどこかの駅でどこかのだれかに電話をかけるかどうか、きっちり見張っておくべきだな。とはいえ、やつにギリシアの電話交換手とわたりあえる語学力があるかどうかは怪しい。となると、列車がユーゴスラビアにはいるまで電話を控えるかもしれん。しかし、あの国にはわたしの手の者もいる。必要なら増援を要請したっていい。これほどおもしろい旅はめったにあるものじゃないぞ。オリエント急行には胸の高鳴りが絶えないんだよ」ケリムは立ちあがってドアをあけ、「ついでにロマンスもね」と、笑顔で個室を見まわしながら言葉をつづけた。「ランチタイムになったら迎えにくるよ！　ギリシア料理はトルコ料理をさらに下まわるしろものだが、わたしは胃袋さえ女王陛下に奉仕たてまつっている身だからな」

ボンドは立ちあがってドアに鍵をかけた。タチアナが鋭い口調でいった。「あなたのお友だちは文化的《クルトウールヌイ》じゃないのね！　あなたの国の女王陛下のことをあんな感じで話題にするのは不敬もいいところ」

ボンドはタチアナの隣に腰をおろし、「タチアナ」と苛立《いらだ》ちを抑えて話しかけた。「あの男はなかなか優秀な人材だ。友だち甲斐《がい》のあるやつでもある。あの男がいくら好き放題にしゃべろうが、わたしは気にしないね。ケリムは嫉《や》いているんじゃないかな。できることなら、きみのような女をものにしたいんだ。だから、きみをからかった。お世辞みたいなものだよ。褒め言葉と受けとめればいい」

「ほんとにそう思ってる？」タチアナは大きな青い目をボンドへむけた。「でも、自分の胃とあなたの国の元首についてのあの発言は……。お国の女王陛下に失礼よ。ロシアであんな発言をしたら、とんでもなく無作法だと思われてしまうわ」

ふたりがなおも意見をかわしているあいだに、列車はがたがたと車体を揺らしながら、蠅《はえ》が群れ飛んでいて、日ざしに炙《あぶ》られたようなアレクサンドルポリ駅に停止した。ボンドは通路に通じているドアをあけた。淡い青色の鏡を思わせる海面に日ざしがあふれかえっており、その海は水平線もほとんどうかがわせぬまま、ギリシア国旗を思わせる青い空と融合していた。

三人は昼食をとった。ボンドは足のあいだに例の重いバッグを置いていた。ケリムはたちまちタチアナと仲よくなっていた。ベンツと名乗る国家保安省の男は食堂車に寄りつかなかった。男がプラットホームに出て、カートを押している売り子からサンドイッチとビールを買っているところは三人とも目にしていた。ケリムは、いっそあの男に声をかけて四人でブリッジでもするか、といいだした。ボンドはふいに激しい疲れを感じた。しかも疲れのせいで、この危険含みの旅行がただのピクニックのように思えてしまった。タチアナはボンドが黙りこんだことに気づくと、席を立ち、部屋で休みたいといった。食堂車をあとにするふたりの耳に、ケリムがブランディと葉巻を注文している楽しげな声がきこえてきた。

個室にもどると、タチアナはきっぱりした声で、「さあ、今度はあなたが眠る番よ」といってブラインドをおろして、強烈な午後の日ざしを部屋から締めだし、陽光に焼かれているとうもろこしと萎《しお》れたひまわりの果てしなく広がる畑の光景も締めだした。個室は深緑色に染めあげられた地中深くの洞窟になった。ボンドはドアの隙間にくさびを押しこめると、拳銃をタチアナに預けた。それからタチアナの膝《ひざ》を枕に体を横たえるなり、ボンドは眠りこんでいた。

長い編成の列車は、ロドピ山脈の麓《ふもと》の丘陵地帯を曲がりくねりながら走ってギリシア北部を通過していった。クサンシを過ぎ、ドラマやセレスを過ぎ、列車はマケドニア高原にはいると、今度は南むきにカーブしてテサロニキを目指した。

ボンドが柔らかなタチアナの膝枕で目を覚ましたときには、もう黄昏時《たそがれ》になっていた。

タチアナは――この瞬間を待ちわびていたかのように――すぐさまボンドの顔を両手ではさんで目をのぞきこみ、急《せ》き立てられたような口調でいった。「愛しい人《ドゥーシュカ》、あとどのくらい、こうやっていっしょにいられるの？」

「長いあいだだよ」寝起きのせいでボンドはまだ陶然とした気分だった。

「でも、〝長いあいだ〟ってどのくらい？」

ボンドが見あげると、美しい瞳に憂慮の色がたたえられていた。ボンドは頭から眠気を追い払った。列車で過ごすこれからの三日間よりも先のこと、ふたりのロンドン到着以後のことを見通すのは不可能だった。まず、この女が敵の情報部員である事実をきっちり見すえる必要がある。ボンドがどんな感情をいだこうとも、ボンド自身が所属する秘密情報部や中央省庁が送りこむ尋問担当者には関係ない。ほかの情報機関も、タチアナが自分の働いている機関について、どんなことを話すかを知りたがるはずだ。おそらくタチアナは、ドーヴァーの通称〈檻《ケージ》〉に連行されることになる――〈檻《ケージ》〉というのはイングランド南部ギルドフォード近郊にある、厳重に警備された一軒家だ。その家でタチアナは、快適だが盗聴機材がたっぷり仕掛けられた部屋に入れられる。そこへ私服姿の敏腕な男たちが入れかわり立ちかわり訪問しては、タチアナと話をしていく。そのあいだ階下の部屋ではテープレコーダーがまわり、録音が速記に起こされ、ふるいにかけるようにして新事実の有無が綿密に調べられる――もちろん、タチアナの足をすくうような話の矛盾点も。タチアナは〝囮の鳩《ストゥールピジョン》〟の異名をとるスパイにも紹介されるだろう。気のいいロシア人女性スパイはタチアナの処遇に同情してみせ、脱出方法やソ連側に寝返って二重スパイになる方法を示唆《しさ》したり、祖国にいる両親に〝当たりさわりのない情報〟を伝える方法をほのめかすのだろう。これが何週間も何カ月もつづく。そのあいだボンドは如才なくタチアナから距離をとる――といっても、ボンドならふたりのあいだの愛情を利用してさらなる情報を引きだせる、と尋問担当者が考えれば別だ。そのあとはどうなる？　名前を変えて、心機一転カナダで新しく暮らしはじめることを提案される。それも、情報部の秘密基金から年間千ポンドを与えられての暮らしだ。そんなこんなのすべてを体験したあとになれば、タチアナはどれほどイギリスを憎んだり蔑《さげす》んだりするだろう？　それをいうなら、ボンド自身の胸の熱い炎もどれだけ残っているだろうか？

「愛しい人《ドゥーシユカ》」タチアナは焦れったそうにくりかえした。「どれくらい長いあいだ？」

「できるだけ長くだよ。わたしときみ次第だな。たくさんの人間が介入してくる。わたしたちは引き離されるね。こんなふうに狭い部屋でずっとふたりきりというわけにはいかない。数日後には、わたしたちは世界へ足を踏みだささるをえない。たやすい道のりではないだろうね。この話で嘘をつくのは愚《おろ》かしい真似だよ」

タチアナの顔が晴れた。笑顔でボンドを見おろす。「あなたのいうとおり。わたしも、もう愚かな質問はやめる。でも、そういうことならこれから数日間という時間を無駄にしてはいけないわ」

タチアナは膝からボンドの頭をおろし、いったん立ちあがってからボンドの隣に身を横たえた。

一時間後、ボンドが通路に立っていると、前ぶれもなくケリムが隣に姿をあらわした。ケリムはボンドの顔を視線でさぐってから、茶目っ気たっぷりにこういった。「あまりのんびり寝すぎると損をするぞ。きみはギリシア北部の史跡地域をすっかり見逃したんだ。ついでにいっておけば、そろそろ一回め《プルミエ・セルヴィス》の夕食の時間だ——食堂車は入替え制だからね」

「あんたは食べ物のことばかり考えているんだな」ボンドはいい、頭を動かして後方を示した。「われらが友人はどうしてる?」

「まったく動きがないな。わたしに代わって車掌が見張ってくれている。最終的にはあの車掌、この寝台列車会社きっての金持ち車掌になるだろうな。ゴルトファルプのパスポートと切符の件では五百ドル握らせた。おまけにいまは、列車が終点につくまで一日あたり百ドルの約束をかわしてる」ケリムはくすくすと笑った。「いっておいたよ、トルコ国内での功績が認められてイギリスで勲章をもらえるかもしれないぞ、と。車掌はわれわれが密輸組織を追っているものと思いこんでる。あの手のギャング連中はこの列車でトルコ産の大麻をパリにまで運ぶんだ。この気前のいい報酬にも車掌は驚きもせず、ひたすら相好《そうごう》を崩していたよ。さてと、きみのほうは個室の箱入り娘にしているロシアの王女さまから、なにかききだせたか? いまも落ち着かない気分でね。あまりにも平穏無事すぎる。前の駅で列車から追いだしたふたりの男にしても、あの女のいうとおり、なんの裏もなく、ベルリンへむかっていただけかもしれないじゃないか。例のベンツという男がいっこうに部屋から出てこないのも、われわれを恐れてのことかもしれん。われわれの旅は万事順調だ。それでも……どうにも……」ケリムはかぶりをふった。「あの手のロシア人連中はみんなチェスの達人だ。そんな連中がある計画を実行するとなったら、それはもう鮮やかに実行するんだよ。ゲームは細部まできっちり計画を立てるし、敵が打つ手もすべて計算に入れてる。敵の手を予測しているばかりか、対抗の手も考えてある。わが頭の奥のほうでは……」窓ガラスに映るケリムの顔は暗かった。「きみもわたしも、それにあの女も、とびきり規模の大きなゲーム盤のコマにすぎないんじゃないかという思いが消せないよ。こちらの動きがまったく妨害されないのも、ロシア側がゲームを進めるうえで障害にもならないからじゃないか、とね」

「だとしても、そんな陰謀の目的はなんなんだ？」ボンドは窓の外の闇に目をむけ、ガラスに映った自分に話しかけた。「それで連中はなにを得ようとしているんだろう？　結局、いつもその疑問にもどってしまう。もちろん、わたしたちだってなんらかの陰謀のにおいを嗅ぎつけてはいる。そしてタチアナは、自身がその一翼であることさえ知らないのかもしれない。タチアナがなにか隠しているのはわかっているが、わたしが見たところは小さな秘密にすぎず、自分でもあまり重要ではないと思っているようだ。とにかくロンドン到着後には、すべてを打ち明けると話してる。すべて？　どういう意味だろうか？　タチアナがわたしにいったのは、とにかく信じろという言葉だけだ——危険はないことを信じろ、とね。ダルコ、あんたも認めるしかないと思うが——」ボンドはゆっくり動く狡猾《こうかつ》なケリムの目をのぞいて、承認の光の有無をさがした。「——タチアナの言葉に嘘はないぞ」

ケリムの目には熱がなかった。この男はなにもいわなかった。

ボンドは肩をすくめた。「あの女に心を奪われたことは認める。しかし、わたしだって馬鹿じゃないよ、ダルコ。これまでずっと、どんなものでもいいから手がかりになったり役に立ったりするものはないかと目を光らせてきたんだ。知っていると思うが、相手が心の壁をおろしていれば、いろいろなことがわかるものだ。ああ、心の壁がおろされていて、それでタチアナが真実を語っているとわかった。まあ、九割ばかりの真実だな。タチアナは、残る一割をどうでもいいと思っているふしがある。タチアナが嘘をついているとすれば、自分がこれまで嘘をつかれていたからだ。あんたのチェスのたとえ話のとおりなら、そうであってもおかしくない。とはいえ、それでもやはり、これがなんのためなのかという疑問にもどるのは事実だ」ボンドの声がこわばった。「知りたければいっておくが、わたしはその疑問に答えが出るまではこのゲームをつづける気だよ」

ボンドの顔にのぞいた頑固な表情に、ケリムは微笑《ほほえ》んでいた。ついで、いきなり笑い声をあげた。「もしもわたしがその立場だったらね、わが友、テサロニキでひそかにこの列車から降りるね——例の機械をたずさえて。まあ、きみがその気なら女を連れていってもいいが、その点は重要じゃない。わたしなら駅でハイヤーを見つくろってアテネへ行き、すぐ次の飛行機をつかまえてロンドンに飛ぶ。とはいえ、これはわたしが〝スポーツマンであれ〟という育ちをしなかったせいだな」ケリムは言葉に皮肉をこめた。「これはわたしにとってはゲームじゃない。ビジネスだ。きみにとっては、ちがうんだな。きみはギャンブラーだ。Mもやはりギャンブラーだね。まちがいないよ——そうでなければ、きみにすべてを一任して送りだすわけがない。Mもこの謎の答えを知りたがってるんだ。そういうこと。しかし、わたしは安全策をとって着実に進めたい——偶然にまかせるようなことは、できるだけ少なく絞ってね。きみは勝ち目があると読んでいるな？　確率は自分に有利だと？」ダルコ・ケリムは体の向きをかえてボンドとむかいあった。そしてこれまでよりも声に力をこめて、「きくんだ、わが友」といい、ボンドの肩に大きな手を置いた。「これはビリヤード・テーブルなんだ。どこにでもある緑色の平らなビリヤード・テーブル。きみは白い球を撞《つ》いた。球は音もなくなめらかに転がって、赤い球へむかっているところだ。ポケットは近くにある。きみの白い球が赤い球を打ち、赤い球がポケットに落ちるのはもう避けがたい運命のようなものだ。しかし、そういったものが動く軌道のずっとずっと外側では、ジェット旅客機のパイロットが気絶して、きみがビリヤードをしている部屋めがけて旅客機がまっすぐに墜落中かもしれないし、ガスの本管がいましも爆発寸前かもしれず、一瞬後にはそこに雷が落ちるかもしれない。そうなれば建物はきみの頭上で、そしてビリヤード・テーブルの上で崩落する。さて、その場合に赤い球を逃すはずがなかった白い球や、ポケットに落ちるはずだった赤い球はどうなるだろうね？　ビリヤード・テーブルの法則にしたがっているかぎり、白い球は当たりそこなわない。ところが、ビリヤード・テーブルの法則だけが法則じゃない。おなじように、この列車の進行をつかさどったり、きみをきみの目的地へ運んでいったりする法則もあるにはあるが、今回の特殊なゲームではそれが唯一の法則ではないんだ」

ケリムは言葉を切った。ついで肩をすくめて、自分の長口舌《ちょうこうぜつ》をあっさりと払い捨てる。

「まあ、きみならそんなことは百も承知だったね」と謝罪口調で話をつづけた。「それに、長々と無駄な話をしたせいで、のどが渇いた。あの女に急いで支度をさせて、三人で食事をしにいこうじゃないか。ただし、不意討ちにはくれぐれも気をつけたまえよ」そういってケリムは上着のまんなかあたりに指で十字をつくった。「心臓の上では十字を切らないんだ。大仰だからね。だが、胃の上では十字を切る。わたしにとっては大事な誓いだ。われわれふたりとも、もうじき不意討ちに見舞われる。例のジプシーが気をつけろと話していたよ。こんどはわたしが、おなじことをいおう。われわれはビリヤード室の外の世界への備えを固めておく必要がある、とね。わが鼻が――」いいながら鼻を指で軽く叩く。「――そう教えてくれてるのさ」

ケリムの胃が不作法な音をたてた――放置されて忘れられた受話器から、通話相手の怒った声が洩《も》れてくるような音だ。

「ほらね」ケリムは心もとなげにいった。「さっきわたしがいったとおりだ。食事をしないことにはおさまらん」

三人が夕食をおえるころ、オリエント急行は現代風の醜悪な駅舎をそなえるテサロニキ乗換駅に到着した。ボンドが重い小さなバッグをもち、三人はともに列車の通路を歩いて引き返し、夜のためにそれぞれの個室へ別れた。

「どうせ、すぐに起こされるんだぞ」ケリムが警告してきた。「国境越えは夜中の一時だ。ギリシア人は面倒を起こしたりしないが、ユーゴスラビア人ときたら、のんびり旅行している人間を叩き起こすのが大好きときている。連中が迷惑をかけるようなら、わたしを呼んでくれ。たとえユーゴスラビアでも、あの国にはわたしが名前をちらつかせてやれる知りあいが何人かはいる。わたしは次の車輛の二号室にいるよ。客はわたしひとりだ。あしたには、われらが友のゴルトファルプがつかっていた一二号室のベッドに移る予定だ。それまでは、一等個室がわたしにふさわしい厩《うまや》というわけだ」

ボンドが途切れがちな浅い眠りについているあいだ、列車は月明かりが照らすヴァルダル渓谷を苦労しながら登攀《とうはん》して、ユーゴスラビアの山麓《さんろく》へむかっていた。タチアナはまた頭をボンドの膝にのせて眠っていた。ボンドはケリムの言葉に思いを馳《は》せた。自分たちが無事にベオグラードを通過したら、ケリムをイスタンブールに帰してやれないだろうか？この冒険行はケリムの縄張りの外で進められているし、そもそも今回の作戦にケリムはなんの思い入れもない——そんなケリムを、ヨーロッパ全域を突っ切るように引きまわすのは褒められたことではない。どうやらケリムはボンドが女にすっかり心を奪われ、いまでは作戦の先行きをも見通せなくなっていると疑っているようだ。まあ、その見方にも一抹の真実はある。列車をおりて別ルートをたどるのが安全だろう。しかし自分には、この陰謀――これが本当に陰謀だったとして――から逃げるようなことは考えるだけでも耐えがたいと、そう認めざるをえない。また裏に陰謀などない場合、別ルートをとれば、タチアナと過ごせるはずの三日間がふいになり、そんな事態は考えるだけでも耐えがたかった。しかもMは、決定をボンドにゆだねている。ケリムがいっていたように、Mもこのゲームの先行きに興味をかきたてられているらしい。天邪鬼《あまのじやく》なことに、Mは筋の通らない展開の行く末を見たがっている。ボンドはこの問題を頭から払いのけた。旅は順調だ。あわてることはない――ボンドはこのときもそう思った。

列車が国境に近いイドメニ駅に到着して十分後、ドアにあわただしいノックの音がした。音でタチアナが目を覚ました。ボンドはタチアナの頭をそっと膝からおろして立ちあがり、ドアに耳を押しあてた。「なにかな?」

「車掌《ル・コンデュクトゥール》です、お客さま《ムッシュー》。事故がありました。お連れのケリムさまの身に」

「待ってくれ」ボンドは張りつめた声でいうと、ホルスターにベレッタをおさめて上着を羽織り、ドアをあけた。「なにがあった?」

通路の照明を受けて、車掌の顔は黄土色だった。「こちらへ」といって、一等車輛のほうへ通路を走りだす。

二号室のドアがあけはなたれ、その前に警官たちがあつまっていた。みな棒立ちになって室内の光景を見つめている。

車掌がボンドのために人垣をかきわけた。ボンドはドアの前にたどりついて個室に目をむけた。

頭の毛が静かに逆立《さかだ》った。右側の座席にふたつの死体が横たわっていた。激烈な死闘のまま凍りついたふたりの姿は、映画のためにポーズをとっているかのように見えた。

組み敷かれていたのはケリムだった。立ちあがろうとする最後の努力のためだろう、両膝を立てていた。頸動脈《けいどうみやく》近くに、テープを巻かれた短刀の柄《つか》が突き立っていた。顔を大きくのけぞらせているので、血走ったままのうつろな目が夜空を見あげていた。口はうなり声をあげているかのように歪《ゆが》んでいる。血があごから細い筋をつくって垂れ落ちていた。

そのケリムに半分のしかかるように横たわっていたのは、ベンツと名乗っていた国家保安省の男だった――ケリムの左腕がその首に巻きついて、動きを封じこめたままだ。ボンドのいる場所からは、ベンツのスターリンひげの端と黒ずんだ横顔が見えていた。ケリムの右腕が、無造作といってもいいような形で男の背中にのっていた。腕の先の手は強く握られていて、そこからナイフの柄の丸い端がのぞいていた。手の下の上着には大きな染みができていた。

ボンドは自分の想像の物音に耳をかたむけた。まるで映画を見ているかのようだった。眠っているケリム……ドアから音もなく忍びこむ賊の姿……賊は二歩前進し、目にもとまらぬ速さでナイフを頸動脈に突き立てた。瀕死《ひんし》のケリムは断末魔の力をふりしぼって片腕をふりあげ、殺人犯をおのれの体に引き寄せて、かかげたナイフを第五肋骨《ろっこつ》のあたりに突き刺した……。

この傑物はいつも太陽を身近にしたがえていた。それだけの男の光もいまはすっかり消え、命は完全に絶えていた。

ボンドは荒っぽく体の向きを変えると、自分のために命を落とした男の姿が見えないところへ歩き去った。

それからボンドはたずねられた質問に慎重に言葉を選び、あえてのらくら答えはじめた。

24　危地脱出？

オリエント急行は定刻に三十分遅れて、午後三時にゆっくりとベオグラード駅に滑りこんだ。ブルガリアから〈鉄のカーテン〉を抜けてやってくるこの列車のほかの部分を待つため、出発は八時間ほどあとになっていた。

ボンドは群集を見わたしながら、ケリムの配下の者がたずねてきてノックするのを待っていた。タチアナは黒貂《くろてん》のコートをまとってドア近くに身を寄せ、この男は自分のもとに帰ってくるだろうかと思いながらボンドの顔を見つめていた。

タチアナは窓からすべてを目にしていた――列車から運びだされていく細長い籐《とう》のバスケット、警察のカメラマンが光らせるフラッシュ、定例業務を手早く片づけたがっている、大げさな身ぶり手ぶりの車掌……そのなかを行きつもどりつ歩くジェームズ・ボンドの背の高い姿は、肉切り庖丁《ぼうちょう》のようにまっすぐで、凄みがあり、冷ややかだった。

それからもどってきたボンドは、腰をおろしてタチアナを見つめると、遠慮のない鋭い質問を繰《く》りだした。タチアナはむきになって反論したり、冷静にこれまでの話をくりかえしたりした。いまではボンドに一切合財を打ち明ければ――たとえばＳＭＥＲＳＨ《スメルシュ》が今回の件に関与していると話せば——その瞬間ボンドを永遠にうしなってしまうとわかっていたからだった。

そしていま、すわっているタチアナは恐怖を感じていた――自分がからめとられた蜘蛛《くも》の糸に怯え、モスクワで吹きこまれた嘘の裏になにが潜んでいるのかを思って怯えていたが、なににも増して恐ろしく感じていたのは、いきなり人生の光になったボンドという男をうしなうかもしれないということだった。

ドアにノックの音がした。ボンドは立ちあがってドアをあけた。筋骨逞《たくま》しく、いかにも陽気そうな、生ゴムめいた肌の男が個室に勢いよく飛びこんできた――ケリムとそっくりの青い瞳、茶色い顔の上では髪がモップのようにもつれあっていた。

「ステファン・トレンポと申します――お見知りおきを」満面の笑みがふたりをつつみこんだ。「みんなからはテンポと呼ばれてます。主任はどこですか?」

「すわりたまえ」ボンドはいい、内心こう思った――いわれずともわかる。ケリムの息子のひとりだ。

テンポはふたりに鋭い目をむけると、慎重な身ごなしでボンドとタチアナのあいだに腰をおろした。顔には疲れの色が濃かった。きらきら輝く目はいま恐ろしいほど真剣にボンドを見つめていた――その目には恐怖と疑惑がのぞいていた。右手がさりげない動きで上着のポケットに滑りこんだ。

ボンドが一部始終を話しおえると、テンポは立ちあがった。質問はひとつもしなかった。

「ありがとうございます。では、いっしょに来てください。ぼくのアパートメントへ行きましょう。やることがいろいろありますので」

テンポはひと足先に個室を出ると、ふたりに背をむけて通路に立ち、何本もの線路の先へ目をむけていた。タチアナが外に出てくると、テンポはふりむきもせずに通路を歩きはじめた。ボンドは重いバッグと自分の小型アタッシェケースを手にさげ、タチアナについていった。

一行はプラットホームを歩いて、駅前広場に出た。小雨が降りはじめていた。くたびれたタクシーが水しぶきをあげ、現代風の単調なビルがたちならぶ景色には気が滅入るばかりだった。テンポが薄汚れたモリス・オックスフォードのセダンの後部ドアをあけた。本人は前の座席にすわって、ハンドルを握った。それから車は丸石舗装の道を揺れながら進み、滑りやすいタールマカダム舗装の大通りに出て、がらんとした広い道を十五分ほど走った。歩行者はほとんど見かけず、行きあたったほかの車もせいぜい四、五台だった。

やがて車は、丸石舗装の横道を半分ほど進んだところでとまった。テンポがふたりの先に立ってアパートメントハウスの幅の広いドアを抜け、バルカン地方特有のにおい——古い汗とタバコの煙とキャベツのいりまじったにおい——がたちこめる階段を二階ぶんあがっていった。それからドアの鍵をあけ、ふたりをふた間の自宅に通した。これといった特徴のない家具がならび、分厚い赤のフラシ天のカーテンはあけられ、窓からは道の反対側の景色が見えていた。サイドボードの上に置いてあるトレイには未開栓の酒の瓶やグラス、果物とビスケットを盛りつけた皿が載っていた——ダルコ・ケリムとその友人たちを歓待するためのものだった。

テンポが酒瓶のあたりをさし示しながらいった。「どうぞ、奥さまともども、ごゆっくりなさってください。バスルームもあります。おふたりとも風呂にはいりたいのではありませんか？　ぼくはちょっと失礼させてもらいます。電話をかけなくてはならないので！」

いかつい顔の表情が、いまにもくしゃくしゃに崩れそうになっていた。テンポは速足で寝室へはいって、ドアを閉めた。

それからボンドがただすわって窓の外に目をむけ、道の反対側の壁を見ているばかりの空虚な二時間がつづいた。ときおり立ちあがっては、部屋を行きつもどりつして、また腰をおろす。最初の一時間はタチアナも椅子にすわって、積んである雑誌に目を通すふりをしていた。そのあといきなり立ちあがって、バスルームに姿を消した。バスルームで流れる水音をボンドはきくともなしにきいていた。

六時ごろになって、テンポが寝室から出てきて、ボンドに自分はこれから出かけるといった。「キッチンに食べ物が用意してあります。ぼくは九時にもどってきて、おふたりを駅までお送りします。この部屋をご自分の家だと思ってお過ごしください」

それだけいうと、ボンドの返答を待たずに出ていき、静かにドアを閉めた。テンポが階段をおりていく足音につづいて正面玄関が閉まる〝かちり〟という音がして、さらにモリス・オックスフォードのオートバイのセルモーターが動きだす音がボンドの耳に届いた。

ボンドは寝室にはいると、ベッドに腰かけて電話の受話器を手にとり、電話交換手にドイツ語で長距離通話を申しこんだ。

三十分後、Mの控えめな声がきこえた。

ボンドは、いかにも旅まわりのセールスマンがユニヴァーサル貿易社の重役に話しかけているような口調を装った。ペアを組んでいるパートナーが重病にかかった、と話してから、新しい指示はあるかとたずねる。

「重病？」

「ええ、かなりの重病です」

「取引先の会社はどんな調子かな？」

「わたしたちを担当したのは三人です。そのうちひとりは、パートナーとおなじ病気に倒れました。残るふたりもトルコ出国にあたって体調を崩したとかで、ウズンキョプリュ駅で途中下車しました——国境近くの町です」

「では取引先はもう引きあげたわけか？」

ボンドには、情報を精査しているMの表情が目に見えるようだった。天井ではファンがゆっくりと回転しているのだろうか？　Mはパイプを手にしているのか？　首席補佐官はほかの回線でこの電話の内容をきいているのだろうか？

「それで、きみの考えはどうなんだ？　奥方とふたりで、別ルートで帰国したいと思っているのか？」

「あなたに決めてほしいくらいですよ。妻はいたって元気です。サンプルはいい状態ですよ。劣化する理由がひとつも見あたりません。わたしはいまでも、この旅を最後までおえる気まんまんです。そうしなくては、未知の領域がそのまま残されてしまいますからね。そこにどのような機会があるのかも、わからずじまいになります」

「ほかのセールスマンをひとり、そっちの手伝いに送ろうか？」

「その必要はないと思います。ただ、お考えのままになさってください」

「では検討してみる。ということは、きみは現在のセールスキャンペーンを予定どおり最後までやりおおせたいのだね？」

Mが天邪鬼な好奇心や、いまのボンドと同様に真相を知りたい熱い思いに目を光らせているさまが、ボンドにはありありとわかった。「ええ、そうです。こうしてルートの半分まで来ていますし、残りのルートをまわらないのももったいないと思います」

「なるほど、わかった。こちらは、きみの手伝いにもうひとりセールスマンを派遣する件について考えておこう」電話の反対側にいるMは、ここでいったん言葉を切った。「ほかに気になる点はあるか？」

「ありません」

「では、このへんで」

「はい、失礼します」

ボンドは受話器をもどし、すわったまま電話機をじっと見つめていた。ふいに、Mから提案された増員計画に——万一を想定して——同意しておけばよかったという気持ちがこみあげた。ベッドから立ちあがる。せめてもの救いは、もうじきこの忌まいましいバルカン半島を出てイタリアに入国できるということだ。そのあとはスイス、そしてフランス——油断のならない土地をあとにして、友好的な人々のなかに身を置ける。

そしてあの女、タチアナはどうなる？　ケリムの死の責任をタチアナに問えるだろうか？　ボンドは隣の部屋へ行き、ふたたび窓ぎわに立って外をながめながら考えをめぐらせ、クリスタル・パラスでのあの夜、最初に声を耳にした時点からの一切合財を——タチアナの表情やしぐさのすべてを——思い返した。いや、ケリムの死の責任をタチアナに問えないことはもうわかっている。タチアナがスパイなら、知らないうちにスパイにされたスパイだろう。タチアナは演技をしているのかもしれないが、いっさいぼろを出さずにあんな役を演じとおせる同年代の若い女は、この地球のどこにもいないに決まっている。それにボンドはタチアナのことが好きだったし、自身の本能を信頼してもいた。ケリムが殺されたいま、この策謀は——どんな策謀かはいざ知らず——ひととおりおわったのではないだろうか？　いつか、この策謀の全体像を解明してやろう。さしあたっていま確実にいえることがある。タチアナは自発的に策謀に関与したのではない、ということだ。

こうして肚《はら》をくくると、ボンドはバスルームに近づいてノックした。

タチアナが出てくると、ボンドは両腕にその体を迎え入れて抱き寄せ、唇を重ねた。タチアナがしがみついてきた。ふたりはその場に立ったまま、ふたりのあいだに例の動物を思わせる熱気が復活してきたのを感じ、その熱気がケリムの死という冷たい記憶を押しながしていくのを感じていた。

　タチアナが体を離して、ボンドの顔を見上げた。それから手を伸ばして、ボンドのひたいに読点《コンマ》の形で垂れた髪の房を払いのけた。

　タチアナの顔が生き生きとしていた。「あなたがもどってきてくれて本当によかった、ジェームズ」そういってから、当たり前のようにこういい添えた。「さて、これから食事をして、お酒を飲んで、ふたりの新しい生活をはじめなくては」

　そのあと――プラムブランデー《スリヴォヴィッツ》と燻製《くんせい》ハムと桃という食事をすませたころ――テンポが部屋にもどってきて、ふたりを駅まで送ってくれた。駅では急行列車がアーク灯のぎらぎらする光を浴びて待っていた。テンポは手短にあっさり別れの言葉を口にすると、プラットホームを遠ざかっていき、本来の居場所である暗い闇の世界へ引き返していった。

　九時ちょうどに新しく連結された機関車がこれまでとは異なる汽笛を鳴らして、サヴァ川の渓谷づたいに夜を徹してひた走るこれからの旅へと、長い編成の特急列車を牽《ひ》いて動きはじめた。ボンドは通路を歩いて車掌室へいき、車掌に金を握らせて、新しく乗りこんできた乗客のパスポートをひととおり調べてみた。

　ボンドは偽造パスポートを見分けるための着目ポイントをあらかた心得ていた――筆跡が不明瞭にぼやけていること、ゴム印の捺《お》し方が妙に几帳面であること、写真のへりに古い糊《のり》の痕跡が残っていること、それに文字や数字を改竄《かいざん》するために用紙の繊維が加工された箇所では、紙が若干薄くなって透けやすくなっていることなどだ。しかし五通の新しいパスポート——三通はアメリカ人、二通はスイス人のもの——には怪しい点は見あたらなかった。スイスのパスポートはロシア人の偽造屋たちのお気に入りだが、どちらも七十歳を越えた夫婦の所有するもので、最終的にボンドはどちらも問題なしとして個室に引き返し、今夜も眠っているタチアナの頭を膝にのせて過ごすための準備をととのえた。

　ヴィンコヴチを過ぎてブロード、そのあとは燃えるような朝焼けを背景にして、ザグレブ周辺に広がる醜い住宅地区のなかを抜けていく。やがて列車は、錆《さ》びついた機関車が何台も放置されている線路のあいだで停止した——機関車はどれもドイツから奪われてきたもので、雑草が伸び放題になっている退避線にいまもなお寂しく放置されたままになっていた。この鋼鉄の墓場めいた場所から列車が出ていくとき、その一台についていたプレートがボンドの目にとまった——《ベルリン機械工学《ベルリナー・マシネンバウ》有限責任会社《GmbH》》とあった。機関車の黒く長い車体には、機関銃の弾痕が列をつくっていた。急降下爆撃機の悲鳴じみた爆音が耳をつき、機関士が両腕を大きくふりあげているようすが目に見えるような気分だった。ほんの一瞬だったが、冷戦以降の自分が地下で進めている前哨戦じみた活動とは対照的な、それ以前の〝熱い戦争〟がもたらした昂奮《こうふん》と混乱が——筋の通らないことではあったが——懐かしい気持ちとともに思い出されてきた。

　やがて列車は、林檎《りんご》園や山荘《シャレー》がまるでオーストリアのような光景をつくるスロヴェニアの山中へとわけいっていった。機関車が苦労しながらリュブリャナを通り抜けた。タチアナが目を覚ました。ふたりは目玉焼きと硬い茶色のパン、それにコーヒー豆よりもチコリの根のほうが多いコーヒーという食事をとった。食堂車は、アドリア海沿岸から乗ってきたイギリスやアメリカの陽気な観光客で満員だった。きょうの午後には国境を越えて西側世界にはいれることや、三回めの危険な夜が無事おわったことで、ボンドは気持ちが浮き立つのを感じた。

ボンドはそのあとセザナに着くまで眠った。この駅では、いかつい顔だちで私服に身を包んだユーゴスラビア人たちが乗車してきた。そしてユーゴスラビアを出て、列車はイタリアのポッジョレアーレに停車した。楽しげにしゃべりまくるイタリアの役人たちや、なんの憂《うれ》いもなく顔をのけぞらせて笑っている駅の群集などとともに、安逸な生活の香りがやってきた。新型の電気式ディーゼル機関車が楽しく陽気な汽笛を鳴らし、人々がいっせいにかかげた茶色い手が揺れて草原のように見えているなか、列車は軽快な走りっぷりでヴェネツィアへむかって南下、はるかなトリエステ湾のきらめきとアドリア海の晴れやかな藍色《あいいろ》を目指した。乗り切ったな――ボンドは思った。乗り切ったと見ていいだろう、と。

ボンドは過去三日間の記憶を頭から押しやった。緊張がほぐれてボンドの顔の皺《しわ》が消えていったのは、タチアナにもわかった。手を伸ばしてボンドの手をとる。ボンドはいったん腰をあげて、タチアナのすぐ隣にすわった。ふたりは窓の外に目をむけ、海岸道路にならぶ華やかな別荘群やセーリングボートや、水上スキーを楽しむ人々などをながめた。

やがて列車はがちゃんという金属音とともに数カ所の転轍機《ポイント》を通りすぎてから、輝くようなトリエステ駅に滑りこんだ。ボンドが立って窓をおろし、ふたりはその前にならんで立って、景色をながめた。ふいにボンドは幸せを実感した。ボンドはタチアナの腰に手をまわし、その体を力いっぱい引き寄せた。

ふたりは休暇中の人々の群れを見わたした。駅舎の高いところにもうけられた汚れひとつない天窓から、陽光が金色のシャフトになって射しいっていた。光がきらめくこの光景が、これまでオリエント急行が走ってきた国々の暗さや汚れ具合をひときわ強調していた。ボンドは官能的とさえいえる喜びをおぼえながら、日ざしのパッチワークのあいだを駅出口へむかう華やかに着飾った人々の群れや、プラットホームを急ぎ足で進んできて、この列車の座席をとろうとしている休暇中とおぼしき人々の姿をながめた。

ひと筋の陽光が、この幸福な休暇の世界の典型に思える男の頭を照らしていた。日光が一瞬だけ、キャップの下にあふれた金髪と若々しい金色の口ひげに反射した。オリエント急行に乗るための時間はまだ充分あった。男は急ぐようすもなく歩いていた。イギリス人ではないか、という思いがボンドの頭をかすめた。そう思ったのは、深緑色のキャップが見慣れた〈カンゴール〉製の形をしていたからだろうか。それともイギリス人旅行客のトレードマークともいうべきベージュの、よく着こまれたとおぼしきレインコートのせいか。あるいはグレイフラノのズボンに包まれた足のせいかもしれず、傷だらけの茶色い革靴のせいかもしれなかった。しかし、男がプラットホームを歩いて近づくあいだ、ボンドの目は——知人をとらえたかのように——男に引き寄せられたままだった。

男はくたびれた〈リヴェレーション〉製のスーツケースを下げ、反対の腕でぶあつい本と数部の新聞をかかえていた。運動選手《アスリート》のようだな——ボンドは思った。肩幅が広く、ととのった健康的な顔が赤銅色《しゃくどういろ》に日焼けしているところは、トーナメント試合の外国ツアーをおわらせて帰国するテニス選手のようだった。

男がさらに近づいた。いま男はまっすぐボンドを見ていた。見知った相手を見る目つきか？　ボンドは記憶をさぐった。この男は知りあいだろうか？　いや、ちがう。淡い色の睫毛《まつげ》の下からあんなにも冷ややかに見つめてくる目なら、前に見ていれば忘れたはずはない。それは死んでいるような、どんより曇った目だった。溺死者《できし》の目。しかし、一方ではボンドへのメッセージをたずさえてもいた。なんだろうか？　ボンドを知っているという含みか？　警告？　それともボンド自身の視線に対抗して、にらみかえしているだけか？

男は寝台車に近づいてきた。その目はまっすぐ列車を見あげていた。男がクレープゴム底の靴で足音も立てずに通りすぎていく。ボンドが見ていると、男は手すりに手をかけてステップに軽々と体を引きあげると、そのまま一等車へ消えていった。

唐突にボンドには先ほどの一瞥《いちべつ》の意味や、男の正体がわかった。そうに決まっているではないか！　情報部から派遣されてきた男だ。結局Mは、助っ人を送ってよこすことにしたらしい。あの妙な目つきに隠されていたのはそんなメッセージだ。さっきの男がまもなく接触してくるのは、賭けてもいいくらい確実なことに思えた。

万事に確実を期すとは、いかにもMらしい！

25　ウィンザーノットのネクタイ

接触相手の労を省くため、ボンドは個室から出て通路に立っていた。きょうの合言葉《コード》を復習する。コードは単体では意味のないフレーズで、毎月初めに更新される。イギリスの秘密情報部員はこのコードをつかって、たがいを仲間だと確認するのだ。

列車はがくんと前へつんのめるように揺れたのち、日ざしのなかへゆっくりと走り出ていった。通路の端にある連結部分のドアが音をたてて閉まった。足音はいっさいきこえなかったが、赤っぽい顔に金髪の男の姿がいきなり窓ガラスに映しだされた。

「お手数だが、マッチを貸してもらえますか？」男がいった。

「わたしはライターをつかうんだ」ボンドはつかいこんだ〈ロンソン〉のライターをとりだして男に手わたした。

「そのほうがありがたい」

「故障しなければ」

ボンドは、この子供じみたやりとり――翻訳すれば「おまえはだれだ？――味方だな、よし」――がすんだことに男が満足の笑みを見せているとばかり思いながら、相手の顔を見あげた。

男は分厚い唇をかすかに歪《ゆが》ませていただけだった。かなり淡いブルーの瞳には、なんの光もなかった。

男はレインコートを脱いでいた。いま着ているのは、着古した赤茶色のツイードの上着とグレイフラノのスラックスだった。ヴィエラ地で仕立てた淡い黄色のサマーシャツ。濃紺に赤がジグザグ模様をつくっている陸軍工兵隊のネクタイ。ネクタイはウィンザーノットで結んであった。気取りすぎだ。ボンドはだれであれ、ネクタイをウィンザーノットにしている男を信用しなかった。この結び方が野卑《やひ》な男の目印であることも珍しくない。ボンドはそういった先入観を捨てることにした。手すりをつかんでいる右手の小指には、印章は見てとれないが、認印つきの金の指輪が光っていた。上着の胸ポケットからは、赤い大判ハンカチーフの隅が垂れていた。左手首には古い革バンドのついた傷だらけの銀の腕時計がはめられていた。

このタイプの男には、ボンドも心あたりがあった。三流パブリックスクール出身で、そのあと戦争につかまってしまった手あいだ。おおかた野戦憲兵あたりだろう。戦争がおわっても身のふり方が思いつかず、そのまま職業軍人をつづけたのか。最初は憲兵の一員あたりだったのだろうが、やがて上級者がしだいに帰国したおかげもあって、どこかの情報機関に昇進させられた。それからトリエステに配置換えになり、首尾よく功績をあげた。恋人をこっイギリス本土の厳しい気候を避けたくて、この地にとどまることをえらんだ。恋人をこっちで見つけたか、あるいはイタリア人女性と結婚したのか。軍が撤退したあと、情報部はトリエステに小さな支部を置くために人員を必要とした。この男がちょうど居あわせた。情報部は男を雇った。まかされたのは定例業務だろう――イタリアとユーゴスラビアの警察と情報機関のネットワーク内に、低レベルの情報源を確保するような仕事だ。年俸は千ポンドほどか。もとより多くを要求されていない身であれば、それなりにいい暮らしだ。そこへ青天の霹靂《へきれき》というべきか、この仕事が降ってきた。〝大至急〟という注意が添えられた電報にはショックを受けたことだろう。ボンドに多少の気おくれを感じているのかもしれない。奇妙な顔だち。目には狂気らしきものが宿っている。しかし考えてみれば、国外で秘密任務を進めているこうした男たちは、おおむねこうした目つきをしている。頭が多少いかれていなければ無理な仕事だ。腕力はありそうで頭は鈍《にぶ》そうだが、こういった警備仕事ではその性質が役に立つ。Mは最寄りの場所にいたこの男を選び、列車に乗るよう命じたのだろう。

男の服装や全身の姿から受けた印象を脳裡《のうり》のカメラにおさめながら、ボンドはこれだけのことを考えていた。ついで口をひらいて、「来てくれてありがたい。どういった経緯《けいい》で？」

「電報です。ゆうべ遅くに。Mがじきじきに送ってよこしました。驚いたのなんのってね、大将」

奇妙なアクセントだ。どこの訛《なまり》だろう？　かすかなアイルランド訛――それも下品なアイルランド訛だ。くわえて、ボンドには正体がはっきりしない訛もある。おそらく外国暮らしが長くなり、しじゅう外国語ばかりしゃべっていることから癖《くせ》になった訛だろう。それに、言葉の末尾に添える〝大将〟という呼びかけが耳ざわりだ。気おくれなんてとんでもない。

「ああ、驚いただろうね」ボンドは同情の口調でいった。「電報にはなんと書いてあった？」

「きょうの朝オリエント急行に乗って、終点まで行く客車に乗っている男女のふたりづれに接触せよ、とだけ。それに大まかでしたが、そちらの背格好の説明も。あなたたちの身辺を離れず、花の都パリまで安全に送りとどけよ、とありました。それで全部です、大将」

いまの言葉はどこか弁解くさくはなかったか？ ボンドはすっと目を横に動かした。淡い青の目がすばやく動いて、ボンドの目をとらえた。男の瞳に一瞬だけ、紅蓮《ぐれん》の輝きがのぞいた。熔鉱炉の安全扉がうっかりひらいたかのようだった。炎が消えた。男の内面をのぞかせる扉がすぐ閉まったのだ。目はふたたびどんよりと濁《にご》っていた——それは内省者の目、めったに世界を見ることもなく、もっぱら裡《うち》なる風景ばかりを見つづける者の目だった。

狂気がのぞいていたのはまちがいない——その光を目にしたことに驚きつつ、ボンドは思った。戦争神経症にでもなったか、心のバランスを崩したか。これほど見事な体軀《たいく》をもっていながら痛ましい。いずれこの男は完全に壊れてしまいそうだ。狂気にすべてを支配される。人事課に一報しておいたほうがいい。男の医療記録を調べておけと。そういえば、この男の名前はなんだったか?

「ともあれ、きみが同行してくれるのは心強い。そうはいっても、きみに尽力してもらうまでもなさそうだ。出発したときには、〝赤い国〟の手の者三人があとを尾《つ》けていた。三人は追い払えたが、ほかにもこの列車に乗っているかもしれない。あるいは、この先で乗りこんでくるかも。わたしのほうは、連れの女性をなんとしても無事ロンドンに送り届ける必要がある。きみがこのままそばにいてくれればいいんだが。今夜はわたしときみでいっしょに過ごし、交替で見張りをつとめたほうがいいかもしれない。今夜は最後の夜だし、危険の芽はできるだけ摘《つ》んでおきたくてね。ところで、わたしの名前はジェームズ・ボンド。デイヴィッド・サマセット名義で旅行している。個室にいるのがキャロライン・サマセットだ」

男は上着の内ポケットをさぐって、くたびれた財布をとりだした——かなりの現金がおさめられているように見えた。男は財布から名刺を抜きだし、ボンドに手わたした。名刺には《ノーマン・ナッシュ大尉》とあり、左下隅に《ロイヤル自動車クラブ》という文字があった。

ポケットへおさめるついでに、ボンドは名刺の表面に指を走らせた。高級な浮き出し印刷の名刺だった。

「ありがとう。では、ナッシュくん、ミセス・サマセットに引きあわせよう。どうせ、わたしたちがそろって旅をしてはいけない理由はないことだし」ボンドはそういって、遠慮は不要だと語りかける笑みをむけた。

このときも目に赤い輝きが一瞬だけのぞいて消えた。若々しい金色の口ひげの下で、唇が歪んだ。「それはもう喜んで、大将」

ボンドはドアにむきなおって静かにノックし、自分の名前を告げた。ドアがひらいた。ボンドは手ぶりでナッシュを個室へ招き入れ、ドアを閉めた。

タチアナが驚いた顔を見せた。

「こちらはナッシュ大尉、ノーマン・ナッシュだ。わたしたちの護衛を命じられてきたんだ」

「はじめまして」握手の手がためらいがちにさしだされ、ナッシュはその手に形ばかり触れた。視線は小ゆるぎもしなかった。無言のままだ。タチアナは小さなとまどいの笑い声を洩《も》らした。「どうぞ、おかけになって」

「ああ、ありがとう」ナッシュはシートの端に遠慮がちに腰をおろした。いうべき言葉が見つからない人にありがちだが、ナッシュもこのときなにかを思いついたようだった。上着のポケットをさぐって〈プレイヤーズ〉のタバコをとりだす。「ええと……一本いかがですか……この……紙巻きタバコを？」いいながら、そこそこ清潔な親指の爪で箱を開封し、銀紙を剝《は》がしてとり去ると、タバコを押しだした。タチアナはそこから一本抜いた。ライターをもったナッシュの反対の手が、いかにも車のセールスマンめいた胡麻《ごま》すり上手なスピードで前へ突きだされた。

ナッシュが顔をあげた。ボンドはドアにもたれて立ったまま、この不器用でまごついている男をどうすれば助けられるかと考えていた。ナッシュは、現地の族長にガラスビーズを捧げようとしている男そっくりにタバコとライターを差しだした。「あんたも一本どうです、大将?」

「ありがとう」ボンドはいった。ヴァージニア産のタバコはきらいだったが、この男の気分が楽になるのならどんなことでも引き受ける気はあった。タバコを一本もらって火をつける。最近では秘密情報部も、この手の変人をつかうしかないところまで追いつめられているらしい。トリエステでは外交官のような如才ない立ちまわりが必要な場面もたびたびあるはずだが、この男がどうやって切り抜けてきたのかが謎だ。

ボンドは心もとないまま声をかけた。「きみはずいぶん体を鍛《きた》えているようだね。テニスか?」

「水泳です」

「トリエステ駐在は長いのかい?」

ちらりと赤い輝きがまた目にのぞいた。「かれこれ三年ほどになります」

「仕事はおもしろいか?」

「おもしろい仕事もあります。そのへんはおわかりでしょう、大将?」

どうすればナッシュに、この〝大将〟という呼びかけをやめさせられるだろう? 考えたが、解決策は思い浮ばなかった。言葉が途切れた。

どうやらナッシュは、今度は自分が口をひらく番だと察したらしい。ポケットに手を突っこんで新聞の切り抜きをとりだす。ミラノで発刊されている〈コリエーレ・デラ・セーラ〉という新聞の一面に掲載された記事だった。切り抜きをボンドにわたす。

「こいつを見ましたか、大将?」目に一瞬ぎらりと光がのぞき、すぐ消えた。

第一面の大見出しだった。粗悪な新聞用紙に印刷された黒い文字は、まだインクが乾ききっていなかった。それはこんなイタリア語の見出しだった。

イスタンブールで恐怖の爆発事故
ソビエト関連オフィス全壊
居合わせた職員は全員死亡

そこから先はボンドには理解できなかった。切り抜きを畳んでナッシュに返す。この男はどこまで知っているのか。腕っぷしの強い用心棒という扱いにとどめておいたほうが無難だ。

「大変な事故だね」ボンドはいった。「おおかたガスの本管あたりだろうが」

ボンドはトンネル内のアルコーブの天井に吊ってあった爆弾の禍々《まがまが》しい下腹を思い返していた――爆弾から伸びでたケーブルが湿った壁を伝いおりて、さらにはケリムのデスクの抽斗《ひきだし》に隠された起爆スイッチに通じていたのか。テンポからの連絡を受けて、きのうの午後だれがあのスイッチを押したのだろう？　例の主任書記官だろうか？　それとも何人もで籤《くじ》をひき、全員で輪をつくって見まもるなか、ひとりの手がスイッチを押しこみ、丘の上の古書店街《サハフラル・チャルシュス》の通りから轟音《ごうおん》がきこえてくるのを待っていたのか。全員があの涼しい部屋にあつまっていたのだろう。憎しみで目をぎらぎらさせて。夜まではみんな涙をこらえていたはずだ。まっさきになされるべきは復讐。それからあの鼠《ねずみ》たちは？　トンネルのなかで何千匹の鼠が爆風に吹き飛ばされたのか？　時刻は何時ごろだった？　四時ごろか。毎日の定例会議のさなかだったのか？　あの部屋だけで死者は三人。建物には、ほかに何人いたのだろう？　おそらくタチアナの友人たちも。事件のことはタチアナには伏せておかなくては。死せるケリムはそのようすを見ていただろうか？　戦死した英雄がおもむくといわれる伝説のヴァルハラ神殿の窓あたりから？　ボンドには神殿の壁に響きわたるケリムの呵々《かか》大笑がきこえるようだった。いずれにしても、ケリムは死出の旅に大勢を道連れにしたのだ。

　ナッシュがじっとボンドを見つめていた。「ええ、おれもやっぱりガスの本管だと思いますね」と、興味のかけらも感じられない声でいう。

　ハンドベルの音が廊下の先から響いた。音はしだいに近づいてきた。「二回めの昼食の《ドゥズィエム・》お時間です《セルヴィス》。二回めの昼食のお時間です《ドゥズィエム・セルヴィス》。どなたさまもどうぞお席におつきください《プルネ・ヴォ・プラース・シル・ヴ・プレ》」

　ボンドはタチアナに目をむけた。顔が青ざめていた。この野暮で文化的《クルトゥールヌイ》でない男から自分を救ってほしい――タチアナはボンドにそう目で訴えていた。ボンドは、「きみはどうする?」ボンドが誘うとタチアナはすぐ立ちあがった。

「昼を食べにいかないか」とナッシュにたずねた。

ナッシュ大尉はもう立ちあがっていた。「ありがとう。だが、もうすませましたよ、大将。それに、この列車のようすをひととおり確かめておきたくてね。車掌は……その……おわかりでしょう?」いいながら、指で札束を数える真似をする。

「ああ、大丈夫――協力してくれるさ」ボンドはそう答えると、腕を上へ伸ばして小さな重いバッグを手にとり、ナッシュのためにドアをあけた。「では、またのちほど」

ナッシュ大尉は廊下に足を踏みだした。「ええ、またあとで、大将」

そういうと左へ体をむけ、両手をスラックスのポケットにいれたまま、電車の揺れにあわせて優雅に体を動かしながら通路を遠ざかっていった。後頭部で跳ねているきつく撚《よ》ったような金髪の癖毛が、照明の光にまばゆく輝いていた。

ボンドはタチアナのあとから列車前方へむかっていった。車輛はどこも休暇を過ごしたあとで帰宅する人々で混んでいた。三等列車では人々が通路に置いた荷物に腰かけ、仲間うちでおしゃべりに花を咲かせたり、オレンジだの、サラミソーセージがはみだしている硬そうなロールパンだのを食べていた。タチアナが窮屈そうにすりぬけていくと、男たちがじろじろとその姿を目で検分していた。女たちは惚れ惚れする目でボンドを見あげつつ、この男はあの女をたっぷり愛しているのだろうか、と考えていた。

食堂車でボンドはカクテルのアメリカーノを二杯と、ブローリオ産のキャンティワインをフルボトルで注文した。すばらしいヨーロッパ流のオードブルが運ばれてきた。タチアナは晴れやかな顔を見せるようになっていた。

「それにしても妙な男だったな」ならんだ小さな皿の料理をつついているタチアナを見ながら、ボンドはいった。「それでも同行してくれてありがたいよ。これで少しは寝る時間にもありつけそうだ。いざ国に帰ったら、一週間ぶっつづけでも寝られそうだな」

「わたしはあの人がきらいよ」タチアナは関心もなさそうな声でいった。「だって文化《クルトゥー》的《ルヌイ》じゃないもの。あの目が信用ならないわ」

ボンドは笑った。「きみにいわせると、だれもが文化的《クルトゥールヌイ》でないことになっちまう」

「前から知っている人？」

「いや。ただ、わたしとおなじ組織の人間だ」

「なんという名前？」

「ナッシュ。ノーマン・ナッシュだ」

タチアナは苗字のスペルを口にした。「N・A・S・H？　これであってる？」

「ああ」

タチアナの目が困惑を見せていた。「あなたなら、その名前がロシア語でどんな意味になるかは知ってるはずよ。〝ナッシュ〟は〝わたしたちのもの〟という意味。わたしの国の情報機関で〝あの男はナッシュだ〟といえば、〝あの男はわたしたちの味方だ〟という意味になる。〝スヴォイ〟は〝彼らのもの〟の意味で、〝あの男はスヴォイ〟だといえば〝あの男は敵の一員だ〟という意味になる。あの男はナッシュ姓を自称してる。あまりいい気分ではないわ」

ボンドは笑った。「ターニャ、きみは人をきらうとなると本当にとことん突飛な理由をもちだすんだな。ナッシュというのはイギリスではありふれた苗字だよ。あの男はまったくの無害だ。いずれにしてもあの男は、わたしたちが必要としている程度の腕っぷしの強さをそなえているだろうね」

タチアナは顔をしかめて、昼食をつづけた。

緑のタリアテッレ《タリアテッレ・ヴェルディ》が運ばれてきた。つづいてワインと美味なる帆立《ほたて》の料理。

「ああ、とってもおいしい」タチアナはいった。「ロシアを出てからこっち、わたしったら全身胃袋になったみたい」そこで目を丸くして、「お願いだから、わたしを太らせないで、ジェームズ。あんまり太ったら、あなたのベッドからお払い箱になっちゃいそうよ。だから、気をつけていて。そうでないと、わたしは日がな一日食べては寝るだけになってしまいそう。わたしが食べすぎていたら、お仕置きしてくれる?」

「ああ、お仕置きするよ」

タチアナは鼻に皺《しわ》を寄せた。ボンドは女が足首でそっと足をくすぐってくるのを感じた。見開かれた目がボンドを食い入るように見つめている。慎ましやかに睫毛《まつげ》を伏せる。「お勘定をすませて。わたし、眠くなっちゃった」

列車はヴェネツィアへの玄関口であるメストレ地区にはいっていた。運河が見えはじめた。野菜をいっぱいに積んだ貨物輸送ゴンドラが、平らなシーツのような水面を悠然と滑って、街なかにはいっていく。

「しかし、もうすぐヴェネツィアに到着するぞ」ボンドは逆らった。「あの街を見たくないのか?」

「どうせ、ほかの駅と変わりないし。それにヴェネツィアなら、いつかまた見られる。いまはあなたに愛してほしいの、ジェームズ」タチアナは身を乗りだし、ボンドの手に手を重ねた。「わたしの欲しいものをちょうだい。もうあまり時間がないの」

そしてふたたび狭い個室。半分あけた窓から潮の香りが流れこみ、おろしたブラインドが列車の風でばたばたと音をたてていた。このときも床にはふたりの服の山ができて、座席ではふたつの肉体がささやきかわし、ふたりの手がゆっくりおたがいをさぐりあった。やがてふたりは愛の結び目をつくり、列車ががくんと揺れながらいくつもの転轍機《ポイント》を通りすぎて、音がわんわんと響くヴェネツィアの駅に滑りこむと同時に、われを忘れて魂をふり絞るようなクライマックスの声があがった。

真空になった狭い個室の外では、反響する合図の声や金属がぶつかりあう音や急ぎ足で歩く人々の足音などが渾然《こんぜん》一体となっていたが、それもしだいに静まって眠りが訪れた。

パドヴァに到着、次はヴィチェンツァ。そしてヴェローナに沈む壮麗な夕日が、黄金色と緋色《ひいろ》の光をブラインドの隙間から個室にふりまいてきた。通路の先から、またもやあのハンドベルの小さな音がきこえてきた。ふたりは目を覚ました。ボンドは服を身につけて通路に出ると、手すりによりかかった。窓の外のロンバルディア平原上空に広がる薄れかかったピンクの空をながめながら、タチアナのことを思い、未来のことを思う。

暗いガラスに映りこんだボンドの顔の隣に、いきなりナッシュの顔があらわれた。ボンドとは肘《ひじ》と肘が触れあうほどの近さだった。

「敵をひとり、見つけたような気がするんですよ、大将」ナッシュは静かな声でいった。

ボンドには意外ではなかった。もし敵があらわれるとしたら、おそらく今夜だろうと推測していたのだ。ボンドは無関心にさえ響く口調でいった。「何者だ？」

「本名はわかりませんが、前にトリエステを一、二度通ったことがある男ですね。たしかアルバニアがらみだったかと。あっちの現地責任者だったのかも。いまはアメリカのパスポートで旅行してます。名義は〝ウィルバー・フランク〟。銀行家を自称してます。九号室、あんたの隣の個室です。この男についちゃ見立てちがいじゃないと思いますがね、大将」

ボンドは大きな茶色い顔のなかの目をちらりと見やった。またしても熔鉱炉の扉がひらいた。ぎらりと赤い輝きがのぞき、すぐに消えた。

「きみがその男を見つけてくれて助かったよ。ひょっとしたら今夜は荒れ模様になるかも。きみはこの先、わたしたちのそばに控えてもらったほうがいい。あの女性をひとりにするわけにはいかないからね」

「おれもおんなじことを考えてました、大将」

夕食は三人でとった。静かな食卓だった。ナッシュはタチアナの隣にすわり、目を料理の皿に貼りつかせていた。ナイフを万年筆の要領で握り、しじゅうフォークで拭《ぬぐ》っていた。いかにも不器用なしぐさだった。食事の途中で、ナッシュは塩の容器に手を伸ばした拍子にタチアナのキャンティのグラスを倒してしまい、そのことを大仰に詫びた。それから大騒ぎをして替えのグラスをもってこさせ、ワインを注ぎなおした。

コーヒーが運ばれてきた。今回はタチアナが不器用になる番だった。コーヒーカップをうっかり倒してしまったのだ。見れば顔がかなり青ざめて、息が浅くなっていた。

「タチアナ！」ボンドは腰を浮かせかけた。しかし、すかさず立ちあがって場をとりなしたのはナッシュ大尉だった。

「この人は具合をわるくしてます」ナッシュはてきぱきといった。「お許しあれ」

そういって両腕を下へ伸ばし、タチアナに片腕を巻きつけて体を抱えあげる。

「おれがこの人を個室に運びます。あんたはそのバッグを離さないほうがいい。それにこの勘定もある。あんたが来るまで、おれがこの人の面倒を見てます」

「わたしなら大丈夫」タチアナは意識を失いかけ、思うように動かない唇で抵抗した。

「心配しないで、ジェームズ、わたしは横になってるから」

頭がごろりと転がってナッシュの肩にもたれる。ナッシュはその逞《たくま》しい腕の片方をタチアナの腰にまわし、混んでいる通路を要領のいい身ごなしですばやく進んでいき、食堂車から出ていった。

ボンドはいらいらと指を鳴らしてウェイターを呼んだ。かわいそうなことをした。タチアナは疲れきっていたにちがいない。タチアナがどれほど緊張を強《し》いられていたかに、なぜ思いおよばなかったのか？　ボンドは自分の身勝手さを叱った。ナッシュがいてくれて本当によかった。不器用なところはあるにせよ、役に立つ人材だ。

ボンドは勘定をすませた。小さな重いバッグをもちあげ、混みあった車内通路を精いっぱいの速い足どりで引き返していく。

ボンドは七号室のドアを静かにノックした。ナッシュがドアをあけた。顔を出したナッシュは、唇に指をたてていた。「少し気が遠くなったようです。でも、もういまは心配ありません。ベッドメイキングはすんでいます。奥さまは上の段でお休みです。今度のことが、若い女性の身にはずいぶん応えたでしょうね、大将」

ボンドは軽くうなずいて、個室へとはいっていった。黒貂《くろてん》のコートの下から、血色をなくした片手が力なく垂れていた。ボンドは下段ベッドに立ち、垂れていた手をそっとコートの下におさめてやった。手はひどく冷たかった。タチアナは声ひとつあげなかった。

ボンドはそっと足を床へおろした。タチアナは眠らせておいたほうがいい。ボンドは通路に出た。

ナッシュはうつろな目でボンドを見つめた。「さて、そろそろおれたちも寝支度にかかりましょうかね。寝床用に本をもってきたんです」そういって本をかかげる。「『戦争と平和』です。もう何年も前から読み通そうとしてるんですよ。まずはあんたが眠ったほうがいいですな、大将。ずいぶんお疲れのごようすだ。いよいよ、おれがもう目をあけていられなくなったら、あんたを起こします」そういうと頭を動かして九号室をさし示す。「やつはまだ部屋から出てきません。まあ、妙なことを企んでいるのなら、そうそう姿を見せないでしょうな」いったん言葉を切る。「それはそうと、大将も銃をおもちですね?」

「いかにも。なぜそんなことを? きみは銃をもっていない?」

ナッシュはすまなそうな顔になった。「あいにくもってません。家にはルガーがあるんですが、この手の仕事にはかさばる銃なんで」

「なるほど、そうか」ボンドは不承不承いった。「だったらわたしの銃を貸したほうがよさそうだ。部屋に来てくれ」

ふたりで個室にはいると、ボンドはドアを閉めた。ベレッタをとりだしてナッシュにわたし、「弾薬は八発」と静かな声でいった。「セミオートマティック。安全装置がかかってる」

ナッシュは銃を受けとると、いかにもその道のプロらしく手にもって重さを測った。ついで、かちかちと音をさせて安全装置をかけたりはずしたりする。

ボンドは他人に自分の銃をさわられるのがきらいだった。手もとに銃がないと裸になった気分だった。ボンドは不機嫌な声を出した。「それほど威力がある銃じゃないが、急所に弾丸を撃ちこめば相手を殺せるよ」

ナッシュはうなずくと、下段ベッドの窓に近い隅に腰かけて、「おれはこっちの端にすわってます」と小声でいった。「射線が確保できますから」それから本を膝《ひざ》に置いて、姿勢を落ち着けた。

ボンドは上着を脱いでネクタイをはずし、そのふたつをベッドのかたわらに置いた。枕に背を預けてよりかかり、アタッシェケースとならべて床に置いてある〈スペクター〉をおさめたバッグに足をのせる。それからエリック・アンブラーの作品を手にとり、読み進めようとした。しかし数ページばかり読んだところで、集中力が欠けていることに気づかされた。過労のせいだ。ボンドは本を膝にもどして目を閉じた。眠っても大丈夫だろうか？　安全のために事前に講じておける手だてが、まだほかにあるだろうか？

くさびだ！　ボンドは上着のポケットに手をいれてくさびをさがした。ベッドから起きだすと、床に膝をつき、ふたつのドアのそれぞれの下にくさびを押しこんだ。それからふたたび体を落ち着け、頭のうしろにある読書灯を消した。

紫色の目のような常夜灯がやさしい光を下へ投げていた。

「恩に着ますよ、大将」ナッシュ大尉が低い声でいった。

列車はうめき声をあげながら、トンネルに突っこんでいった。

26 殺虫瓶

足首を軽くつつかれてボンドは目を覚ました。身じろぎひとつしない。五感が息を吹きかえした――野生動物の五感とおなじように。

周囲に変化はなかった。列車の雑音がきこえていた――鉄の車輪が回転しながら着実に一キロ一キロ進んでいく柔らかい音、材木部分の静かな軋《きし》み。洗面台の上のカップボードでは、ホルダーからはずれた歯磨きコップが涼しげな音をたてていた。

自分はどうして目を覚ましたのか？　常夜灯の亡霊じみた光が、狭い個室内のすべてのものに深紫色の光沢を投げかけていた。窓ぎわではナッシュ大尉がおなじ場所にすわり、膝に本を広げていた――ブラインドのへりの隙間からちらちらと射しいる月の光が、見ひらきの二ページを白く浮かばせていた。

ナッシュは揺るがぬ視線をひたとボンドにすえていた。その紫色の目に、なにやら魂胆《こんたん》が宿っているのが見てとれた。黒い唇が上下に分かれた。歯がぎらりと光った。

「起こしてわるかったな、大将。少しおしゃべりでもしたい気分になったんでね」

これまでにない声の響きはなんなのか？　ボンドは足をそっと床におろし、上体をわずかに起こした。個室のなかには――第三の男のように――危険が立ちはだかっていた。

「かまわないよ」ボンドは気さくに応じた。いまの短い発言のどの部分が背すじに悪寒《おかん》を走らせたのだろうか？　ナッシュの声の居丈高《いたけだか》な調子のせいだろうか？　ボンドはふと、ナッシュが正気をなくしたのかもしれないと思った。いまボンドの鼻が嗅ぎつけているのは、危険ではなく狂気なのかもしれない。この男にいだいた直感は、してみると当たっていたとみえる。となると問題は、次の駅でこの男をどう厄介払いするかだ。列車はどこまで走ったのか？　国境にさしかかるのはいつなのか？

ボンドは時刻を確かめようとして手首をもちあげた。紫色の光のせいで、夜光塗料の数字が読みとれない。ボンドは時計の文字盤を、窓から細く射している月光のほうへむけた。ナッシュがいるあたりから、鋭い〝ぴしっ〟という音がきこえた。ボンドは手首を強く殴られたような衝撃を感じた。ガラスの破片が顔にあたる。衝撃で腕がドアに叩きつけられる。もしや手首の骨が折れたのだろうか？　腕をだらりと垂らして指を曲げ伸ばししてみる。どの指も動いた。

ナッシュの膝にはまだ本がひらいたままになっていた。しかしいまでは本の背の上部にある穴から細い煙が筋となって立ちのぼり、個室内にかすかな火薬臭が立ちこめていた。明礬《みようばん》でも飲みこんでしまったかのように、ボンドの口のなかが一気に乾いた。

つまり、これは最初から罠だったわけだ。そして罠の口が閉じた。ナッシュ大尉はボンドを狙うためにモスクワから送りこまれたのだ。Mが送ってよこした男ではない。また、九号室にいるというアメリカのパスポートを所持している国家保安省の工作員というのは、架空の存在にちがいない。それなのにボンドはナッシュに銃をわたしてしまった。さらには、ふたつのドアの下にくさびを差しこんで、ナッシュが安心できるようなお膳立てまでととのえてしまったのだ。

ボンドは体を震わせた。恐怖からではない。嫌悪からだ。

ナッシュが口をひらいた。その声はもうささやきではなく、もう如才なくもなかった。いまその声は野太く、自信に満ちていた。

「これなら、くだくだしく話す余分な手間が省ける。ま、ちょっとした実地説明《デモンストレーション》だよ。これでもおれは、このちょっとした仕掛けの達人だと認められてる。ここには実弾が十発はいってる――二五口径のダムダム弾で、そいつを電池で撃ちだすんだ。こういう夢の道具を考えて実現させるんだから、ロシア人はすばらしい連中だと認めるしかないだろう? あいにくおまえが読んでるのは、ただ読むための本でしかないようだな、大将」

「たのむから、わたしを〝大将〟と呼ぶのをやめてもらえるかな」知っておきたいことや考えるべきことが大量にあるいま、すべてが崩壊しつつある局面へのボンドのとっさの反応がこの発言だった。たとえるなら、家が火事になった人が炎に燃やされまいと運びだしたのが、よりによってもっともくだらない品だったような反応だ。

「わるいね、大将。癖になってるんだよ。くだらない紳士とやらに化けようという努力の一環さ。ほれ、この服もだ。ぜんぶ衣装部がよこしてきた。この服なら怪しまれないというんだよ、あいつら。どうだ、怪しまれずにすんだろ？　だが、本題にかかろう。おまえも、これがいったいどういうことかを知りたいだろう。喜んで教えてやる。おまえのあの世行きまではまだ三十分ある。高名なるイギリス秘密情報部のジェームズ・ボンドさまに、ご本人がどこまで愚《おろ》かなのかをじきじきに教えてやれるんだから、何倍も胸のすく思いだ。いいかい、大将、おまえは自分で思いあがってるほど凄腕じゃない。しょせんは、ぬいぐるみの人形だ——で、おれはその人形を切り裂いて、中身のおがくずを出す仕事をおおせつかったわけさ」

声は平板で単調、しかも語尾は尻すぼまりに途絶えてしまった。まるでナッシュが、しゃべるという行為そのものに飽きたかのように。

「そうだな」ボンドはいった。「たしかに、これがどういうことなのかを知っておきたいね。三十分の暇つぶしをしてやってもいいぞ」いいながら、必死に頭を回転させる——この男の隙をついて足をすくってやれないものか？　うまく揺さぶりをかけるにはどうすればいい？

「馬鹿な真似はするなよ、大将」それはボンド本人に興味がないばかりか、ボンドが脅威になるかどうかにも関心のない声だった。ボンドには銃の標的という意味しかないのだ。

「おまえは三十分後に死ぬ。まちがいない。おれはまちがいとは無縁の男だ。そうでなければ、この仕事に就けたわけがない」

「その仕事というのは？」

「SMERSH《スメルシュ》の首席死刑執行官だ」このときばかりはわずかな生気と、わずかな誇りがのぞいた声だったが、すぐ平板になった。「この名前はあんたも知っているはずだな、大将」

SMERSH。それが答えだったのか――よりにもよって最悪の答えだ。しかもここにいるのは、あの組織の筆頭殺し屋だ。ボンドは、どんより濁った目にちらりとのぞいた赤い輝きを思い出した。殺し屋。サイコパス――心が壊れる病気かもしれない。心底から殺しを楽しんでいる男。SMERSHもまたうってつけの人材を見つけたものだ！　ボンドは唐突に族長のヴァヴラが話していたことを思い出し、当てずっぽうを口にした。「ところで、きみは月に影響される性質《たち》なんじゃないか、ナッシュ？」

黒い唇が歪んだ。「なかなか頭が切れるな、ミスター秘密情報部。おれの頭がいかれていると思うのは勝手だ。心配するな。本当に頭がいかれていたら、いまの地位にたどりつけたはずがない」

男の声に怒りまじりの冷笑の響きをききつけ、ボンドは自分が相手の痛いところを突いたと悟った。しかし、この男に怒りで我を忘れさせたところで、なにか得をするだろうか？　むしろ機嫌をとって時間を稼ぐほうがいいのでは。おそらくタチアナが……。

「それで、あの女はどこにどう関係してくる？」

「餌のひとつだよ」ナッシュは退屈そうな声にもどっていた。「心配すんな。あの女はおれたちの話を邪魔したりしない。さっきグラスにワインを注いだとき、抱水クロラールをひとつまみ盛ってやった。今夜はもう朝までぐっすりおやすみさ。いや、そのあとも毎晩おねんねだ。おまえといっしょにくたばるんだから」

「それは本当か」ボンドは痛みが残る手をゆっくり膝に置くと、指を曲げ伸ばしして血流を促進させた。「とにかく、話をきかせてもらおう」

「気をつけろよ、大将。いかさまはなしだ。ブルドッグ・ドラモンドみたいな大衆小説のヒーローの真似をしても逃げられっこない。怪しい動きの気配だけでも嗅ぎつけたら、あっさり心臓に一発ずどんだ。それだけでおわらせる。おまえが最後に食らうのはそれだ。おれがだれかを忘れるな。腕時計のことを覚えてるだろう？　おれは撃ち損じたりしない。百発百中だ」

「いい見世物だったよ」ボンドは無頓着《むとんちゃく》にいった。「でも、怖がることはないぞ。おまえはわたしの銃をもっている。忘れてはいないな？　さあ、話をつづけてくれ」

「わかったよ、大将。ただし、おれが話しているあいだは耳を掻くのは厳禁だ。もし掻いたら銃で耳をきれいに吹き飛ばす。わかったな？　さて、ＳＭＥＲＳＨはおまえを葬る決定をくだした——おれにわかった範囲だが、ずっと高いところ、トップに近い場所でくだされた決定のようだ。連中、イギリス情報部に強烈な一撃をくれてやりたがってるみたいだ。自慢の鼻のひとつやふたつ、へし折ってやりたい、ってね。ここまでの話はわかるな？」

「それにしても、どうしてわたしを選んだ？」

「おれに質問するな、大将。しかし、おまえはそっちの組織のなかで、ずいぶん評判がいいみたいじゃないか。おまえがどう殺されるかが、こいつをしめくくる最後の大花火だ。三カ月をかけて練りあげられた計画だぞ――見事なもんだ。大成功する必要があるんだよ。SMERSHは近ごろ、ひとつふたつ失態をしでかしてる。ホフロフ事件がいい例だ。例の爆発物を仕込んだシガレット・ケースの一件やそのあとの話を覚えてるか？　ホフロフなんかに任せたのがまちがいだ。おれに任せればよかった。おれならアメリカ連中に寝返ったりしなかった。ま、それはともかく話をもどそう。大将にもわかるだろうが、SMERSHには優秀な作戦立案官がいる、クロンスティーンという男だ。チェスの名選手。その男が、虚栄心を利用すればおまえがひっかかるし、計画には意地汚い欲の要素やわずかながらも奇矯な要素を入れこむと話してた。やつはいってたよ――ロンドンの連中はそろって奇矯なところに騙《だま》されるとね。ああ、そのとおりだったな、大将？」

本当に騙されただろうか？　ボンドは今回の一件の突拍子もない要素が、どれほど自分たちの好奇心を刺戟《しげき》したかを思い出した。それに虚栄心？　なるほど、ロシアの若い女性が自分に恋い焦がれているという話に背中を押されたことは認めるほかない。〈スペクター〉の件もある。あれが最後の決め手だった――あの機械が欲しいという欲が。ボンドは曖昧《あいまい》に言葉を濁した。「わたしたちは興味を引かれはしたね」

「それからいよいよ作戦行動だ。作戦遂行部の部長は大人物だよ。おれにいわせれば、あれは世界じゅうのだれよりも多くの人間を殺してきた女――あるいは、手をまわして殺させた女だね。そうだよ、女だ。名前はクレッブ——ローザ・クレッブ。見た目は雌豚だ。だが、とにかく手練手管の数々を心得てるね」

ローザ・クレッブ。それではSMERSHの頂点にすわっているのは女性なのか！　なんとかしてこの窮地《きゅうち》から生き延び、その女を追いつめられたら！　ボンドの右手の指が静かに曲がった。

部屋の隅からきこえる平板な声が話をつづけた。「そしてクレッブが、あのロマノヴァという女を見つけ、この任務のために特訓した。ところで、あの女はベッドでどんな味だった？　たまらん味だったかい？」

嘘だ！　ボンドは信じなかった。最初の夜は、なるほど、演技だったかもしれない。しかし、そのあとは？　そのあとは、どれも本物だった。ボンドはこの機会につけこんで肩をすくめた。大げさな肩のすくめ方だった。体の動きに、相手の男を慣らすためだった。

「どうだっていい。おれはその手のことに関心がなくてね。だが、連中はおまえたちふたりのいいところを撮影してるぞ」ナッシュは上着のポケットを叩いた。「映画撮影用の十六ミリフィルムでまるまる一ロールある。こいつを女のハンドバッグに入れてやる。新聞の紙面ではさぞや映えるだろうよ」ナッシュは笑った——金属的で耳ざわりな笑い声だった。「もちろん、公開するにはいちばんの見せ場をカットしなくちゃならないがな」

ホテルでの客室変更。新婚旅行客用スイート。ベッドの頭側の壁にかかっていた鏡。すべてがじつに好都合に運んだものだ！　ボンドは汗で手が湿ってくるのを感じ、スラックスで手汗を拭《ぬぐ》った。

「動くなよ、大将。あやうくおまえを撃つところだった。いっただろう、動くなと——忘れたのか？」

ボンドはまた両手を膝の上の本にかけた。こういった小さな動きをどこまで実行できるだろうか？　どこまで動きを大きくできるだろう？

「話のつづきをきかせてくれ」ボンドはいった。「あの女は撮影されていることを知っていたのか？　この件に最初からＳＭＥＲＳＨがかかわっていることも知っていたのか？」

ナッシュは鼻を鳴らした。「撮影されていたなんて知らなかったに決まってる。ローザ・クレッブはあの女をこれっぽっちも信用してなかった。情に流されやすいといってた。まあ、おれはそっち方面にはとんと暗いものでね。おれたちはみんな、それぞれ独立して仕事を進めるんだよ。あの女に会ったのもきょうが初めてだ。たまたま耳にはいってきたことを知っているだけさ。ああ、もちろん女はこれがＳＭＥＲＳＨの作戦だと知ってた。なんとしてもロンドンへ行け、まんまと到着したら、ちょっとばかりスパイ仕事をこなしてこいと命令されてたんだから」

なんという愚《おろ》か者か——ボンドはタチアナのことを思った。どうしてＳＭＥＲＳＨの関与を打ち明けてくれなかったのか？　その組織名さえ口にできないほど怯えていたにちがいない。打ち明ければ、ボンドに閉じこめられるとでも考えたのか。タチアナは前々から、ロンドンに着いたらすべてを打ち明けると話していた。とにかく自分を信用してくれ、心配するなの一点張りだった。信用だと！　タチアナ自身、まわりでなにが進行中なのかも皆目わかっていなかったというのに。いやはや。かわいそうな女だ。ボンドとおなじように、タチアナもすっかり欺《あざむ》かれていたのだ。しかし、どんなヒントでも、あれば有用だったはずだ――たとえば、それでケリムが死なずにすんだかもしれない。タチアナの命やボンド自身の命はどうなる？

「それから、おまえのお仲間のトルコ人を排除する必要もあった。あれにはちょいと手間がかさんだだろうな。手ごわそうな男だったからね。きのうの午後、イスタンブールのうちの国の支局を爆破したのは、あのトルコ人の仲間のギャングどもなんだろう？　おかげで、こっちはずいぶん大騒ぎになりそうだ」

「お気の毒だ」

「おれの心配は無用だぞ、大将。おれに割り振られた仕事は簡単にすみそうだ」そういてナッシュは自分の腕時計をちらりと見やった。「あと二十分ばかりすれば、この列車はシンプロン・トンネルにはいる。連中からは、そこで始末をつけろといわれてる。新聞にドラマのネタをさらにくれてやれるんだ。おまえを一発で仕留める。トンネルに突入するのと同時にね。心臓に一発だけだ。おまえが死にぎわに騒がしくしたところで――断末魔のあえぎだのをあげたとしても――トンネルのやかましい騒音が味方をしてくれる。それから女のうなじに一発――これにはおまえの銃をつかう――それで女は窓から外へ〝さよなら〟だ。そのあと、おまえ自身の銃でおまえにもう一発撃ちこんでやる。もちろん引金におまえの指をからめてね。そのシャツに火薬の粉がいっぱい飛び散る。自殺。最初のうちは、そんなふうに見えるだろうよ。しかし、おまえの心臓から弾丸が二発見つかる。あとになって、それがわかるんだ。またしても謎！　シンプロン・トンネルの再捜索だ。あの金髪の男はだれなんだ？　そして女のバッグから映画フィルムが発見され、おまえのポケットからは女が送ってきた長いラブレターが見つかる——それも恐喝するような手紙だ。上出来の手紙だよ。ＳＭＥＲＳＨの作だ。そこには、自分と結婚してくれなければフィルムを新聞社にもちこんでやる、と書いてある。〈スペクター〉を盗みだせば結婚すると約束してくれたのに……ともね」ナッシュは言葉をいったん切ってから、カッコでくるような発言をしはじめた。「ありていにいえば、あの〈スペクター〉には爆弾が仕掛けてある。おまえたちの暗号解読の専門家どもがいじくりまわせば、まとめて天国まで吹き飛ばす仕掛けさ。どう転んでも、こっちに損は出ないわけだな」

ナッシュは気だるげな笑い声をあげた。

「手紙になにが書いてあるかといえば、女がおまえに差しだせるものは〈スペクター〉と肉体のふたつしかない、という話だ——ついでにどんな肉体かという話や、おまえがその肉体になにをしたかが詳しく書いてある。手紙のそのくだりは湯気が出るほどホットだぞ！　わかったか？　新聞にそのたぐいの話が出るんだぞ——この列車の到着を待つようにという情報提供を受けるはずの左翼系の新聞各社の紙面にね。大将、マスコミはこの話でもちきりになるぞ。オリエント急行。シンプロン・トンネル内で殺害されたロシア人の美女スパイ。秘密暗号の解読機。ハンサムなイギリス人スパイがキャリアを破滅させられて女スパイを殺害、みずから命を絶つ。セックス、スパイ、豪華列車、そしてサマセット夫妻……！　大将、こいつは何カ月も取りざたされる大事件だね。ホフロフ事件なんか目じゃない！　あの事件でソ連がこうむった汚名もいっきょに吹き飛ばせるね。おまけに高名なるイギリス秘密情報部には痛恨の一大事。情報部のナンバーワン、有名なジェームズ・ボンド。上を下への大騒ぎだな、きっと。それから暗号機械がどかんと爆発するんだぞ！　おまえたちのボスはおまえをどう思うだろうか？　世論はどう動く？　政府は？　アメリカ人たちは？　機密保持がきいてあきれる！　もうアメリカ人から原子力がらみの秘密情報がはいらなくなるな」ナッシュは相手が話を頭にしっかり入れるよう、ここでいったん間をおいてから、いささかの自負のこもった声でこういった。「大将、こいつは世紀の大ニュースになるぞ！」

そのとおり──ボンドは思った。そのとおりだ。ボンドはそのことに確信をいだいていた。フランスの新聞がひとたび報道をはじめれば、もうだれにも止められまい。写真だろうとなんだろうと、ネタさえあれば、どこまでも遠くへ突っ走ろうとする。だいたいこの事件をとりあげない新聞が世界にあるだろうか？　それに〈スペクター〉！　Mの部下やフランスの参謀本部第二局には、これに爆弾が仕掛けられていると察する勘のいい者がいるだろうか？　西側諸国の優秀な暗号専門家の何人が爆弾の犠牲になってしまうのか？

なんとしてもこの危地を脱出しなくては！　しかし、どうやって？

ナッシュが手にした『戦争と平和』の背表紙の上端近くにあいている穴が、ボンドをにらんでいた。列車がトンネルにはいれば、あたりには轟音が響きわたるだろう。そうなれば、すぐにくぐもった〝かちり〟という音とともに弾丸が撃ちだされる。ボンドは紫色の薄闇を凝視しながら、自分がいる上段ベッドの下の隅がどれほどの影の深さをそなえているかを見たり、床に立たせておいたアタッシェケースの正確な所在を思い起こしたりし、発砲後にナッシュがどういう行動をとるかを予想した。

ボンドは口をひらいた。「トリエステでわたしがきみを味方につけるかどうかは、そっちからすればちょっとした賭けだったな。ついでにきくが、今月の合言葉《コード》はどうやって知った？」

ナッシュは苛立《いらだ》ちを抑えた声で答えた。「おまえにはなにも見えていないようだな、大将。ＳＭＥＲＳＨは優秀なんだ——とびっきり優秀だ。ならぶもののなき組織だね。こっちはね、毎年おまえたちの〝今月の合言葉《コード》〟をつかんでる。そっちの組織のだれかがこうしたことがらに気づいたり、おれたちの組織がとっていた行動のパターンに気づいたりしていれば、そっちにも察しとれたはずだ。毎年一月になると、そっちの組織の下っぱがひとり、どこかで姿を消していることにね——その地は東京かもしれないし、アフリカはマリのティンブクトゥかもしれない。ＳＭＥＲＳＨが適当にひとり選んで拉致するからだ。拉致して締めあげて、一年分の合言葉《コード》をすっかり白状させるのさ。もちろん、それ以外にも知っていることを洗いざらいききだす。しかし、いちばんの狙いは合言葉《コード》だよ。ききだしたら、各国の支局に情報をまわす。丸太転がしなみに簡単なことさ」

ボンドは手のひらに爪を食いこませた。

「トリエステでおまえに合流したわけじゃないぞ、大将。ずっとおなじ列車に乗っていたのさ――前のほうの車輛にね。駅でとまったときに降りて、プラットホームを歩いて近づいただけだ。ああ、おれたちはベオグラードでおまえを待っていたんだよ。おまえがボスに――あるいは大使館なりに――電話をかけるのはわかっていたからね。あのユーゴスラビアの電話機は何週間も前から盗聴していたんだ。ただし、おまえのボスがイスタンブールへむけて打った暗号電報が解読できなかったのは悔やまれる。あのでっかい花火の打ちあげを防げたかもしれないし、うちの仲間を救えたかもしれないのに。しかし、いちばんの標的はおまえだよ、大将。いっておけばおれたちは、もうおまえをきっちり捕えていたんだ。そう、トルコであの飛行機を降りたその瞬間から、おまえは殺虫瓶にいれられていた。あとはいつコルクの栓を嵌《は》めるかという問題だけだった」ナッシュはまた腕時計をちらりと見やって、顔をあげた。にやりと笑う口にのぞいた歯が紫に濡れ光っていた。「もうすぐだよ、大将。コルクの栓を嵌めこむまで、あと十五分だ」

ボンドは思った――わたしたちはSMERSHが優秀だと知ってはいたが、まさかここまで優秀だとは知らなかった。この情報は重要だった。なんとかして本国へ伝えなくては。いや、いや、なんとしても。ボンドはがむしゃらに頭を回転させ、情けないほど薄っぺらで情けないほど見込みの薄い脱出プランの詳細を詰めはじめた。

ボンドはいった。「どうやらSMERSHは今回の一件をとことん考えぬいていたとみえる。さぞや大変な苦労をしたんだろうよ。ただし、ひとつだけ……」ボンドはわざと中途半端に言葉を途切れさせた。

「なにがいいたい、大将？」ナッシュは自分が書く報告書のことを思って、ぎくりとした。

列車が減速しはじめた。ドモドッソラの駅だ。スイスとの国境に近いイタリアの街。税関はどうだった？　しかし、ボンドは覚えていた。直通列車の場合、フランスに接する国境の街であるヴァロルブでもヴァロルブに到着するまで、検査のたぐいはおこなわれない。しかも寝台車なら、ヴァロルブでも検査類はいっさいおこなわれない。こういった特急列車はスイスを通過していくだけだ。スイス国内のブリークやローザンヌで降車する客が駅の税関で検査されるだけである。

「さあ、話しちまえよ、大将」ナッシュは話に釣りこまれたようだった。

「タバコを吸わずには話せないね」

「オーケイ。わかった。だが、こっちの気にいらない動きをひとつでもしたら、あっという間にお陀仏《だぶつ》だからな」

ボンドは右手をスラックスの尻ポケットに滑りこませた。とりだしたのは砲金製の大きなシガレットケースだ。ケースをひらく。タバコを一本抜きだす。スラックスのサイドポケットからライターをとりだす。タバコに火をつけ、ライターをポケットにもどす。シガレットケースのほうは膝に残して本の隣に置く。それからボンドは、さも滑り落ちるのを防ぐように、左手でさりげなく本とシガレットケースを押さえた。タバコを立てつづけにふかす。仕掛けつきのタバコならよかった——マグネシウムでまばゆい光を放つタバコでもなんでも、ナッシュの顔に投げつけられるものなら！　せめて、われらが秘密情報部があの手の爆弾おもちゃの開発に熱心だったら！　しかし、さしあたり目的を達することはできたし、そのさなかにも撃たれることはなかった。

「きみにもわかるだろう？」ボンドはナッシュの注意を逸《そ》らそうと、手にしたタバコで宙に輪を描いた。その隙に左手でシガレットケースを本のページのあいだに滑りこませた。

「わかるか？　いかにも万事順調に見える——しかし、おまえはどうする？　わたしたちをシンプロン・トンネル内で始末したあと、どうするつもりだ？　車掌はおまえがわたしたちといっしょにいたことを知ってる。おまえはたちまち警察に追われる身だ」

「なんだ、そんなことか」ナッシュはまた退屈した声を出した。「ロシア人ならそういった点も残らず織りこみずみだってことが、おまえにはまだわかっていないと見える。おれはディジョンで降りて、車でパリへむかう。そこで行方をくらますわけだ。『第三の男』風味のちょっとした謎が残るのも、この一件の損にはならん。いずれにしても謎が浮かびあがるのは、おまえの死体から二発めの弾丸が掘りだされて、二挺めの拳銃が見つからないとわかってからだ、警察がおれに追いつくはずはないね。じつをいえば、あしたの正午に人と待ちあわせてるんだ——リッツ・ホテルの二〇四号室へ行って、ローザ・クレッブに任務報告をすることになってててね。ローザはこの任務で手柄をたてたがってる。報告がすんだら、おれはローザのおつき運転手になってベルリンまで車を走らせる。考えてもみろよ、大将」平板な声に感情がのぞいた――貪欲《どんよく》の響きだった。「ローザは、おれによこすレーニン勲章をバッグに忍ばせてるかもな。かわいげのある醜女《ぶす》だよ、まったく」

列車が動きはじめた。ボンドは緊張した。あと数分後には決定的瞬間だ。なんという死に方だろうか――死ぬとすれば。自身の愚かしさゆえに死ぬとは――それも、見さかいをなくして命とりになった愚かしさ。タチアナにとっても命とりになった。ちくしょう！こんなぶざまな事態をあっさり避けるチャンスなら、これまでにいくらもあった。機会に恵まれなかったとはいえない。しかし男の見栄と好奇心と四日間の恋愛にうかうか乗って安易な流れに身をまかせた結果、まさに敵の思惑どおりに、ここまで流されてしまったのだ。なかでも最悪なのは、その点だった――SMERSHに勝ちを譲ったことだ。これまでボンドはどこで出会っても、かならずSMERSHに勝つと誓ってきた。われわれは勝つし、自分も勝ってやる。「同志諸君、ボンドのような見栄っぱりの愚か者が相手なら簡単だよ。やつが餌に食らいつくのを見ていればいい。ああ、食らいつくに決まってる。いっただろう、ボンドは馬鹿だと。イギリス人は残らず馬鹿なんだよ」そしてタチアナは囮《おとり》だった――ふるいつきたくなるような囮だ。ボンドはふたりの最初の夜を思い返した。黒のストッキングとビロードのリボン。SMERSHはあのすべてをじっと監視しつづけていた――ボンドが敵の計算どおりに、うぬぼれに満ちた足どりで前へ前へと進んでいくさまを見ていたのだ。そうやって汚点がひとつひとつ積みあげられてきた。ボンドの汚点、そしてボンドをイスタンブールへ送りこんだMの汚点、そしてその名にまつわる数多の神話につつまれたイギリス秘密情報部の汚点が。なんというていたらくか！　せめて……そう、せめてこのちっぽけな計画が首尾よく成功してくれれば！

車輛前方から響く音が重苦しい轟音に変わってきた。

あと数秒。あと数メートル。

白紙ページのあいだの穴が大きくなったように思えた。一秒後にはページを照らしている月明かりがトンネルの闇に飲みこまれ、同時にそこから舌のような青い炎がボンドにむかって飛びだしてくるはずだ。

「せいぜい楽しい夢を見るんだな、イギリスのクソ野郎」

これまでのうなりめいた音が、立てつづけに金属同士を打ちあわせたような轟音となって響きわたった。

本の背が火を噴いた。

ボンドの心臓を狙って撃ちだされた弾丸は、約二メートルの無風の空間を一瞬で越えた。

ボンドは前のめりに倒れこみ、葬式を思わせる紫色の光を浴びたまま、手足を力なく広げて床に横たわった。

27　五リットルの血液

　すべては銃の狙いがどれだけ正確かにかかっていた。ナッシュはボンドの心臓を一発で撃ちぬくと主張していた。そしてボンドは、ナッシュの銃の腕前が本人の吹聴《ふいちょう》どおりである可能性に賭けた。そして狙いは正確だった。

　ボンドはいかにも死人のように横たわっていた。弾丸がはなたれる前に、これまで見てきた死体の数々を思い起こしていた——命をうしなった肉体がどのように見えるかを。そしていまボンドは、壊れた人形のように全身の力を抜いて倒れ、慎重に計算したとおりに四肢を投げだしていた。

　ボンドは感覚だけで全身の状態をさぐった。弾丸が本に食いこんだところでは、あばらが燃えるように痛んでいた。弾丸はシガレットケースを突き抜け、本の後半部のページの途中まで進んでいたにちがいない。心臓の上のあたりに熱い鉛の弾丸の気配が感じられた。弾丸が肋骨《ろっこつ》の内側で燃えているように感じとれた。床の木材にぶつけた頭は鋭く痛むだけだった。鼻に当たっている傷だらけの靴の先が紫色の輝きを帯びているのが見えていることから、自分が死んでいないことが察せられた。

ボンドは入念に計算して死体に見せかけたわが身を、考古学者のように探索していった。力なく伸ばした両足の位置。いずれ必要になれば瞬発力を提供してくれるはずの半分曲げた膝《ひざ》の角度。弾丸につらぬかれた心臓をわしづかみにしているかのような右手は、本を放しさえすれば、わずか十数センチで例の小さなアタッシェケースに届く位置にある——つまり、投げナイフを隠している側面の革の縫い目までわずか十数センチだ。ナイフの刀身はひらべったく、両刃はどちらも剃刀《かみそり》なみの鋭利さだ。ナイフを隠しているこの仕掛けをQ課で実演されたとき、ボンドはせせら笑ったものだった。また左腕は死を前に降参したかのように投げだされていたが、いざというときには体を起こすてこになってくれる。

長々とうつろに響くあくびの声が上からきこえてきた。茶色の爪先革が位置を変えた。見ていると、立ちあがるナッシュの動きにあわせて靴の革がぴんと張りつめた。あと一分もすればナッシュはボンドの銃を右手にかまえ、下段のベッドにのぼって手を伸ばし、指先で髪の毛のカーテンをさぐってタチアナのうなじの位置を確かめるのだろう。そのあとベレッタの銃身が、うなじをさぐる指に寄り添って押しつけられる。ナッシュが引金を絞る。列車の騒音がくぐもった銃声を完全にかき消してしまうだろう。

おおむね、そんな展開になりそうだ。ボンドは解剖学の初歩の知識を必死に思い出そうとした。成人男性の下半身で致命傷を一撃で与えられるのはどこだった？　大動脈が走っているのはどこだ？　大腿部《だいたいぶ》だ。太腿《ふともも》の内側だ。外腸骨《がいちょうこつ》動脈——だかなんだか、正確な名称はともかく——が大腿動脈につながっていくのだったか？　腰の奥で左右対称に動脈が枝分かれしている。左右の太腿の動脈のどちらも仕留めそこねたら、最悪の事態になる。この怪力男と丸腰で戦っても勝てるという幻想をいだくほど、ボンドはおめでたくはなかった。ナイフの最初の一撃を決定打にしなくては。

茶色の爪先革が動いた。左右どちらも二段ベッドのほうをむいていた。ナッシュはいまなにをしている？　耳をつくのは、ワーゼンホルンとモンテ・レオーネというアルプスの高峰の心臓部を貫通するシンプロン・トンネルを疾駆していく豪華列車があげている、うつろな金属音ばかりだ。歯磨き用のコップが涼しげな音をたてている。車輛《しゃりょう》の木材部分がこころよい軋《きし》みをあげる。この狭苦しい死の小部屋の前後百メートルの範囲には、人々がずらりとならんでいる――眠っている者もいれば、横になったまままだ眠らず、それぞれの人生や愛について思いめぐらせたり、ちょっとした計画を立てたり、あるいはパリのリヨン駅にはだれが出迎えにきてくれるのかと考えたりしている人もいるだろう。そしてそのかたわら、おなじ通路ぞいにある個室――おなじ巨大なディーゼル機関車に牽《ひ》かれて、摩擦で熱くなったおなじ線路上の、ほかと変わらないこの暗いあなぐら――には、いま同室者として死が乗りこんでいた。

茶色い靴の片方が床から離れた。床を離れた足は、そのままボンドの体をまたごうとしているようだった。ボンドの頭上に両足のアーチがひらき、肉体の弱点があらわになった。ボンドの筋肉が、きつくとぐろを巻いた蛇のように張りつめた。右手がわずか数センチほど動いて、アタッシェケースのへりの堅牢《けんろう》な縫い目をとらえた。横に押す。ナイフのほつそりした柄が感じとれた。ボンドは腕を動かさずに、ナイフを半分まで引き抜いた。茶色の踵（かかと）が床を離れた。爪先がたわんで体重を受けとめていた。ついで、反対の足も見えなくなった。

そっと体重をこちらへ移動し、あちらへ戻して利用し、骨にぶつかっても刃が逸れてしまうことのないように柄を力いっぱい握りしめ、それから……体をひねりざま一気に躍りあがる動きで、ボンドは床から跳ね起きた。ナイフが一閃した。

ナイフという鋼鉄の長い握り指をそなえた握り拳が、ボンドの腕と肩の力を追い風として真上に突きあげられた。拳の関節がフランネルの感触をとらえた。ボンドはナイフを突き刺したあとも、力をこめてさらに深く押しこんだ。

血も凍る叫び声が上からボンドに降りかかってきた。ベレッタが床に落ちて乾いた音をたてた。ついで、ナッシュの体が痙攣（けいれん）にねじくれて一気にくずおれると同時に、その力でボンドの手からナイフがもぎとられた。

ナッシュがくずおれることは想定内だったが、すかさず窓のほうへ一歩飛びのいた拍子に、力なくふりまわされていたナッシュの片腕が体にぶつかり、ボンドの体は衝撃でどさりと下段ベッドへ叩きこまれた。ボンドが体勢を立て直す間もあらばこそ、床から見るもの恐ろしい顔が起きあがった。目を紫色にぎらつかせ、紫色の歯を剥きだした顔だった。ついで巨大な左右の手が、いかにも苦しそうにボンドめがけてじりじり伸ばされてきた。

ボンドは仰向けから体を起こしかけた姿勢のまま、めったやたらと足を蹴りだした。靴が相手の体をとらえた。しかし次の瞬間には片足をつかまれて、そのままねじりあげられ、体が引きずりおろされるのを感じた。

ボンドはベッドの上のあれこれを手でさぐって、つかめるものを必死にさがした。ナッシュが反対の手でボンドの腿をつかむ。爪が腿の肉に食いこんできた。

いまボンドは体をひねられて、引きずりおろされかけていた。ほどなくナッシュの歯が襲いかかってくるだろう。ボンドはまだ自由なほうの足でくりかえし蹴りつけた。しかし効果はなかった。体は引きずられつつあった。

あたりをさぐっていたボンドの指が、ふいに硬い品をとらえた。本だ！　どうやって動かすのか？　どっちが上だ？　自分を撃ってしまうのか、それともナッシュを撃てるのか？　ボンドはいちかばちか、汗だくの馬鹿でかい顔にむけて本をかかげ、布装の背のいちばん下を指で押した。

《かちり！》ボンドは反動を感じた。《かちり・かちり・かちり・かちり》

このころには指先に熱を感じはじめていた。足をとらえていたナッシュの手が力をなくした。濡れて光る顔が遠ざかって見えなくなった。ナッシュののどの奥から、うがいめいた不気味な音がこみあげてきた。ついでその体がずるりと滑って床につっぷし、ふたたび頭部が〝ごつん〟という音とともに木の床に激しくぶつかった。

ボンドは横たわったまま、食いしばった歯のあいだから苦しい息をついていた。ドアの上にある常夜灯の紫色の光を見あげる。電球内の輪になったフィラメントが明るく輝いては翳《かげ》っていくことをくりかえしていることに気がついた。車体下部にある発電機の動作不良かもしれない。目をしばたたき、明かりをもっとよく見るために目の焦点をあわせようとする、そこへ汗が流れこんで滲《し》みた。ボンドは身じろぎもせずに横たわったまま、汗を拭《ぬぐ》おうともしなかった。

跳ね躍るかのような列車の轟音《ごうおん》が変わりはじめた。これまでよりも、うつろな響きが増えている。反響をともなう咆哮《ほうこう》を一回あげたのを最後に、オリエント急行は月明かりのなかへ飛びだし、速度を落としはじめた。

ボンドはぼんやりと腕を上へ伸ばし、ブラインドのへりを引いた。倉庫や退避線が見えた。照明の光がレールにまばゆく、そしていかにも清潔に反射している。充分以上の明るさをそなえた光だ。スイスの光だった。

列車は滑るように静かに停止した。

一定の〝しーん〟という音がきこえるような静寂のなか、床から小さな物音がきこえてきた。ボンドは確認を怠《おこた》った自分を罵《ののし》った。すばやく上体をかがめて耳をそばだてる。そのあいだも万一にそなえて、例の本を前にかまえていた。動きはない。手を伸ばして頸動《けいどう》脈《みゃく》をさぐる。脈搏《みゃくはく》なし。ナッシュは完璧に死んでいた。死体は冷えつつあった。

ボンドは背もたれに体をあずけてすわり、列車がふたたび動きはじめるのを焦《じ》れったい思いで待った。やるべき仕事はどっさりとある。タチアナのようすを確かめる前に、まずあたりをきれいにしておかなくては。

長い編成のオリエント急行が一度がくんと前につんのめってから、悠然と走りはじめた。もうじき列車はアルプス山脈の山麓《さんろく》地帯をスラロームの要領で走りおり、スイスのヴァレー州にはいっていくはずだ。早くも車輪のたてる音に新しい響きがくわわっていた――トンネルから出られて喜んでいるかのような、せわしない囀《さえず》りめいた音だった。

ボンドは立ちあがると、だらしなく伸ばされている死体の両足をまたいで天井の照明のスイッチを入れた。

目もあてられない惨状だ！　あたりは血の海だった。人間の肉体にはどれだけの血液があるのだったか？　思い出した。約五リットルだ。この分だと、それがすっかり体外へ出てしまいそうだ。とにかく通路に流れでることだけは避けないと！　ボンドは下段のベッドからシーツのたぐいを引き剥《は》がすと、仕事にとりかかった。

そして、やっと仕事が片づいた――シーツでくるんだ巨体のまわりの壁は汚れを拭きとり、ディジョン駅ですぐ列車を降りられるようにスーツケースは積みあげてある。

ボンドはピッチャーの水をすっかり飲み干した。それから下段のベッドにあがって、上段に横たわっている女の、毛皮に包まれた肩をそっとゆさぶった。

答える声はなかった。もしやナッシュは嘘をついていたのか？　まさか毒でタチアナを殺していたのか？

ボンドはタチアナの首に手を押しあてた。肌が温かかった。手さぐりで耳たぶをとらえて強くひねった。タチアナが物憂《ものう》げに体をもぞもぞさせて、うめき声をあげた。もう一度、耳をひねる。重ねてもう一度。それでようやく、くぐもった声がきこえてきた。

「やめて」

ボンドは微笑《ほほえ》んで、タチアナを揺さぶった。そのまま揺さぶりつづけるうちに、タチアナはゆっくり寝返りを打って横向きになった。薬の影響の残る青い両目がボンドの目をのぞきこんだかと思うと、またすぐに瞼《まぶた》が閉じた。

「なんなの?」眠気まじりの怒りが感じられる声だった。

ボンドはタチアナに話しかけ、脅《おど》しつけ、罵《ののし》った。これまで以上に荒っぽく体を揺すりもした。手をつくして、ようやくタチアナが上体を起こした。それでも、ボンドを見る目はうつろだった。ボンドはタチアナの両足を引き寄せ、上段のベッドのへりから垂れ落ちるようにした。それから、いささか荒っぽくタチアナを下段ベッドに引きおろした。

タチアナは見る影もなかった——半びらきの口、眠気に酔ったように白目を剝いた目、汗に濡れた髪はもつれ放題だ。ボンドは濡れタオルとタチアナ自身の櫛《くし》をつかう仕事にとりかかった。

列車はローザンヌに到着した。一時間後にはフランスとの国境に近いヴァロルブ。ボンドはタチアナを残して通路に出ると、念のためその場に立っていた。しかし税関とパスポート審査の係員たちはボンドの前を素通りして車掌室にはいっていき、なにをやっているのかわからない五分ののち、さらに先の車輌へ行ってしまった。

ボンドは個室へ引き返した。タチアナはまた眠りこんでいた。ボンドは、いまでは自分が手首にはめているナッシュの腕時計を確かめた。四時半。ディジョンまではあと一時間だ。ボンドは作業にかかった。

ようやくタチアナが目をちゃんとあけていられるようになった。瞳孔が多少なりともピントをあわせているように見えた。タチアナがいった。「もうよして、ジェームズ」そういうと、また目を閉じてしまった。ボンドは顔の汗を拭《ぬぐ》った。荷物類をひとつずつ手にとっては通路の端へ運び、出口の近くに積んでいく。それから車掌のもとへ行き、妻が体調を崩しているのでディジョン駅で列車を降りることにした、と告げた。

ボンドは車掌に最後のチップをつかませた。「といっても、きみがあわてる必要はないよ。妻を休ませておきたいので、荷物はもうすっかりわたしが運びだしてある。わたしの友人、あの金髪の男は医者でね。夜のあいだ、ずっとわたしたちの部屋で起きてくれていた。いまは、わたしのベッドで寝かせてやってる。くたくたに疲れていたんだよ。できれば、あと十分でパリに到着というときまでは起こさないでくれるとありがたい」

「かしこまりました《セルテヌマン》、お客さま《ムッシュー》」大富豪たちが旅行に明け暮れていた時代がおわってからこっち、車掌はこれほど気前のいいチップを見たことがなかった。車掌はボンドにパスポートと切符を手わたした。列車が速度を落としはじめた。もう到着ですよ《ク・ヌ・ジ・ソム》」

ボンドは個室に引き返した。タチアナを引っぱって立たせて廊下に出ると、ボンドはドアを閉め、ベッドわきで白い布に包まれている〝死〟を個室内に封じこめた。そしてついにふたりはステップを降り、堅牢なすばらしき不動の大地を両足で踏みしめることができた。青いスモック姿のポーターがふたりの荷物を運んだ。

朝日がのぼりはじめていた。朝のこんな時間とあって、起きている乗客はいないも同然だった。若い男が若い女に手を貸しつつ、車体側面にロマンティックな名称が書かれている埃まみれの客車をおり、フランス語で《出口《ソルティ》》と表示されたくすんだ茶色のドアのほうへむかう姿を見ていたのは、夜のあいだ〝つらい思い〟を強《し》いられていた三等列車のひと握りの乗客だけだった。

28　編み物をする女《トリコトゥーズ》

タクシーはリッツ・ホテルのカンボン通り側のエントランスに近づいて停止した。

ボンドはナッシュの腕時計に目をむけた。十一時四十五分。時間に正確な行動をとる必要があった。ロシア人スパイが待ちあわせる場合、どちらかが数分でも早かったり遅れたりしたら自動的に接触がキャンセルされることをボンドは知っていた。タクシー料金を支払ったボンドは、リッツのバーに通じている左側のドアをくぐった。

バーでは、ウォッカマティーニをダブルで注文した。グラス半分を一気に飲む。最高の気分だった。過去四日間が――とりわけゆうべの一切合財が――カレンダーから洗い流されたように思えた。いまはひとり、こうして自分だけの冒険を楽しんでいる。果たすべき義務はすべて果たした。タチアナはいま大使館の寝室で眠っている。爆弾を内部にかかえこんだままの〈スペクター〉は、フランス参謀本部第二局の爆発物処理班のメンバーが運んでいった。これに先立ってボンドは、いまは第二局の局長になっている旧友のルネ・マティスに話を通しておいた。そのためリッツ・ホテルのカンボン通り側エントランスのコンシェルジュには、ボンドが訪ねてきたら質問をせず客室の合鍵をわたせ、という要請が届いていた。

マティスは、またボンドと〝闇の仕事《ユ・ナフエール・ノワール》〟にかかわれることを喜んでいた。「信じてくれたまえ、わが友《シエール》ジェームズ」マティスはそう話していた。「きみの謎は謎のままにしておこう。事情の説明ならあとでけっこう。さて、十二時十五分にふたりの洗濯物係が大きな洗濯物の籠《かご》をもって、二〇四号室を訪れる手はずになっている。わたしも洗濯業者のトラックの運転手という扮装《ふんそう》で同行しよう。洗濯物の籠に汚れ物を詰めこんだら、われわれはオルリー空港へ行き、午後二時到着予定のイギリス空軍所属のツインジェット爆撃機のキャンベラを待つ。到着したら、籠を引きわたす。フランス国内にあった汚れ物がイギリスにわたるわけだ。いいね？」

すでにF局のスタッフが暗号化通信でMと話をしていた。そのときスタッフはボンドが書いた短い報告書の中身をMに伝えていたし、キャンベラを要請してもいたが、この爆撃機が必要になった事情までは知らされていなかった。ボンドはタチアナと〈スペクター〉を引きわたしにあらわれただけだった。大使館でボンドはたっぷりした朝食をとり、昼食後にまた来るといって出かけてきたのだった。

ボンドはふたたび現在時刻を確かめた。マティーニを飲みおえて料金を支払ったボンドは、バーを出て階段をのぼり、コンシェルジュのデスクに歩み寄った。

コンシェルジュはボンドに鋭い一瞥《いちべつ》を送り、ルームキーを手わたした。ボンドはエレベーターに近づいて乗りこみ、四階へあがった。

四階で降りると、背後でエレベーターのドアが金属音とともに閉まった。ボンドは部屋番号を確かめながら、足音を殺して廊下を歩いていった。

二〇四号室。ボンドは右手を上着の内側に差し入れて、テープを巻いてあるベレッタのグリップに触れた。ベレッタはスラックスのウエストに突っこんであった。金属製のサイレンサーが腹部に熱く感じられた。

ボンドは左手で一度だけノックした。

「どうぞ」

小刻みにわななく英語の声。老女の声だ。

ボンドはドアハンドルを動かしてみた。施錠されていなかった。合鍵を上着のポケットにもどす。それからすばやい一動作でドアを押しあけるなり室内に足を踏み入れ、すぐにドアを閉めた。

典型的なリッツ・ホテルの居室だった。すばらしく優美で、そこかしこに配された家具はいずれも第一帝政様式だった。壁は純白で、カーテンや椅子のカバーは白地に小さな赤い薔薇《ばら》をかたどった模様がはいっている更紗《チンツ》。ワインレッドのカーペットが部屋じゅうに隙間なく敷きつめられていた。

日だまりのなか、総裁政府時代様式《ディレクトワール》のライティングデスク近くにある肘《ひじ》かけの低いアームチェアに小柄な老婦人がすわって、編み物をしていた。

鉄の編み針がせわしない動きをとめることはなかった。淡いブルーの遠近両用眼鏡のレンズの奥の目が、礼儀をわきまえた好奇心をたたえてボンドを見つめていた。

「どのようなご用件かしら、ムッシュー？」深みをそなえたしゃがれ声だった。白髪頭の下にある、たっぷりと白粉《おしろい》を塗られた顔――いささか肉づきのよすぎる顔――には、お行儀のよい関心の色がのぞくだけだった。

上着の下で銃にかけられたボンドの手は、鋼鉄のばねにも負けないほどきつく張りつめていた。ボンドは半眼に閉じた瞼《まぶた》の隙間から客室内をひととおり見てから、視線をアームチェアの老婦人にもどした。

自分はミスをしでかしたのか？　部屋をまちがえたのだろうか？　詫《わ》びの言葉をかけて部屋から出ていくべきか？　この女性がＳＭＥＲＳＨ《スメルシュ》の一員だなどということがあるだろうか？　いかにもリッツ・ホテルの客室にひとりすわって編み物で時間つぶしをしそうな、夫に先立たれた裕福で品のいいご婦人ではないか。階下のメインレストランの隅のスペースに決まったテーブルがあり、贔屓《ひいき》のウェイターがいるタイプだ――まちがってもカジュアルなグリルルームで食事をとるタイプではない。昼食後には午睡《ごすい》をとり、そのあと側面に白い帯状のラインがあるホワイトウォールタイヤの上品な黒リムジンの送迎でベリー通りのティールームへおもむき、同類の金持ち老婦人たちと顔をあわせるタイプの女だ。着ている古風な黒いワンピースは襟ぐりと手首にだけレースが控えめにあしらわれ、首から形のさだかでない胸に垂らした細い金のチェーンの先には柄付き眼鏡があり、形のいい小さな足に履いている黒いボタンのついた実用的なブーツは、かろうじて床に届くか届かないかの位置にある。この女がローザ・クレップなものか！　自分は部屋番号を勘ちがいしていたのだ。腋《わき》の下に汗がにじんできた。しかし、とにかくこの舞台で最後まで芝居をやりぬかなくては。

「わたしはボンド、ジェームズ・ボンドです」

「わたくしはね、ムシュー、メッテルスタイン伯爵夫人ですよ。それで、どのようなご用向きかしら？」

そのフランス語には強い訛《なまり》があった。ドイツ系スイス人なのかもしれない。編み針はせわしなく動きつづけていた。

「どうやらナッシュ大尉は事故にあったようでしてね。きょうはこちらに来られません。代わりにわたしがうかがった次第です」

いま淡いブルーのレンズの奥で、ほんの少しだが目がすっと細くなったのでは？

「あいにく、わたくしには大尉さんの知人はおりませんのよ、ムシュー。それに、あなたも存じあげないわ。ともあれ、ひとまずおかけになって、ご用件をおっしゃってくださる？」

女はそういいながら、ライティングデスクの横にある背もたれの高い椅子のほうへ頭をわずかに傾けた。

女には文句のつけようがなかった。優雅なその雰囲気に、人は圧倒されるばかりだろう。ボンドは部屋を歩いていって、椅子に腰かけた。これで女との距離は二メートルを切った。

ライティングデスクに載っているのは、縦長の箱のような古風な電話機——耳にあてる受話器がフックにかかっているタイプ——と、女の手の届く場所にある象牙ボタンの呼び鈴《りん》だけだった。電話機本体についている送話口が、丁寧にもボンドのほうをむいてあくびしているように見えた。

ボンドは無作法にも女の顔をのぞきこみ、しげしげと観察した。白粉の下の顔——きつく巻いたふたつのお団子が重ねパン《カテージローフ》のように見える白髪の下の顔——は、ひきがえるなみに醜かった。瞳は黄色といってもいいほど薄い茶。血の気のない唇は濡れていて厚ぼったく、その上をニコチンに染まった産毛が縁《ふち》どっていた。ニコチン？　だったらタバコはどこにある？　灰皿は見当たらない——室内にはタバコ臭も嗅ぎとれなかった。

拳銃を握るボンドの手に、ふたたび力がこもった。ついでボンドは編み物のバスケットをのぞいた。女が編んでいる途中で、形もまだ定まっていない小さな薄茶色のウールの編み物が見えた。鉄の編み針。あの編み針にはどこか妙なところがあるのでは？　端が変色している——炎で焼入れをしたかのように。あんな色の編み針があるだろうか？

「いかがなさった《エビアン》の、ムッシュー？」

そうたずねてきた女の声に棘《とげ》はなかったか？　もしや女は、こちらの顔からなにかを読みとったのでは？

ボンドは微笑んだ。全身の筋肉が張りつめて、どんな動きにも、どんな手管《てくだ》にも即座に応じられるようになっていた。

「全部むだだ」ボンドは賭けに出ることに決め、明るい声でそういった。「おまえはローザ・クレッブ。SMERSH第二課の課長。拷問者にして殺人者。わたしとタチアナ・ロマノヴァを殺そうと企んだ女だ。ようやくお目にかかれてうれしいよ」

目の表情はいっさい変化しなかった。ざらついた声は辛抱強さをうかがわせ、あくまでも丁寧だった。女は話しながら、左手を呼び鈴のボタンへ伸ばした。「ムッシュー、あなたは頭がおかしくなっているようね。わたくしとしては部屋づきボーイ《ヴァレ・ド・シャンブル》を呼びだして、あなたを部屋から連れだしてもらうほかないわ」

なにに助けられたのか、あとあとまでボンドにはわからなかった。呼び鈴から壁かカーペットの裏側へ通じているはずのコードが見あたらないことに、一瞬にして気づいたためかもしれない。来客があることを知っていたこの女が、ノックを耳にして、「どうぞ」と英語で返事をしたことを不意に思い出したためかもしれない。しかし、女が象牙のボタンに指を伸ばすあいだにも、ボンドは椅子から横っとびに離れていた。

ボンドが床に体を叩きつけると同時に、更紗のカバーが裂ける鋭い音が響いた。ついで、粉々に打ち砕かれた椅子の背もたれの木端《こっぱ》がまわりに降りそそいだ。椅子が音をたてて床に倒れた。

ボンドは寝返りを打ちながら拳銃を抜こうとした。〝電話機〟の送話口から青い煙が螺《ら》旋《せん》を描いて立ちのぼっているのが目の隅に見えた。次の瞬間、女が襲いかかってきた——ぎゅっと握った左右の拳に編み針がぎらりと光った。

女はボンドの足を狙って編み針をふりおろした。ボンドは両足を蹴りだして、女を横へ払った。女の狙いは足だ！　体を起こして床に片膝をつきながら、編み針の先端が変色している理由に思いいたった。毒物。ドイツ製の神経毒の一種あたりか。女はあの針でボンドをひと刺しするだけでいい――それこそ服の上からでも。

ボンドは立ちあがった。女がまた襲いかかってきた。ボンドはしゃにむに銃を抜こうとした。サイレンサーがひっかかっていた。ぎらりと光が一閃した。ボンドはかわした。片方の編み針が背後の壁に当たって音をたて、忌まわしい肉塊のような女の体が――白髪を丸めたかつらが頭の上で傾き、ぬらぬらした唇が大きくひらいて歯を剝きだした姿で――ボンドにのしかかってきた。

毒の針を相手に素手の拳で戦いたくはなかったので、ボンドはライティングデスクに乗って横に逃げた。

ローザ・クレッブは激しく息を切らせてロシア語でひとりわめきながら、残った編み針をフェンシングの剣のように突きだし、せかせかとデスクをまわってきた。ボンドはひっかかっている銃を抜こうと苦闘しながら、あとずさった。足の裏側が小さな椅子にぶつかった。銃から離した手を背中へまわし、すばやく椅子をつかみあげる。椅子の背を手でつかんで支え、四本の脚を角《つの》のように前へ突きだしつつ、すばやくデスクをまわってクレッブに立ちむかった。しかしクレッブは、電話機に似せた武器のすぐそばにいた。腕をひとふりして電話機をつかみ、送話口の狙いをつけてくる。反対の手が象牙のボタンへむかった。ボンドは一気にジャンプして、椅子を勢いよくふりおろした。送話口からはなたれた弾丸は立てつづけに天井にあたり、漆喰《しっくい》のかけらが頭に降ってきた。

ボンドはふたたび突き進んだ。椅子の脚のうち二本が女の腰を左右からはさみ、残る二本が肩を押さえこんだ。それにしても、なんという馬鹿力だ！　女は椅子に押されはしたが、それも壁までだった。クレッブはその場に足を踏んばり、椅子ごしにボンドに唾を吐きかけた。その一方、編み針が蠍《さそり》の長い尾の毒針のように虎視《こし》眈々《たんたん》とボンドを狙っていた。

ボンドは椅子をかまえた腕を精いっぱい伸ばすことで、わずかにあとずさった。ついで狙いをさだめ、隙を狙ってくる女の手首にハイキックを見舞った。編み針が室内をすっ飛んでいき、ボンドの背後に落ちた。

ボンドは女に近づいた。たがいの位置を見さだめる。よし、女は椅子の四本の脚で壁ぎわから身動きがとれなくなっている。とんでもない怪力でもふるわないかぎり、クレッブがこの即席の檻《おり》から逃げだすことはなさそうだ。両腕と両足と頭を動かすことはできても、胴体は壁に押しつけられてどうにもならない。

女はロシア語でなにやら疳高《かんだか》くわめき、椅子ごしに唾を吐きつけてきた。ボンドはうつむき、服の袖で顔を拭いた。顔をあげると、女の顔がまだらになっているのが見えた。

「そこまでだ、ローザ」ボンドはいった。「もうじき第二局の者がやってくる。あと一時間ばかりすれば、おまえはロンドンだ。おまえがホテルから出るところはだれにも見られない。イギリスに入国する姿もだれにも見られない。それどころか、この先おまえと会うのはごくかぎられた人間だけだ。今後おまえは秘密情報ファイル上の数字でしかなくなる。わたしたちがおまえ相手の用事をすっかりすませたら、おまえは牢屋送りだからな」

形のさだまらない濡れた唇が左右に伸びて、にやりと歯を剝きだした。

「わたしがそんなところに閉じこめられたら、そのときおまえはどこにいる？」

「わが人生を謳歌《おうか》していることだろうね」

「そうは問屋が卸すものか、イギリスの密偵《アングリースキ・シュピオン》め」

ボンドは女の言葉もろくにきいていなかった。〝かちり〟という音とともにドアがあいたかと思うと、たちまち背後の居室から高らかな笑い声が響いてきたからだ。

「なんとすばらしい《エ・ビアン》！」それはボンド自身がよく覚えている男の歓喜の声だった。「これぞ第七〇番の体位か！　この年になって、ようやくすべてを見られたな！　しかもその体位を発明したのはイギリス男だ！　きみたちに先を越されるとは、われらフランス人としては、はなはだ面目ないね」

「だが、おすすめはできかねるね」ボンドは顔をうしろへむけて答えた。「かなりの腕力が必要だ。そんな話はともかく、椅子で押さえる役を代わってもらえないか？　こちらの女性はローザ。きみのお気に召すこと請けあいだ。ＳＭＥＲＳＨの大物だぞ——もっとはっきりいえば、殺人作戦を仕切っていた当人だぞ」

ルネ・マティスが近づいてきた。ふたりの洗濯業者が同行していた。三人はその場に足をとめ、目を丸くして女のすさまじいご面相に見入っていた。

「ローザか」マティスは腹に一物ある口調だった。「しかし、今回ばかりは〝災いのローザ《ローザ・マローザ》〟だな。いやはや！　しかし、そんな体勢ではこの女性もさぞや居心地がわるかろう。きみたちふたりは、例の〝花の籠《パニエ・ド・フルール》〟を運んできたまえ——こちらの女性も籠のなかで横になったほうが楽だろうよ」

ふたりの男はドアへむかった。背後からボンドの耳に、洗濯物用の大きな籠の軋《きし》む音がきこえた。

ローザの目はあいかわらずボンドの目を見すえたままだった。わずかに身じろぎして体重を移しかえる。ボンドの目の届かないところで——あいかわらずクレッブの顔を検分中だったマティスも気づかないうちに——クレッブはぴかぴか輝くボタン式ブーツの爪先で、反対のブーツの足の甲を踏んだ。踏まれたブーツの爪先から、するりと二センチ半ほどのナイフが滑りでてきた。編み針と同様、ナイフの先端も焼入れをされたような濁《にご》った青い色を帯びていた。

ふたりの男が近づいてきて、四角い大きな籠をマティスの横に置いた。

「連れていけ」マティスはいい、クレッブに小さな会釈をした。「これこそ名誉の仕事だったな」

「さらばだ《オ・ルヴォワール》、ローザ」ボンドはいった。

黄色いその目が一瞬だけ、ぎらりと光った。

「ごきげんよう、ミスター・ボンド」

小さな鋼鉄の舌を突きだしたブーツがすばやく蹴りだされた。

ボンドは右のふくらはぎに鋭い痛みを感じた。蹴られたときのような痛みにすぎなかった。ボンドは顔をしかめてあとずさった。ふたりの男はローザ・クレッブの腕を左右からつかんでいた。

マティスが笑った。「哀れなもんだな、ジェームズ。最後の決めぜりふをいう役をＳＭＥＲＳＨまかせにするなんて」

薄汚い鋼鉄の舌は革のブーツの内部に引っこんでいた。いまそこにいるのは、いまにも抱えあげられて籠に投げこまれようとしている、一見したところ無害な老女だけだった。

マティスは籠の蓋がしっかり閉ざされたのを確かめ、ボンドにむきなおった。「一日分の仕事としては、たいした働きだったな。それにしても、ずいぶん疲れた顔をしてるな。パリ大使館にもどって、ひと眠りするといい――今夜はいっしょに夕食をとるんだから。パリでも最上級のディナーだぞ。もちろん、世界一の美女を同行させるよ」

ボンドの体を痺《しび》れが這いあがってきた。激しい悪寒《おかん》が襲ってきた。手をもちあげて、右の眉にかかっている読点《コンマ》状の髪をかきあげた。指の感覚がなかった。指はどれも胡瓜《きゅうり》なみの太さになったように感じられた。ついで、手がどさりと体の脇に垂れ落ちた。

呼吸がどんどん苦しくなってきた。ボンドは肺の奥底から息を吐いた。歯を食いしばって、瞼を半分閉じた――酒に酔っているのを隠そうとする人がやるように。

睫毛《まつげ》のあいだから見ていると、洗濯物の籠がドアのほうへ運ばれていくところだった。

無理やり目をあける。ついでボンドは、必死に目の焦点をマティスにあわせた。

「いや、女はいらないよ、ルネ」と、思うように動かぬ口でいう。

息苦しさで、あえぐような声になっていた。ふたたび手をもちあげ、冷えきった顔にふれる。近づくマティスの姿が見えたような気がした。

ボンドは膝が折れかけているのを感じた。

「世界一の美女なら、もういるから……」という言葉は本当に口から出たのか、あるいはそう思っただけだったか。

踵《かかと》を中心に体がゆっくり回転したかと思うと、ボンドはワインレッドのカーペットに頭からまっすぐ倒れこんでいった。

訳者付記

本文内のギリシアやトルコの地名のカタカナ表記や当時の国際情勢につきましては、台湾在住のギリシア・ミステリ研究家の橘孝司さんにお知恵を拝借いたしました。ありがとうございました。またある登場人物が主人公ボンドを呼ぶときの「大将」という呼びかけは、井上一夫氏による本書の先行訳でも印象的な部分であり、その名訳に敬意を払って踏襲いたしましたこと、お断わりしておきます。そのほか氏の訳業には多くを教わり、示唆《しさ》を受けました。ここに記して謝意を捧げます。

イギリス的な、あまりにイギリス的な

戸川安宣

『007／ロシアから愛をこめて』は、当時東京創元社から刊行中だった「世界名作推理小説大系」の第25巻として、ハドリー・チェイスの『世界をおれのポケットに』とともに一九六〇年十月に刊行されたのが初訳で、その後一九六四年四月、創元推理文庫に収められた。

原作 *From Russia with Love* は初訳の三年前、ロンドンのジョナサン・ケイプ社から刊行された007シリーズの第五作である。一九五九年、英米仏三国のミステリ作家、評論家、ファン十五人の投票を元に、ジュリアン・シモンズが纏《まと》めた〈サンデー・タイムズ〉ベスト99にフレミングの代表作として選ばれ、また映画化作品の中でもひときわ高い評価を集めた長編スパイ小説である。

二〇〇八年、改版に際して読み返し、さらに今回の新訳版刊行に合わせて三読したが、読むたびに新しい発見があって、一驚した。高校から大学にかけての時期、既訳を一気呵成に読み、あとは井上一夫訳の新刊が出るのを待ちわびていた頃は、長編第九作の『007／わたしを愛したスパイ』が第三者の目をとおしてボンドを描いた異色作、という印象を抱いていたが、こうして読んでみると第五作に当たる本書も、謂《い》わばシリーズのインタールードとも言える作品

映画「007／危機一発」公開に合わせて文庫化された創元推理文庫初版時の『ロシアから愛をこめて』（1964年4月）のカバー。

だということに気がついた。その印象は、今回の白石訳によって、さらに深められたと言える。

　東西冷戦の最中、再三にわたって痛い目に遭わされてきた英国情報部のジェームズ・ボンドという一スパイを標的に、ソ連（現ロシア）の対スパイ組織SMERSH《スメルシュ》が威信をかけてその抹殺に乗り出す。最新機種の暗号機を持参する美人スパイという餌で釣り出したところに、最強の殺し屋グラントが待ち受けている、という作戦だ。一方、上司のMも罠と知りつつ（まったくどこまでもおかしな話である。だが、あまり突飛なので、逆に本当かも、と思わせるところが、フレミングの技量だろう）、ボンドを任務に派遣する。初めからお伽噺《とぎばなし》のような展開だが、絵空事と知りつつ話を進めるのが大人の小説なのだよ、というフレミングの呟きが聞こえてきそうな一編だ。

　そしてまた、本書は英国風スノッビズムの極致とも言うべき小説である。ソ連の諜報機関の長たちが集まる会議で、列席者のひとりが言う。「イギリスの情報機関はきわめて優秀です。イギリスは島国ですから、それだけでも保安上すこぶるつきの有利な立場にあるうえに、通称ＭＩ５として知られる陸軍情報部第五課は高度な教育を受けてきた頭脳優秀な人材を雇いいれています。それ以上に優秀なのが、ＭＩ６の通称で知られる秘密情報部です。目ざましい成功をいくつもおさめている部局ですよ。ある種の作戦行動においては、毎度のように彼らがわれわれの先回りをしていることを知らされているほどです。所属の工作員たちは凄腕ぞろい。給料はたかが知れていますが――月給はせいぜい千ルーブルか二千ルーブル程度――みな献身的に働いています。それでも所属工作員たちには、英国国内でいかなる特権も与えられてはいません。税金面で優遇されることもなければ、われわれのように特別価格でいろいろな品が特別価格で安く買える専用の店が用意されていることもありません。国外での社会的地位も決して高くはなく、それぞれの妻たちも普通の会社員の妻のような暮らしをするしかありません。退職するまで勲章を与えられることもない。それでいて、この組織に所属する男女はそれぞれの危険な仕事をつづけるのです。奇妙なことといわざるをえません。パブリックスクールや大学の伝統によるものかもしれませんね。冒険を愛する心。それでもなおイギリス人が生まれついての陰謀の達人ではないことを思えば、情報活動というゲームを巧みにこなしているのは奇妙といえます」

すべてがこの調子で、イギリスの読者はさぞや心を擽《くすぐ》られたことだろう。

００７シリーズには、作品の舞台となる場所、登場人物、商品名などに実在の名前が頻出する。こうすることによって、絵空事の作品世界にリアリティを与える効果を狙ったのだろう。

「ナイアガラ」の大きな広告看板に描かれたマリリン・モンローの半びらきのくちびるから降りてきた敵を撃ち落とすシーンなどは、読んでいてその映像が目に浮かぶようだが、案の定、「007／危機一発」（再公開時に「007／ロシアより愛をこめて」と改題）においても（広告看板の女優がアニタ・エグバーグに代わっていたが）重要な場面としてしっかり映像化されていた。

たとえば次のような描写において、それは顕著である。

「一日の食事のうち、ボンドはこの朝食をもっとも好んでいた。ロンドンに滞在しているあいだ、朝食のメニューは変わることがなかった。アメリカのケメックス社のコーヒー豆をニューオックスフォード・ストリートの〈デ・ブリー〉で買い、それをきわめて濃く淹《い》れたコーヒー。これをボンドはいつも大ぶりのカップで二杯、砂糖を入れずにブラックで飲む。卵は一個――きっかり三分半茹でたものを、金の縁飾《ふちかざ》りがほどこされた紺青色のエッグカップに立ててもらう。

斑点が散っている茶色い新鮮な卵は、田舎に住んでいるメイの友人が飼っているフランス産のマラン種の鶏《にわとり》が生み落としたものだった（ボンドは白い卵を毛ぎらいするなど、いろいろ細かなことにうるさい男だが、そのくせ、世の中には完璧な茹で卵があるという自分のこだわりについては我ながら妙なものだ、と思っていた）。そのほか、全粒粉のパンの分厚いスライスのトーストを二枚、大きな壺に入れてある濃い黄色のジャージー産バター、いずれも四角いガラス容器におさめたティプトリー社の〈リトル・スカーレット〉という苺《いちご》ジャム、フランク・クーパーズの〈ヴィンテージ・オレンジ・マーマレード〉、そしてフォートナム＆メイソンで買い求めたノルウェー産のヒースの花の蜂蜜。コーヒーポットとトレイに載せられた銀器類はアン女王時代の品で、陶磁器はミントン製だ——その紺青と金色と白はエッグカップと共通していた」

こういう具合に、田中康夫のデビュー作「なんとなく、クリスタル」(一九八〇)を先取りしたような描写が続く。

これは、女性を描写する際も例外ではない。

今回のヒロイン、タチアナ・ロマノヴァは、「若いころのグレタ・ガルボに似ている」美貌の女スパイと形容されているが、ガルボはフレミングのお気に入りとみえ、『007／薔薇と拳銃』に収められた「危険」のヒロインも、自ら「わたしはグレタ・ガルボに似てるの」と言っている。

もちろん本筋に関連するイギリスのスパイ関連のニュースに関しても同様である。第二部の初めで語られる「バージェス&マクレーン事件」のバージェスとマクレーンとは、イギリスのエリート中のエリートたちが、ケンブリッジ大学を出、外務省やMI5、MI6などに勤めながら、ソ連と通じていたとされる《ケンブリッジ・ファイヴ》と呼ばれる中の、ドナルド・マクレーン(一九一三—一九八三)とガイ・バージェス(一九一一—一九六三)のことである。ふたりは一九五一年に突然失踪したイギリスの外交官で、まさにフレミングが本書を書いたという一九五六年にジャーナリストの前に姿を現し、スパイ行為は否認しながらも、自らの信念でソ連に身を寄せていると言明し、イギリスじゅうを震撼《しんかん》させたのだ。ボンドがまさにこの時代、

銃器の専門家でＱのモデルと言われるジェフリー・ブースロイドの監修の下、著者フレミングの指示に従ってリチャード・チョッピングが描いたジョナサン・ケイプ版 *From Russia with Love* の初版カバー。ここに描かれたリヴォルヴァーは三八口径スミス＆ウエッソン・ミリタリー・アンド・ポリス・モデル。銃身は $2\frac{3}{4}$ インチまでカットされ、ホルスターに入った銃を至近距離で使うために用心鉄の前の部分を取り除いてあるなど、早撃ちのために様様な改良がなされている。

イギリスの情報部に身を置いているという設定であれば、この一大事と無縁であったはずはない、と当時の読者は思ったはずである。バージェスとマクレーンが衝撃の告白を行ったのが、一九五六年の二月十一日、そして本書の注によると、フレミングがこの物語を書いたのは一九五六年三月だという。

ともあれ、フレミングが現実のブランドや人物の名を引き合いに出したのには、周到な計算が働いていたのだ。たとえば、ボンドもヒロインも、そして冷酷な殺し屋も、みなよく小説を読むことにお気づきだろう。

この『ロシアから愛をこめて』にしても、レールモントフを読むソ連の女スパイ（「あなたはわたしが大好きな本の主人公にそっくり。レールモントフという作家の本の主人公」。筆者注＝これは『現代の英雄』（一八四〇）の主人公ペチョーリン）と、アンブラー（『ディミトリオスの棺』）を読むイギリスのスパイ、それに対峙するブルドッグ・ドラモンドを引き合いに出すイギリス出身のソ連の殺し屋（「気をつけろよ、大将。いかさまはなしだ。ブルドッグ・ドラモンドみたいな大衆小説のヒーローの真似をしても逃げられっこない」）という案配だ。こういうキャラクター設定の手法などは、とても凡手のアクション作家の思いつくところではない。

レールモントフやアンブラー、ブルドッグ・ドラモンドといった固有名詞を出すことによって、作中人物の造形に深みと彩りを添える効果が充分に計算されている。

映画のほうも久しぶりに観直してみると、フレミングの原作を忠実に映像化しようと試みながら、ヒッチコックをはじめとするサスペンス映画のテクニックを巧みに流用している。007映画が大ヒットシリーズになったきっかけがこの映画化第二作だったことがよくわかった。イスタンブール、そしてオリエント急行というエキゾティックな舞台も存分にその魅力を発揮している。

007シリーズは一九五三年の『007／カジノ・ロワイヤル』に始まり、著者イアン・フレミングの遺作となった一九六五年の『007／黄金の銃をもつ男』まで長編十二作、短編集二冊がある。そして第六作『007／ドクター・ノオ』が一九六二年に、テレンス・ヤング監督、ショーン・コネリー主演で映画化され、「007は殺しの番号」という邦題で公開された。映画の人気に火がついたのは第二弾「007／危機一発」であった。これが本書の映画化（一九六三年製作。日本公開は一九六四年四月）で、前作から引き続き主演を務めたショーン・コネリーの人気が定着し、アーシュラ（ウルスラ）・アンドレスに続いて出演したダニエラ・ビアンキのクールな美貌によって、ボンド・ガールという名前も人口に膾炙《かいしゃ》するものとなった。当時ユナイトの宣伝部にいた水野晴郎がこの邦題を考えたそうだが、お蔭で漢字書き取りの試験では誤答が増えた、とも言われる。神田の古書店で『ドクター・ノオ』の原書が「医者はいらない」という腰巻きを付けて売られていた、という逸話とともに話題を呼んだものである。以後007映画は製作のイオン・プロにとってドル箱的存在となり、日本では二〇二一年十月公開の「ノー・タイム・トゥ・ダイ」（No Time to Die）まで二十五作を数えるに至った。実に六十年になんなんとする超ロング・シリーズである。

オリエント急行

「ヨーロッパ各地を往還して走る豪華列車はいくつもある。しかしその頂点を行くのは、イスタンブールとパリを結ぶ二千二百五十キロにおよぶ輝くスチールの線路を週に三本、轟音《ごうおん》をあげてひた走っているオリエント急行だろう」

本シリーズの人気を支えている要素に、フレミングの類い稀《まれ》なる描写力があることも見逃せないが、たとえば本書の読みどころの一つ、オリエント急行を描くにしても、著者の筆はその息吹を伝えて余すところがない。

「車輪のせわしない金属音のギャロップ、眠りへ誘うように目まぐるしく飛びすさる銀色に光る電話線、ときおり進路前方への警告の意味で鳴らされる汽笛の物悲しくも心安らぐ響き、通路の端にある連結部分で金属がぶつかりあう眠たげな音、そしてこの狭い個室の木材が軋《きし》む子守歌のような音。ドアの上にある常夜灯の深紫の輝きさえも、こんなふうに語りかけてくるかのようだった。「きみの代わりに、ぼくが目を光らせているよ。ぼくが光っているあいだは、妙なことはなにも起こらない。さあ、瞼《まぶた》を閉じて……お眠り……お眠りよ……」

一八八三年に開設され、パリ―コンスタンチノープル（イスタンブール）間を結ぶこの列車は、エキゾティシズムとロマンティシズムを漂わせ、多くの文学作品や映画にその舞台を提供してきた。

一八八三年の十月四日、パリのストラスブール駅（現・東駅）を、蒸気機関車、炭水車に引かれた寝台車二輛、食堂車一輛、荷物車二輛という編成の国際寝台特急オリエント・エクスプレスの一番列車が午後七時三十分、予定では八十時間に及ぶ長い道程に旅立った。だが当時はまだコンスタンチノープルまでの全線で鉄路が開通していなかったため、一行はブルガリアのヴァルナから黒海を蒸気船で渡り終着地にたどり着いたという。パリとトルコを直接結んで列車で行けるようになったのは一八八九年のことだった。

「大富豪たちが旅行に明け暮れていた時代」と本書の中にも書かれているように、クリスティの『オリエント急行の殺人』の時代は、ヨーロッパの富裕層が、時間をかけてアジアへの長旅を愉しむ、という文字通り豪華列車の代名詞だった。しかし、時代が変わり、飛行機の発達で、たいていの人は速くて快適な空の旅を愉《たの》しむようになる。そうなると、オリエント急行は東か

E. H. Cookridge 著 *Orient Express*（Random House 1978）のカバー。華やかなりし時代のワゴン・リ社のプルマン・カー。

ら西の国へ、出稼ぎに出かける労働者が、その行き帰りに利用するようになり（「乗客の大半は週末にトルコの親戚を訪ねたのち、これからギリシアに帰る農民たち」）、個室寝台よりも、堅い座席の三等車の利用客がほとんどになった。一九七五年の春、推理作家の生島治郎とともに出かけたイスタンブールからのオリエント急行の旅を一冊の本に纏《まと》めた本田靖春は、この列車のことを「難民列車」と呼んでいる。

「典型的なバルカン地方の田舎駅だった——やたらにごつごつした石でつくられた陰気なファサードの建物、長く延びた埃っぽいプラットホームは一段高いつくりではなく周囲の地面とおなじ高さだったので、列車から降りるためのステップは長かった。あちこちで鶏《にわとり》が地面をつつき、冴えない風体で無精ひげもそのままの駅員たちがことさら偉く見せようともせず、所在なげにたたずんでいた。列車のうち運賃の安い前のほうの車輌近辺では、荷物の包みや籐のバスケットをかかえた農民の群れがさかんにおしゃべりをしながら、税関とパスポート審査の順番を待っていた——それをすませればまた列車に這いのぼり、車内に群れている仲間といっしよになれる」

ぼくは一九七七年、そのオリエント急行が長い歴史を閉じる、と聞いて、廃止寸前の五月初め、パリからイスタンブールまでの汽車旅に出かけた。行程は本書の物語とは逆だったが、その旅情はまさに本書でフレミングが描いたとおりだった。

出稼ぎの労働者が利用する列車となると当然、食堂車の利用も減る。ぼくが乗ったオリエント急行には食堂車が付いておらず、朝食だけが供され、ほかはヴェネツィア、ベオグラード、ソフィアという途中下車した街で食べたり、停車駅でいわゆる駅弁を買ってすませた。

「ピシオ駅のわびしい売店でホットコーヒーを買った（食堂車が連結されるのは昼になってからだからだ）。ギリシアの税関による検査とパスポート審査はなんなくおわり、個室の寝台が片づけられていくあいだ、列車は高速で南へ——エーゲ海北端にあるエネズ湾へ——むかっていた。窓外の景色には、これまでにない光と色彩が増えていた。空気はより乾いてきた。小さな駅や野山で見かける人々の姿もあか抜けてきた。日ざしを浴びて、ひまわりやとうもろこし、葡萄《ぶどう》、それに乾燥ラック上の葉タバコなどが実りを告げていた」

オリエント急行の朝食メニュー（1977年乗車時のもの）

オリエント急行は、ワゴン・リ社の所有する客車を各国の機関車が引っ張って運営されていた（wagon-lit〔ワゴン・リ〕というのは車輌《ワゴン》と寝台《リ》の合成語で英語の sleeping car の仏語訳)。

「機関車が汽笛を鳴らした。これまでと異なる汽笛だった——ギリシア人機関士による、勇壮で甲高《かんだか》い汽笛だ」

あるいは、

「九時ちょうどに新しく連結された機関車がこれまでとは異なる汽笛を鳴らして、サヴァ川の渓谷づたいに夜を徹してひた走るこれからの旅へと、長い編成の特急列車を牽《ひ》いて動きはじめた」

と描写されているのは、先頭の機関車が交替したからである。

不思議と、国境を越えるのは夜中のことが多い。狭いベッドでようやく眠りにつけたと思うと、ドアを叩く音で起こされる。出国の審査で起こされ、しばらく移動して今度は入国でまた起こされるのだ。

「『国境越えは夜中の一時だ。ギリシア人は面倒を起こしたりしないが、ユーゴスラビア人ときたら、のんびり旅行している人間を叩き起こすのが大好きときている』」

日本の鉄道と違って、欧米の列車は時刻通りに動かない、ということはよく聞いていたが、ぼくの乗ったオリエント急行も、最終目的地のイスタンブールには朝方着くはずが昼過ぎの到着となった。

「オリエント急行は定刻に三十分遅れて、午後三時にゆっくりとベオグラード駅に滑りこんだ。ブルガリアから〈鉄のカーテン〉を抜けてやってくるこの列車のほかの部分を待つため、出発は八時間ほどあとになっていた」

実際に乗ってみて、フレミングの描写力の確かさを実感した思いだった。

一九七一年、ワゴン・リ社が撤退してからは、各国の国鉄が共同の組織を作り、継続していたが、ダイレクト・オリエント・エクスプレスと呼ばれる、パリとイスタンブール――ヨーロッパとアジアを結ぶ線は一九七七年五月二十日で廃止され、九十四年の歴史を閉じた。その後、観光目的でその一部が再開されたが、それはかつてのオリエント急行とは別のものと考えた方がよいだろう。

ジェームズ・ボンド

本書中の記述から、ボンドに関するデータを抜き出してみよう。

「男は黒髪、輪郭のはっきりした顔だちで、日に焼けた右頰の肌には長さ七、八センチほどの白い傷痕が縦に走っていた。目は大きく、長めの黒い眉毛の下で横一線にきれいにならんでいた。黒髪を左わけにしている――むぞうさに櫛《くし》を入れたのだろう、右眉の上に前髪が読点《コンマ》のかたちをつくって垂れ落ちていた。鼻は長くてまっすぐ、鼻筋の先には左右の短い上唇があり、その下にあるのは大きくて形はいいものの冷酷さをうかがわせる口だった。あごのラインはまっすぐで、くっきりとしている。写真にはさらに、ダークスーツの一部とワイシャツ、および黒いニットタイが写っていた」

「ファーストネーム：ジェームズ。身長：百八十三センチ。体重：七十六キロ。痩せ型。

目：ブルー。髪：黒。傷痕：右頬、および左肩。右手の甲に整形手術の痕跡あり（詳細については補遺Aを参照）。スポーツ万能。射撃、ボクシング、およびナイフ投げにすぐれる。変装はもちいない。言語：フランス語、ドイツ語。ヘビースモーカー（特記事項：金色の三本線のはいった特注品）。悪癖：飲酒（ただし度を越すことはない）、女。買収は不可能と思われる」

「当該人物はいつも決まって二五口径のベレッタ・オートマティックを左腋《わき》ホルスターにおさめて武装している。弾倉には弾薬八発。左前腕にストラップでナイフを装着していたことが知られている。爪先に鋼鉄キャップを仕込んだ安全靴使用の前歴あり。柔道の基本的な技の心得あり。総じて戦いにおいては粘り強く、また苦痛への高い耐性をそなえている（補遺Bを参照のこと）」」

「結論。当該男性は危険きわまる職業的テロリストでありスパイである。当該人物は一九三八年より秘密情報部勤務であり、現在は秘密情報部内において〝007〟という極秘の番号を与えられている（一九五〇年十二月のハイスミス・ファイルを参照のこと）。ダブル0《オー》のコードは、殺人経験があり、かつ任務遂行中に殺人を実行する特権を付与された工作員であることを示すものだ。この権限を与えられているイギリスの工作員は、ボンド以外には二名が知られているだけである。ボンドというこのスパイが、通例では秘密情報部からの退職者のみに与えられる聖マイケル・聖ジョージ勲章を一九五三年に授与されている事実こそ、この人物の価値を語るものといえよう。工作活動の現場でボンドに遭遇した場合には、事実とその詳細をあますところなく司令本部まですみやかに報告すること（SMERSH、国家保安省、および陸軍

参謀本部情報総局、一九五一年発効・永続的服務規定参照）」」

ボンドは、キングズロードから少しはずれた街路樹のプラタナスがならぶ一画にある快適なフラットに、スコットランド人の家政婦メイと暮らしている。新聞はタイムズ紙しか読まない。「ボンドはスパイというよりカウンタースパイだ」というジョン・アトキンズの指摘（*The British Spy Novel*）は正しい。情報の収集などの仕事に従事するスパイに対し、カウンタースパイは敵のスパイの活動を阻止し、場合によってはそのスパイを捕らえるのが仕事である。とすれば、なるほどジェームズ・ボンドの任務はほとんど対スパイ活動なのだから、アトキンズの指摘は正鵠《せいこく》を射たものと言ってよいだろう。

イアン・フレミング

イアン・フレミング Ian Lancaster Fleming はサウス・オックスフォードシャー選出の下院議員ヴァレンタイン・フレミング少佐とイーヴリン・ベアトリス・サン・クロワ・ローズの次男として一九〇八（明治四十一）年五月二十八日、ロンドンのメイフェアで生まれた。父方の祖父はロバート・フレミング社という銀行業を営む億万長者で、イアンの出生証明書には父の職業欄に「働かずに暮らせる資産がある」と記されていた、という。一方、母の家庭はエドワード三世の四男で、ランカスター王家の子孫だと主張している。因《ちな》みにイアンのミドルネームはここからきているそうだ。第一次大戦の最中（イアンが九歳の時）、オックスフォードシャー軽騎兵隊長だった父がフランスのピカルディーでドイツの砲弾に当たって死亡する。夫の死後、フレミング夫人は遺産をすべて管理し、亡くなるまでイアンたちの自由にさせなかった。ドーセットのダーンフォード予備校に入り、ここで校長夫人のミセス・ペラットの勧めもあってイアンはサックス・ローマー、ジョン・バカン、ポオ、R・L・スティーヴンスンなどを読むようになったという。ダーンフォードで五年を過ごした後、イートン校に入り、学業では目立たない存在だったが、スポーツの分野で頭角を現し、陸上の選手として活躍した。母親はそんなイアンをサンドハーストのロイヤル・ミリタリイ・カレッジに入れる。その後ミュンヘン大学、ジュネーヴ大学で学び、そのジュネーヴでイアンはモンリク・ド・メストラルという少女と婚約するが、母の反対で破談となる。卒業後ロイター通信社に入社。この時代の最も輝かしい仕事は一九三一年から三三年にかけて、モスクワで行われた六人の英国人エンジニアのスパイ容疑に関する裁判の取材だという（初代ボンド役者ショーン・コネリーの息子ジェイソン・コネリーがフレミング役を演じた一九九〇年製作のアメリカ映画「スパイメーカー」Spymaker: The Secret Life of Ian Fleming は、この裁判をエピソードの一つに取り入れるなど、虚実取り混ぜた内容〔監督＝フェルディナンド・フェアファックス、脚本＝ロバート・J・アブレッチ〕だが、息子に対し絶対的な支配力を持っていた母親の存在をクローズアップした点に、見どころがある）。このモスクワ勤務を経て、一時期、祖父の関係で金融界に身を置くが、やがて海軍情報部に勤め、諜報活動に従事するようになる。この間のフレミングの活躍は、ある意味で007シリーズよりも荒唐無稽《こうとうむけい》である。デニス・ホイートリやアレイスター・クロウリーまで巻き込んだその活動ぶりはまさに事実は小説より奇なり、の感すらある。

その辺は、アンソニー・マスターズの『007のボスMと呼ばれた男』や『スパイだったスパイ小説家たち』などを参照していただきたい。

一九四四年、会合のため訪れたジャマイカが気に入り、フレミングは戦後、ここにゴールデンアイと名付けた家を建てる。翌四五年、海軍省を辞すと、ふたたびジャーナリズムの世界に戻るが、彼はその条件として二か月間の休暇を要求し、毎年一、二月はゴールデンアイで過ごすのが常となった。

そのゴールデンアイに、一九四六年、フレミングの友人、ロザメア子爵の妻でウィームズ伯爵の孫娘アン（旧姓チャーテリス）がやってきた。ふたりは、第二次大戦前からつきあいがあったが、この訪問以降、両者の仲は深まっていき、とうとう一九五一年にはロザメアが離婚訴訟を起こし、フレミングを姦通罪《かんつうざい》で訴える。これに対し、アンは何ら異議を唱えず、翌五二年一月にフレミングがいつものようにゴールデンアイに赴いたときに同行し、離婚の評決が下されるのを待っていたという。この間、フレミングは長年公言していた究極のスパイ小説を仕上げるために、毎朝三時間、そして午後の二時間を執筆に費やし、ジェームズ・ボンドの最初の冒険を書き進めた。この主人公の名前は、フレミングの愛読書の一つ *Birds of the West Indies*（1936）を著した高名な鳥類学者の名前から取ったという。『カジノ・ロワイヤル』を書き上げた直後、ふたりはジャマイカでノエル・カワードを立会人にして結婚式を挙げ、翌日夫妻は完成原稿を持ってニューヨークに向かった。数ヶ月後、ジョナサン・ケイプ社の関係者に原稿を見せ、ようやく翌五三年春の刊行が決定する。この頃、アンは息子のキャスパーを出産する。

『カジノ・ロワイヤル』はおおむね好評で、以後、フレミングはボンドを主人公にした物語を書き続けていくが、第五作の『ロシアから愛をこめて』がジョン・F・ケネディ大統領の愛読書の一つにあがっていたところから人気に火がつき、映画化のヒットも手伝って世界的なベストセラー作家となったことは、ご存じの通りである。

一九六四年の夏、フレミングは風邪をおして雨の中、ゴルフ・クラブの会合に出席した。翌日、多量の出血をし、近くのカンタベリー病院に入院したが、間もなく、八月十二日、風邪をこじらせたのが元で急逝する。享年五十六だった。

著作リスト

1 *Casino Royale* (London: Cape, 1953; New York: Macmillan, 1954) 再刊本 *You Asked for It* (New York: Popular Library, 1955)『007/カジノ・ロワイヤル』白石朗訳 創元推理文庫
2 *Live and Let Die* (London: Cape, 1954; New York: Macmillan, 1955)『007/死ぬのは奴らだ』井上一夫訳 ハヤカワ文庫
3 *Moonraker* (London: Cape, 1955; New York: Macmillan, 1955) 再刊本 *Too Hot to Handle* (New York: Permabooks, 1957)『007/ムーンレイカー』井上一夫訳 創元推理文庫

4　*Diamonds Are Forever* (London: Cape, 1956; New York: Macmillan, 1956)『007／ダイヤモンドは永遠に』井上一夫訳　創元推理文庫

5　*From Russia with Love* (London: Cape, 1957; New York: Macmillan, 1957)『007／ロシアから愛をこめて』白石朗訳　創元推理文庫（本書）

6　*The Diamond Smugglers* (London: Cape, 1957; New York: Macmillan, 1958)『ダイヤモンド密輸作戦』井上一夫訳　ハヤカワ・ライブラリ

7　*Dr. No* (London: Cape, 1958) 再刊本 *Doctor No* (New York: Macmillan, 1958)『007／ドクター・ノオ』井上一夫訳　ハヤカワ文庫

8　*Goldfinger* (London: Cape, 1959; New York: Macmillan, 1959)『007／ゴールドフィンガー』井上一夫訳　ハヤカワ文庫

9　*For Your Eyes Only: Five Secret Occasions in the Life of James Bond* (London: Cape, 1960) 再刊本 *For Your Eyes Only: Five Secret Exploits of James Bond* (New York: Viking, 1960)『007／薔薇と拳銃』井上一夫訳　創元推理文庫

10　*Thunderball* (London: Cape, 1961; New York: Viking, 1961)『007／サンダーボール作戦』井上一夫訳　ハヤカワ文庫

11　*The Spy Who Loved Me* (London: Cape, 1962; New York: Viking, 1962)『007／わたしを愛したスパイ』井上一夫訳　ハヤカワ文庫

12　*On Her Majesty's Secret Service* (London: Cape, 1963; New York: New American

Library, 1963)『女王陛下の007』井上一夫訳　ハヤカワ文庫

13　*Thrilling Cities* (London: Cape, 1963; New York: New American Library, 1964)『007号／世界を行く』『続007号／世界を行く』井上一夫訳　ハヤカワ・ライブラリ

14　*You Only Live Twice* (London: Cape, 1964; New York: New American Library, 1964)『007は二度死ぬ』井上一夫訳　ハヤカワ文庫

15　*Chitty-Chitty-Bang-Bang* (3 volumes, London: Cape, 1964-1965; 1 volume, New York: Random House, 1964)『空とぶ自動車1―3』常盤新平訳　盛光社／『チキチキバンバン1―3　まほうのくるま』渡辺茂男訳　冨山房／『チキチキバンバン1―3』こだまともこ訳　あすなろ書房

16　*The Man with the Golden Gun* (London: Cape, 1965; New York: New American Library, 1965)『007／黄金の銃をもつ男』井上一夫訳　ハヤカワ文庫

17　*Octopussy, and The Living Daylights* (London: Cape, 1966) 再刊本 *Octopussy* (New York: New American Library, 1966)『007／オクトパシー』井上一夫訳　ハヤカワ文庫

参考文献

『旅愁　オリエント急行』マイケル・バースレイ　河合伸訳　世紀社　一九七八（*Orient Express*, Michael Barley, 1966)

Orient-Express, Werner Sölch, Alba-Buchverlag, 1974.
『オリエント・エクスプレス物語』　ジャン・デ・カール　玉村豊男訳　中央公論社　一九八二（*Sleeping Story*, Jean des Cars, 1976）
『消えゆくオリエント急行』　本田靖春　北洋社　一九七七
Orient Express, E. H. Cookridge, Random House, 1978.
The British Spy Novel, John Atkins, John Calder (Publishers) Limited, 1984.
『007のボスMと呼ばれた男』　アンソニー・マスターズ　井上一夫訳　サンケイ出版　一九八五（*The Man Who Was M*, Anthony Masters, 1984）
『スパイだったスパイ小説家たち』　アンソニー・マスターズ　永井淳訳　新潮選書　一九九〇（*Literary Agents*, Anthony Masters, 1987）
Dictionary of Literary Biography volume 87: British Mystery and Thriller Writers Since 1940 First Series, Gale Research Inc., 1989.

クイズで読み解く「007映画」への情熱と愛

小山　正（ミステリ研究家）

【ご注意ください！】
映画『007／危機一発（007／ロシアより愛をこめて）』について、一部内容に触れているところがあります。未見の方はご注意ください。もしくは、映画鑑賞後にお読みいただくことをお薦めいたします。

本書『007／ロシアから愛をこめて』は一九六三年に映画化され、翌年四月にわが国でも『007／危機一発』の題で公開された。それにあわせて本書の翻訳（旧訳版）も刊行されている。そして、一九七二年のリバイバル公開で、映画は『007／ロシアより愛をこめて』と改題された。小説は「から」だが、映画が「より」なのは、本邦初公開時に発売されたテーマソングのEPレコードのタイトルがすでに「ロシアより愛をこめて」だったので、それに合わせたのかもしれない。

この映画はシリーズ最高傑作といわれ、歴史的な評価も高い。人気作ゆえに語り尽くされた感はあるけれど、せっかく新訳に付く〈解説〉なのだから、鑑賞のポイントや小説版との違い

1964年、映画『007／危機一発』公開と同時に発売されたシングル盤EPレコード。テーマソング「ロシアより愛をこめて」が収録されている。

等を、改めて記しておこう。
映画の基本データは次の通り。

『007／危機一発（007／ロシアより愛をこめて）』（一九六三年／イギリス／百十五分）
プロデューサー：ハリー・サルツマン&アルバート・R・ブロッコリ
監督：テレンス・ヤング
原作：イアン・フレミング　長篇『007／ロシアから愛をこめて』
脚色：リチャード・メイボーム&ジョアンナ・ハーウッド
音楽：ジョン・バリー
出演：ショーン・コネリー、ダニエラ・ビアンキ、ロバート・ショウ、ロッテ・レーニャ、ペドロ・アルメンダリス、バーナード・リー、アンソニー・ドーソン、他

映画シリーズ第一作『007は殺しの番号』（一九六二・再映時に『007／ドクター・ノオ』に改題）よりも、本作ではショーン・コネリーの演技に磨きがかかっている。アクション・シ

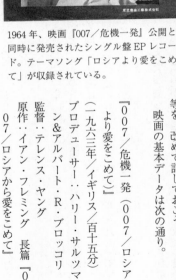

ーンやユーモラスな芝居は自然だし、「ボンド・ガール」との丁々発止のやりとりも余裕が感じられる。高級スーツの着こなしも板に付いており、秘密兵器の扱い方も慣れたものだ。原作よりもスーパーマン度がアップして、「007スタイル」が完成したのである。

さて、この先はウンチクやトリビアを混ぜつつ、クイズ形式で進めよう。まずは、そんな「007スタイル」にまつわる問題。

クイズ001　映画『ロシアより愛をこめて』にはまだ登場していない、ある重要な007のアイテムは何か?

答えは、高級車「アストン・マーティン」。

小説シリーズでは、ボンドの愛車は「ベントレー・ブロワー」である（本書でも十一章で登場する）。映画でもボンドが休暇中のシーンで、一瞬ベントレーが映っている。なんと自動車電話が付いているのだ。

「アストン・マーティン」は映画第三作『007／ゴールドフィンガー』（一九六四）で初登場する。秘密兵器担当課長Qから、ベントレーの役目が終わったことが伝えられ、かくして便利機能満載のアストン・マーティンが、以降は「ボンド・カー」として大活躍するのだ。

クイズ002　本書と映画版の最大の違いは、映画版では犯罪組織スペクターが登場している点だが、その首領ブロフェルドがいつも抱いているのは、何？

答えは、白いペルシャ猫。

小説では、ソ連と西側諸国との冷戦を背景に、英国情報部とソ連の殺人実行機関ＳＭＥＲＳＨ《スメルシュ》との争いを描くが、映画では脱イデオロギーの犯罪組織スペクターを参入させて、三つ巴《どもえ》の闘いとなる。その結果、謀略モノとして物語に深みが増した。

映画の中でその状況を、首領ブロフェルドは水槽の金魚に例えて説明している。三匹の金魚を競わせる際は、まず二匹を闘わせて、三匹目は加えない。一匹が負けてから三匹目が参戦し、勝ったけれども弱った金魚を襲い、結果三匹目が残る。その説明の後で、最後の金魚をパクリと食べるのが、ブロフェルドが抱く白いペルシャ猫なのだ。これも原作には無いオリジナル・シーンである。

猫を偏愛するキャラクターは、ブロフェルドが最初ではない。例えば英国の作家ガイ・ブースビーの連作『魔法医師ニコラ』（一八九六）の悪のヒーローは常に猫と一緒だった。第二次世界大戦時の首相チャーチルも、閣議で猫を抱いていたという。

こうした権力者と猫との組み合わせは、以降、映画００７シリーズの見所のひとつとなり、他の作品でもパロディーやオマージュが作られていく。

ちなみにこの組織スペクターは、小説『００７／サンダーボール作戦』（一九六一）で初めて描かれ、これを映画『ドクター・ノオ』と『ロシアより～』で流用している。しかしその後、フレミングにスペクターのアイデアを提供した第三者との間で法的な権利問題が発生。それが複雑怪奇にこじれてしまい、映画007シリーズも巻き込まれていった。

二〇一〇年代になってようやく事態は解決。二〇一五年に映画『007 スペクター』が作られたわけだが、その舞台裏のゴシップの全容は *The Battle for Bond*（Tomahawk刊・ロバート・セラーズ著・二〇〇七年・未訳）という研究書で詳しく論じられている。007の暗黒史といえるだろう。

クイズ003　映画『ロシアより〜』制作の準備のため、シナリオの初稿執筆に関わった有名スパイ小説家は誰でしょう？

答えは、レン・デイトン。

映画『ドクター・ノオ』の続篇準備にあたって、プロデューサーのハリー・サルツマンは、『イプクレス・ファイル』（一九六二）や『ベルリンの葬送』（一九六四）等のスパイ小説で知られるデイトンに、シナリオの執筆を依頼した。デイトンは乗り気ではなかったが、テレンス・ヤング監督を含む主要スタッフと一緒にイスタンブールまでロケハンに行き、その後初稿を完成させたという。

だが、『ドクター・ノオ』のシナリオを書いた脚本家ジョアンナ・ハーウッドは、とあるインタビューで、自分が『ロシアより〜』の初稿を完成させたと語っているのだ。

えっ？　どっちが本当？　もしかして、複数の人間にシナリオが発注されたのだろうか？　脚本担当で正式にクレジットされているリチャード・メイボームによれば、実はデイトンは執筆に行き詰まり、その後メイボームが引き継いだという。確かにハーウッドに関してもクレジットされているが、彼女はいくつかのアイデアを出した程度だそうだ。ハーウッドはテレンス・ヤングのお気に入りであったこともあり、ベテランのメイボームとしても厄介な存在だったのだろう。

とにかくデイトンが制作初期に深く関わっていたのは事実のようだ。しかし、メイボームとデイトンの知らないところで、ヤング監督の発注で別の初稿シナリオがあったのは想像に難《かた》くないし、リライトや直しの作業においても、紆余曲折《うよきよくせつ》があったと思われる。

そもそも映画は大作であればあるほど、完成までに様々な人間が関わる。水面下の作業は多いし、生々しい才能のぶつかり合いや、複雑な人間関係も生じる。表沙汰にならないトラブルや事件も多々起きる。それでもスタッフや役者は、皆それぞれに確固たる信念とクリエイティブな気概を持って携わっているので、成功作に自分が関わったことを誇りに思っているのだ。デイトン、ハーウッド、メイボームが語っていることは、並べてみると整合性が無いのだが、それぞれの立場からすれば、どれもが〈真実〉なのであろう。

クイズ004　映画007シリーズのテーマ曲が流れる「オープニング・タイトル」。初期から中期にかけて、その多くをグラフィック・デザイナーのモーリス・ビンダーが手掛けているが、『ロシアより〜』は別人が担当している。それは誰か？

答えは、ロバート・ブラウンジョン。

それって誰？　という方は多いかもしれない。ブラウンジョンは一九五〇〜七〇年代にアメリカとイギリスで活躍したグラフィック・デザイナーである。商業デザインやポスター等の造形で人気を博し、『ロシアより〜』と『ゴールドフィンガー』の二本の「オープニング・タイトル」を任された。

007のタイトルといえば、小道具や役者のシルエットを色彩豊かに組み合わせたグラフィックな作風がよく知られている。『ドクター・ノオ』でビンダーが生み出したイメージだが、『ロシアより〜』には諸事情で再登板しなくなったため、ブラウンジョンが担当となった。

ブラウンジョンは文字を華麗に用いたタイポグラフィが得意だったようで、『ロシアより〜』では、ベリーダンスをブルブルと踊る女性の上半身や太腿《ふともも》や腕にキャストやスタッフの名前を投射。文字がクネクネと躍動するユニークな実写映像を仕上げた。また、『ゴールドフィンガー』では全身を金色に塗った女性モデルの肢体に、登場人物たちの動画を投射する艶《なま》めかしいタイトルを作成した。

どれも大人のエロチシズムを感じさせる強烈な印象を残したが、ブラウンジョンはその後プロデューサーのサルツマンと仲違《なかたが》いし、以降はモーリス・ビンダーが復帰する。

ブラウンジョンは書籍の装丁や、レコードジャケット、企業のロゴ等のデザインで活躍したが、重度の薬物中毒に陥《おちい》り、一九七〇年、心臓麻痺を起こし四十四歳で早世《そうせい》した。007映画における「エロチックなオープニング・タイトル」という流れを作ったという点で、忘れてはならないクリエイターなのである。

クイズ005　『ロシアより〜』には個性豊かな俳優が多数出演している。例えば、冷徹な死刑執行官グラントを演じるロバート・ショウ。彼には俳優業以外のもうひとつの職業があるが、それは何？

答えは、作家。

『サブウェイ・パニック』（一九七四）や『ジョーズ』（一九七五）等でも知られるロバート・ショウは、インテリ然とした名優なので、冷徹な殺し屋役にはピッタリである。見た目だけではなく実際にインテリで、若き日には医者を志してケンブリッジ大学を目指したが、演劇に目覚めてロンドンの王立演劇学校を卒業。以降舞台劇に数多く出演する傍ら、戯曲や小説を執筆した。アフリカ帰りの医師の葛藤を描いた第二長篇 *The Sun Doctor*（一九六二）で、英国の権威ある文学賞「ホーソーンデン賞」を受けている。

そんな彼が演じたクールな殺し屋グラントも良いけれど、原作のグラント像も捨てがたい。満月の夜になると人を殺したくなり、過去に何件も殺人事件を起こした——怪奇映画でおなじみの「狼男」のイメージだ。しかし、そのままでは怪奇幻想作品でおなじみの「ハマー映画」

になってしまう。キャラクターを改変したのも当然だろう。『ロシアより〜』には、他にも個性派俳優が次々と登場するので、観ていて飽きない。怖い顔のクレッブ大佐を演じた女優ロッテ・レーニャは、名作『三文オペラ』を作曲したクルト・ワイルの妻で、歌手としても著名だ。ダニエラ・ビアンキも華がある女優で、「ボンド・ガール」として不動の人気を誇っている。

ウンチクネタを書くと、ボンドの上司Mを演じるバーナード・リーの孫が、TVドラマ『エレメンタリー　ホームズ&ワトソン　in　NY』（二〇一二〜一九）でシャーロック・ホームズ役を演じたジョニー・リー・ミラーである。確かに、鼻筋がなんとなく似ているなあ。

ついでに言うと、『ロシアより〜』の主要俳優たちが出演した珍映画がある。一九六七年に作られた『ドクター・コネリー／キッドブラザー作戦』（原題 OK Connery）という作品で、ダニエラ・ビアンキ、バーナード・リー、アンソニー・ドーソンが参加。そして主演がショーン・コネリーの実弟ニール・コネリー！　英国情報部の依頼でスパイ戦に巻き込まれた医師で情報部員00《ゼロゼロ》の活躍を描くイタリア製のスパイ映画である。007ブームが生んだ変な映画のひとつだが、こういうバッタもんがあるのも、また楽しい。

クイズ006　オリエント急行の車内が舞台となる『ロシアより〜』後半、数々の工夫を凝《こ》らして、名場面を引き立てた美術監督は誰？

答えは、シド・ケイン。

オリエント急行の場面は見所が多い。特に狭いコンパートメント内での殺し屋グラントとボンドの激闘は息を呑む迫力で、映画史上屈指のアクション・シーンであろう。撮影にあたっては本物の列車でロケーションを行い、さらに精緻《せいち》な車内セットをスタジオに組み、豪華列車の雰囲気を見事に再現して、格闘シーンを撮影した。

前作『ドクター・ノオ』では、美術監督をケン・アダムが担当していたが、スタンリー・キューブリック監督の映画『博士の異常な愛情』（一九六四）の制作で拘束されたために、シド・ケインが担うことになる。ファンタジックな造形を得意とするアダムとは違って、機能的なデザインにこだわるケインは、アクション・シーンが映えるように、個室のディテールを精緻に作ったという。

格闘でボンドが使う秘密兵器もケインが手掛けている。Qが用意したアタッシェケースのアイテムは、原作よりも多く（偽装ロック錠前、赤外線照準器付き二二口径ライフル、銃弾、金貨五十枚、ベビーパウダー容器に入れた催涙ガス）、荒唐無稽《こうとうむけい》に見えたどれもが格闘シーンでいざ使われると、リアルな造形のおかげで、燦然《さんぜん》と輝いているのだ。小道具の重要性を大いに再認識させてくれる名シーンといえるだろう。

アクション場面ではないけれど、原作には存在しない印象的なシーンが、他にもある。

ボンドとタチアナが、英国諜報員ナッシュに化けたグラントと三人で、食堂車で夕食を注文する場面。映画では、舌平目のグリルをオーダーする際、ボンドは白ワイン、英国諜報員ナッシュに化けたグラントは赤ワインを頼む。魚料理に赤ワインを飲むのは変だ、とボンドが疑問に思うくだりは、粋《いき》な脚色だ。

また、ボンドが列車を降りた後も、ヘリコプターからの銃撃シーンや、水上でのボート・チェイス等、原作にはない見せ場が連打される。過剰なまでのサービス精神には、頭が下がる思いがする。

クイズ007　新作ボンド映画の監督として、一時期名前が出たダニー・ボイルが、最も好きな原作として挙げたイアン・フレミング作品は何？

答えは、『ロシアから愛をこめて』。

それにしても、小説版『ロシアから～』が大好きだなんて、さすがボイルである。

彼は、二〇一二年のロンドン・オリンピックの開会式で、007に扮《ふん》したダニエル・クレイグと女王エリザベス2世本人が出演したパフォーマンスの演出を手掛け、それが縁《えん》で新作007映画（仮タイトル『ボンド25』）の監督に選ばれた。ボイルは以前から映画ではなく小説『ロシアから～』が好きで、原作さながらの英国とロシアのスパイ戦を描こうとしたらしい。しかし、ダニエル・クレイグを含む制作陣と意見が合わず、結果彼は降板する。

『ボンド25』は、ボイルが離れた後に『007／ノー・タイム・トゥ・ダイ』（二〇二一）として完成した。しかし個人的には、ミステリにも造詣《ぞうけい》が深い彼の演出で、二十一世紀に甦《よみがえ》った『ロシアより〜』も観たかった気がする。

以上の全七問でクイズは終了。ちょっとマニアックだったかな？

最後にひとこと記しておきたい。

映画は集団芸術であり、優れたスタッフや俳優たちが数多く関わって生まれる。映像作品を論じる場合、作家主義という観点から、監督ばかりが注目されがちだが、実際には様々な分野のスペシャリストたちが一丸となって、皆で作品を仕上げていくのだ。

監督が担う演出面以外にも、例えば、キャスティングやスタッフの選定、シナリオの作成、予算管理や宣伝展開、各所の調整業務や雑務、等々、やるべき仕事は山のように存在する。そうした膨大な作業を束ねて、方向性を決め、全体をまとめ上げていくのが、プロデューサーである。

００７映画の場合、ハリー・サルツマンとアルバート・Ｒ・ブロッコリという二人のプロデューサーが、初期から中期にかけてコンビを組んで、紆余曲折を乗り越えながら、作品を仕上げていった。

特に『ロシアより〜』は、映画化二作目ということもあって、失敗は許されなかっただろう。しかし右に記したように、優れたスタッフと俳優陣が思う存分に役割を果たし、そこにサルツマンとブロッコリによるクオリティ・コントロールが加わって、前作よりもはるかに優れた歴史に残る傑作が誕生したのである。映画『ロシアより愛をこめて』は、その後のシリーズ継続を決定づけたという点でも、記念碑的な作品だと言えるだろう。

（主要参考文献）

・千葉豹一郎『スクリーンを横切った猫たち』（ワイズ出版・二〇〇二年）
・ロジャー・ムーア『BOND ON BOND／007アルティメイトブック』（スペースシャワーブックス刊・二〇一二年）
・Len Deighton, *James Bond: My Long and Eventful Search for His Father*（kindleオリジナル電子書籍・二〇一二年・未訳）
・Steven Jay Rubin, *The James Bond Movie Encyclopedia*（Chicago Review Press刊・二〇二〇年・未訳）
・Richard Maibaum, *Speaking Of Writing*（Page Publishing刊・二〇一九年・未訳）
・Robert Sellers, *When Harry Met Cubby: The Story of the James Bond Producers*（The History Press刊・二〇一九年・未訳）
・ジェームズ・チャップマン『ジェームズ・ボンドへの招待』（徳間書店・二〇〇〇年）

本書は二〇一二年刊の Vintage 版を底本に翻訳刊行しました。本文中に穏当を欠くと思われる表現や描写がありますが、作品成立時の時代背景および古典として評価すべき作品であることを考慮し、原文を尊重しました。（編集部）

検印
廃止

訳者紹介　1959年、東京都生まれ。早稲田大学第一文学部卒業。訳書にキング「11/22/63」「ミスター・メルセデス」「任務の終わり」、グリシャム「汚染訴訟」「危険な弁護士」、ヒル「ファイアマン」、ハイスミス「見知らぬ乗客」、フレミング「007/カジノ・ロワイヤル」他多数。

007/ロシアから愛をこめて

2021年12月24日　初版

著　者　イアン・フレミング

訳　者　白《しら》石《いし》　朗《ろう》

発行所　(株)東京創元社
代表者　渋谷健太郎

162-0814/東京都新宿区新小川町1-5
電　話　03・3268・8231-営業部
03・3268・8204-編集部
URL　http://www.tsogen.co.jp
DTP　工友会印刷
萩原印刷・本間製本

乱丁・落丁本は、ご面倒ですが小社までご送付ください。送料小社負担にてお取替えいたします。

ISBN978-4-488-13810-3　C0197